MIRA®

Der Preis dieses Bandes versteht sich einschließlich der gesetzlichen Mehrwertsteuer.

Umwelthinweis:
Dieses Buch wurde auf chlor- und säurefreiem Papier gedruckt.

Riccarda Blake

Himmel der Sünde

Erotischer Roman

MIRA®

MIRA® TASCHENBUCH
Band 35041
1. Auflage: Mai 2012

MIRA® TASCHENBÜCHER
erscheinen in der Harlequin Enterprises GmbH,
Valentinskamp 24, 20354 Hamburg
Geschäftsführer: Thomas Beckmann

Originalausgabe

Konzeption/Reihengestaltung: fredebold&partner gmbh, Köln
Umschlaggestaltung: pecher und soiron, Köln
Redaktion: Bettina Steinhage
Titelabbildung: iStock; Thinkstock / Getty Images, München
Satz: GGP Media GmbH, Pößneck
Druck und Bindearbeiten: CPI – Ebner & Spiegel, Ulm
Printed in Germany
Dieses Buch wurde auf FSC®-zertifiziertem Papier gedruckt.
ISBN 978-3-89941-974-0

www.mira-taschenbuch.de

Für M. … für täglich neuen Zauber!

PROLOG

Die Zeit der Rache war endgültig gekommen. Doch das war, wie er sich immer wieder zu erinnern zwang, kein Grund zu hastiger und unüberlegter Eile. Er hatte Generationen, ja Jahrtausende geduldig auf diesen Moment gewartet und durfte nicht riskieren, die Dinge ausgerechnet jetzt zu überstürzen und damit zu verderben. Der nächtliche Dschungel um ihn herum verstummte – die Tiere darin spürten seine Nähe. Entweder ergriffen sie eilig die Flucht, oder sie duckten sich zitternd in ihre Verstecke im Unterholz oder den dicht ineinander verwachsenen Kronen der gewaltigen Ebenholzbäume und Mangroven. Selbst die Tiger, die Elefanten und die Wasserbüffel gingen in Deckung, und sogar die Krokodile zogen sich auf den Grund des vom Monsunregen angeschwollenen Tonlé Sap zurück, um dort regungslos zu verharren. Sie alle wussten, wer der wahre Herr dieses tropischen Reiches war und dass seinen Weg zu kreuzen den sicheren Tod bedeutete.

Er sog die feuchte Luft durch die breite schwarze Nase seiner wahren Gestalt und fühlte sich so lebendig wie schon lange nicht mehr in all den vergangenen Äonen. Der Moment der Vergeltung war zum Greifen nah. Endlich standen seine Sterne wieder günstig. Wie in einem kosmischen Witz war es ausgerechnet Luzifer, vor der diese Welt zu beschützen und die zu bekämpfen er ursprünglich ausgesandt worden war, die ihm jetzt den Weg geebnet hatte. Aber sie konnte ja nicht damit rechnen, dass er noch lebte. Niemand tat das, und das war der Trumpf in seinem Ärmel – der Schlüssel zur absoluten Macht.

Die Tage des Versteckens waren gezählt. Nie wieder im Schlamm und tief unter die Erde kriechen. Nie wieder vor Angst erstarren beim Geräusch der über ihm hinwegfliegenden Söhne und Töchter der Himmel.

Nie wieder!

Ba'Al'T'Azar war tot, die Abgal hatte das Siegel nicht gebrochen und somit die Ruhe des Abaddon nicht gestört, und die B'Nai Elohim waren in Karnak vom Morgenstern für immer unschädlich gemacht worden.

Er bleckte die fingerlangen Reißzähne und brüllte befreit auf, bis der Regenwald um ihn herum erzitterte. Tausende von Vögeln und Flughunden stoben panisch kreischend aus dem Laub und dem Geäst auf und flohen in das Dunkel der Nacht.

Er aber lachte und breitete seine weiten roten Flügel aus, und mit einem gewaltigen Schlag schoss er hinauf in das Dickicht. Der Plan, nun endlich den ihm gebührenden Platz einzunehmen, war schon lange geschmiedet. Jetzt war es an der Zeit, ihn in die Tat umzusetzen … und sich das zu holen, was ihm zustand.

Die Welt und die Himmel waren die reifen Früchte, die er mit seinen blutigen Klauen ergreifen würde – um sie nun schließlich seinem eisernen Willen zu unterwerfen.

Doch dazu brauchte er die Schlüssel …

TEIL EINS

GEFALLEN

1. KAPITEL

Lustsklavin

Ein neuer Freier betrat den Salon.

Anya erhob sich von ihrem Platz auf dem mit rotem Samt gepolsterten Sofa, zupfte den Ausschnitt ihrer Korsage und die Halterlosen zurecht und stellte sich wie immer zu den fünf anderen jungen Frauen des Studios in die Reihe zur Begutachtung. Sie wollte erwählt werden, denn sie hatte heute Nacht noch nicht einen Kunden bedient, und sie sehnte sich nach Ablenkung von der gähnenden Langweile und den verstörenden Gedanken, die der immer wiederkehrende Albtraum heute Nachmittag frisch geweckt hatte.

Der Freier war ein typischer Londoner Geschäftsmann mittleren Alters – dreiteiliger dunkelgrauer Anzug und blütenweißes Hemd von *Cad & The Dandy*, auf Hochglanz polierte handgefertigte Kalbslederschuhe von *Lobb* und eine in Anthrazit und Mitternachtsblau schimmernde Seidenkrawatte von *Drakes*. Sein Gesicht war markant und entschlossen, sein Blick gelassen und dennoch fokussiert, seine Haltung makellos – sein Haar verriet, dass er einmal pro Woche zum Friseur ging. Er gefiel Anya sehr.

Er hatte einen eigenen Koffer mitgebracht, dessen Inhalt zweifellos am Eingang von Sergej, dem Leiter der Sicherheit, überprüft worden war – das versprach zusätzliche Abwechslung … und die Gewissheit, dass er kein Anfänger war.

Die Chefin, eine Liverpooler Matrone namens Claire, die ihre besten Jahre schon seit mindestens zwei Jahrzehnten hinter sich hatte und scheinbar nicht zu akzeptieren bereit war, dass darüber auch dreifache Lagen Make-up und dick aufgetragener Lippenstift nicht hinwegtäuschen konnten, führte ihn zu einem Sessel gegenüber der Reihe. Sie bat ihn, auf dem einem Thron nicht ganz unähnlichen Designerstück Platz zu nehmen, damit sie ihm die Mädchen vorstellen konnte.

Zuerst war Marina dran – die, wie Anya auch, aus der Ukraine stammte, aus Odessa am Schwarzen Meer. Zwanzig Jahre alt, ebenholzfarbiger, sehr klassischer Pagenschnitt über blassem Teint und, nachdem sie jetzt schon seit über einem Jahr hier war, eher drall als schlank. Sie trug hohe Stiefel und ein schwarzrotes Lackoutfit, in dem fast jede andere Frau nuttig gewirkt hätte. Nicht aber Marina. Sie hatte die Grazie und den Stolz alten slawischen Adels und strahlte dabei dennoch eine jugendliche Verspieltheit und Abenteuerbereitschaft aus. Diese Mischung machte sie zu einem der erfolgreichsten Mädchen hier in Claires Studio auf der Grenze zwischen Soho und Mayfair, und Anya, die von Natur aus eher ruhig und bescheiden war, hatte schon oft den einen oder anderen Freier an die kleine Sexbombe verloren.

Nicht aber heute Nacht. Marina hatte sich gerade vor ihm aufgebaut und keck die Hände in die geschnürte Taille gestützt, da schüttelte der Freier schon mit einer höflichen Geste den Kopf, und Claire winkte sie zurück in die Reihe. Mit einem schnippischen Achselzucken drehte Marina sich herum und ging hoch erhobenen Hauptes zu ihrem alten Platz.

Nun war die Reihe an Svedlana – eine wasserstoffblonde Amazone aus Minsk. Das Markenzeichen der hochgewachsenen Weißrussin war ihr *Dirty Look* – sie wirkte auf eine attraktive Weise immer, als hätte sie gerade die ganze Nacht durchgefeiert. Dunkel geschminkte Augen, akribisch zerzaustes Haar, stets leicht verwischter Lippenstift und absichtlich in ihren feinen Strumpfhosen angebrachte Laufmaschen. Sie trug Springerstiefel mit offenen Schnürsenkeln, gürtellose Hotpants und ein unter dem üppigen Dekolleté abgerissenes Tanktop, das ihre makellos trainierten Bauchmuskeln freiließ und einen Blick gewährte auf ihr Nabelpiercing und das Piratenflaggen-Tattoo darunter.

Aber auch bei ihr schüttelte der Freier den Kopf, ehe sie überhaupt nach vorne getreten war. Offenbar war Crunch nicht sein Stil.

Doch Anya ahnte inzwischen, was ihn anmachte. Sie hatte seine akkurate Haltung und auch seine beherrschte Gestik und Mimik genau beobachtet. Svedlana hatte er abgelehnt, weil ihm ihr Look nicht gefiel; das kam immer mal wieder vor – Marina aber hatte ihm gefallen, und er hatte sie nur zurückgewiesen, weil sie ihm zu selbstbewusst entgegengetreten war.

Als also nun die Reihe an Anya war, senkte sie demutsvoll den Kopf, bis ihr Kinn fast ihr Brustbein berührte, trat drei nicht zu gespielt wirkende unsichere Schritte nach vorne und sank vor ihm auf die Knie – die Arme an ihren Oberschenkeln entlang nach unten und die Handflächen nach vorn offen haltend. Eine Geste der Hingabe und ein Zeichen dafür, dass sie bereit dazu war, ihn alles mit ihr tun zu lassen, worauf auch immer er Lust haben mochte.

In dieser Position verharrte sie einige Momente, bis sie hörte, dass er sich von seinem Sessel erhob und sie mit ihrem auf den Boden gerichteten Blick die Spitzen seiner Schuhe sehen konnte. Sie fühlte seine Finger unter ihrem Kinn und ließ ihn gewähren, als er ihren Kopf leicht anhob, um ihr seine Hand hinzuhalten. Sie nahm sie mit einer sachten Berührung und küsste den goldenen Siegelring, den er trug, als wäre er ein Erzbischof oder ein Mitglied des königlichen Hauses. Augenblicklich begann ihr Herz vorfreudig zu flattern.

„Eine ausgezeichnete Wahl“, hörte sie Claire sagen. „Anya ist es gewohnt, zu dienen, und liebt es, sich zu unterwerfen und unterworfen zu werden. Ja, sie geht darin förmlich auf. Ihre Wünsche werden ganz die Ihren sein. Sie wird Sie in der Mansarde erwarten, während wir noch kurz die … Formalitäten in meinem Büro erledigen. Wenn Sie mir bitte folgen möchten.“

Anya wartete artig auf den Knien, bis die beiden den Salon verlassen hatten, und erhob sich dann, um, wie von Claire versprochen, nach oben in die Mansarde zu gehen und dort auf ihren ganz besonderen Gast zu warten.

„Unmöglich“, sagte Marina mit einem Lächeln und trat zu

ihr hin. „Du und deine Gehorsame-Sklavin-Nummer. Reicht es den Kerlen denn nicht, dass wir eh tun, wofür sie uns bezahlen? Muss man es ihnen auch noch so deutlich zeigen?“

„Aber ich knie gerne“, sagte Anya. „Und ich diene gerne.“

„Ich knie nur, wenn ich gerade blase“, erwiderte Marina lachend. „Und was das Dienen angeht, überlasse ich die Arbeit lieber den Freiern. Weshalb ich auch am liebsten unten liege.“

„Yep“, fügte Svedlana aus Minsk hinzu, während die anderen beiden Mädchen, die neunzehnjährige Ludmilla aus Kiew und Anne, das Molly-Model aus Nottingham, sich auf ihre Plätze zurückzogen. „Mehr als zweimal reiten pro Nacht schlaucht mich zu sehr. Außerdem spielen sie mir dann zu viel an den Nippeln herum.“

Anya spürte direkt ein Kribbeln in ihren Brustspitzen. An ihr hatte heute noch niemand herumgespielt – selbst Sergej noch nicht, der sie sonst beinahe jeden Tag vor Dienstantritt benutzte ... als Ersatz für einen Gang ins Fitnessstudio, wie er immer gerne sagte. Es wurde höchste Zeit, und sie freute sich auf ihren Gast.

„Er wird dir wehtun, das weißt du“, sagte Marina, als Anya sich aufmachte, und es schwang ein wenig Besorgnis in ihrer Stimme.

„Ja, das weiß ich“, sagte Anya und spürte, dass ihre Wangen rot wurden, weil sie genau deshalb vorfreudig lächeln musste. Sie würde den anderen nie erklären können, warum ihr das nicht nur nichts ausmachte, sondern ihr auch noch eine ganz eigene Lust bereitete – sie verstand es ja selbst nicht. Ebenso wenig wie sie es verstand, dass es, mehr noch als der Schmerz, die Demütigung war, die sie ganz besonders erregte.

Sie verließ den Salon und betrat die schmale Holztreppe, die nach oben zur Mansarde führte.

„Ich wusste, dass er dich aussuchen würde, Anyanka“, sagte da eine tiefe Stimme von der Eingangshalle her.

Anyas Herz stockte einen Moment lang, und sie erstarrte mitten in der Bewegung. Es war Sergej, der Chef der Leibwächter des Studios. Der fast zwei Meter große Hüne ließ den prüfenden Blick seiner eiskalten blauen Augen über ihren nur spärlich bekleideten Körper wandern, während er mit gelassenen Schritten näher kam. Trotz der Langsamkeit, mit der er sich auf sie zubewegte, oder vielleicht auch gerade deswegen, konnte man selbst durch seinen Anzug hindurch erkennen, wie gnadenlos durchtrainiert er war. Einhundertzwanzig Kilo Muskelmasse, allzeit bereit für die Auseinandersetzung mit einem sich ungebührlich verhaltenden Gast, einen möglichen Überfall der Konkurrenz auf das Studio oder auch die Züchtigung eines der insgesamt fünfzehn Mädchen bei Ungehorsam gegenüber Madame Claire. Sein kantiger Schädel war wie immer makellos glatt rasiert: Das brachte den blauschwarzen Drachen, den er sich vom Kinnbart aufwärts über den Kiefer bis hoch zur Schläfe hatte tätowieren lassen, besonders ausgeprägt zur Geltung.

Als er jetzt vor ihr stand, reichte Anya ihm, obwohl sie bereits auf der zweiten Stufe der Treppe stand, mit dem Gesicht gerade einmal bis zur fassbreiten Brust. Sie sah die Ausbeulungen unter seinen Achseln, wo er wie immer seine beiden Automatikpistolen griffbereit hatte. Aber sie wusste, dass er noch mehr Waffen am Körper trug – eine weitere kleinere Pistole in einem Holster am Fußgelenk, in dem auch ein kleiner Stiefeldolch steckte, ein langes Jagdmesser und einen Teleskopschlagstock an der Rückseite der Hose, zwei kleine Klingen, versteckt in seiner Gürtelschnalle, und einen wuchtigen Schlagring aus kantigem Stahl in der Tasche. Aber in all der Zeit, die Anya ihn jetzt kannte und in der er durchaus schon so einige Male eingreifen musste, hatte sie ihn noch nie andere Waffen benutzen sehen als seine riesigen Fäuste, von denen eine fast so groß war wie ihr eigener Kopf.

Er fasste ihr Handgelenk, und obwohl er das nur mit Daumen und Zeigefinger tat, war der Griff so fest wie ein Schraubstock. Sein vom schwachen, vornehmlich roten Licht des Treppenhauses schattig düsteres Gesicht schwebte dicht über ihrem, und der Drachenkopf an seiner Schläfe wirkte mit seinem weit aufgerissenen Maul, als würde er gleich hervorbrechen, bereit dazu, sie gierig zu verschlingen, während Sergej ihre ausgestreckten Finger auf den Schritt seiner Hose zwang.

„Greif zu", befahl er mit einem Knurren in der Kehle – und sie tat, was sie immer tat: Sie gehorchte.

Das Fleisch unter dem Stoff war hart und warm ... und ohne sich dagegen wehren zu können, sehnte sie sich danach.

„Fester", forderte er – und sie tat es. Sie fühlte, wie sein Schwanz aufzuckte und pochte.

„Sehr gut", sagte er. „Wenn dein Gast mit dir fertig ist, wartest du oben in der Mansarde auf mich."

„Auch wenn er mich total fertiggemacht hat?", fragte sie mit unsicherer Stimme.

„Dann ganz besonders", erwiderte er mit einem diabolischen Grinsen, das seine weißen Zähne aufblitzen ließ und Anya eine Gänsehaut über den Rücken jagte, und sie fühlte, wie sein Fleisch zwischen ihren Fingern noch härter und größer wurde.

„Aber das kann eine Weile dauern", sagte sie. „Marina oder Svedlana wären bestimmt froh, wenn sie dir an meiner Stelle in der Zwischenzeit zur Verfügung ..."

„Ich will dich", unterbrach er sie ungehalten. „Egal wie lange es dauert. Und jetzt geh nach oben und mach dich bereit. Dein Gast müsste jeden Moment folgen."

Sie löste ihre Hand von seinem Schritt, verneigte sich diensteifrig und lief dann die Treppe nach oben.

Der Gedanke, dass Sergej seine Gier für sie aufsparen wollte, bereitete ihr Angst ... und die wiederum erregte sie.

Marina und Svedlana machten keinen Hehl daraus, dass sie extrem eifersüchtig darauf waren, dass Sergej all seine Lust auf sie konzentrierte – zumal er von allen Bodyguards der einzige war, der Claires Erlaubnis hatte, die Mädchen zu benutzen, wenn ihm danach war. Den anderen Bediensteten dagegen war es streng verboten, sie auch nur zu berühren.

Doch auch Anya konnte nicht erklären, warum Sergej so sehr auf sie fixiert war, dass er den anderen überhaupt keine Aufmerksamkeit mehr zukommen ließ. Vielleicht weil sie die Einzige war, die wusste und akzeptierte, dass Sex mit ihm ihr keinerlei bevorzugte Behandlung versprach oder brachte … und Sergej wusste, dass sie das wusste und akzeptierte.

Sie erreichte die fünfte Etage und betrat die Mansarde.

Das Dachgeschoss war über die gesamte Fläche offen ausgebaut – mit Ausnahme des Teils, der für sanitäre Anlagen und ein geräumiges Badezimmer mit Wanne und Dusche ausgespart worden war.

Mächtige und stabile Balken standen überall frei – versehen mit großen eingedübelten Metallringen für die verschiedensten Fesselungen. An einer Seite des weiten Raumes stand eine umfangreich ausgestattete Bar aus poliertem Kirschholz, und gleich daneben hingen an über zwei Dutzend Haken ebenso viele Spiel- und Schlagwerkzeuge. Gerten, Flogger, Paddels und Peitschen, aber auch Strap-ons und Dildos, lederne Fesselmanschetten und Klammern und Stricke, Lederriemen und Ketten verschiedener Längen und Stärken.

Über den Raum verteilt standen ein hölzerner Pranger und eine Streckbank, original aus dem Mittelalter, ein großes Vierpfostenbett aus massivem Teakholz, ein mit glattem Leder bespannter, gepolsterter und höhenverstellbarer Bock, ein Käfig aus fingerdicken Stahlgittern, diverse Stühle, Sofas, Tische und Sessel. Von der Decke hing ein horizontal ausgerichtetes Kutschenrad mit hölzernen Speichen und Vorrichtungen, um die Mädchen – oder manchmal auch die Gäste – darauf zu fesseln.

Überall waren Spiegel angebracht – kleine und große, und Anya betrachtete sich in einem davon, um zu überprüfen, ob Outfit und Make-up noch perfekt saßen.

Sie sah, was sie immer sah: Sie war nicht sehr groß, schlank, hatte honigblondes Haar, das ihr bis zur Hüfte hinabreichte, und unter langen dunklen Wimpern unschuldig blickende große Rehaugen. Schmale Hüften und eine Wespentaille, die durch die schwarze Seidenkorsage noch zusätzlich betont wurde.

Ihre grazilen Fesseln und die fast schon winzig kleinen Füße steckten in geschlossenen High Heels. Zwischen den Schuhen und der Korsage trug sie nichts als ihre Halterlosen und einen ebenfalls schwarzen String. Aber sooft sie dieses Bild im Spiegel schon gesehen hatte, hatte sie auch jetzt das Gefühl, eine völlig Fremde anzustarren. Ihr war, als wäre sie tief in ihrem Innern jemand völlig anderes als das Mädchen, das ihr aus dem Glas entgegenblickte. Als wäre dieser wunderschöne Körper mit den hohen und festen Brüsten nicht ihr eigener … und ihr Schicksal ein anderes als das einer ukrainischen Prostituierten in einem Studio für besondere Vorlieben im Herzen von London.

Doch wie sonst auch tat sie diesen verstörenden Gedanken schnell ab als unterbewussten Fluchtversuch vor ihren traumatischen Erinnerungen und der oftmals kalten Realität.

Sie hörte Schritte draußen auf der Treppe, und da war sie wieder, ihre Vorfreude auf die Ablenkung von den düsteren Gedanken. Schnell eilte sie zur Tür und kniete sich wenige Meter davor so auf den Boden, wie sie bereits unten im Salon gekniet hatte. Das schmerzte wegen der High Heels in den Fußgelenken, aber sie war es gewöhnt, Schmerzen zu erdulden … und dieses Erdulden in ihrem Innern in Lust zu verwandeln.

Die Scharniere der Tür quietschten leise, als sie geöffnet und wieder geschlossen wurde, und die Tritte seiner ledernen Absätze auf dem versiegelten Parkettboden hallten durch den weiten Raum, bis er dicht vor ihr stehen blieb – und dort über eine Minute lang schweigend verharrte. Sie konnte fühlen, wie er sie musterte und wie er sich in seinen Gedanken ausmalte, wie er sie gleich am liebsten benutzen würde.

Anya schätzte Männer mit einem Plan. Männer, die wussten, was sie wollten und wie sie es wollten.

Aktive Männer.

Mit den passiven, deren Handeln immer nur bestimmt wurde durch die Taten oder Einladungen der Frau und die so darauf fixiert waren, die weiblichen Vorlieben über die eigenen zu stellen, dass sie das selbst bei einer Professionellen wie ihr nicht abstellen konnten, wusste sie nichts anzufangen.

Aus irgendeinem Grund, dessen Ursache ihr selbst ein ewiges Rätsel war, war sie es müde, die Dinge immer unter ihrer Kontrolle zu haben und zu bestimmen, wo es langging. Es war ja nicht so, als hätte sie jemals im Leben irgendetwas unter Kontrolle gehabt. In der Ukraine nicht – und hier schon gleich gar nicht. Aber auch wenn sie sich nicht erklären konnte, woher diese Müdigkeit stammte, wusste sie doch, dass dieses Gefühl stark war und es die Sehnsucht nach einem aktiven Mann, der sich nahm, wonach ihm war, immer wieder neu entfachte.

So wie jetzt.

„Wie ist dein Name, Sklavin?“, fragte der Gast ruhig. Seine Stimme war tief und fest.

„Mein Name ist Anya“, antwortete sie leise. „Aber natürlich dürfen Sie mich nennen, wie immer Sie wollen, Sir.“

„Dann nenne ich dich Wendy“, sagte er. „Wendy hieß das Dienstmädchen auf dem Landsitz meines Großvaters. Sie war die eifrigste und gehorsamste Bedienstete, die ich jemals erlebt habe. Es gab keinen Befehl, den sie nicht auf der Stelle und ohne zu zögern ausgeführt hätte. Sie kannte ihren Platz, und sie hat ihn zeit ihres Lebens ausgefüllt.“

„Dann ist es mir eine Ehre, für heute Nacht den Namen dieses ganz besonderen Dienstmädchens tragen zu dürfen“, erwiderte Anya und fügte noch schnell hinzu: „Sir.“

Sie verbeugte sich noch ein Stückchen tiefer.

„Sehr gut“, sagte er zufrieden, ging hinüber zu einer dick gepolsterten Chaiselongue und ließ sich lässig darauf nieder, nachdem er seinen Koffer daneben in greifbarer Nähe abgestellt hatte. „Bring mir etwas zu trinken.“

Anya erhob sich geschmeidig aus ihrer knienden Position

und ging, so grazil sie konnte und in dem Bemühen, elegant zu wirken und nicht nuttig, zu der Bar hinüber.

„Was darf es denn sein, Sir?“, fragte sie. „Wir hätten da verschiedene Jahrgangschampagner, diverse Single Malt Whiskeys, Bourbon, spanischen und griechischen Brandy, Cognac, Wodka, Portwein, Sherry.“

„Single Malt“, sagte er. „Drei Finger hoch im Tumbler. Ohne Eis.“

Sie folgte den Anweisungen, stellte das Glas auf ein Tablett und ging damit hinüber zu ihm. Er hatte inzwischen die Beine auf der langen Liege hochgelegt.

Mit einer extratiefen Verneigung, die es ihm gestattete, ausgiebig ihren Ausschnitt zu betrachten, hielt sie ihm das Tablett hin, und er nahm das Glas.

„Zigarre“, sagte er.

Sie verneigte sich noch einmal und ging zurück zur Bar, auf der neben den Drinks ein Humidor stand.

„Cohiba Panetelas“, spezifizierte er.

Sie nahm eine der Havannas aus der Box, legte sie zusammen mit einem Zigarrenschneider, einer Schachtel langer Zedernholzspäne, einem Gasfeuerzeug und einem Aschenbecher auf das Tablett und trug sie zu ihm hinüber.

Seine dunklen Augen fixierten sie über den Rand des Glases hinweg, und sie spürte, wie er sie mit seinem Blick berührte. Es war ein gelassener Blick – der Mann war sich seiner Macht über Anya bewusst. Wer bezahlt, bestimmt. Er schaute sie an, wie man eine Ware oder eine Trophäe anschaute – wenn auch eine sehr kostbare, und wo immer sie dieser Blick traf, kribbelte es. Auf den Wangen … ihren Lippen … den Schultern … ihrem Dekolleté … den Schenkeln … und dazwischen. Es war die Klarheit, sich ihm unterwerfen zu können, ja zu müssen, die Anya faszinierte – nichts zu entscheiden, sondern nur zu gehorchen und seiner Macht über sie gefügig zu sein.

Bei ihm angekommen, kniete sie vor ihm nieder und hielt das Tablett so, dass er sich bedienen konnte.

„Zünde sie mir an“, sagte er stattdessen.

Anya nickte gehorsam, stellte das Tablett auf einen kleinen Tisch neben ihr, nahm die Cohiba und den Schneider, der wie ein kleines Fingerfallbeil aussah, und schnitt das hintere Ende der Zigarre ab. Dann legte sie den Schneider, die Zigarre und den in ihrer Handfläche aufgefangenen Tabakrest zurück auf das Tablett, entzündete einen der langen Zedernholzspäne mit dem Gasfeuerzeug und wärmte die Havanna vor, indem sie sie mit spitzen Fingern in gebührendem Abstand über der Flamme hin und her drehte. Claire hatte ihr das beigebracht; so wie sie das jedem der Mädchen des Studios beigebracht hatte.

„Die Beine breit machen kann jede Straßenhure“, pflegte Claire stets zu ihnen zu sagen. „Es ist der Stil, der die Kurtisane von der Nutte unterscheidet.“

Als die Cohiba warm genug war, steckte Anya das abgeschnittene Ende zwischen die Lippen und hielt den gleichmäßig brennenden Span unter das vordere – wobei sie die Zigarre dabei wieder hin und her drehte, damit die Glut gleichmäßig griff. Sie schmeckte den Tabak, und der milde Rauch umschmeichelte ihre Nase. Die meisten normalen Zigarren stanken – Cohibas dufteten. Sie dufteten nach Mann und nach Erfolg – und zugleich erinnerte ihr Geruch an ursprüngliche Gewalt – an Rauch und Feuer.

Anyas Gast lächelte ein kleines, versonnenes, aber zugleich auch erregtes Lächeln, während er sie beim Anpaffen betrachtete, so als sei sie ein besonders kostbares Gemälde in einem Museum. Er bezahlte eine Unsumme für die Illusion, ein Adliger in einer anderen, lange vergessenen Zeit zu sein, und er kostete jede einzelne Sekunde davon aus. Zweifellos hatte er das schon oft gemacht; da war keine Spur von Unsicherheit oder Scham – nur die Sicherheit, dass Anya für hier und jetzt ihm gehörte. Eine Sicherheit, die ihre Neigung, sich starken Männern zu unterwerfen, ganz tief im Innern packte und zu einer Lust entfachte, die es ihr in Nacken und Bauch warm werden ließ.

Anya reichte ihm die Zigarre, und er zog genussvoll daran. Die Havanna in der einen, das Glas in der anderen Hand hielt er den Rauch für einige Momente im Mund, ehe er ihn dann in kleinen Kringeln hervorblies.

„Zieh mir die Schuhe aus, Wendy", sagte er, und Anya beugte sich auf Knien nach vorn, um die Schnürsenkel mit langsamen Bewegungen zu öffnen und ihn dann von seinen Schuhen zu befreien, um sie ordentlich nebeneinander unter die Chaiselongue zu stellen.

„Braves Mädchen", kommentierte er und deutete dann mit der Hand, in der er die Zigarre hielt, auf seinen Schoß. „Und jetzt lutsch meinen Schwanz."

Er sagte das genauso beiläufig und selbstverständlich, wie er zuvor den Drink und die Zigarre geordert hatte, und das kickte Anya noch mehr. Sie fühlte den leise ausgesprochenen Befehl zwischen ihren Schenkeln pochen und beugte sich nach vorn, um seinen Gürtel und seinen Reißverschluss zu öffnen, während er sie weiter beobachtete, an seinem Single Malt nippte und genüsslich weiterrauchte.

Mit geübten Händen glitt sie unter den Bund seiner Shorts und zog sie mit einer fließenden Bewegung gerade so weit nach unten, dass sein bereits halb steifer Schwanz freigelegt wurde.

„Nur Mund", sagte er leise, aber herrisch.

Seine Worte und das Selbstbewusstsein, mit dem er sie aussprach, waren wie Fäden, die an ihrer eigenen Lust zogen wie an einer Marionette. Anya bückte sich nach vorn und öffnete die Lippen, um ihn sanft dazwischenzusaugen. Er schmeckte nach teurem Duschgel und gleichzeitig klar nach Mann. Der Duft seiner Haut kletterte ihr, zusammen mit den Pheromonen, in die Nase hoch und hinterließ eine erste Spur von Trunkenheit bei ihr.

Ihr Gast stieß einen leisen zufriedenen Laut aus.

Sie leckte in ihrem Mund über die warme Haut und spürte, wie er weiterwuchs und immer härter wurde, sodass sie schon nach wenigen Momenten langsam nickend über die gesamte

Länge auf und ab lutschen konnte. Sie spürte seinen Puls zwischen ihren Lippen, hörte, wie das Glas zur Seite gestellt wurde, und fühlte dann, wie er sie fest im Nacken packte. Es war ein Griff der Inbesitznahme. Meisterlich – ohne zu zögern. Wie der Griff eines Raubvogels, der Anya zu seiner willigen Beute machte.

Er drückte sie so tief, dass sie ein wenig keuchen musste, und hielt sie so lange unten, bis ihr schwarz vor Augen wurde. Dann zog er ihren Kopf wieder ein Stück nach oben und dirigierte mit festen Fingern den Takt ihres Blowjobs.

Anyas Herz begann noch stärker zu schlagen, und ihr Atem wurde tiefer. Der gleichmäßige Rhythmus, mit dem sie ihn lutschte und an ihm saugte, fing an, sie in eine wohlige Trance zu versetzen. Sie wurde zu seinem lebendigen Werkzeug, und all ihr Streben richtete sich jetzt ausschließlich darauf, ihren Gast zu erregen und zu befriedigen.

Sie übernahm den von ihm vorgegebenen Takt vollends, sodass sie bald, auch ohne dass er fester drückte, ganz von selbst so weit nach unten nickte, bis seine inzwischen pralle Eichel sie zum Würgen brachte. Das schnürte ihr für einen Moment die Luft ab – was den süßen Nebel verdichtete, in dem sie schwerelos zu schweben schien. An den wohligen Seufzern, die ihr Gast dabei ausstieß, erkannte sie, wie sehr ihn der Gedanke erregte, sie auf diese Weise sanft zu foltern.

Als er die Hand von ihrem Nacken nahm und begann, ihre Korsagenschnürung auf dem Rücken aufzunesteln, machte sie deswegen genau so weiter. Jetzt musste sie ihre Lippen schon weiter spreizen, um ihn aufzunehmen, und nur mit Mühe und tränenden Augen erreichte sie die Wurzel. Der Duft und der Geschmack nach Mann wurden intensiver.

„Braves Mädchen", sagte er wieder, und seine ohnehin schon bassige Stimme klang jetzt noch eine gute Oktave tiefer – animalischer, rauer … ehrlicher.

Er hatte die Korsage so weit gelöst, dass er nun ohne Probleme unten in den Ausschnitt greifen und ihre linke Brust in die Hand nehmen konnte, um sie gleich darauf in demselben Takt mit seinen kraftvollen Fingern zu kneten, in dem sie ihn lutschte. Eine weitere hungrige Geste der Besitznahme.

Anya überließ sich nur zu gerne seiner Führung. Als er den Takt beschleunigte, lutschte sie schneller, als er härter zugriff, saugte sie fester ... als er ihren Nippel zwischen zwei Finger und den Daumen nahm, gnadenlos zupackte und ein wenig daran zog, stöhnte sie auf vor Lust.

„Steck eine Hand in deinen Slip und mach es dir selber, während du weiterbläst", befahl er, und sie gehorchte.

Die glatt rasierte Haut unter ihren Fingerspitzen glühte bereits angenehm warm, und sie steckte ihre Hand so weit zwischen ihre Schenkel, dass sie fühlen konnte, wie feucht sie schon war. Sie nahm ein wenig von der Nässe auf und verrieb sie mit langsam kreisenden Bewegungen auf ihrer Klit, während sie darauf achtete, mit ihrem Mund den Rhythmus beizubehalten.

Seine Finger kniffen ihren Nippel jetzt noch fester und zwirbelten ihn hin und her, sodass es in ihrer Brustspitze zu prickeln begann. Hitze stieg ihr zwischen die Schenkel und in den Nacken, ihre Wangen brannten, und ihr Atem ging immer schwerer.

„Reib dich fester", verlangte er, und wieder gehorchte sie, legte Zeige- und Mittelfinger links und rechts neben ihre Klit und rieb sich mit kleinen harten Stößen – so wie sie es sich selbst machen würde, wenn sie alleine wäre.

Sie wusste, dass er keine aufgesetzte Show sehen wollte und durchschauen würde, wenn sie ihm nur etwas vorspielte. Außerdem war ihre eigene Lust viel zu groß, um ihr nicht nachzugeben, und die weitverbreitete Propaganda, dass Huren wie sie darauf achten sollten, keine eigenen Orgasmen zuzulassen, hielt sie für ausgemachten Schwachsinn. Wenn man diesen Job schon machen musste, konnte man ihn ebenso gut in vollen Zügen genießen.

Seine Fingernägel an ihrer Brust entlockten ihr an ihrem keuchenden Atem vorbei ein unterdrücktes Quieken, und sie fühlte, wie sein Schwanz in ihrem Mund immer heftiger pochte. Doch sie spürte auch, dass er, ganz anders als sie, noch weit davon entfernt war, zu kommen. Er war mit Sicherheit nicht hier, um sich so schnell und so simpel zu verausgaben.

Als hätte er ihre Gedanken gelesen, knurrte er lüstern: „Komm für mich!“

Anya rieb noch schneller und presste ihre Brust gegen seine klammernden Finger, um ihm zu zeigen, dass er ruhig noch härter zupacken konnte … was er ohne zu zögern tat.

Sie stieß einen von seinem Schwanz erstickten Lustschrei aus … und kam.

In dem Moment packte er mit seiner anderen Hand ihren Hinterkopf und drückte ihn so tief auf sich herab, dass sie nun gar keine Luft mehr bekam und ihr fast augenblicklich wieder schwarz vor Augen wurde. Sie zitterte am ganzen angespannten Leib, rieb ihre Klit noch drei- oder viermal und ließ die Klimax durch sich hindurchbranden.

Er stöhnte auf.

So verharrten sie für bestimmt eine halbe Minute, ehe er sie losließ. Sie schnappte wie eine Ertrinkende nach Luft, er aber grinste nur und nahm einen weiteren Schluck Whiskey.

„Öffne den Koffer“, befahl er.

Sie zog ihn zu sich und öffnete ihn. Dabei sah sie in einem der Spiegel, dass unter den Tränen ihre Wimperntusche verlaufen war und ihre Mundwinkel nass waren von ihrem eigenen Speichel.

In dem Koffer lagen Kondome, ein Paar Nippelklemmen, die mit einer langen Kette aus Stahl miteinander verbunden waren, ein ebenfalls stählerner Anal-Plug, ein nagelneuer Ballknebel aus Leder, ein Pinwheel mit spitzen Dornen, wie es Ärzte zum Überprüfen von Nerven unter der Haut benutzten, und ein Flogger mit mehr als einem Dutzend lederner Striemen, deren vordere Enden geknotet waren, um den Schmerz zu vergrößern, wenn man damit zuschlug.

Und dann war da noch ein dicker gekrümmter Strap-on-

Vibrator mit einem zweiten Extrafortsatz zur Stimulation der Klit.

„Zieh dich aus und leg dir die Klammern an“, sagte er.

Sie stand auf, schlüpfte aus der Korsage und dem Slip, aber als sie auch die Halterlosen und die Heels ausziehen wollte, schüttelte er mit dem Kopf. Dann nahm sie die Klemmen und brachte die erste davon an ihrem bereits stark beanspruchten Nippel an. Der Schmerz war kaum erträglich und doch irgendwie ein süßer, und sie seufzte leise.

„Dachte mir, dass dir das gefällt“, sagte er zufrieden, und am Glanz in seinen Augen konnte sie erkennen, wie sehr sie ihn anmachte.

Sie wurde rot und legte auch die zweite Klemme an. Das in ihre Brustspitze blitzende Gefühl war so stark, dass ihr der Atem für einen Moment lang stockte.

Ihr Gast setzte sich auf, griff nach der Kette, die bis fast zu ihrem Bauchnabel herunterhing, und zog daran.

Ein kleiner spitzer Schmerzensschrei entfuhr ihr, der sich jedoch fast im selben Moment schon wieder in ein Stöhnen verwandelte, als er mit der anderen Hand zwischen ihre Schenkel griff und seinen Mittelfinger an ihrer Klit vorbei in ihr nach oben schob.

Ihre Beine begannen zu beben, und er griff fester zu, die Zigarre zwischen seinen Zähnen haltend. Wieder stieg ihr der wohlriechende Rauch in die Nase und entfaltete seine sie noch weiter berauschende Wirkung.

Der Daumenballen des Mannes lag jetzt mit hartem Druck auf ihrer köstlich empfindsamen Klit und rieb daran auf und ab, während er sie mit dem Finger fickte. Dabei zog er so fest an der Kette, dass sie gar nicht anders konnte, als sich mit dem Oberkörper nach vorn zu beugen, bis ihr Gesicht ganz dicht vor der glühenden Spitze der Havanna schwebte.

Er genoss die Angst in ihrem Blick sichtlich und fingerte sie mit sanften, aber zugleich kräftigen Bewegungen nur noch tiefer.

„Komm noch einmal für mich“, sagte er und zog die Kette jetzt von links nach rechts und wieder zurück, dass sich der Zug auf ihren brennenden Nippeln abwechselte.

Das Aroma ihrer eigenen Lust, ihres Körpers schwebte in der Luft, vermischte sich mit dem süßschweren Rauch, und sie fühlte nur noch seine vor und zurück drückende Hand an ihrer Klit, den Finger in ihr und die süßen Blitze, die die Klemmen in ihre Brüste sandten.

Es fiel ihr schwer, sich auf den Beinen zu halten, aber sie zwang sich schwer atmend dazu.

Er schob einen zweiten Finger zu dem ersten und ließ beide in ihr kreisen … sie war ihm ausgeliefert … und schon nach nur wenigen Momenten war sie wieder so weit.

Der zweite Höhepunkt schwappte durch ihren Körper und war heftiger als der erste. Ihr kam es vor, als würde er sie nur mit der Kraft seiner Hand zwischen ihren Schenkeln aufrecht halten, so sehr zitterten ihre Beine.

Doch er ließ ihr keine Zeit, sich zu erholen, sondern stand auf und ging hinüber zu dem Pranger, während er sie hart an der Kette der Klemmen hinter sich herzog.

Er öffnete die obere Hälfte des aufklappbaren Holzbalkens und zwang sie dazu, den Kopf und die Handgelenke in die dafür vorgesehenen Mulden zu legen, sodass ihr Oberkörper jetzt im rechten Winkel zu ihren Beinen stand. Dann verriegelte er das Folterinstrument, trat nach vorne herum und fickte sie mit seinem noch immer harten Schwanz wieder in den Mund.

„Gefällt dir das, Wendy?“, fragte er, und weil sie nicht reden konnte, nickte sie eifrig.

Er nahm sie so tief, dass ihr schon bald die Spucke über die Mundwinkel herablief und erneut Tränen in ihre Augen schossen. Die Kette schwang frei zwischen ihren Brüsten und reizte sie immer weiter.

Mit beiden Händen hielt er ihr Gesicht und benutzte ihre Kehle wie eine Pussy. Das machte Anya nicht körperlich an, aber die Demütigung erregte sie ungemein. Das hilflose Spielzeug eines Mannes zu sein … ihn und seine Lust gewähren zu lassen … das kickte sie so sehr, dass ihr beinahe schwindlig wurde vor lüsterner Trunkenheit.

Erst nach einer ganzen Weile ließ er von ihr ab und ging hinüber zum Koffer, aus dem er den Flogger und den Ballknebel holte.

„Ich werde dir jetzt wehtun, Wendy", sagte er mit sadistisch funkelndem Blick.

„Was immer Ihnen Freude bereitet", sagte sie, „bereitet auch mir Freude, Sir."

Sie wusste ganz genau, wie er tickte und was sie sagen und tun musste, um ihn so sehr zu begeistern, dass er wiederkommen und dann auch wieder sie buchen würde. Das Erfolgsgeheimnis des Studios bestand darin, Freier nicht einfach abzufertigen, sondern sie süchtig zu machen, damit sie Stammkunden wurden. Und je mehr Stammkunden ein Mädchen hatte, umso besser wurde es von Claire behandelt. Größere Zimmer, schönere Kleidung, ja sogar besseres Essen.

Doch auch ohne diesen Anreiz hätte Anya gesagt, was sie gesagt hatte, weil sie es so meinte und weil irgendetwas in ihr Schmerzen liebte … so als hätte sie in einem früheren Leben irgendetwas getan, womit sie es verdient hatte, in diesem bestraft zu werden.

Er trat wieder vor sie und legte ihr den Ballknebel an, indem er ihr die Kugel zwischen die Zähne steckte und die Riemen fest auf dem Hinterkopf verschnürte. Der süßwürzige Geschmack des Knebels nach sauberem Leder öffnete eine weitere Pforte zu ihren eigenen niederen Trieben und Instinkten, und selbst wenn Anya es gewollt hätte, hätte sie jetzt nicht mehr schreien können.

Er nahm den Flogger vom Pranger, wo er ihn abgelegt hatte, und trat hinter sie. Die Sekunden, die jetzt verstrichen und in denen nichts geschah, außer dass sie sein schweres erregtes Atmen hörte, fühlten sich an wie eine kleine Ewigkeit.

Dann endlich sausten die Lederstriemen durch die Luft.

Die geknoteten Enden trafen sie hart auf der rechten Backe. Der spitze Schmerz ließ sie stumm in den Knebel schreien und ihre Zähne in das Leder graben. Tränen schossen ihr in die Augen – und eine brennende Hitze in den Unterleib.

Der zweite Schlag folgte nur drei Sekunden später – auf die andere Backe; und wieder zuckte sie zusammen und verkrampfte jetzt die Hände so fest zu Fäusten, dass sich ihre Fingernägel tief in die Handballen drückten. Anders als viele, die dieses Spiel nur spielten, schlug er richtig zu.

Ungebremst.

Mit voller Wucht.

Die Hitze in ihrem Hintern und ihrem Schoss wuchs noch weiter an, und sie verdrehte vor Lust die Augen. Ihr Herz schlug ihr bis zum Hals, und in den Knebel hineinschreien zu können, ohne dass es jemand hören konnte, hatte etwas Befreiendes.

Er hatte ihr Schmerzen versprochen – und er hielt sein Versprechen. Im langsamen, aber gleichmäßigen Takt von drei bis vier Sekunden zwischen jedem Hieb schlug er zu, und sie verkrampfte sich mehr und mehr. Er beließ es nicht nur bei Schlägen auf ihren Hintern, sondern bezog schon bald auch den Rücken und die Oberschenkel mit ein. Nur zwischen den Schenkeln traf er sie nicht – er wollte sie quälen, nicht außer Gefecht setzen.

Die Spucke sammelte sich in Anyas Mund und tropfte links und rechts neben dem Knebel vorbei zu Boden. Der Ledergeschmack wurde immer intensiver. Sie ließ den Kopf hängen, so weit der Pranger das zuließ, und stemmte sich mit breit auseinandergestellten Füßen den Schlägen entgegen. Schwarze und gelbe Punkte tanzten in dem Rot vor ihren Augen, und sie keuchte wie unter großer Anstrengung … immer mehr staute sich mit dem Blut in ihren Adern die Hitze in ihrem Schoß, und sie sehnte sich nach erlösender Befreiung. Es war ein Vorspiel, dem nicht nur sie, sondern auch ihr Leib und ihre

Lust auf eine fast schon mechanische Art und Weise ausgeliefert waren.

Er ging zum Koffer und kehrte mit dem Pinwheel, dem Plug und dem Vibrator zurück. Dann verschwand er wieder hinter ihr, und sie konnte trotz der vielen Spiegel nicht sehen, was er tat … aber fühlen konnte sie es.

Er setzte das Pinwheel mit seinen nadelspitzen Dornen auf die Haut ihres Hinterns und rollte es über die von dem Flogger geschlagenen Striemen. Wieder zuckte sie auf vor Schmerz, und wieder erstickte der Knebel zwischen ihren Zähnen ihren Schrei.

Der Schmerz war anders als die Schläge mit der mehrschwänzigen Peitsche – weniger groß, aber dafür feiner und kein Stück weniger tief, eher im Gegenteil. Durch die rollende Bewegung der Nadeln war er außerdem längergezogen. Anya spürte, wie das Pochen in ihrem ohnehin glühenden Schoß immer heftiger wurde … immer hungriger.

Die süße Qual machte Anya mehr und mehr zum willigen Opfer ihrer eigenen Gier. Ein feiner Schweißfilm hatte sich auf ihre Haut gelegt, und sie roch den Duft ihrer und seiner Lust.

Sie wollte ihn in sich spüren, wusste aber, dass sie das nicht aussprechen durfte – selbst wenn der Knebel es nicht ohnehin verhindert hätte. Es war sein Spiel, er bestimmte die Regeln. Er würde sie nehmen, wenn und falls ihm danach war.

Doch noch ließ er sie warten. Noch spielte er auf ihrer Begierde wie auf einer Violine. Er legte das Pinwheel zur Seite, und sie hörte, wie er den Vibrator einschaltete. Nur wenige Momente später fühlte sie dessen Spitze am Eingang ihrer Pussy. Er drehte ihn einige Male genussvoll langsam hin und her, um ihre Nässe aufzunehmen, die allein schon durch die Vibration an ihrer empfindlichen Haut mehr und mehr zunahm, und schob ihn dann sanft gleitend in sie hinein.

Das intensive Gefühl, das sie dabei durchzuckte, ließ Anya sich aufbäumen, und fast hätten ihre Füße ihr die Dienste versagt; sie war froh, dass sie in dem Pranger gefesselt war und der sie auf den Beinen hielt.

Sie fühlte die vibrierenden Zentimeter in sie hineinkriechen und sie von innen heraus erfüllen, bis auch der kleine Fortsatz endlich gegen ihre Klit drückte und sie aufs Köstlichste massierte.

Anya konnte es kaum noch erwarten, dass ihr Gast endlich damit beginnen würde, sie mit dem Vibrator zu ficken. Doch er hatte andere Pläne. Hart ließ er die Gurte gegen ihre Haut schnappen, während er den Strap-on fixierte, und nahm erneut den Flogger zur Hand.

Er schlug zu – und der Schlag ließ sie zusammenzucken … was zugleich die Berührung des Vibs unglaublich intensivierte. Sie stöhnte wollüstig in den Knebel hinein.

Ein zweiter Schlag … dann ein dritter … und ein vierter.

Wellen der Erregung peitschten durch Anya hindurch.

Je fester er schlug, umso härter verkrampfte sie sich … umso deutlicher fühlte sie den Vibrator in sich … und an ihrer Klit.

Er erhöhte den Takt der Schläge. Zunächst nur ganz leicht, aber dann immer schneller.

Tschak – tschak – tschak – tschak, klatschte es auf ihre Backen, und ihr blieb fast die Luft weg vor Geilheit. Es war, als würde sie mit schnellen und kurzen, aber dafür unsagbar harten Stößen gefickt.

Sie hechelte, stöhnte, schrie gegen den Knebel.

„Komm für mich!“, rief er über das Klatschen der Schläge hinweg. „Komm!“

Und sie kam.

Es war, als würde ein Damm in ihr brechen … ein Vulkan explodieren. Die Welt stand still, und ihr Atem stockte. Und irgendwann in diesem Moment jenseits aller Wirklichkeit hatte ihr Gast es geschafft, auch noch den Plug anzubringen. Anyas ganzer schlanker Körper verkrampfte sich, und wieder grub sie die Nägel in ihre Handflächen, während die Klimax durch sie hindurchjagte wie ein Orkan.

Doch er schlug weiter … und sie kam weiter … mehrfach …

in schneller Folge. Es war ein wahres Stakkato von Hieben und Orgasmen … und sie japste am Knebel vorbei nach Luft, um nicht ohnmächtig zu werden von all den Empfindungen, die über sie hinwegstürmten.

Dann, plötzlich, sah sie ihn durch ihren rauschverschleierten Blick hindurch vor ihr stehen. Er hatte noch immer die Zigarre im Mundwinkel zwischen den Zähnen eingeklemmt, und seine Augen glühten vor Gier. Mit aufreizend langsamen Bewegungen streifte er das Kondom ab, das er irgendwann zwischendurch angezogen haben musste, schloss die rechte Faust um seinen Schwanz und wichste ihn schnell und hart … wobei er genau auf ihr Gesicht zielte.

Der Strap-on in ihr vibrierte weiter und versetzte auch den Plug in Schwingungen. Die beiden Teile berührten sich in ihr. Der Klitstimulator saß noch immer da, wo er hingehörte, und reizte sie aufs Herrlichste. Selbst wenn sie es gewollt hätte, hätte Anya jetzt nicht aufhören können, zu kommen.

Aber sie wollte nicht.

Sie genoss es in vollen Zügen.

Und sie wollte ihn kommen sehen.

Mitten in ihr Gesicht.

Sie wollte seinen heißen Saft spüren. Auf ihrer Stirn, ihren Wangen, ihrem Kinn, ihren Lippen.

Ganz offenbar sah er das gierige Verlangen in ihren schminke- und tränenverschmierten Augen, denn er beschleunigte die Bewegung seiner Faust … und kam.

Er stieß ein befreites Knurren aus und traf sie, wo sie getroffen werden wollte.

Dann drückte er ihn an die Stellen ihres Gesichts, die er nicht getroffen hatte, um die letzten dickflüssigen Tropfen an ihr abzuwischen. Sein süßsalziges Aroma stieg ihr in die Nase und machte den letzten ihrer Orgasmen zu einem besonders heftigen.

Ohne sie eines weiteren Blickes zu würdigen, packte er sein Glied in die Hose zurück und verschloss sie. Dann trat er wieder hinter Anya und entfernte Plug und Vibrator. Sie empfand leichtes Bedauern, weil der würdelose, ja animalische Zustand, in den er sie damit gebracht hatte, wenn es nach ihr gegangen wäre, noch endlos hätte anhalten dürfen.

Er warf beides in einen Abfalleimer und legte nur den Flogger zurück in den Koffer.

Den Knebel ließ er in ihrem Mund.

Nachdem er den Koffer geschlossen hatte, trank er, mit dem Rücken zu ihr, den Whiskey leer und verließ die Mansarde, ohne sich noch einmal zu ihr herumzudrehen.

Allerdings sagte er noch einmal „Braves Mädchen", ehe er die Tür endgültig hinter sich geschlossen hatte, und Anya war auf seltsame Weise erfüllt von Dankbarkeit.

Sie hörte, wie die Schritte auf der Treppe draußen immer leiser wurden, und allmählich beruhigte sich der erregte Schlag ihres Herzens. Ihre Position im Pranger war unbequem ohne Ende, und sie hatte einen mörderischen Durst, doch sie stellte sich mental darauf ein, hier noch eine ganze Weile auszuharren. Sergej hatte seinen Besuch angekündigt – und der hünenhafte Bodyguard war ein Mann, der seine Versprechen zu halten pflegte.

Anya freute sich auf ihn.

Sie wusste, dass er sie, wie immer, rau und zügellos benutzen würde, ohne jede Scham oder Zurückhaltung, wild und stark, und sie kannte seine fast schon unglaubliche Ausdauer.

Er würde ihr das geben, was ihr ihr Gast vorenthalten hatte. So gesehen, konnte sie heute Nacht ihren Job als Vorspiel betrachten. Und sie war dankbar dafür. Dankbar für jede Minute, in der sie nicht nachdenken musste. Dankbar für jeden einzelnen Moment, in dem ihre Lust und ihre Erregung sie daran hinderten, sich zu erinnern … an ihr schäbiges Zuhause in der Ukraine … und auch daran, zu träumen – von all diesen schrecklichen Bildern und Szenen, die sie Nacht für Nacht heimsuchten.

Als sie daher jetzt Sergejs schwere Tritte auf den hölzernen

Stufen draußen vor der Tür wahrnahm, lächelte sie erleichtert – so weit es der Knebel in ihrem Mund zuließ.

Der Bodyguard öffnete die Tür und musste sich bücken, um nicht mit dem Kopf am oberen Rahmen anzustoßen, während er die Mansarde betrat. Er sah Anya sofort – die Lage, in der sie gefangen war … ihre Wehrlosigkeit … ihren Zustand … und zweifelsfrei auch ihre Erregung.

Er betrachtete sie mit einem wolfsgleich lüsternen Grinsen, ging zur Bar und schenkte sich einen großen Schluck Single Malt ein, den er in einem einzigen Zug wegkippte.

Dann zog er sich in aller Seelenruhe aus.

Anyas Atem beschleunigte sich wieder, als sie ihm dabei zusah, wie er sein Jackett, seine Schulterholster und sein Hemd ordentlich über einen der Sessel hängte. Sein breiter wohlgebräunter Oberkörper war bis zur letzten Faser durchtrainiert wie der eines olympischen Zehnkämpfers mitten im Training, nur dass Sergejs glatte und angespannte Haut über und über mit blauschwarzen Tattoos versehen war, was ihn noch sehr viel kriegerischer wirken ließ.

Er schlüpfte aus seinen Schuhen und Socken, legte den Unterschenkelholster ab und zog schließlich Hose und Slip aus. Sein großer Schwanz war bereits fast völlig steif und wippte verführerisch, während er die beiden Automatikpistolen aus den Holstern nahm und zu Anya hinüberging.

Seine Bewegungen waren durch sein tägliches Training und die Kraft seiner gestählten Muskeln dynamisch wie die eines Tigers. Auch seine straffen Schenkel waren kunstvoll tätowiert, und die verschlungenen Muster bewegten sich bei jedem bewusst gesetzten Schritt.

Seine blauen Augen brannten kalt und heiß zugleich.

Er ging an ihr vorüber und legte die Pistolen so ab, dass er sie im Falle eines Falles schnell greifen und benutzen können würde. Dann fühlte Anya, wie er sich hinter sie stellte. Seine Haut glühte warm gegen die ihre.

Er packte sie mit der riesigen Linken, die um so vieles stärker war als die ihres Gastes eben, an Taille und Hüfte und drückte mit der Rechten seinen dicken Schwanz gegen ihre Pussy und ihre Klit, um ihn genussvoll langsam, aber mit festem Druck daran noch härter zu reiben. Ja, so selbstbewusst und sicher ihr Freier gewesen sein mochte, Sergej war all das in doppeltem, wenn nicht gar dreifachem Maße. Sergej war eine Urgewalt … ein echter Mann. Es machte schon einen gewaltigen Unterschied, ob man sein Leben in einem Büro in der Oxford Street verbrachte und eine wohlbehütete Kindheit in Kensington hinter sich hatte oder ob man in Russland auf der Straße aufgewachsen war. Es war mehr als nur Muskelkraft, die Sergej ausstrahlte, und auch mehr als bloß die Autorität, die man sich mit Geld kaufte – es waren die Kraft und die Macht eines Kriegers.

Anya stöhnte mit jedem einzelnen Mal, das die pralle und von ihrem eigenen Saft befeuchtete Eichel über ihre Klit tanzte, berauscht in den Knebel hinein. Ihre Schenkel zitterten jetzt noch viel heftiger als zuvor bei ihrem Gast. Ihre Sehnsucht war zur lodernden Gier entfacht. Sie drängelte ihm, so weit es der Pranger zuließ, ihren Schoß fast schon ungeduldig entgegen.

Dann war Sergej so weit. Er setzte seine pochende Spitze gegen ihren nicht minder pulsierenden Eingang, packte sie dann mit der Rechten an ihrer schmalen Taille …

… und stieß kraftvoll zu.

2. KAPITEL

Loyalität

Maggie stieß einen Freudenschrei aus.

Mit im Flugwind wehenden Haaren saß sie auf Axels nacktem Rücken wie auf dem Rücken eines Pferdes, während seine mächtigen pechschwarzen Schwingen sie beide durch den Nachthimmel trugen. In dem Flussbett unter ihnen spiegelten sich Myriaden von Sternen, und weiter vor ihnen erkannte sie die dunkle Silhouette des abessinischen Hochlands. Maggie wusste, dass sie damit ihrem Ziel schon ganz nahe waren.

Unsterblichkeit.

Axel hatte ihr versprochen, dass eine der Elohim sie unsterblich machen konnte – wenn sie das wollte, und sie waren jetzt auf dem Weg zu der Malikat Bilkis. Die Malikat war eine der Elohim, die sich nach dem Großen Krieg dazu entschieden hatten, in menschlichem Körper für immer auf der Erde zu bleiben, statt in den Himmeln zu wohnen, woher sie gekommen waren. Sie lebte in ihrer uralten Festung unter der Insel Dek Deset im See von Tana, und obwohl sie sich schon lange von den Menschen zurückgezogen hatte, kannten die alten Legenden sie noch heute – als die Königin von Sheba.

Axel beschleunigte den Schlag seiner riesigen Flügel, und sie gewannen unverzüglich an Höhe, um schließlich über das weite zerklüftete Hochplateau hinwegzugleiten. Schon bald sah Maggie am Horizont vor sich den riesigen, im Licht der Sterne funkelnden See. Kurz darauf erkannte sie auch den großen dunklen Fleck darin, der zweifellos die Insel Dek Deset war.

„Halt dich fest“, sagte Axel mit seiner unvergleichlich tiefen samtigen Stimme. „Wir landen.“

Maggie beugte sich nach vorn zwischen seine Schwingen und legte die Arme um seinen muskulösen Nacken. Axel richtete sich im Flug auf und sank senkrecht am Ufer des Gewässers zu Boden.

Maggie ließ sich auf die Füße gleiten und stellte sich neben ihn.

„Hier lebt sie also."

„Seit Jahrtausenden", sagte er und blickte gen Osten zu den schwarzen Umrissen der Insel.

„Bilkis", rief er mit lauter Stimme über den See hinweg. „Malikat Bilkis!"

Maggie lauschte dem Echo und wartete gespannt auf eine Reaktion. Sie lauschte und wartete so lange, bis sie schließlich in der sie umgebenden Stille den Schlag ihres eigenen Herzens hören konnte.

„Sie ist weg", folgerte sie, als sie keine Antwort vernahm. Sie schämte sich nicht dafür, dass sie traurig klang.

„Nein", erwiderte Axel. „Sie ist hier. Ich kann sie spüren. Sie beobachtet uns."

„Deine Sinne sind so fein wie eh und je, Gefallener", sagte da plötzlich eine sanfte Stimme hinter ihnen.

Maggie und Axel drehten sich herum.

Auf einem Felsbrocken nur wenige Meter entfernt saß eine schattenhafte Gestalt. Ihr seidig leichter Umhang und ihr beinahe ebenso langes Haar wehten im Nachtwind.

Maggie brauchte einen Moment, um sie in der Dunkelheit, die sie umgab wie ein zweiter, leicht pulsierender Schleier, deutlicher zu erkennen – und ihre Schönheit raubte ihr beinahe den Atem. Bis auf den Umhang und das ihren schlanken, hochgewachsenen Leib umspielende Haar war sie nackt. Ihre Haut war so glatt und schwarz wie poliertes Ebenholz, ihre Augen groß und pechschwarz.

Axel verneigte sich ehrerbietig vor ihr, und Maggie tat es ihm instinktiv nach. Selbst wenn sie es von Axels Erzählungen noch nicht gewusst hätte, konnte sie deutlich spüren, dass sie einem uralten, mächtigen Wesen gegenüberstand.

Älter als diese Welt – ja älter noch als Axel.

„Nin'Gal“, sagte er ehrfurchtsvoll.

Sie lächelte, doch Maggie konnte die traurige Qualität dieses Lächelns erkennen.

„So hat mich schon seit Äonen niemand mehr genannt“, sagte sie. „Seit du mit deiner Rebellion alles auf den Kopf gestellt hast.“

„Dein Bruder war der wahre Rebell, nicht ich“, erwiderte Axel mit finster werdendem Blick. „Ich habe lediglich getan, was getan werden musste und was außer mir niemand zu tun wagte.“

„Es stand dir als Engel nicht zu, dich gegen einen der Elohim zu erheben“, herrschte sie ihn an.

„Eure Untätigkeit ließ mir doch gar keine andere Wahl“, gab er nicht minder barsch zur Antwort. „Er hätte in seiner Herrschsucht alles zerstört, was ihr geschaffen habt und was zu beschützen ich geschworen hatte. Und das nur, weil die Menschen nicht bereit waren, ihm willenlos und blind zu gehorchen.“

„Vielleicht wäre das letzten Endes sogar das Beste gewesen. Für uns alle.“

„Ihr habt sie nicht mit freiem Willen erschaffen, nur damit sie dann zu Sklaven der Willkür eines Einzelnen werden.“

Sie seufzte. „Nein, das haben wir nicht.“

Ohne dass Maggie gesehen hätte, dass sie sich überhaupt aufgerichtet hatte, schwebte sie jetzt in gerader Haltung durch die Luft von dem Felsbrocken herab auf sie zu.

„Was willst du, Azazel?“, fragte sie, als sie vor ihnen gelandet war. Sie war um einiges größer als Maggie.

„Du schuldest mir noch etwas.“

„Daran musst du mich nicht erinnern“, sagte sie. „Womit kann ich meine Schuld begleichen?“

Er zögerte.

„Sprich frei“, sagte sie.

Er räusperte sich und sagte dann: „Mach der Abgal das Geschenk der Unsterblichkeit.“

Die Malikat schaute Maggie mit ihren großen pechschwarzen Augen lange an. Maggie hatte das Gefühl, die frühere Göttin könne bis in das Innerste ihrer Seele schauen.

„Nein", sagte sie schließlich. „Bitte mich um etwas anderes."

„Ich will nichts anderes von dir."

Sie zuckte mit den Achseln. „Dann werde ich auf ewig in deiner Schuld bleiben müssen."

„Warum?"

„Sie ist die Abgal."

„Ja, das ist sie."

„Du weißt, was das heißt."

„Natürlich weiß ich das."

„Sie kann die vollkommene Katastrophe herbeiführen."

„Das wird sie nicht tun", sagte er. „Auf keinen Fall. Sie weiß, was das bedeuten würde."

„Sie wird es jetzt nicht tun", sagte die Malikat. „Aber was ist in hundert Jahren? Oder in zweihundert? Oder tausend?"

„Auch dann nicht."

„Sie ist nur ein Mensch." Der abfällige Ton in der Stimme entging Maggie nicht. „Deren Überzeugungen und Prinzipien sind lediglich deswegen so stark, weil sie nicht länger als wenige Jahrzehnte bestehen müssen. Sie sind nicht geschaffen für die Unsterblichkeit."

„Ich werde bei ihr sein und ihr zur Seite stehen."

„Für wie lange?"

„Für immer."

„Keine Liebe hält für immer, Engel! Was ist, wenn Magdalena sich eines Tages gegen dich entscheidet?"

„Das werde ich nie", warf Maggie voller Überzeugung ein.

„Deine Zuversicht ehrt dich, Mensch", sagte die Malikat. „Doch du hast noch nicht die geringste Vorstellung davon, was das Wort *nie* wirklich bedeutet."

„Vielleicht hast du einfach nur keine Vorstellung davon, was wahre Liebe wirklich bedeutet", hielt Maggie zornig dagegen –

und hätte sich im nächsten Moment am liebsten auf die Zunge gebissen, als sie den Schmerz in den Augen der früheren Göttin sah.

„Ich habe schon mehr über die wahre Liebe vergessen, als du jemals erfahren wirst“, antwortete sie leise. „Und nun geht. Lasst mich allein.“

Damit drehte sich die hochgewachsene Elohim von den beiden weg und schritt in Richtung ihrer Inselfestung auf den See hinaus, ohne dass ihre Füße im Wasser einsanken.

„Bilkis!“, rief Axel ihr hinterher.

„Geht“, sagte sie noch einmal, ohne sich umzublicken. „Oder ich vergesse, dass ich dir noch etwas schuldig bin.“

Noch ehe sie die letzten Silben ausgesprochen hatte, war sie in der Dunkelheit verschwunden, so als hätte sie sich vor ihren Augen in Luft aufgelöst.

„Was jetzt?“, fragte Maggie.

Er überlegte einen Moment und schaute dann gen Osten, wo es bereits zu dämmern begann.

„Zu den heiligen Bergen von Huang Shan“, sagte er. „Im Osten Chinas. Dort lebt Nü Gua, eine weitere Elohim, die wie die Malikat nach dem Großen Krieg auf der Erde geblieben ist.“

Er verwandelte sich, nahm sie in die Arme, und schon drei Schläge seiner schwarzen Schwingen später waren sie hoch in der Luft.

Er landete und legte seine blutroten Schwingen an. Der von seinem Kampfgürtel hängende Morgenstern verschwand, als er seine menschliche Form annahm und die Eingangshalle des vor ihm liegenden Palastes betrat. Kaum hatte er jedoch die Allee aus mit dicken Schlingpflanzen umrankten Säulen betreten, stutzte er und hielt inne.

Wo waren die Suburi geblieben, die er als Wachen zurückgelassen hatte?

Sein geübter Blick suchte die Halle in Bruchteilen von Sekunden nach Spuren eines Kampfes ab. Es waren keine zu sehen. Er schnaubte frustriert und ging weiter in die beinahe vollständig vom Dschungel zurückeroberte Anlage hinein. Er wusste, wo er die Wachen finden würde – wieder einmal. Im Zorn ballte er die Faust, und fast augenblicklich manifestierte sich darin eine gut zehn Meter lange lederne Peitsche.

Er erreichte ein mit Bronze beschlagenes Portal, und ohne an Geschwindigkeit zu verlieren, trat er die beiden schweren Flügel auf.

Er sah, was zu sehen er erwartet hatte.

Auf dem riesigen Diwan im Zentrum des Saales lag die Göttin – inmitten eines unübersichtlichen Knäuels menschlicher und menschenähnlicher, sich ineinander und umeinander windender, vor Lust schwitzender Leiber. Es waren die sechs Palastwachen und außer der Göttin drei ihrer Priesterinnen.

Noch ehe sie aufschrecken konnten, schlug er ungehemmt zu. Die Peitsche sauste mit einem lauten Zischen durch die Luft, und einer der Suburi schrie schmerzerfüllt auf, als die Spitze ihn zwischen den Schulterblättern traf.

Die Wächter und Priesterinnen sprangen in wilder Panik auf und entfernten sich so schnell sie konnten von dem Diwan. Nur die Göttin blieb ungerührt liegen, sich ihrer Nacktheit und ihrer atemberaubenden Schönheit absolut bewusst, und rekelte sich provokativ zwischen den Kissen. Ihr langes weißblondes Haar umspielte ihr sonnengebräuntes Gesicht, während sie ihn herausfordernd anlächelte.

„Was macht dich so wütend, Geliebter?“, fragte sie, griff nach einem Weinpokal und nippte mit ihren vollen roten Lippen daran, ohne jedoch ihn oder seine Peitsche dabei aus den minzgrünen Augen zu lassen. „Wirst du auf deine alten Tage vielleicht doch eifersüchtig?“

„Auf jene?“, fragte er voller Verachtung und deutete mit dem Peitschenknauf auf die Suburi. „Du hast gerade selbst bewiesen, dass nicht einmal sechs von ihnen auf einmal mich ersetzen können. Auf eure Posten!“, brüllte er die Männer an. „Sofort!“

Sie beeilten sich, seinem Befehl ohne zu zögern Folge zu leisten, und drückten sich wie geschlagene Hunde an ihm vorbei durch das Portal, um ihre Stellung in der Eingangshalle zu beziehen.

„Ich habe sie nicht zum Spaß zu deiner Bewachung eingeteilt", sagte er, während er die beiden Torflügel in seinem Rücken mit einer einzigen magischen Bewegung schloss und auf den Diwan zuging.

„Die B'Nai sind gestürzt", sagte sie mit einem Zucken ihrer schmalen Schultern, das ihre trotz ihrer schlanken Gestalt großen und schweren Brüste zum Schaukeln brachte. „Wir müssen uns nicht länger verstecken, mein Gebieter."

„Du weißt, wem meine Sorge gilt", sagte er, stieg zu ihr auf den Diwan und packte sie fest im Nacken, um ihr Gesicht hoch zu seinem zu heben.

„Dem Morgenstern?", fragte sie mit ironischem Unterton und versuchte ihn zu küssen.

Er packte nur fester zu und hielt sie davon ab. „Wir stehen zu kurz vor dem Ziel, als dass ich zulassen würde, dass sie unsere Pläne durchschaut und ihnen noch im letzten Moment in die Quere kommt."

„Sie hat kein Interesse, zu herrschen", sagte sie, ihr voller Mund nur wenige Zentimeter von seinem entfernt. „Anders als ich."

Jetzt packte sie mit ihrer Hand in die wallenden roten Locken auf seinem Hinterkopf und zog ihn mit einer Kraft, die man ihr nicht ansah, zu sich heran, um den Kuss zu vollenden.

„Und außerdem", sagte sie, als sich ihre Lippen und Zungen wieder voneinander lösten, „könnten die sechs da draußen sie nicht aufhalten. Nicht einmal zehn- oder hundertmal so viele könnten das."

„Aber sie würden dir genau die Zeit verschaffen, die du brauchst, um zu fliehen."

Sie schnaubte mürrisch. „Du meinst, ich könnte es nicht mit ihr aufnehmen?"

„Nicht in deiner jetzigen Gestalt“, sagte er. „Aber wenn wir erst einmal auf dem Thron sitzen, stellt sie keinerlei Bedrohung mehr für uns dar. Niemand stellt dann noch eine Bedrohung dar.“

„Wie weit bist du?“

„Die Streitkräfte machen mobil.“

„Dann brauchen wir nur noch die Schlüssel.“

„Ihre Beschaffung ist bereits in die Wege geleitet.“

„Sehr gut“, gurrte sie, griff ihm zwischen die Schenkel und ließ sich mit ihm zusammen nach hinten in die Seidenkissen sinken. Sie spreizte ihre langen Schenkel und hob ihm die schmalen Hüften entgegen.

Er ließ es sich nicht anmerken, während er in ihre Umarmung versank, aber nach all den Jahrtausenden war er ihrer andauernden Eskapaden müde. Wenn er erst einmal auf dem Thron saß, würde er sich ihrer endlich entledigen. Ein für alle Mal. Doch bis es so weit war, brauchte er sie noch.

Er konnte ja nicht ahnen, dass sie in diesem Moment ganz genau das Gleiche dachte.

3. KAPITEL

Albträume

Anya schreckte von ihrem Kopfkissen hoch.

Das Herz in ihrer Brust raste wie ein in einem viel zu kleinen Käfig gefangener Kolibri. Die dünne Decke und den Bezug der von Generationen ihrer Vorgängerinnen durchgelegenen Matratze hatte sie im unruhigen Schlaf weggestrampelt, und das Baumwollnachthemd war getränkt von ihrem Schweiß.

Es dauerte einige Momente, ehe sie – mit noch immer fliehendem Atem und weit aufgerissenen Augen – verstand, dass sie wach und das eben Erlebte wieder nur einer ihrer schrecklichen Träume war.

Sie erinnerte sich an jedes furchtbare Detail.

Sie hatte von einer Stadt geträumt – einer uralten Stadt. Die zumeist einstöckigen Gebäude aus getrockneten Lehmziegeln standen dicht an dicht wie Lämmer in einem zur Schlachtung zusammengepferchten Korral, im Innern einer mehr als vier Meter hohen Mauer aus Bruchsteinen, Mörtel und angespitzten Pfählen.

Die Häuser brannten, und eine dicke Säule schwarzgrauen Rauches stieg dem sternenschwangeren Wüstenhimmel entgegen, untermalt von einem grausigen Orchester menschlicher und tierischer Schreie.

In den dünnen Pfaden und Gässchen zwischen den lodernden Gebäuden rannten die Menschen, die es nach draußen geschafft hatten, in wilder Panik umher – vergeblich auf der Suche nach einem Weg, dem Labyrinth des sicheren Todes zu entkommen.

Doch die beiden Tore an der östlichen und westlichen Seite der Mauer waren verriegelt. Magisch verriegelt von dem Wesen, das gekommen war, die Bewohner der Stadt wegen ihrer Sünden mit seinem gewaltigen Flammenschwert zu bestrafen. Dieses Wesen stand nun auf einem Berg in der Nähe und blickte auf die brennenden Früchte seiner Arbeit herab.

Es hatte auf dem Rücken weite Schwingen, ähnlich denen eines Adlers, und auch der Kopf des Wesens war, trotz der ansonsten eher menschenähnlichen Gestalt, der eines schneeweißen Adlers, nur sehr viel größer. Die Hände waren Raubvogelklauen, und die rechte davon hielt das noch immer flammende Schwert.

Mit großen schwarzbraunen Augen betrachtete es mitleidlos das Sterben der Verurteilten – und als einige davon es über die Mauer schafften und hinunter zum Ufer des Toten Meeres flüchteten, schwang es sich auf, um sie zu verfolgen und einen nach dem anderen mit seiner Feuerklinge niederzustrecken.

Eiskalt. Erbarmungslos.

Das Wesen wartete geduldig, bis die Stadt schließlich auf ihre Grundmauern niedergebrannt war und auch die allerletzten Schreie verstummten. Dann breitete es seine Flügel aus und flog hoch in die Luft – in Richtung der Himmel, seiner Heimstatt. Und während es flog, nahm der Adlerkopf menschliche Züge an. Züge, die Anya seltsam vertraut erschienen und die sie, als die Verwandlung allmählich mehr und mehr vollzogen war, endlich erkannte – als ihre eigenen.

Das war ich, schoss es ihr durch den Kopf. Ich habe all diese Menschen ermordet!

„Es war nur ein Traum", sagte da eine leise Stimme neben ihr, und jemand setzte sich zu ihr aufs Bett. Es war Svetlana, mit der Anya sich die kleine Kammer teilte. Ungeschminkt, mit ordentlich gebürsteten Haaren und im pinkfarbenen Pyjama statt in ihren absichtlich abgerissenen Klamotten sah das Crunch-Girl überhaupt nicht mehr aus wie ein männermordender Vamp. Ihre Augen blickten fürsorglich, und sie nahm die am ganzen Leib zitternde Anya in den Arm.

„Aber … aber …", stotterte Anya, „es fühlte sich so real an. So als wäre ich wirklich da gewesen." Tatsächlich konnte sie sogar noch den Schwertgriff in ihrer Handfläche fühlen.

„Nein, du bist hier“, flüsterte Svedlana beruhigend auf sie ein und streichelte ihr das verschwitzte Haar. „Hier in London in Claires Studio. Nicht dass das nicht auch irgendwie ein Albtraum wäre.“

Sie mussten beide schmunzeln.

„Besser als zu Hause“, sagte Anya.

„Oh ja“, stimmte Svedlana zu. „Das auf jeden Fall. Hier kriegen wir fürs Geficktwerden wenigstens Geld und ein Dach überm Kopf.“

Svedlanas trockener Humor und ihre warme Nähe vertrieben allmählich die Schrecken des Traums, und Anya kuschelte sich an sie. Mit jedem gleichmäßigen Herzschlag, den sie in Svedlanas Brust hörte, beruhigte sich ihr eigener in kleinen, aber beständigen Schritten. Svedlana legte ihre weichen Lippen an Anyas noch glühende Stirn und kraulte ihr zärtlich den Nacken.

„Alles wird gut“, flüsterte die wasserstoffblonde Weißrussin. Anya zog sich noch ein bisschen fester und dichter an sie heran, um noch mehr ihrer fraulich weichen und nicht nur ihre Seele wärmenden Nähe zu spüren. Der Sambac-Jasmin-Duft ihres Parfüms schwebte in ihre Nase und verscheuchte den nach Rauch und brennendem Fleisch. Ihre noch vor Anstrengung gerunzelte Stirn glättete sich, und ihre Kiefer wurden wieder locker. Svedlanas Nähe hatte immer diese Wirkung auf sie. Anya reckte ihr Gesicht nach oben, und die Lippen der beiden jungen Frauen berührten sich sanft. Sich zu lieben war ihr Ritual, hier, so weit weg von zu Hause, wenigstens ein klein wenig Geborgenheit zu finden. Ihr Weg, einander gegenseitig über ihre Albträume hinwegzuhelfen … und ihre Einsamkeit.

Keine Worte suchen zu müssen, wo Worte ohnehin nicht halfen.

Svedlana erwiderte den Kuss mit all der Zärtlichkeit, die für diese kleinen heiligen Momente hinter ihrer üblichen Vamp-Maske aufgespart war, und legte die andere Hand an Anyas

Wange. „Alles wird gut."

„Danke", hauchte Anya leise gegen Svedlanas leicht geöffneten Lippen und reckte eine Hand nach oben, um auch sie sanft an Wange und Schläfe zu streicheln.

Der nur genügsam erscheinende Kuss behielt seine sachte Zärtlichkeit eine kleine Ewigkeit lang bei, ehe er verspielter wurde und ein erstes Lächeln hervorzauberte, das sofort auch auf das zweite Lippenpaar übersprang und zu einem neckischen Grinsen wurde, in das sich schon bald darauf auch eine kleine Spur Lüsternheit mischte.

Anyas Hand glitt von Svedlanas Gesicht zu ihrem Hals, und sie ertastete die zarte Haut mit den Spitzen ihrer Finger, durch die hindurch sie fühlen konnte, wie der Puls der Zimmergenossin schneller wurde und stärker. Svedlana spiegelte die Bewegung mit der ihren, nur dass sie statt der Fingerspitzen ihre Nägel in leise kreisenden Bewegungen über die Stelle unterhalb von Anyas Ohr kreisen ließ, was Anya eine wohlige Gänsehaut bereitete und ihr ein leises Seufzen entlockte.

Mit der Sanftheit eines Schmetterlings berührten ihre weichen Lippen sie an der Wange, dann an der Seite des Halses, dem Nacken und den Schultern, ehe sie wieder mit unglaublicher Geduld zu ihrem Mund zurückkehrten. Svedlanas Atem schmeckte süß nach Nugatschokolade, die sie wohl noch nach dem Zähneputzen genascht hatte. Ihre Zungen kamen ins langsam leidenschaftlicher werdende Spiel, und ihre Küsse wurden intensiver ... durstiger.

Mit einer fließenden Bewegung und ohne dass sie sich voneinander lösten, legte Svedlana sich zu Anya hoch auf das schmale Bett. Aus der Umarmung wurde ein Umschlingen. Sie drückten ihre Körper aneinander und tranken sich gegenseitig den schneller werdenden Atem von den Lippen

Mehr und mehr vergaß Anya dabei die Schreckensbilder aus ihrem Traum. Da war nur noch Svedlanas Weichheit und die Hitze ihrer Haut, die durch den Pyjama und das Nachthemd hindurch in sie hineinsimmerte. Anya schickte ihre

Hand auf eine Reise über Svedlanas Schulter, ihren Arm hin zu ihrer Seite, um sie schließlich unter den Saum ihres Oberteils zu schieben, um ihre Nacktheit zu spüren … den flachen Bauch mit dem Piercing … die Rippen unter den durch regelmäßigen Sport festen Muskeln … die feinen Härchen auf dem unteren Teil ihres Rückens … und schließlich wieder nach vorn, zu dem Ansatz ihrer großen Brüste.

Svedlana seufzte hingebungsvoll auf – für jemanden, der sie nur tagsüber in ihrem Vamp-Outfit kannte, ein beinahe schon fremdartig sensibler und zarter Laut. Das Seufzen hatte eine kleine glückselige Note – einen Hauch von Dankbarkeit … für Zärtlichkeit und Nähe … für sanftes Erforschen ohne Erobern … für Greifen ohne Fordern.

Svedlana genoss Anyas Streicheln ausgiebig und schnurrte dabei wie ein Kätzchen, bis sie schließlich ihren Oberkörper absichtlich ein wenig nach außen drehte, um ihren Nippel näher an Anyas Finger zu bringen. Anya nahm die Einladung nur zu gerne an.

Sie fühlte, wie sich die weiche Haut unter ihrer streichelnden Berührung zusammenzog und härter und kleiner wurde. Behutsam umkreiste sie die kleine, sprossende Perle mit Zeige-, Ringfinger und Daumen, bis sie sie schließlich noch besser fassen konnte, um ihre Liebkosung zu intensivieren.

Svedlana sog die Luft tief und genussvoll durch ihre Nase ein und schob ihren schlanken Schenkel zwischen Anyas Beine, und Anya drückte sich ihr freudig entgegen.

So küssten und streichelten sie einander am Hals, der Stirn, in den Armbeugen und den Kniekehlen und schmiegten sich aneinander, bis der Funke zur Glut geworden war und die Glut schließlich zu einem Brand und sie es nicht länger aushielten, angezogen zu sein und einander nicht gänzlich nackt zu spüren.

Mit einer Gier, die keine Eile hatte, half Anya Svedlana aus ihrem Pyjama und folgte dabei mit der Nase der Spur ihres Parfüms, um noch einmal süße Schmetterlingsküsse auf dem

Weg entlangzusetzen. Erst dann zog sie sich selbst das Nachthemd aus.

Obwohl sie einander schon oft auf diese Weise Trost gespendet hatten, kam Anya nicht umhin, den wunderschönen und durchtrainierten Körper der weißrussischen Amazone zu bewundern. Sie selbst war mit einem mehr als bemerkenswerten Körper ausgestattet – in ihrer alten Heimat mehr Fluch als Segen –, aber Svedlana toppte das noch. Ihre Brüste waren wie aus Alabaster geschnitzt, die perfekten Halbkugeln mit oben sitzenden Nippeln inmitten kleiner rosafarbener Höfe. Anya beugte sich nach vorn, um einen von ihnen zu küssen.

Svedlana griff sie im Nacken und drückte Anyas Kopf noch ein Stück fester gegen ihre Haut. Anya musste sich nicht zweimal dazu auffordern lassen, nahm die kleine warme Knospe zwischen ihre Lippen und lutschte verspielt daran, was Svedlana ein erneutes glückseliges Seufzen entlockte. Wie zur Antwort fasste Svedlana nach Anyas Brust und massierte sie mit langsamen sinnlichen Bewegungen.

Ihre Beine umschlangen einander wie von selbst, und Schoß presste sich gegen Schoß, so als wollten sie miteinander verschmelzen zu einem einzigen, sich vor immer höher aufsteigender Lust windenden Leib.

Anya fühlte die Spitze ihrer Brust zwischen Svedlanas wissenden Fingern fester werden und spitzer – genoss die kleinen süßen Blitze ... die Hitze ... die auflodernden Flammen ihrer Geilheit – und widmete sich mit ihren hungriger werdenden Lippen nun beiden von Svedlanas Brüsten abwechselnd.

Irgendwie brachte Svedlana dabei ihre Hand zwischen Anyas Schenkel und tastete mit vor Erregung zitternden Fingern an ihrem Venushügel vorbei nach unten. Anya stöhnte mit vollem Mund auf, als die Freundin fand, was sie suchte, und sie reibend zu streicheln begann.

Von dem prickelnden Schauer, der durch sie hindurchjagte, mitgerissen, reckte sie sich ihr entgegen, um sie noch besser, noch intensiver spüren zu können. Svedlana war äußerst geschickt dabei, denn sie wusste aus vielen gemeinsamen Nächten ganz genau, wie Anya es mochte – nicht zu zögerlich, kräftig, aber auch nicht zu schnell – und lieber mit zwei Fingern an beiden Seiten der Klit, statt direkt darauf.

Durch das halb offene Fenster drang der ansteigende Lärm des Londoner Verkehrs zu ihnen herein und kündete davon, dass die alte Nacht endgültig zum jungen Tag geworden war. Doch die beiden hungrigen und einander zu nähren versuchenden Seelen bekamen im immer erhitzter werdenden Spiel ihrer Körper davon nichts mit. Sie waren viel zu sehr mit sich selbst beschäftigt.

Anya löste sich von Svedlanas köstlich nach frisch gewaschener Haut und blühender Erregung schmeckenden Nippeln. Mit einer geschickten Bewegung, in der sie beide derart eingespielt waren, dass es wie ein Tanz anmutete, drehte sie sich so im Bett herum, dass sie nun Kopf an Schoß lagen wie das Sternzeichen der Fische.

Noch ehe Anya ihr Gesicht nach vorn beugen konnte, fühlte sie schon zwischen ihren eigenen Schenkeln, wie Svedlana sie mit ihrer weichen Zunge und tastenden Fingerspitzen zu liebkosen begann. Eine kribbelnde Gänsehaut kroch ihr den Rücken hinauf und über den Nacken, um schließlich sogar ihre Haarspitzen zum Prickeln zu bringen. Ein lüsterner Laut entfloh ihr ganz impulsiv, und sie drückte ihre offenen Lippen auf die glatt rasierte Nacktheit ihrer Verwöhnerin, um sich mit einem ersten, leicht saugenden Kuss zu revanchieren.

Svedlana reagierte mit einem wohligen Zittern, das durch ihren schlanken durchtrainierten Körper lief, und öffnete ihre langen Beine noch ein Stück mehr, um Anyas Zunge und Fingern leichteren Zugang zu gewähren zu den empfindlichsten und delikatesten Stellen ihres jungen Leibs.

Obwohl Svedlana sich eher rau und wild gab, wusste Anya doch zu genau, dass sie es, anders als sie selbst, am liebsten sanft und zärtlich mochte, und entsprechend sachte gestaltete sie den Tanz ihrer Zungenspitze über die kleine rosige Klit.

Svedlana seufzte hingebungsvoll und schob einen ersten Finger in Anyas glühende Tiefe. Zunächst nur die Spitze, die sie ganz leicht kreisen ließ, doch schon bald, begleitet vom neckenden Takt ihrer Zunge, der Anya auf das Köstlichste um den Verstand zu bringen drohte, tiefer.

Ein ... und langsam kreisend aus ... und wieder ein ... noch ein Stückchen tiefer ... im Innern nach Anyas sensibelsten Stellen forschend ... und sie findend ... auf ihnen spielend wie auf einem Instrument ... einem Instrument, das Svedlana meisterhaft beherrschte.

Claire, die Besitzerin des Studios, hatte schon oft ihr Bedauern ausgedrückt, in einem Zeitalter zu leben, in dem viel zu wenige Frauen dazu bereit waren, für Liebesdienste zu bezahlen. Ganz besonders jedoch beklagte sie das bei den Lesben unter ihnen, denn allein Svedlana mit ihrer ungewöhnlichen Einfühlsamkeit wäre eine wahre Goldgrube. So aber war Anya froh, dass sie die weißblonde Gefährtin auf diesem Gebiet ganz allein für sich hatte – abgesehen von den wenigen Nächten, in denen Claire selbst sie zu sich holte, um sich von ihr verwöhnen zu lassen.

Svedlana brauchte die Zuneigung einer Frau so sehr, wie Anya es brauchte, sich einem Mann hinzugeben und sich von ihm unterwerfen und benutzen zu lassen. Somit konnte Anya bei Svedlana hervorragend ihre aktive Seite ausleben, was ihr bei Männern nur Freude bereitete, wenn sie es ihr ausdrücklich befahlen.

Sie nahm Svedlanas Klit zärtlich zwischen ihre Lippen und saugte sachte daran ... in einem langsamen, eindringlichen Rhythmus ... der schnell auch auf Svedlanas Bewegungen und ihren tiefer gewordenen Atem überging, in den sich jetzt immer öfter das hingebungsvolle Seufzen mischte.

Zwischendrin spielte Anya mit der freien Hand an Svedlanas Nabelpiercing, weil sie wusste, wie gerne sie das mochte und wie sehr es sie zusätzlich anmachte. Sie selbst war am Bauchnabel extrem empfindlich und konnte es kaum ertragen, wenn man sie dort streichelte oder küsste, aber Svedlana liebte es … und bedankte sich für die besondere Zuwendung, indem sie einen zweiten Finger in Anya eintauchte und den Druck ihrer Zunge auf ihrer Klit verstärkte.

Ein leichter, süß schmeckender Schweißfilm begann sich auf ihren erhitzten Leibern zu bilden und machte ihr Sich-umeinander-Schlängeln zunehmend geschmeidiger und fließender.

Anya jauchzte vor Lust, als Svedlana sie mit einer besonders raffinierten Drehung ihrer beiden leicht gekrümmten Finger verspielt attackierte, und die Muskeln in ihrem Schoß spannten sich einladend an.

Längst war der schreckliche Traum von Feuer und Tod vergessen. Es gab nur noch die Lust, sie allein zählte.

Das Spiel.

Sie trank Svedlanas süß-salzigen Saft mit kleinen, neckenden Küssen, während Svedlana sehr viel kraftvoller leckte und saugte und Anya bis ins Mark hinein vor Erregung erbeben ließ.

Anya drehte sich so, dass sie auf Svedlana zu liegen kam, und fasste mit ihren Armen um Schenkel und Pobacken herum, um sie mit ihren Fingerspitzen noch freier bespielen und verwöhnen zu können. Hauchzart ließ sie sie den Rand zum rosigen Eingang entlang auf und ab gleiten, während ihre Zungenspitze kleine Kreise beschrieb, die Svedlana zum Aufstöhnen brachten.

Svedlana wiederum nutzte die neue Position, um statt mit zwei Fingern einer Hand mit den beiden Zeigefingern Sachen in Anya anzustellen, die sie, verstärkt durch Svedlanas jetzt schon fast peitschende Zunge, bereits in wenigen Sekunden zu ihrem ersten Höhepunkt treiben würden.

Ein und aus tauchten die Zeigefinger im aneinander und in Anya reibenden Wechsel – gleichbleibender Takt … zuverlässig … nicht zu langsam … nicht zu schnell … genau tief genug … so schön tief!

Anya verkrampfte sich wohlig und wappnete sich gegen die

Klimax, die wie ein Steppenbrand durch sie hindurchloderte und für einen kleinen Moment der Ewigkeit ihr Herz zum Stehen brachte. Ihr Atem stockte, und sie fühlte, wie ihre Nippel auf Svedlanas Bauch noch härter wurden, während sie mit einem kleinen Schauder kam.

Es war, wie wenn sie von einer großen, aber sanften Hand gepackt und geschüttelt wurde. Da waren sie wieder, die im verschwommenen Rot vor ihren Augen tanzenden Sterne und Funken.

Und auch Svedlana kam. Anya hatte beim Verkrampfen den Mund fester als zuvor auf ihre Klit gepresst und in ihrer Atemnot stärker an dem empfindlichen Gewebe gesaugt. Svedlana stieß einen rauen und für ihre eigentliche Stimme viel zu tiefen kleinen Schrei aus und verkrampfte ebenfalls, wobei sich ihr schlanker Leib zu einem flachen Bogen hochspannte. Ihre Kraft reichte aus, um dabei auch Anya in die Höhe zu heben. Aber schon nach wenigen Sekunden sackte sie wieder in sich zusammen, und Anya kletterte zu ihr herum, damit sie einander in die Arme nehmen und sich eng umschlungen halten konnten.

Durch ihre Brust hindurch konnte Anya den wild flatternden Herzschlag Svedlanas spüren und drückte ihr eigenes erhitztes Gesicht in die Kuhle zwischen ihrem Kopf und ihrer Schulter.

So hielten die beiden einander für lange Sekunden, ehe sie sich zärtlich küssten und sich auf ihre Lippen das Lächeln frischer Lust zauberte. Doch gerade als Anya ihre Hand wieder zwischen Svedlanas Schenkel schieben wollte, ging, ohne dass vorher angeklopft worden war, die Tür auf und Sergej stand im Zimmer.

Er lächelte lüstern, als er die beiden jungen Frauen inmitten dieses intimen Moments sah. Aber dann wurde sein Blick ernst, und Anya konnte sich ein enttäuschtes Seufzen nicht verkneifen. Svedlana und sie waren gerade so schön in Fahrt gekommen. Sergejs Auftauchen war eine Garantie dafür, dass ihr Spiel für jetzt zu Ende war.

„Steh auf und mach dich frisch“, sagte er zu Anya. „Ich fahre dich zu einem Kunden.“

„Aber ich habe kaum geschlafen“, entgegnete sie. „Ich bin müde.“

„Ich sehe, wie müde du bist“, erwiderte er anzüglich. „Du bist in fünfzehn Minuten fertig gestylt unten in der Garage, oder ich komme dich holen.“ Ohne eine weitere Antwort von ihr abzuwarten, drehte er sich herum und ging.

„Fuck!“, fluchte Anya und kletterte aus dem Bett. Sie gab Svedlana, in deren Augen der Glanz von Lüsternheit ungebrochen leuchtete, einen Kuss auf den Mund und einen auf ihr Piratenflaggen-Tattoo. „Es tut mir leid.“

Svedlana grinste. „Mach dir um mich keine Sorgen. Ich spiel noch ein bisschen an mir rum und stell mir dabei vor, wie dein Kunde es dir so richtig hart besorgt, und dann werd ich schlafen und noch ein bisschen mehr davon träumen.“

Jetzt musste auch Anya lächeln.

„Miststück“, sagte sie feixend.

„Yep“, erwiderte Svedlana und holte sich einen kleinen Vibrator aus der Nachttischschublade. Sie wartete gar nicht erst, bis Anya im Badezimmer draußen auf dem Flur verschwunden war, sondern zwinkerte ihr schelmisch zu, schaltete ihn ein, spreizte die Beine und setzte sich die kleine Spitze direkt sanft auf die Klit.

„Du verpasst was“, gurrte sie und verdrehte genussvoll die Augen, während sie den Kopf in den Nacken lehnte und leise zu seufzen begann.

Das machte Anya dermaßen an, dass sie für einen Moment lang versucht war, Sergejs Befehl zu ignorieren und zurück zu Svedlana ins Bett zu klettern. Doch sich dem Bodyguard zu widersetzen war keine gute Idee, das wusste sie – obwohl er sie selbst nie geschlagen hatte. Und auch keines der anderen Mädchen, die sie kannte. Aber man erzählte sich Geschichten … und Anya war nicht bereit dazu, herauszufinden, ob sie auch wirklich der Wahrheit entsprachen. So sehr stand sie dann doch nicht auf Schmerzen.

Sie warf noch einen letzten sehnsuchtsvollen Blick auf die sich inzwischen schon wieder lustvoll rekelnde Svedlana und ging dann aus dem Zimmer. Nachher, wenn sie von ihrem Kunden zurückkam, würde sie sie wecken, um dort weiterzumachen, wo sie gerade so unsanft unterbrochen worden waren. Das versprach sie sich selbst.

Sie konnte ja nicht wissen, dass sie ihre weißrussische Freundin, die ihr so oft Ablenkung von ihren furchtbaren Träumen geschenkt hatte, und auch Claires Studio, das ihr unverhofft zu einem Zuhause geworden war, niemals wiedersehen würde.

4. KAPITEL

Falsches Spiel

Eine Dreiviertelstunde später …

… saß Anya neben Sergej auf dem ledergepolsterten Beifahrersitz seines mitternachtsschwarzen Audi Q7 quattro. Die fünfhundert Pferdestärken des luxuriösen Zwölfzylinders pressten sie jedes Mal, wenn Sergej auch nur leicht beschleunigte, gegen die Rückenlehne. Sie trug halbhohe Mary Janes und ein nicht zu kurzes, aber auch nicht zu langes schwarzes Schlauchkleid, das man sowohl zum Shopping in der Oxford Street als auch für einen Besuch in der Oper oder im Ballett hätte tragen können.

Nicht zu sexy, aber sexy genug.

Kunden, die zu Hause besucht werden wollten, legten in der Regel Wert auf Diskretion; zu bieder durfte es allerdings auch nicht sein. Das Kleid war dafür geradezu wie geschaffen, und verglichen mit den Lumpen, die sie in Kiew getragen hatte – milde Gaben aus der Altkleidersammlung der Heilsarmee –, fühlte Anya sich darin wie eine Prinzessin. Sie hatten London hinter sich gelassen und fuhren auf dem M26 nach Südosten in Richtung Maidstone. Sergej hatte, wie immer, auf der ganzen Fahrt noch nicht ein Wort gesprochen.

Er würde ihr, ebenfalls wie immer, die Besonderheiten und Wünsche des Kunden erst mitteilen, wenn sie angekommen waren.

Anya war gespannt.

Die „Stütchen", wie Claire ihre Mädchen nannte, machten selten Haus- und nie Hotelbesuche.

„Die Illusion einer echten Kurtisane oder Lustsklavin lässt sich nur in dem entsprechenden Ambiente aufrechterhalten", pflegte sie immer zu sagen. Nur wenn der Kunde jemand besonders Einflussreiches war oder Unsummen bezahlte, machte sie eine Ausnahme. Aber alle ihre Huren hatten den klaren Befehl, sich in dem Haus des Gastes ebenso diszipliniert und tadellos zu verhalten wie im Studio.

Claires Erfolg war in ihrem guten Auge für Schönheit und Sex-Appeal begründet und darin, nichts davon zu verschenken – aber vor allem hatte er seine Ursache in der glasklaren und eisenharten Regel, dass der Wille der Gäste und Kunden ihren Mädchen Gesetz war, dass sie alles taten, was ihnen befohlen wurde ... im Rahmen dessen, was Claire für vertretbar hielt und was legal war.

Sergej lenkte den Q7 vom M26 auf eine Landstraße, und schon nach wenigen Kilometern fühlte Anya sich in eine andere Zeit, ja in eine andere Welt versetzt. Nichts in der pittoresken Landschaft erinnerte mehr an die Großstadt, die sie gerade hinter sich gelassen hatten. Flache Wiesen und Felder, niedrige lang gezogene Hügel mit kleinen Hütten aus Bruchstein. Sogar der Asphalt auf der Straße schien hier Jahrzehnte älter zu sein als in London.

Sie fuhren durch ein Dorf, das wie von der Zeit vergessen zu sein schien und in dem der frisch polierte Audi mit seinem LED-Tagfahrlicht wirkte wie ein Raumschiff aus einer anderen Galaxie. Doch Anya war sich sicher, die Bewohner der verschlafenen Gemeinde hätten sich auch nach ihnen umgedreht, wenn sie in einem weniger auffälligen Wagen gefahren wären. Anya kannte solche Dörfer aus ihrer Heimat. Jeder kannte jeden – und jeder Fremde fiel sofort auf.

Nachdem sie das Dorf hinter sich gelassen hatten, wurde die Landschaft noch verlassener, und auch die Straße verwandelte sich mehr und mehr in einen Feldweg. Das Fahrwerk des SUV steckte die Unebenheiten und Schlaglöcher zwar mit Leichtigkeit weg, aber Anya wurde dennoch unbehaglich zumute.

Es war, als wäre es hier draußen – obwohl keine einzige Wolke am Himmel stand, für südostenglische Verhältnisse schon beinahe eine Seltenheit – düsterer als eben noch auf dem Motorway. Als würde der dunkle Lehmboden der Felder das

Licht vom Himmel schlucken.

Und während sie, ehe sie durch das Dorf gefahren waren, noch zahlreiche Schafe, Pferde, Reiher und sogar ein Reh gesehen hatten, gab es hier nur noch Krähen und Raben, die fette Würmer aus dem aufgepflügten Boden pickten und den Wagen mit ihren unheimlichen schwarzen Augen argwöhnisch und zugleich hungrig beobachteten – so als würden sie darauf warten, dass er in dieser Einöde einen Unfall erleiden würde und sie sich an seinen Insassen gütlich tun konnten.

Auch in ihrem Traum von der brennenden Stadt hatte es Raben und Geier gegeben ... die sich im Licht der zum Himmel schlagenden Flammen an den unzähligen Leichen satt gefressen hatten. Leichen, die Anya überhaupt erst dazu gemacht hatte.

Sie schüttelte den Kopf und verscheuchte die unangenehmen Gedanken. Sie hatte Sergej bei sich – was sollte ihr schon passieren? Nach allem, was man sich von ihm erzählte, war er in den Slums von Moskau groß geworden – und dass er die überlebt hatte, sagte schon eine ganze Menge über ihn aus. Über seine Stärke, seine Zähheit ... und vor allem über seinen Willen zu überleben.

Anya betrachtete die großen Fäuste, mit denen er das mit Leder bespannte Lenkrad hielt. Auch sie waren tätowiert: auf dem linken Handrücken das russische Kreuz – mit seinen zwei Kreuzarmen oben und dem schrägen Fußarm unten – und auf dem rechten eine Kompassrose. Von denen trug er auch zwei unter seinen Schlüsselbeinen. Sie waren Zeichen, wie sie nur zu gut wusste, einer ehemals hohen Position in der Hierarchie des organisierten Verbrechens in Russland. Sosehr es seine Aufgabe war, im Studio dafür zu sorgen, dass die Mädchen folgsam blieben, sosehr war es auch sein Job, sie zu beschützen. Mit ihm in ihrer Nähe war sie sicher, das wusste Anya. Auch wenn er sie regelmäßig fickte – und dabei alles andere als zimperlich war und ihr auch gerne Schmerzen zufügte –, hatte er ihr jenseits davon noch nie wehgetan. Sie hatte ihm auch noch nie Anlass dazu gegeben.

„Seid immer gut zu Sergej, und er geht für euch durch die Hölle“, hatte Claire ihnen an ihrem ersten Tag in London gesagt, direkt nachdem sie aus dem Bus aus Kiew gestiegen waren und das Studio betreten hatten und noch ehe sie auf ihre Zimmer gebracht worden waren. „Aber kommt auch nur ein einziges Mal auf die Idee, ungehorsam zu sein, und *ihr* geht durch die Hölle.“

So war Sergej vom ersten Tag an zugleich ihr Wächter und ihr Behüter in dieser fremden Welt: einer Welt, in der, obwohl die meisten Frauen sie wohl als Sklaverei empfunden hätten, Anya sich nach ihrer Kindheit und Jugend in den Waisenhäusern und auf den Straßen Kiews wohlfühlte. Als Hure kannte sie ihren Platz, und für sie gab es keine Sorgen und keine Angst vor dem Hunger und der Verlorenheit, und die einzig reale Verzweiflung war die, von der sie träumte – in Träumen, die sich wie Erinnerungen anfühlten. Erinnerungen an ein früheres Leben, das, obschon sie darin so viel mächtiger war, gleichzeitig schlimmer war als alles, was sie in ihrer alten Heimat erlitten und erduldet hatte.

„Wir sind gleich da“, sagte Sergej knapp und bog auf einen noch engeren und schlechter ausgebauten Weg ab, der leicht kurvig zwischen uralten Brombeer- und Hagebuttenhecken um einen der Hügel herumführte. Kaum vorstellbar, dass hier jemand leben sollte, der sich die Dienste eines von Claires Mädchen leisten konnte.

„Was wird von mir erwartet?“, fragte sie.

„Eigentlich, wenn es nach den Wünschen des Kunden gegangen wäre, sollte ich dich mit verbundenen Augen und gefesselt abliefern“, antwortete er. „Aber so machen wir keine Geschäfte. Du gehst hinein, checkst die Lage und die Kohle, und wenn alles okay ist, rufst du mich kurz an. Wie immer. Ich bleibe in der Nähe. Wo sollte ich hier, am Arsch der Welt, auch anderes hin?“

„Für wie lange bin ich gebucht?“

„Zwei Stunden. Macht runde tausend Pfund. Trinkgelder darfst du behalten."

„Also keine Extras oder Besonderheiten?"

„Er hat nach dem Mädchen gefragt, das die meisten Schmerzen verträgt, und da fiel Claires Wahl natürlich auf dich."

„Ist das auch der Grund, warum du mich den anderen Frauen im Studio vorziehst?", fragte sie unvermittelt, ehe sie sich dessen überhaupt so recht bewusst wurde. „Weil du mit mir härter und rauer umgehen kannst als mit ihnen?"

Sergejs Gesicht verfinsterte sich schlagartig, und plötzlich lag eine merkwürdige Spannung in der Luft. Dann räusperte er sich.

„Stört es dich?", fragte er.

„Was? Dass du so hart mit mir umgehst?"

„Nein. Dass ich dich so oft nehme." Er räusperte sich. „Dass ich nur noch dich nehme."

Im Gegenteil – auf eine merkwürdige Art und Weise schmeichelte es ihr sogar. „Äh, nein, ich wollte nur …"

„Gut", schnitt er ihr das Wort ab. „Dann stell solche Fragen nicht. Verstanden?"

Sie senkte den Kopf und sagte dann leise: „Ja." Seine Ruppigkeit änderte nichts an der Wärme, die sich um ihr Herz legte, als sie begriff, was er mit dem Gesagten gemeint hatte. Es bedeutete schon eine ganze Menge, dass ein Kerl, der sie alle haben konnte – die Schönsten der Schönen –, nur noch sie wollte. Auf eine verdrehte Weise war das das netteste Kompliment, das man ihr je gemacht hatte.

Vor ihnen tauchte in der Schneise, die der schmale Weg durch die Hecken und das niedrige Gehölz schlug, ein Gebäude auf, wie Anya es hier nicht vermutet hätte.

Es war ein wenn auch altes, aber trotzdem noch ausgesprochen prunkvolles Herrenhaus – drei hohe Stockwerke und zwei Seitenflügel. Ein würdevoller Landsitz aus vorviktorianischer Zeit. Das Schieferdach trug zahllose Schornsteine, und am Westflügel erblickte Anya einen zweistöckigen Jugendstil-Wintergarten, dessen Glas schon so alt war, dass es schlierig, an den Sprossen dunkel beschlagen und an vielen Stellen mit Moos bewachsen war. Doch im Gegensatz zu vielen ähnlichen Gebäuden in Kiew und Umgebung war es nicht eingefallen oder baufällig, und sämtliche Fenster und Scheiben waren intakt.

Gleichzeitig wirkte es aber auch nicht wirklich bewohnt.

„Da wären wir", sagte Sergej, und er klang noch immer ein wenig gereizt, während er den SUV die Kiesauffahrt hoch zu der breiten Freitreppe lenkte, die zum doppelflügeligen Portal des riesigen Hauses führte. „Also, wie gesagt: Du gehst rein, kassierst die Kohle und rufst dann an, dass alles in Ordnung ist."

Damit schaltete er den Motor ab und packte ihr, ohne jede Vorwarnung, an den Nippel.

Er kniff ihn hart.

„Und wenn du fertig bist, nehm ich dich mir wieder vor, klar?"

„Klar, Sergej", sagte sie und spürte, wie sie rot wurde. „Was immer du möchtest."

Er nickte, ohne eine Miene zu verziehen, und ließ ihren fest gewordenen Nippel wieder frei.

„Dann mal los."

Anya stieg aus und ging die Treppe hinauf. Das gewaltige Gebäude machte ihr sehr viel mehr Angst als die Vorstellung, gleich einem völlig Fremden für Geld zur Verfügung zu stehen und die Schmerzen zu erdulden, die er ihr zur Befriedigung seiner Lust zufügen würde. Es hatte eine dunkle Aura … die Anya instinktiv und ohne die Ursache dafür näher benennen zu können als böse empfand.

Noch nie zuvor bei einem Kundenbesuch hatte ihr Herz so sehr gerast wie gerade jetzt, und eine Erklärung dafür gab es keine. Absolut keine. Sie wusste von diesem Kunden ebenso wenig, wie sie sonst von ihren anderen Kunden und Gästen wusste. Dennoch drehte sie sich nervös zu Sergej um.

Er runzelte die Stirn, als er sah, dass sie zögerte, und machte dann eine schroffe Geste, dass sie gefälligst weitergehen solle.

Anya seufzte und klopfte, weil sie keine Klingel fand, mit den Fingerknöcheln an die harte Tür. Der hallende, hölzerne Klang ließ sie erschreckt zusammenfahren, und erst jetzt fiel ihr auf, wie unnatürlich, geradezu unheimlich still es um sie herum war. Nicht einmal von den Krähen und Raben, die sie vorhin noch gesehen hatte, war etwas zu hören, so angestrengt sie auch lauschte.

Irgendetwas stimmte hier nicht, und sie merkte, dass sie insgeheim zu hoffen begann, dass niemand auf ihr Klopfen reagieren würde. Dass die Tür, die in dieses gespenstische, gruselschlossartige Gebäude führte, verschlossen blieb und sie zurückkehren könnte in den Wagen, um mit Sergej unverrichteter Dinge von hier fortzufahren und sich von ihm ein paar Meilen weiter unter freiem Himmel hart und unerbittlich durchficken zu lassen. Doch dann hörte sie laute Schritte … und wusste, dass diese Hoffnung eine vergebliche war.

Der Mann, der ihr öffnete, war von Kopf bis Fuß in eine altmodische englische Butleruniform gekleidet, das kurze schwarzgraue Haar auf der Seite akribisch gescheitelt und vor Brillantine glänzend, in seinem Blick die Geringschätzung eines Mannes, der sich über andere erhaben fühlte, solange sie nicht mindestens *Lord* oder *Lady* vor ihrem Namen trugen, auf jeden Fall aber erhaben über Anya, die Hure – so als würde er persönlich missbilligen, dass sein Herr sich mit einer Prostituierten einließ. Er zog eine Augenbraue nach oben und winkte sie mit einer knappen Geste seines hochgehaltenen Kinns herein, ohne dabei Sergej und seinen Wagen auch nur zur Kenntnis zu nehmen.

Wenn überhaupt irgendwie möglich, war es hier drin in der fast schon erdrückend großen Eingangshalle noch stiller als draußen, und der zögerliche Tritt ihrer Absätze hallte hoch bis zur bestimmt zwölf Meter hohen Decke.

Der Butler schloss die Tür, und während er auf Anya zuging, griff er in das Revers seines Jacketts. Anya beobachtete jede seiner Bewegungen und senkte dabei unauffällig die Rechte in ihre Handtasche, wo sie das Handy und eine Dose Pfefferspray griffbereit hielt.

Als der Butler seine Hand wieder aus dem Revers nahm, hatte er eine lederne Brieftasche zwischen den Fingern, und Anya entspannte sich wieder etwas.

„Das ... äh ... Geschäftliche regeln wir hier", sagte er kalt und nahm ein Bündel Geldscheine heraus. „Eintausend englische Pfund, wenn ich mich recht erinnere."

Anya sah seinem Gesichtsausdruck an, dass er das für einen viel zu hohen Preis hielt, nickte dann aber nur. Er reichte ihr das Geld, und sie zählte.

„Ich nehme an, Sie wollen jetzt Ihren ... *Beschützer* anrufen und ihn informieren, dass alles seine Ordnung hat", sagte er herablassend. „Aber sputen Sie sich. Mein Herr wartet nicht gerne."

Anya steckte die Scheine in die Tasche und holte das Handy hervor. Sergejs Nummer war auf der Kurzwahltaste Nummer eins. Er ging schon beim ersten Tuten dran.

„Alles okay", sagte Anya leise.

„Gut", antwortete er. „Dann fahre ich jetzt los. Aber ich bleibe ganz in der Nähe."

Das hatte er vorhin schon einmal gesagt, obwohl er da behauptet hatte, dass es hier sowieso nichts gab, was er hätte tun können, um sich die Zeit zu vertreiben. Anya fiel außerdem auf, dass er das sonst nie sagte – schon gar nicht zweimal. Jetzt jedoch klang er beinahe schon fürsorglich. Ganz untypisch für ihn.

Ging es ihm ähnlich wie ihr? Spürte er auch, dass hier irgendetwas nicht stimmte ... wie unheimlich es hier war? Doch ehe sie ihn das fragen konnte, hatte er die Verbindung bereits beendet. So blieb ihr nichts weiter übrig, als das Telefon zurück in die Tasche zu stecken und das zu tun, wozu sie hierhergekommen war.

„Folgen Sie mir", sagte der Butler und ging steifen Schrittes zum hinteren Ende der kunstvoll gefliesten Halle. Dort war in die Wand – unterhalb der beiden sich auf halber Höhe zu einer Galerie treffenden Treppenschwingen – eine dicke, niedrige Tür eingelassen. „Der Herr erwartet Sie im Kellergewölbe."

Anya schoss eine Gänsehaut über den Rücken. Sicher, SM-Spiele und dunkle Gewölbe passten rein klischeemäßig wie die Faust aufs Auge – der böse Graf bestraft die Dienstmagd, der Folterknecht malträtiert die der Hexerei angeklagte Bauersfrau. Das waren durchaus typische Rollenspiele für Sadomasochisten, aber hier in diesem alten Gemäuer hatte es eine erschreckend reale Qualität. Es fühlte sich überhaupt nicht wie ein Spiel an, und Anya erkannte, dass sie tatsächlich immer mehr echte Angst bekam. Doch was sollte sie tun?

Was würde passieren, wenn sie, zum ersten Mal seit sie in London war, dem Kunden und damit auch Claire den Gehorsam verweigerte und jetzt umdrehte, um wieder zu gehen?

Wie würde man sie bestrafen?

Würde man sie verprügeln? Das schreckte Anya nach allem, was ihr in Kiew widerfahren war, nicht, damit würde sie vielleicht sogar leben können, zumal sie sich ausmalte, dass man sie nicht so hart herannehmen würde, dass sie am nächsten Tag nicht wieder würde arbeiten können. Dazu war Claire viel zu sehr auf das Geld aus, das sie verlieren würde, wäre eines ihrer „Stütchen" über einen längeren Zeitraum nicht einsatzbereit. Viel eher würde Claire ihr zunächst gar nichts tun – sondern sich stillschweigend auf die Suche nach einem Ersatzmädchen begeben und Anya, sobald sie eines gefunden hatte, sang- und klanglos auf die Straße setzen. Dann wäre Anya wieder ohne ein Zuhause, und diesmal auch noch in einem völlig fremden Land.

Dieser Gedanke schreckte sie sehr viel mehr als alle Prügel der Welt … und auch mehr als die Kellertür, die vor ihr lag und die der gespenstisch wirkende Butler gerade mit einem lang gezogenen quietschenden Knarren öffnete.

„Die Treppe nach unten und dann immer den Gang entlang“, sagte er und trat zur Seite. Offenbar war nicht geplant, dass er sie nach unten in die gähnende Dunkelheit begleitete.

Er nahm von einem Tisch an der Wand einen alten dreiarmigen Kerzenständer, entzündete die Dochte mit einem fast schon antiken Gasfeuerzeug und reichte ihn ihr.

Als sie zögerte, sagte er noch einmal: „Der Herr wartet nicht gerne.“

So sammelte Anya all ihren Mut, nahm den Leuchter entgegen und trat durch die niedrige Pforte.

Die Stufen waren aus Stein und in vielen Jahrzehnten, vielleicht gar Jahrhunderten, von zahlreichen Tritten abgewetzt und glatt – nicht gerade bequem und sicher für ihre halbhohen Absätze, und sie überlegte sich, die Schuhe auszuziehen. Doch die Vorstellung, die Treppe mit ihren nackten Füßen zu berühren, jagte ihr eine weitere Gänsehaut über den Körper, und sie entschied sich dagegen.

Sie war gerade einmal vier Schritte nach unten gegangen, als hinter ihr die Tür ins Schloss gedrückt wurde.

Sie war allein.

Allein in der durch die drei kleinen Flammen nur spärlich erleuchteten Finsternis. Allein in der Stille und mit ihrer Angst … und dem Bewusstsein, dass der Herr dieses Anwesens irgendwo in dem Dunkel unter ihr wartete … auf sie … und darauf, ihr wehzutun.

Sergej wollte gerade seinen Wagen wieder starten, als dicht neben dem Fenster ein Schatten auftauchte. Reflexartig drehte er sich herum … und starrte direkt in die Mündung einer abgesägten Schrotflinte.

Das Gewehr war zu dicht, um einem möglichen Schuss auszuweichen oder dass er noch Zeit haben würde, eine seiner eigenen Waffen zu ziehen. Und der Mann, der es hielt, hatte so viel gleichgültige Kälte im Blick, dass Sergej wusste, er würde nicht eine Sekunde lang zögern, abzudrücken, falls er eine falsche Bewegung machte. Er war etwa Mitte dreißig und strahlte mit seinem Kurzhaarschnitt, dem kantigen Gesicht und seinem durchtrainierten Körper förmlich *Militär* aus.

Ein Profi, das erkannte Sergej sofort. Aber arbeitete er für die Regierung oder als Söldner?

Die Regierung schloss Sergej aus – offizielle Soldaten benutzten keine abgesägten Schrotflinten ... und waren auch nicht zuständig für die Bekämpfung der Prostitution. Das wäre die Polizei – und für einen Polizisten war der Mann eindeutig nicht zahm genug. Also blieb nur Söldner. Aber Söldner für wen? Und was wollte er von ihm?

„Aussteigen", rief er im Befehlston durch die geschlossene Scheibe hindurch und unterstrich das Wort mit einem knappen Wink seiner Waffe. „Mit erhobenen Händen."

Weil es keine Alternative dazu gab, bestätigte Sergej den Befehl mit einem ruhigen Nicken, hob eine Hand in die Höhe und langte mit der anderen nach dem Türgriff.

Draußen machte der andere zwei schnelle Schritte zurück, um zu vermeiden, dass Sergej ihm mit der Wagentür das Gewehr aus der Hand schlagen konnte.

Sergej stieg gezielt langsam aus, um seinem Gegenüber nicht mit einer zu hastigen Bewegung Anlass zu geben, vielleicht im Reflex abzudrücken.

„Was wollen Sie?", fragte er. „Das Mädchen? Geld?"

„Still", herrschte der Söldner ihn an.

Sergej gab sich nicht der Illusion hin, dass er ihn nicht töten wollte, nur weil er das bis jetzt noch nicht getan hatte. Vielleicht wollte er ja nur den Wagen nicht beschädigen. Er schaute direkt in die eisgrauen Augen des Angreifers und erkannte den wahren Grund für deren gleichgültige Kälte. Es war nicht die kühle Bereitschaft, zu töten, falls es notwendig war. Nein, es war die absolute Gleichgültigkeit jemandem gegenüber, den man bereits für tot hielt. Dieser Mann war hier, um Sergej zu ermorden – das Todesurteil war bereits gefällt und musste jetzt nur noch vollstreckt werden. Aber an einem Ort, an dem es leichter sein würde, mögliche Spuren zu verwischen … oder auf eine Weise, die überhaupt erst weniger Spuren machte als der Schuss aus einer *Lupara.*

„Mitkommen“, knurrte der Söldner, deutete auf einen Weg, der hinter das Haus führte, und stellte klar: „Eine falsche Bewegung, und ich schieße.“

Für den Moment blieb Sergej nichts anderes übrig, als zu gehorchen. Die Distanz zu dem Killer war zu groß, um gegen die weite Streuung der Schrotflinte an ihn heranzukommen.

Mit erhobenen Händen ging er voran.

Anya erreichte das untere Ende der langen Steintreppe und hob den Kerzenständer, um die Umgebung wenigstens ein klein wenig besser erkennen zu können. Aber auch hier schien es so, als würde die Dunkelheit das Licht geradezu verschlingen. Sie konnte gerade einmal einen Armweit sehen und war obendrein durch die Flammen der Kerzen eher noch geblendet.

Die Bruchsteinmauern waren mit alten Flechten und Spinnweben überzogen. Der Boden war mit groben Steinplatten belegt. Eine verschlossene Tür, die nach links abging, war aus groben Eichenbalken gezimmert und mit langen, mittelalterlich wirkenden Eisenscharnieren beschlagen. Dieser Keller war entweder aufwendig auf alt getrimmt oder falls nicht, was Anya eher vermutete, definitiv noch sehr viel älter als das Herrenhaus darüber.

Jahrhunderte älter.

Mit vorsichtig langsamen Schritten ging sie weiter. Immer den Gang entlang, wie der Butler es gesagt hatte. Andere Gänge kreuzten den, in dem sie ging, und Anya rechnete angespannt damit, dass sie jeden Moment jemand aus dem Dunkel neben, hinter oder vor ihr anspringen würde – im besten Falle nur, um sie zu erschrecken. Sadisten taten so etwas. Sie spielten vornehmlich mit der Angst ihrer *Opfer.* Anya konnte dem nichts abgewinnen. Sie ließ sich gerne unterwerfen … und benutzen … und mochte Schmerzen. Aber Angst hasste sie.

Ihr Puls raste, und das Herz schlug ihr mit jedem Schritt, den sie tat und der von den kalten Wänden widerhallte, höher und schließlich bis zum Hals. So ging sie für eine halbe Ewigkeit den Gang entlang, der ihr sehr viel länger vorkam als das Haus darüber.

Ein unterirdisches Labyrinth.

Da – nach einer Weile hörte sie von vorn leise Klänge. Sie blieb stehen und lauschte angestrengt. Zuerst schienen die Geräusche keinen besonderen Sinn zu machen, doch je intensiver sie hinhörte, umso besser erkannte sie schließlich: Es war Gesang. Leiser, mehrstimmiger Gesang – mit seltsamen Harmonien und Dissonanzen. Es erinnerte sie an gregorianische Gesänge, an das melodiöse Murmeln uralter Ritualformeln.

Da hatte jemand ausgeprägt düstere Fantasien.

Wieder war Anya versucht, umzukehren, doch wieder malte sie sich aus, was das für ihre Zukunft in Claires Studio bedeuten würde … für ihre Zukunft. Also fasste sie sich ein Herz und schluckte die Angst herunter, um weiterzugehen.

Schließlich erreichte sie das Ende des Tunnels und stieß dort auf ein Portal, das aus dem nackten Fels des Bodens gehauen worden war und somit noch älter sein musste als schon der Rest des Gewölbes. Es war ebenfalls mit einer schweren Eichentür verschlossen, doch hier schimmerte ein winziger Streifen flackerndes Licht unter dem schmalen Schlitz zwischen Holz und Boden hervor.

Sie sammelte sich für einige tiefe Atemzüge und klopfte dann an. Das Echo ihrer drei eigentlich leicht ausgeführten Klopfer war so laut, als hätte sie mit einem Hammer zugeschlagen, und dröhnte ihr in den Ohren.

Für einen weiteren, ewig lang erscheinenden Moment geschah gar nichts.

Dann aber – ohne dass Anya über den leisen Gesang hinweg

irgendwelche Schritte gehört hätte – öffnete sich die schwere Tür nach innen … und das Blut gefror ihr in den Adern. Nicht nur, dass sie niemanden sehen konnte, der die Tür geöffnet haben mochte – nur die ihr zugewandte Hälfte des höhlenartigen Raumes war beleuchtet, mit zwei kleinen Feuern, die in Kohlebecken auf Dreifüßen brannten. Am Ende der erhellten Fläche, also wahrscheinlich in der Mitte des Raumes, stand ein uralter steinerner Altar. Es war ein großer, direkt aus dem Fels gehauener Steinquader, der an den Rändern und an den Seiten mit erschreckenden und archaischen Mustern verziert war, die in ihren Darstellungen so grob gefertigt waren, dass sie eher bronzezeitlich anmuteten als mittelalterlich, soweit Anya das beurteilen konnte. Und es wunderte sie, dass sie das konnte, denn sie hatte sich noch nie mit Kunstgeschichte beschäftigt.

Aber die Symbole und Figurinen erinnerten sie stark an die, die sie auch in ihren Albträumen gesehen hatte … in all den Städten und Dörfern, die sie mit ihrem flammenden Schwert dem Erdboden gleichgemacht hatte.

Flammen waren auch das prominenteste Muster auf dem Altar. Flammen, in den Menschen verbrannten. Flammen, in die Menschen von anderen hineingestoßen oder -geschleudert wurden. Flammen, in denen sich zwei scheinbar geflügelte Wesen gegenüberstanden. Die eine, unverwechselbar weiblich gestaltet, mit einem Schwert, die andere, männlich, mit eher lederartigen Flügeln und Hörnern auf dem Kopf, mit einem langen Speer in der klauenartigen Hand.

Beinahe noch mehr Furcht einflößend war, dass der Gesang, der aus dem hinteren, dem dunklen Teil der Höhle kam, real zu sein schien – also keine Aufnahme. Als würden dort mindestens sechs bis acht Personen stehen und sie leise singend im Licht der beiden Feuerbecken beobachten. Nur dass die Stimmen jetzt auch vereinzelt eine leise knurrende Qualität annahmen … eine hungrige.

Sollte das hier, über das bereits gruselige Ambiente hinaus, auch noch ein Gangbang werden? Sollte Anya mehreren Männern gleichzeitig zur Verfügung stehen? Das war nichts, das ihr fremd war. Sie mochte es sogar ausgesprochen gerne – aber es würde sehr viel mehr kosten als lediglich die tausend Pfund, die in ihrer Handtasche steckten. Sie wollte das gerade sagen, als …

„Tritt ein, Ani'El", sagte eine männliche Stimme, die so alt klang wie die Höhle selbst, während die anderen weiter ihren unheiligen Singsang murmelten.

Ani'El?

„Mein Name ist Anya", sagte sie irritiert und machte drei zaghafte Schritte nach vorn.

„Natürlich", antwortete die Stimme. Bei genauerem Hinhören klang sie mehr als nur alt und kratzig, sie klang irgendwie entstellt. „Du hast ja vergessen."

„Was habe ich vergessen?"

„Nicht wichtig", erwiderte die Stimme, und plötzlich schlug die Tür hinter Anya so laut zu, dass sie einen erschrockenen Satz nach vorn machte, sodass sie jetzt nur noch wenige Meter von dem Altar trennten. Verdammt, wie hatten sie das gemacht? Mit einem ferngesteuerten Mechanismus?

„Wir haben lange auf dich gewartet, Engel", fuhr die Stimme fort. „Sehr lange."

„Wir sind so schnell hierher gefahren, wie wir konnten. Ich bitte um Verzeihung, falls wir Ihre Geduld strapaziert haben sollten."

Die Stimme kicherte amüsiert. „Na, jetzt bist du ja endlich hier. Zieh dich aus und zeig dich uns in all deiner irdischen Schönheit."

Sie räusperte sich. „Entschuldigen Sie, wenn ich das sage, aber die vereinbarte Summe galt nur für eine Person."

„Das klären wir schon. Später."

„Es tut mir leid", sagte sie. „Ich habe diesbezüglich ganz klare Anweisungen von meiner Arbeitgeberin."

„Zieh dich aus!", brüllte die Stimme ohne jede Vorwarnung

wütend und ungeduldig, und Anya wich instinktiv einen Schritt zurück.

Aus dem Dunkel jenseits des Altars trat eine Gestalt hervor. Sie trug eine weite dunkelbraune Kutte mit einer gewaltigen Kapuze, die so tief nach vorn hing, das Anya das Gesicht darunter nicht sehen konnte, aber sie hatte das Gefühl, dass dort, wo in etwa die Augen sein mussten, zwei kleine rote Punkte glühten. Der Gang der Gestalt war seltsam schwerfällig und machte ein kratzendes Geräusch – so als würden die Krallen eines riesigen Greifvogels über den Steinboden kratzen.

Das Leuchten der roten Punkte unter der Kapuze wurde stärker, und die Stimme drang nun noch sehr viel eindringlicher an Anyas Ohr – und irgendwie, auf eine Weise, die sie sich nicht erklären konnte, auch in ihren Geist.

„Zieh dich aus!"

Es war mit einem Mal, als würde Anya die Kontrolle über ihre eigenen Bewegungen verlieren – als würde der ausgesprochene Befehl sie steuern. Wie in Trance stellte sie ihre Handtasche auf dem Boden ab und stieg aus ihren Schuhen. Sie spürte die Kälte des Steins unter ihren Sohlen und auch den Staub, aber es störte sie nicht.

„Weiter", sagte die Stimme, und Anya war sich nicht mehr sicher, ob sie sie wirklich mit den Ohren hörte oder vielmehr direkt in ihrem Kopf.

Sie nahm das Schlauchkleid mit beiden Händen am Saum und zog es sich über den Kopf hinweg aus. Durch die Reihe der unsichtbaren Sänger ging ein leises, gieriges Murmeln. Als sie noch überlegte, wo sie das Kleid hinhängen sollte, sagte die Stimme ungeduldig: „Lass es einfach fallen. Du wirst es ohnehin nicht mehr brauchen."

Also ließ sie es, obwohl ihr das furchtbar falsch vorkam und etwas in ihr bei den Worten *Du wirst es ohnehin nicht mehr brauchen* alarmiert aufschrie, einfach fallen.

„Braves Engelchen", sagte die tiefe Stimme von unter der Kapuze. „Und jetzt leg dich hierher zu mir auf den Altar."

Alles in Anya wusste, dass das überhaupt keine gute Idee war, aber sie konnte gar nicht anders, als dem Befehl gehorsam Folge zu leisten. Sie trat nach vorn und kletterte auf den Steinquader. Anders als der Boden war er überhaupt nicht kalt. Im Gegenteil, es kam Anya sogar eher so vor, als wäre er noch etwas wärmer als ihre Körpertemperatur – so als wäre er selbst lebendig. Sie sah dunkelrotbraune trockene Flecken auf der Oberfläche des Steins und hoffte, dass es altes Tierblut war – vielleicht aus einer Zeit, noch lange ehe die Christen die britischen Inseln bevölkert hatten. Einer heidnischen Zeit, in der man gehörnte Götter angebetet hatte.

„Leg dich hin", wiederholte die Gestalt, und Anya gehorchte.

Sie fühlte die Rauheit an ihrem Rücken und der Hinterseite ihrer Schenkel und schaute nach oben zur Decke der Höhle. Auch dort waren uralte Reliefs und Zeichen eingemeißelt: unheilige Fratzen, die so aussahen, als würden sie jeden Moment aus dem Fels gesprungen kommen – direkt auf sie herab –, um sie zu verschlingen.

„Und jetzt halt still."

Zwei weitere Kapuzengestalten, etwas kleiner als die erste, schlurften hervor. Sie trugen gusseiserne Ketten mit Schellen daran. Ihr Weg teilte sich, und sie stellten sich je zu Anyas Kopf und zu ihren Füßen. Dann, auf einen Wink des Anführers hin, fesselten sie Anyas Hand- und Fußgelenke derart an die Ecken des gewaltigen Quaders, dass sie schließlich wie ein menschengroßes X darauflag.

Die beiden Figuren traten wieder zurück, und der Gesang, der zwischenzeitlich leiser geworden war, schwoll wieder an.

„So unschuldig, so hilflos", sagte die Gestalt beim Altar und sah auf Anya herab. Doch auch jetzt lieferten die beiden Dreifüße nicht ausreichend Licht, als dass Anya das Gesicht unter der Kapuze hätte erkennen können. Allerdings kam ihr die Stimme inzwischen seltsam vertraut vor – wie aus einem ihrer Albträume.

Er hob einen seiner Arme nach oben und streckte die Hand aus dem weiten, viel zu langen Ärmel. Anya zog erschrocken die Luft ein. Die Hand war faltig – und völlig verkrüppelt und verknorpelt, wie das Wurzelwerk eines alten Baumes. Es schien, als sei jeder einzelne Knochen in ihr mindestens einmal gebrochen gewesen und danach unsauber zusammengewachsen und verheilt. Die Fingernägel waren gelb und krallenartig.

Er streckte die knorrigen Finger aus, so weit er konnte.

„Oh ja", sagte er schließlich. „Ich kann sie fühlen. Sie trägt sie in sich."

Was, fragte sich Anya. Was trage ich in mir?

„Aber nicht mehr lange", sagte die Gestalt und krallte die Finger zur Faust. „Wir werden uns nehmen, was rechtmäßig unser ist." Er drehte sich um und blickte ins Dunkel. „Beginnt mit dem Ritual!"

Eine der anderen Gestalten trat aus der Finsternis hervor.

„Jetzt, Herr?", fragte sie zögerlich. Ihre Stimme war weiblich.

„Ja, Tami'El. Jetzt."

„Aber ..."

„Was aber?", herrschte er sie an.

„Der Gebieter hat ausdrücklich gesagt, dass wir auf ihn warten und sie bis zu seiner Ankunft nur festhalten und bannen sollen."

Die männliche Gestalt lachte rau auf. „Natürlich hat er das. Weil er den Preis ganz alleine für sich beanspruchen will. Aber hat er ihn auch verdient?"

„Er ist unser aller Herrscher", gab die Frau zu bedenken.

„Das war er einmal", räumte der Anführer ein. „Vor langer, langer Zeit. Und wohin hat uns das gebracht? Ist es nicht seine Schuld, dass wir seitdem hier gefangen sind? Hat er damit das Recht, über uns zu herrschen, nicht verwirkt?"

„Wir haben ihm die Treue geschworen, Bezal'El", erwiderte sie.

„Und damit bereits einen sehr viel älteren Schwur gebrochen“, sagte er. „Und nun ist es wieder an der Zeit, einen zu brechen. Damit wir endlich und ein für alle Mal frei sein können.“

„Dann unter deiner Herrschaft, nehme ich an“, sagte sie mit skeptischem Ton in der Stimme.

Er zuckte mit den Schultern. „Irgendjemand muss das Geschick der Dinge ja lenken.“

„Wirklich?“, fragte sie zweifelnd. „Ist es nicht genau das, wogegen wir uns erhoben haben? Dass ein Einziger die Macht hat, die, wie du es ausdrückst, Dinge zu lenken?“

Er kicherte finster. „Meinst du denn, er und seine ... *Gefährtin* ... haben nicht ganz genau das Gleiche im Sinn? Glaubst du, nach allem, was damals geschehen ist, wirklich seinem Versprechen, dass dies der letzte Kampf sein wird? Nur um die Balance wiederherzustellen? Und dass er danach die Macht abgibt, nur damit wir alle in Freiheit leben können? Glaubst du das wirklich?“

„Ja, das tue ich“, sagte sie. „Und ich werde dich daran hindern, ihn und damit uns alle zu verraten.“

Er seufzte. „Einen Quertreiber gibt es wohl immer“, sagte er. „Das war schon immer so, und das hat uns ja auch überhaupt erst in diese missliche Lage gebracht.“

„Was lässt dich glauben, dass ich alleine stehe?“, fragte sie herausfordernd, aber dann wurde ihre Haltung plötzlich unsicher, und Anya erkannte von dort, wo sie lag, dass ihr wohl gerade der Grund für sein arrogantes Vorgehen klar wurde.

„Weil alle anderen in meinen Plan eingeweiht sind“, bestätigte der Anführer. „Nur du nicht. Weil ich mir ziemlich sicher war, dass du uns verraten würdest – was du hiermit bestätigt hast.“

Sie wirbelte herum und zog dabei zwei lange gebogene Schwerter unter ihrer wehenden Kutte hervor. Doch ehe Tami’El auch nur eine weitere Bewegung machen konnte, zuckten aus dem Dunkel fast ein Dutzend blaue, rote und schwarze Blitze hervor … und verwandelten sie im Sekundenbruchteil in eine Statue aus Stein.

Im ersten Impuls fühlte Anya sich dadurch an irgendetwas erinnert, das sie nicht greifen konnte, sodass sie sich erst in einem zweiten darüber wunderte, dass das Schockierende, das Verwunderliche, dessen Zeuge sie gerade geworden war, sie gar nicht so sehr schockiert oder verwundert hatte, wie es eigentlich der Fall hätte sein müssen.

Da ist gerade ein Mensch von Lichtblitzen in Stein verwandelt worden, und das Erste, dass du dich fragst, ist, woran dich das erinnert, dachte sie völlig irritiert. Doch zu weiteren Überlegungen kam sie nicht. Der Anführer mit dem seltsamen Namen – Bezaal? – drehte sich wieder zu ihr herum … und zog mit seiner verkrüppelten Hand ein Messer mit einer gebogenen Scheide aus Bronze unter seiner Kutte hervor. Mit seiner anderen gleichermaßen zerstörten Hand streifte er sich die Kapuze vom Kopf.

Der furchtbare Anblick fuhr Anya bis ins Mark. Das Gesicht war noch schrecklicher verunstaltet als schon die Hände. Es war faltiges und vernarbtes Fleisch, das irgendwie lose auf einem Schädel hing, der ebenfalls den Eindruck erweckte, als sei er an mehreren Stellen gebrochen und schief wieder zusammengewachsen. Das linke Auge saß zudem in einer offenen Höhle, und der Mund war in der Mitte gespalten, sodass es aussah, als hätte er vier Lippen, die auf einer Seite kraftlos herabhingen und von denen Speichel troff.

Angeekelt wandte sie den Kopf weg, um nicht länger in dieses erschreckende Antlitz starren zu müssen.

„Was?“, brüllte er. „Du wendest den Blick ab von deinem eigenen Werk? Schau mich an!“

Anya konnte nicht anders. Seine Worte waren ihr Befehl. Sie musste den Kopf wieder zu ihm zurückdrehen und ihn ansehen.

„Ja, du erinnerst dich vielleicht nicht“, rief er voller Zorn. „Aber das hier hast du mir angetan.“ Er hob das Messer. „Doch ich werde dir helfen, dich wieder zu erinnern … und damit endlich, endlich, endlich meine Rache haben!"

Er riss das Messer mit beiden Händen hoch über den Kopf und stach zu.

„Das ist weit genug", sagte der Killer zu Sergej, nachdem er ihn um das Herrenhaus herum durch einen Hintereingang nach unten in das Kellergewölbe geführt hatte. Jetzt standen sie in einem von oben bis unten gekachelten Raum, der wohl vor langer Zeit als Schlachthaus gedient hatte.

Sergej blieb stehen. Das war nun also das Ende. Hier würde der Söldner ihn erschießen. Hier, wo alle Spuren leicht zu beseitigen sein würden. Sein Gehirn arbeitete mit voller Kraft, um einen Weg zu finden, das Unaufhaltsame aufzuhalten – nahe genug an den anderen heranzukommen, um ihn zu entwaffnen. Aber der Killer war zu sehr Profi, um ihm diese Chance einzuräumen. Er hielt immer ausreichend Abstand, um die abgesägte Schrotflinte einsetzen zu können, falls Sergej auch nur eine falsche Bewegung machte.

Ein beschissenes Ende, fluchte Sergej in sich hinein, aber am meisten Sorgen machte er sich gar nicht um sich selbst. Er hatte immer gewusst, dass es bei seiner Art zu leben früher oder später so kommen würde. Nein, die meisten Sorgen machte er sich um Anya. Sie hatte sich darauf verlassen, dass er sie beschützen würde, und er hatte sie im Stich gelassen. Er wollte sich gar nicht ausmalen, was gerade mit ihr wohl geschah. Soweit er das beurteilen konnte, wurde er nur aus dem Weg geräumt, weil der Auftraggeber des Söldners ihrer habhaft werden wollte. Aber ob das nun geschah, um sie buchstäblich zu versklaven oder um sie für viel Geld an ein anderes Studio in einem anderen Land zu verkaufen, konnte er nicht einschätzen. Masochistinnen, die dermaßen viel ertragen konnten wie Anya, waren auf der ganzen Welt hochbegehrt.

Sergejs Sorge entsprang nicht geschäftlichem Interesse … aber das spielte nun auch keine Rolle mehr. Er würde keine

Gelegenheit mehr finden, Anya zu sagen, wie er in Wahrheit für sie empfand.

„Das war's dann also", sagte er und drehte sich zu seinem Mörder herum. Der nickte und holte mit der freien Hand eine Pistole aus der Innenseite seiner Jacke.

„Verstehe", sagte Sergej. „Macht weniger Dreck als die Lupara."

„Nichts Persönliches", sagte der Killer, hob die Waffe und zielte damit auf Sergejs Stirn.

Wäre die Pistole die einzige Waffe in seiner Hand gewesen, hätte Sergej einen Versuch gestartet. Doch da war noch die Lupara, die er mit der Linken auf Sergejs Bauch gerichtet hatte. Keine Chance.

Der Killer spannte den Hahn. Eigentlich zog einem in einem solchen Moment das ganze Leben vor dem geistigen Auge vorbei, hieß es doch immer. Sergej erlebte nichts dergleichen. Er hatte nur einen einzigen Gedanken: Anya. Und sein russisches Herz schwoll an mit all der Traurigkeit und Melancholie, die nur ein russisches Herz zu fassen vermag. Traurigkeit darüber, dass er ihr nie gesagt hatte, was er wirklich fühlte … und Melancholie, dass er sie nie wieder in seinen Armen würde halten können.

Doch da …

Genau in dem Moment, in dem der Killer abdrücken wollte, tat es einen gewaltigen, ohrenbetäubenden Schlag, und das gesamte Kellergewölbe wurde von einem heftigen Beben geschüttelt.

Eine Explosion. Sie war so stark, dass sie Sergej beinahe von den Füßen gerissen hätte. Aber auch der Killer geriet ins Wanken und war für einen winzigen Moment abgelenkt – und Sergej nutzte seine Chance.

Mit aus Verzweiflung und jahrelangem Training geborener Schnelligkeit sprang er nach vorn, schlug mit den Fäusten beide Waffen zur Seite weg und rammte seine Stirn mit aller Kraft gegen das Nasenbein des Gegners. Gleich zweimal in schneller Folge. Durch die Stirn hindurch spürte er das Brechen des Nasenbeins – wusste jedoch, dass das nicht reichen würde, einen Profi unschädlich zu machen, und ließ sofort einen hart ausgeführten Kniestoß zwischen die Beine des Killers folgen, um nach dem Lauf der Lupara zu greifen und sie dem Killer aus der Hand zu reißen. Der versuchte noch, sich unter Schmerzen krümmend, die Pistole auf Sergej zu richten, doch Sergej war schneller. Er schlug ihm die Pistole mit dem Griff der Lupara aus der Hand, wendete die Waffe und drückte ab.

Der Killer wurde von dem Treffer mit dem großkalibrigen Schrot von den Füßen nach hinten gerissen und krachte gegen eine der Wände. Noch ehe er daran zu Boden sackte, leerte Sergej auch den zweiten Lauf – um ganz sicherzugehen. Dann hob er die Pistole vom Boden auf und checkte das Magazin. In einer Situation wie dieser war es seinen Erfahrungen nach nie verkehrt, eine zusätzliche Waffe zu haben.

Er musste Anya finden. Was auch immer die Explosion verursacht haben mochte, er hoffte, dass sie sie überlebt hatte, und rannte los in Richtung des Ganges, der weiter in den Keller hineinführte. Es war der kürzeste Weg in das Gebäude.

Als er in dem Tunnel hinter dem Schlachthaus nirgends einen Lichtschalter finden konnte, holte er sein Benzinfeuerzeug aus der Hosentasche und ließ es aufflammen. Das Licht war lächerlich spärlich – aber besser als nichts. Er überlegte kurz, ob er nach Anya rufen sollte, entschied sich dann aber dagegen. Falls jemand wissentlich die Explosion ausgelöst hatte, sollte der nicht wissen, dass er noch lebte. So schnell Sergej es bei dem schlechten Licht verantworten konnte, lief er vorwärts und hielt dabei nach einer Treppe Ausschau, die ihn nach oben in das Herrenhaus führen würde. Doch gerade als er sie gefunden hatte, hörte er weiter hinten im Gang eine schwache Stimme. Eine Stimme, die er unter Tausenden erkennen würde: Anya.

Und sie rief seinen Namen.

Er beschleunigte seine Schritte und rannte in die Richtung, aus der die Stimme kam. Nach einigen Dutzend Metern sah er am Ende des Gewölbeganges ein schwaches rotgoldenes Licht – wie das von Feuer. Nun konnte er noch schneller laufen, packte das Feuerzeug in die Tasche zurück und zückte eine seiner beiden Pistolen aus dem Schulterholster.

Endlich erreichte er den hinteren Raum, von dem der feurige Glanz ausging. Die schwere Tür hing schief in den Angeln, das Feuer kam von zwei umgekippten Dreifüßen, und die Luft war schwanger von Rauch und Staub. Dann sah er Anya, die sich gerade von einem altarähnlichen Steinquader erheben wollte. Sie war nackt und wirkte schwer angeschlagen. Ihre Haut war schmutzig von dem Dreck, der von der Gewölbedecke auf sie herniedergerieselt war, und ihr Haar war zerzaust. An Hand- und Fußgelenken hatte sie Schürfwunden.

„Sergej!“, rief sie, als sie ihn aus tränennassen Augen heraus erkannte und versuchte, sich auf die Füße zu stellen. Doch dazu war sie zu schwach. Er sprang zu ihr hin und fing sie in seinen Armen auf, ohne die Pistolen aus den Händen zu legen.

„Was ist passiert?“, fragte er.

„Ich weiß nicht“, sagte sie. „Aber wir müssen weg von hier. Schnell!“ Ihre Augen flackerten vor Panik, und Sergej folgte unwillkürlich ihrem Blick. Am Rand des Lichtkreises, den das am Boden brennende Feuer bildete, sah er eine steinerne Frauenstatue, die zwei Schwerter gezückt hielt. Dahinter war es dunkel, aber er konnte hören, dass sich dort etwas bewegte. Er vernahm das Stöhnen mehrerer Personen und unterdrückte Flüche in einer Sprache, die er noch nie gehört hatte.

„Wir müssen weg, bitte“, sagte Anya noch einmal, und ihr Ton klang so eindringlich flehend, dass Sergej keine Sekunde länger zögerte, sie vom Boden hochriss und nach draußen rannte.

Etwas Blaues blitzte auf, und es krachte irgendwo hinter ihm an der Wand, aber er ignorierte es und rannte weiter, so geduckt es ihm mit Anya in den Armen und den Waffen in den

Händen möglich war. Dabei versuchte er abzuschätzen, wie lange es noch bis zu der nach oben führenden Treppe dauern mochte. Es war einfach zu dunkel, um das zu erkennen, und er hatte keine Hand frei für sein Feuerzeug.

In diesem Moment zuckte ein zweiter Blitz auf und zischte an ihm vorüber, und Sergej fragte sich, womit zur Hölle da auf ihn geschossen wurde. Doch er verwarf den Gedanken daran, als er im Schein des Strahles die Treppe entdeckte. Überleben war jetzt wichtiger. Er legte noch an Tempo zu und erreichte die zur Seite abgehenden Stufen. Gleich zwei davon auf einmal nehmend, hetzte er hinauf – und wieder schlug etwas Blitzartiges unten am Fuß der Treppe ein.

„Was zur Hölle geht hier vor sich?", fragte er, ohne innezuhalten. „Wer sind diese Leute?"

„Ich weiß es wirklich nicht, Sergej", sagte Anya, fest an ihn geklammert. „Ich habe keine Ahnung. Auch nicht davon, was passiert ist. So als hätten sie mich unter Drogen gesetzt. Da sind lediglich Bruchstücke. Ich erinnere mich nur daran, dass sie mich umbringen wollten … oder foltern. Dann war da diese Explosion … und danach nur Rauch und Dreck."

Sie hatten das obere Ende der Treppe und somit die Kellertür erreicht.

„Kannst du stehen?", fragte er.

„Ich versuche es."

Er stellte sie auf die Füße, und sie lehnte sich an die Wand. Er drückte ihr eine der beiden Pistolen in die schwachen Finger. „Schieß auf alles, was sich da unten bewegt!"

Er drehte den Knauf der Tür, doch sie war verschlossen.

„Geh einen Schritt zurück und tritt hinter mich", sagte er und wartete, bis sie seinen Befehl befolgt hatte, ehe er auf das Schloss zielte und drei Schüsse abgab. Der alte Mechanismus wurde von den Kugeln förmlich aus dem Holz gefetzt, und er trat die Tür auf. Genau in dem Moment, als in der Halle dahinter der Butler auftauchte und mit einem Jagdgewehr auf ihn anlegte.

Sergej schoss aus der Hüfte heraus. Zweimal.

Die erste Kugel traf den Butler in den Bauch, die zweite in die Brust. Er stolperte nach hinten und feuerte noch im Fallen. Doch der Schuss ging gefahrlos zur Decke.

„Komm“, rief Sergej und hob Anya wieder in seine Arme. Mit großen Schritten eilte er quer durch die Halle zum Eingang und durch die Tür nach draußen zum Auto. Dort half er Anya auf den Beifahrersitz und gab ihr sein Jackett, damit sie ihre Blöße bedecken konnte, während er hinter das Steuer sprang, den PS-starken Motor startete und mit durchdrehenden Reifen davonfuhr.

Sergej schaute immer wieder in den Rückspiegel, um zu sehen, ob sie verfolgt wurden, doch die Tür des Herrenhauses blieb so leer, wie sie sie verlassen hatten. Aber er wollte verflucht sein, wenn ihn das dazu verleiten sollte, die Geschwindigkeit zu reduzieren. Er trat das Gaspedal noch tiefer durch und jagte den SUV in halsbrecherischem Tempo den kurvigen Feldweg entlang.

„Verdammt, Anya! Wer waren die, und was wollten sie von dir?“

„Ich habe es doch schon gesagt, Sergej“, antwortete sie. „Ich weiß es nicht.“ Sie zog das Jackett enger um sich, und obwohl sie sich gegen die Tränen wehrte, fing sie an zu weinen. „Ich weiß es wirklich nicht.“

„Schon gut“, sagte er. „Wir reden im Studio darüber.“

„Wir können nicht mehr ins Studio zurück.“

„Was? Warum nicht?“

„Weil sie uns dort finden werden. Sie wissen, dass ich da arbeite.“

„Aber dort kann ich dich besser beschützen.“

„Bist du dir sicher?“, fragte sie, mit Zweifel in der Stimme. „Hast du diese seltsamen Blitze gesehen?“

„Ja, verflucht. Habe ich“, sagte er. „Ich werde mir etwas einfallen lassen.“

„Und dabei riskieren, dass auch die anderen verletzt

werden?“, fragte sie. „Nein, Sergej. Das kann ich nicht zulassen. Sie sind hinter mir her – aus welchem Grund auch immer. Setz mich einfach irgendwo ab und vergiss, dass es mich gibt.“

„Auf gar keinen Fall.“

„Keine Sorge, ich komme schon irgendwie klar.“

Sie klang nicht sehr überzeugt.

„Was hast du vor, Anya?“

„Ich muss zurück nach Hause“, antwortete sie.

„Ich habe doch gesagt, wir fahren ins Studio.“

„Nein. Ganz nach Hause.“

„Was meinst du? In die Ukraine?“

Sie nickte. „Den wenigen Fetzen nach zu urteilen, an die ich mich erinnere, liegt die Antwort auf die Frage, was hier gerade passiert ist, in meiner Vergangenheit begraben. Ich muss herausfinden, worum es hier geht.“

„Warum nicht einfach irgendwo untertauchen?“

„Weil ich das Gefühl habe, dass die mich früher oder später finden, egal, wo ich mich verstecke.“

Minutenlang saßen sie schweigend nebeneinander. Weder verringerte Sergej das Tempo, noch hörte er auf, in regelmäßigen, sehr kurzen Abständen in den Rückspiegel zu schauen. Als sie eine Weggabelung erreichten, von der es links nach London und rechts nach Dover abging, bog er nach rechts ab.

„Was tust du?“, fragte sie.

„Du hast gesagt, du willst in die Ukraine“, sagte er. „Also fahren wir in die Ukraine.“

In einer der am heruntergekommensten Spelunken Mexico Citys, was wirklich schon eine ganz eigene Leistung für sich war, saß ein einsamer Mann an der verdreckten Theke und kippte gerade seinen achten Mezcal. Kaum hatte er das an den Rändern geplatzte Glas abgestellt, schenkte Malinal, die Wirtin, eine dicke gutmütige Nahua Anfang sechzig, wie verabredet nach. Sie würde nachschenken, bis er abwinkte … oder vom Stuhl fiel. Wie jeden Tag in der vergangenen Woche, hatte er die Flasche mit dem Wurm im Voraus bezahlt – und jeden Tag brauchte er zwei bis drei Gläser mehr, bis er genug hatte … oder zu viel.

Die Nutten, die in der Kneipe herumlungerten, interessierten ihn nicht. Sie hatten schon am dritten Tag aufgegeben, ihm ihre Dienste und ausgemergelten Leiber aufzudrängen – nachdem er einer von ihnen klargemacht hatte, dass er ihr den Arm brechen würde, wenn sie ihn auch nur noch ein einziges Mal ansprach.

Malinal war sich nicht sicher, ob er ein Gringo war, also ein Amerikaner, oder ein Europäer. Vielleicht war er auch Russe – er redete nicht viel, und sein Mexikanisch war akzentfrei. Er hätte aber auch ein Skandinavier sein können – die hellblonden Locken und die hellen Augen sprachen dafür … und auch seine hünenhafte Statur. Das Auffälligste außer seiner Größe, seinem unverschämt guten Aussehen und seinen Schultern, die breit genug waren, um auch die streitlustigsten Saufkumpane der Spelunke davon abzuhalten, eine Schlägerei mit ihm vom Zaun zu brechen, war die Tatsache, dass er jeden Abend auf dem gleichen Hocker saß – genau gegenüber eines kleinen Schreins, den Malinal in einer Nische auf der Rückseite der Theke aufgebaut hatte und in dessen Zentrum eine kleine Statue stand, die einen weiblichen Engel darstellte.

Den ganzen Abend über starrte er diese Statue an.

Jeden Abend.

„*Ángel*", hatte Malinal gesagt, als ihr sein Blick das erste Mal aufgefallen war. Das war Spanisch für „Engel".

Er hatte genickt und dann „Ani'El" gesagt, dabei den typischen „ch"-Laut in der Mitte wie ein „j" ausgesprochen; aber Malinal war lange genug im Geschäft, um zu wissen, dass man zahlende Kunden nicht korrigierte.

Er trank wie jemand, der vergessen wollte … oder wie jemand, der vergessen werden wollte. Zu welcher der beiden Kategorien er gehörte, hatte Malinal noch nicht endgültig entschieden. Aber sie tendierte zu der zweiten. Die meisten Männer gehörten zu der zweiten. Malinal wusste: Entgegen weitverbreiteter Ansicht tranken Männer nicht, um jemanden zu vergessen – außer sich selbst; ihre Träume und Hoffnungen, Ideale und Prinzipien. Sie tranken, weil sie sich selbst verloren hatten, und betäubten mit dem Alkohol die Angst, dass man ihnen ihr Versagen an den Augen ablesen konnte. Sie wollten, dass man den Mann, der sie einmal waren oder hätten werden können, vergaß … und sie für ihren Suff verachtete statt für ihr Scheitern.

Es gab einen Weg, das herauszufinden.

„Wie heißt du, Fremder?“, fragte Malinal ihn auf den Kopf zu. Die Männer der zweiten Kategorie wichen dieser Frage immer irgendwie aus. Immer.

„Manuel“, sagte er.

Also doch zu der ersten.

„*La mano de dios*“, sagte sie. „Die Hand Gottes.“

Er schüttelte den Kopf. „*El iman de cielo.*“

„Der Magnet des Himmels?“

„Der Hauptmann der Himmel.“

„Ah“, sagte Malinal und schenkte das zehnte Glas ein. Sie war sich ziemlich sicher, dass *iman* Magnet hieß und nicht Hauptmann.

„Die alte Bedeutung ist Richtungsgeber, Anführer, verstehst du? Wie eine Magnetnadel in einem Kompass dir die Richtung gibt.“ Er stürzte das Glas hinunter, und die Wirtin schenkte nach.

„Aber um die Richtung geben zu können, darf man selbst sie nicht verloren haben“, sagte sie.

„Ich habe nicht meine Richtung verloren“, sagte er. „Ich habe meinen Pol verloren … meinen Fixstern … meine Sonne.“

Auch ohne Jahrzehnte Seelsorgererfahrung als Wirtin hätte sie sofort gewusst, dass es um eine Frau ging. Irgendwie ging es immer um eine Frau. Malinal wusste, das war in den meisten Fällen Verschwendung, und die Schlampe war es nicht wert, dass man ihr nachtrauerte oder auch nur einen Moment lang weiter über sie nachdachte. Aber erzähl das mal einem Mann, der leiden will, überlegte sie – einem, der sich der Illusion hingab, die einzig wahre Blume aus einem Garten voller Unkraut herausgepickt zu haben, konnte man schlecht klarmachen, dass er sich nur etwas vormachte und sich lieber wieder auf das Leben konzentrieren sollte, statt in Trauer und Selbstvorwürfen zu zerfließen.

Was wäre die Welt doch für ein friedlicher Ort, wenn die Menschen sich immer nur so sehen würden, wie sie wirklich waren. Auf der anderen Seite würden die Kerle dann aber auch nicht saufen, und sie hätte keinen Job.

Gerade wollte sie etwas oberflächlich Tröstendes sagen, als plötzlich seine Augen aufleuchteten und er die Hand auf das leere Glas legte, damit sie nicht nachschenken konnte.

„Was ist?“, fragte sie.

„Hast du das gespürt?“

Sie hatte keine Ahnung, wovon er redete.

„Ich habe nichts gespürt“, sagte sie entsprechend. „Und ich habe auch keine Ahnung, wovon du gerade redest.“

Seine bis dahin finstere Miene klarte auf.

„Sie lebt“, rief er. „Verdammt, sie lebt!“

„Was?!?“

„Ich dachte, sie sei tot. Aber sie lebt!“

„Wer?“

„Ani'El“, sagte er und erhob sich von seinem Hocker – plötzlich wieder stocknüchtern. Er zeigte auf die Engelsstatue in der Mitte des Schreins. „Ani'El lebt.“

Er lachte und drehte sich vor Freude einmal mit weit ausgestreckten Armen im Kreis.

Dann wurde er plötzlich wieder ernst, und ihr war, als würde er in sich hineinhorchen.

„Verflucht!“, stieß er aus. „Sie braucht meine Hilfe. Sie ist in Gefahr. Ich muss zu ihr.“

Er drehte sich herum und rannte aus der Spelunke.

Malinal schaute ihm kopfschüttelnd hinterher und schenkte sich selbst ein Glas von seinem Mezcal ein. Verdammt, sie wurde alt – und ihre Augen immer schlechter. Sie hätte schwören können, dass dem Verrückten tatsächlich gerade Flügel aus dem fersenlangen Mantel gewachsen waren, als er eben durch die Tür hinausrannte.

TEIL ZWEI

GESUCHT

5. KAPITEL

Der Weg zurück

Salzige Gischt sprühte Anya erfrischend ins Gesicht.

Sie stand am Bug des Zweimasters, den Sergej gechartert hatte, und blickte gen Osten auf die im Schein der Nachmittagssonne wogende See herab. Hinter ihr ragten die weißen Klippen von Dover in die Höhe, und sie hatte das unbestimmte Gefühl, den Boden Englands nie wieder zu betreten. Ihr Verdacht, auch im Studio nicht sicher zu sein vor den Menschen oder was auch immer die Wesen waren, die sie aus ihr völlig unbekannten Gründen verfolgten, hatte sich bestätigt, als Sergej vergeblich versucht hatte, dort jemanden per Mobilfunk zu erreichen. Die Leitungen waren tot – und Anya hoffte, dass das Gleiche nicht auch für die Mädchen, Claire und Sergejs Kameraden galt.

Sergej war aufgrund seiner Herkunft ein äußerst vorsichtiger Mann. Nicht im Kampf, da war er mutig und agierte ohne zu zögern; aber im Leben pflegte er die Dinge zu überdenken und mit dem Schlimmsten zu rechnen. Ein Teil dieser ausgeprägten Vorsicht zeigte sich, wie Anya inzwischen erfahren hatte, darin, dass er immer einen Fluchtplan in petto hatte … und, egal, wohin er fuhr, auch einen Pilotenkoffer dabei. In dem Koffer waren diverse Kreditkarten, jede Menge Bargeld in verschiedenen Währungen, Gold, Diamanten … und Munition. Wenn man ein Leben wie das seine führte, konnte man sich nicht nur auf Banken und Behörden verlassen.

Noch in einem Vorort von Dover hatte er Anya einen Overall gekauft und Chucks, damit sie sich in Dover dann selbst passendere Klamotten für die Reise kaufen konnte: ein Paar robuste Jeans und feste Schuhe, drei Garnituren Strümpfe und Unterwäsche, zwei nicht zu dicke, aber auch nicht zu dünne Rollis und eine Windjacke. Auf Sergejs Anraten hin hatte sie auch noch einen langen Mantel, einen Schal, eine Wollmütze und Handschuhe gekauft – wofür sie jetzt, da sie an Bord des Schiffes stand und ihr der raue Seewind um die Nase wehte, sehr dankbar war.

Sergej war die ganze Zeit während des Shoppens dabei gewesen – nach dem Vorfall im Herrenhaus wollte er sie nicht mehr aus den Augen lassen. Danach waren sie schnurstracks zu einem Gebrauchtwagenhändler gefahren, bei dem Sergej den Q7 für einen viel zu niedrigen Preis, aber dafür schnelles Bargeld verkauft hatte. Mit einem Teil dieses Geldes hatte er dann, nach einigen Gesprächen in einschlägigen Pubs und Kaschemmen, dieses Schiff mit verschwiegener Mannschaft gechartert. Es war ein Segler, der aber gleichzeitig über ausreichend Motorkraft verfügte, auch ohne oder gegen den Wind zu fahren.

„Das ist zwar nicht der schnellste Weg nach Kiew", hatte er Anya aufgeklärt, „aber der bei Weitem unauffälligste. Wir fahren zuerst den Rest des Ärmelkanals entlang, dann nach Osten durch den Kanal bei Flensburg in die Ostsee und dann von dort aus an Kopenhagen, Danzig und Riga vorbei direkt und ohne Zwischenstopp bis nach Sankt Petersburg. Der Kapitän dieses Schiffs setzt uns dort noch vor dem eigentlichen Hafen ab und sorgt dafür, dass an Land ein Wagen für uns zur Verfügung steht. So müssen wir nur die Grenze zwischen Russland und der Ukraine überqueren, und die Passkontrollen an den Grenzübergängen dort sind eher lax, falls sie überhaupt besetzt sind."

„Wären wir mit dem Flugzeug nicht schneller gewesen und hätten auch nur eine Passkontrolle gehabt?", hatte Anya gefragt.

„Nein", hatte er erwidert, während sie über das schmale Fallreep an Bord geklettert waren. „In England hätte man unsere Pässe schon beim Abflug kontrolliert und dann wieder bei der Ankunft in Kiew, falls wir einen Flug ohne Zwischenlandung gekriegt hätten. Und selbst wenn ich in bar bezahlt hätte, wären unsere Reisedaten allein schon für die Ticketausstellung in das System eingepflegt worden. Wer auch immer uns verfolgt, hätte darüber ziemlich schnell herausfinden können, dass wir England verlassen haben und was das Ziel unserer Reise ist. So aber weiß niemand, dass wir das Land überhaupt verlassen haben und wohin wir fahren. Denk daran, falls du jemals alleine flüchten musst: immer nur per Auto, Zug oder Schiff – nie mit dem Flugzeug.“

Sie hatten vor etwa zwei Stunden abgelegt und sofort Kurs Nordnordost in Richtung Nord-Ostsee-Kanal eingeschlagen. Laut Sergej ersparte ihnen diese Route einige Umwege und das zeitraubende Navigieren durch das Kattegat, das sogenannte *Katzenloch* zwischen Jütland und der schwedischen Westküste.

Sobald sie erst einmal das andere Ende des Kanals bei Kiel erreicht hatten, würde der Rest des Weges nach Sankt Petersburg vollkommen frei vor ihnen liegen – und sie würden sich jederzeit, falls etwas ihre Pläne durchkreuzen sollte, absolut unbemerkt nach Schweden, Finnland, Deutschland oder Polen absetzen können, um von dort aus mit dem Wagen weiterzureisen.

Das Meer zu ihren Füßen war tiefgrau – und Anya jagte am Bug des Zweimasters darüber hinweg, wie sie auch schon oft in ihren Träumen darüber hinweggejagt war. Doch in diesen Träumen hatte es nie ein Schiff unter ihren Füßen gegeben – sie war mit eigenen, weiten weißen Schwingen darübergeflogen … ein Flammenschwert in der Hand … auf dem Weg, Strafe zu bringen … Verderben … den Tod.

Sie kniff die Augen zusammen, um die Gedanken an diese Träume zu verbannen und sich stattdessen daran zu erinnern, was im Kellergewölbe des Herrenhauses geschehen war, nachdem die Gestalt in der Kutte den Dolch in die Höhe gerissen hatte, um zuzustechen. Von da bis zu dem Moment, in dem Sergej aufgetaucht war, hatte sie einen Filmriss … einen Blackout.

Wie war sie ihre Fesseln losgeworden?

Wieso hatte der Mann mit dem monströs verunstalteten Gesicht nicht zugestochen?

Wer war er überhaupt?

Wieso hatte er gesagt, sie würden einander kennen?

Wer war der „Gebieter“, in dessen Auftrag sie gefangen genommen worden war, ehe der Narbige entschieden hatte, gegen ihn zu rebellieren und seinen Platz einzunehmen? Und wie zur Hölle hatten diese seltsamen farbigen Blitze die weibliche Kuttenträgerin in eine Statue aus Stein verwandelt?

So viele Fragen – und sie hatte auf keine davon eine Antwort. Die musste in ihrer Vergangenheit liegen, weshalb sie jetzt auf dem Weg nach Kiew war; auch wenn sie noch keinen einzigen Anhaltspunkt hatte, wo genau sie dort zu suchen beginnen sollte.

In dem Heim, in dem sie die ersten trostlosen Jahre ihrer Kindheit verbracht hatte? Bei den Pflegeeltern? Aber bei welchen der vielen … die sie allesamt nur aus dem Heim geholt hatten, um sie in Schneidereien und im Hafen in Vierzehnstundenschichten schuften zu lassen oder sie auf den Strich zu schicken?

Sie hatte keinen Plan – aber sie war froh, dass Sergej an ihrer Seite geblieben war. Er gab ihr das Gefühl, zumindest einigermaßen sicher zu sein. So wie jetzt, als er hinter sie trat und ihr eine Decke über die Schultern legte.

„Komm in die Kajüte“, sagte er. „Du musst ein wenig schlafen. Wer weiß, was noch vor uns liegt.“

Folgsam begleitete Anya ihn über das Vorderdeck zu der Tür, die nach unten führte. Mit einer Fürsorglichkeit, die sie bei ihm bisher noch nie erlebt hatte, hielt er sie ihr auf.

„Die erste Tür rechts“, sagte er, als sie die Stiege betrat, und dann erst merkte sie, dass er gar nicht vorhatte, sie zu begleiten, denn gerade wollte er die Tür hinter ihr von außen schließen.

„Würdest du vielleicht gerne mitkommen?“, fragte sie schüchtern.

Er schaute sie fragend an.

„Ich würde jetzt ungerne allein sein wollen“, gab sie zu. Sie hatte Angst davor, dass die Träume wiederkehrten. All die Menschen. Ihre Todesschreie.

„Du brauchst Schlaf, Anya“, sagte er noch einmal. „Du hast seit gestern Nachmittag kein Auge zugetan.“

„Ich weiß“, gab sie zu. „Aber …“

Was sie mit Worten nicht ausdrücken konnte, versuchte sie ihm mit einem Blick zu sagen.

Sergej verstand. Er überlegte einen Moment, dann nickte er und kam zu ihr auf die Stiege hinab.

Anya ging vor, betrat die Kabine – und war positiv überrascht. Sie hatte eine Schlupfkajüte erwartet, so niedrig, dass man nicht einmal darin stehen konnte. Aber tatsächlich glich der Raum vor ihr fast mehr einer Luxussuite. Auf eine sehr klassische Weise waren Decke, Boden und Wände mit feinstem Mahagoni getäfelt, und die Metallteile wie der Rahmen der drei Bullaugen, Wandlampen und Leisten waren aus blank poliertem Messing. Ein wenig kitschig, wie sie fand, und wohl gerade deswegen sehr hübsch und auf eine exotische Weise heimelig. Das große Doppelbett in der Mitte war fein geschnitzt, und die vier Pfosten ragten vom Boden bis zur Decke, wo sie fest verankert waren.

Sergej half ihr beinahe schon behutsam aus dem Mantel und hängte ihn sorgfältig an einen der Haken auf der Innenseite der Tür. Wieder war da eine Fürsorglichkeit, die sie so bewusst früher nie an ihm erlebt hatte. Als er sich zu ihr herumdrehte, machte sie instinktiv einen Schritt auf ihn zu und schmiegte sich an ihn. Er nahm sie in die Arme und streichelte ihr Haar.

„Es wird alles wieder gut“, sagte er leise, und es lag eine Entschlossenheit in seiner Stimme, die sie spüren ließ, dass er das nicht nur als Floskel so dahinsagte, sondern wirklich meinte.

„Glaubst du?“, fragte sie dennoch unsicher.

„Ich werde dafür sorgen“, erwiderte er leise und küsste zärtlich ihren Scheitel.

Sie sog das Aroma seines Aftershaves genussvoll tief ein, schloss die Augen und seufzte leise, wobei sie ihre Wange noch ein wenig fester an seine Brust drückte, bis sie den kräftigen Schlag seines Herzens hören konnte.

Sie gab sich einen Ruck. „Darf ich dich vielleicht etwas fragen, Sergej?“

„Ja“, antwortete er. „Natürlich.“

Sie sammelte all ihren Mut, und es dauerte einige Momente, ehe sie endlich dazu in der Lage war, zu fragen: „Sag, warum bist du auf einmal so gut zu mir?“

Er zögerte – sogar noch länger als sie.

„Ich war schon immer gut zu dir, Anya“, sagte er dann. „So weit es mein Job als Aufpasser zuließ – und ohne das Risiko einzugehen, dass die anderen Mädchen glaubten, ich sei weich geworden. So ein Klub braucht nun einmal eine strenge Hierarchie, und die Mädels müssen wissen, wo ihre Grenzen sind.“

Jetzt wurde es ihr klar. Sergej hatte sie nicht nur stets bevorzugt – auf seine, zugegebenermaßen raue und grobe Weise war er auch immer gut zu ihr gewesen. Und – wie sie schon bei ihrer Autofahrt zu dem Herrenhaus erkannt hatte – seitdem sie im Studio war, hatte er nie wieder Sex mit einem der anderen Mädchen gehabt, obwohl das ganz gegen seine früheren Gewohnheiten gewesen sein musste.

„Aber warum?“

„Verdammt, Mädchen“, knurrte er ungehalten, ja beinahe unbeholfen und drückte sie noch fester. „Warum fragst du so etwas?“

„Weil es mich interessiert.“

„Kannst du es dir in deinem hübschen Köpfchen denn nicht von ganz alleine denken?“

Und plötzlich konnte sie.

„D… du liebst mich?“, fragte sie scheu und wagte nicht, ihn dabei anzusehen.

Er fasste sie mit seiner großen Hand beim Kinn und hob

ihr Gesicht zu seinem hin.

„Hör auf, so viele dumme Fragen zu stellen“, brummte er, und sein sonst eisiger Blick war mit einem Mal so sanft wie nie. Dann küsste er sie – zärtlich und vorsichtig.

Es war, als würde dieser Kuss mit einem Mal all die Sorgen und Ängste von Anya hinfortspülen … als wäre dieser Kuss der erste Kuss, den Sergej ihr jemals gegeben hätte … und vielleicht war das auch tatsächlich der Fall. Sie erinnerte sich ganz genau an jedes der unzähligen Male, die er sie gefickt hatte, aber nicht daran, dass er sie jemals zuvor auf den Mund geküsst hatte.

Behutsam hielt er sie in seinen starken Armen, und plötzlich gab es keinen Ort auf dieser Welt, an dem sie lieber gewesen wäre – ganz abgesehen davon, dass es den nach dem Angriff auf sie ohnehin nicht mehr gab.

„Ja“, sagte er, seine Lippen nur wenige Millimeter von ihren entfernt, „ich liebe dich, Anya.“

Sie fühlte, wie ihre Augen feucht wurden vor überschäumender Freude und Glückseligkeit.

„Dann benutze mich“, flüsterte sie sehnsuchtsvoll. „Benutze mich und tu mir weh.“

Sergej hob fragend eine Augenbraue – doch dann begriff er, was sie selbst nicht nur nicht in Worte fassen, sondern sich selbst nicht erklären konnte.

So als hätte er im Innern einen Schalter umgelegt, wurden seine Augen kalt und unerbittlich. Er packte ihr ins Haar und zog ihren Kopf mit einem fordernden Ruck nach hinten – weit in den Nacken. Dann presste er seine rauen Lippen hart auf ihren Mund und griff ihr fest an die Brust … fand ihren Nippel auch durch den Stoff direkt mit Daumen und Zeigefinger und zwirbelte.

Anya stöhnte auf, und der Ansturm seiner groben Männlichkeit ließ ihre Knie weich wie Butter werden. Sie erwiderte seinen Kuss voll tief empfundener Hingabe.

Dann warf Sergej sie aufs Bett und knurrte: „Zieh dich aus!“

Sie beeilte sich zu gehorchen, ohne ihn dabei aus den Augen zu lassen. Auch er zog sich aus – im Gegensatz zu ihr mit ruhigen, klaren Bewegungen.

Der Anblick seines muskulösen und mit Narben und Tattoos bedeckten Körpers, sooft sie den auch schon gesehen hatte, weckte wundervoll niedere Instinkte in ihr. Sie spürte, wie ihre Kehle vor Verlangen trocken wurde und ihr die Hitze in die Wangen schoss … in den Nacken … und tiefer.

Kaum hatte sie Jeans, Shirt und Unterwäsche in aller Eile abgestreift und neben das Bett geworfen, wollte sie sich auf alle viere erheben, um ihm entgegenzuklettern und anzufangen, ihn mit dem Mund zu verwöhnen. Doch Sergej musste nur knapp mit dem Kopf schütteln, und sie verharrte, wo sie war, damit er mit ihr tun konnte, was auch immer er wollte.

Er kniete sich vor das Bett, packte sie an den Fußgelenken und zog sie über die seidig kühle Decke bis zum unteren Rand der Matratze. Dann drückte er ihre angewinkelten Knie mit seinen kräftigen Händen auseinander, griff um sie herum nach ihren Pobacken und hob ihr Becken an.

Sie sah das gierige Funkeln in seinen Augen, als er sich nach vorn beugte und mit seinem Gesicht zwischen ihre Schenkel tauchte, und die Lust in seinem noch immer fest auf sie gerichteten Blick jagte ihr den gleichen Schauer durch den Leib wie sein gieriger Kuss auf ihren Schoß.

Ganz anders als das neckische Spiel Svedlanas – männlich, stürmisch … das scheinbar Unsensible darin in Wahrheit hochgradig einfühlsam, aber auf eine raue, schnörkellose Weise. Seine Zunge war weniger liebkosend als erobernd. Mehr stark als sanft.

Sein erstes Lecken ließ sie direkt erbeben und aufstöhnen.

Anya konnte seine Bartstoppeln spüren und die Härte der Muskeln in seinen Wangen. Gefühlt war sein Kopf doppelt so groß wie der von Svedlana, und sie fühlte sich mehr unterworfen als verwöhnt … auf eine äußert genussvolle Weise. Seine kräftigen Finger hielten ihre Backen gekrallt und zogen sie näher zu sich, während er mit langsamen, aber starken Bewegungen seiner Zunge auf und nieder zu lecken begann

Auf und nieder.

Auf und nieder.

Sie bahnte sich ihren Weg zwischen ihre Schamlippen, machte sie geschmeidig und feucht und fand ohne große Schwierigkeiten ihre Klit, der sie mit der Spitze bei jedem Schlecken eine ganz eigene Aufmerksamkeit zukommen ließ.

Es wurde feuchter ... und leidenschaftlicher ... wärmer ... und auf beiden Seiten hungriger ... gieriger.

Anya stellte die Füße fest auf seine breiten Schultern und stützte ihre Hüften mit den eigenen Händen, damit er seine oder zumindest eine davon freier bewegen konnte. Er nutzte die Gelegenheit unverzüglich, um ihre Scham mit den Fingern ein wenig zu weiten und somit noch besser an die delikateren Stellen ihrer Haut zu gelangen.

Aus welchem Grund auch immer Anya es ihm nicht zugetraut hatte – aber er leckte besser, als die meisten Männer fickten.

Schlag um Schlag glitt seine Zunge an und in ihr auf und ab.

Bei jedem Nachobengleiten ein Extraschlenker mit der Spitze über ihre Klit.

Schön fest.

Ihr Puls hatte zu wummern begonnen, und sie stöhnte langsam und tief.

Dann begann er auch noch, während er weiterleckte, mit dem Kopf auf und ab zu nicken, wobei er mit der Nase immer wieder auf ihren Venushügel drückte und mit dem Kinn gegen ihren inzwischen vor Geilheit glühenden Eingang.

Auf und ab.

Auf und ab.

Er diente nicht ihr, indem er sie leckte, sondern sie diente ihm, indem sie ihn lecken ließ. Wie wunderbar berauschend verdreht.

Im nächsten Moment griff er mit der zweiten Hand nach

ihren Brüsten, um die Intensität noch zu verdoppeln. Anya fühlte sich herrlich klein und ausgeliefert. Für die meisten Männer war jede einzelne ihrer Brüste eine Handvoll. Sergej aber konnte sie mit seinen großen Fingern irgendwie beide gleichzeitig greifen und kneten.

Da war kein langsames und allmähliches Ansteigen der Lustkurve – da war nur eine einzige riesige Welle von Lust, die er mit seiner fordernden Behandlung über sie hereinbrechen ließ. Sie biss die Zähne zusammen, um nicht laut aufzuschreien, doch Sergej merkte es und presste ihre Brüste noch fester. Er wollte, dass sie schrie. Es machte ihn an. Und nach einem weiteren harten Griff hatte sie ohnehin keine andere Wahl mehr.

Der Schmerzensschrei wurde zu einem Lustschrei – und der wiederum war wie das Bersten einer Staumauer. Fickende Zunge, pressendes Gesicht, zwirbelnde Finger, knetende Hände.

Anya wurde förmlich zu ihrem ersten Orgasmus katapultiert und bäumte sich auf, als gäbe es kein Morgen, während seine Zunge weitertanzte und das Überschnappen perfekt machte.

Er hielt sie, auch als die Spannung von ihr abfiel und sie unkontrolliert zu zittern begann. Doch gleich darauf drückte er sie mit dem Becken auf die Matratze herunter und widmete sich wieder ihrem Zentrum.

Zwei Finger … leicht gekrümmt … tief … den Daumen dabei an ihrer Klit … die andere Hand fest auf ihren Venushügel gedrückt.

Seine Fingerspitzen fanden ihren G-Punkt … massierten ihn mit pulsierenden Bewegungen.

Aus ihrem Stöhnen wurde genussvolles Wimmern.

„Spiel mit deinen Nippeln“, befahl er – und wieder gehorchte sie.

„Nicht zu zimperlich.“

Hart und warm waren die kleinen Perlen zwischen ihren

Fingerspitzen, und sie drehte sie hin und her ... zog an ihnen ...
Und er wiederum drehte seine Finger in ihr hin und her ...
... hin und her ...
... immer wieder ... sie hätte später nicht sagen können, ob nur ein paar Sekunden oder viele Minuten ... aber auf jeden Fall, bis es wieder da war, dieses Überschnappen ... dieses innerliche Verkrampfen und Ringen um Luft ... dieses Explodieren und dabei Schwarz-vor-Augen-Werden ... dieses Schreien, das sowohl „Danke" bedeutete und „Ich kann nicht mehr" als auch „Mehr! Hör bitte nicht auf!"
Irgendwann inmitten dieses köstlichen Rausches spürte sie, wie er plötzlich auf ihr lag ... seine Hüften zwischen ihren Schenkeln ... seine Hände an ihren Handgelenken wie Schraubstöcke ... und sie mit seinem großen Schwanz fickte.
Sie verhakte die Fersen hinter den Muskeln seiner Waden und küsste gierig den salzigsüßen Schweiß von seiner Brust.
Er stöhnte im Takt seiner Stöße, und in dieser Sekunde war das für Anya das schönste Geräusch der Welt. Sie fühlte sich geborgen und genommen zugleich ... fühlte, wie der kräftige Schlag seines Herzens immer schneller wurde ... und auch seine Bewegungen ...
... immer eindringlicher ...
... fester ...
... unbeherrschter ...
... animalischer ...
Er griff wieder in ihr Haar, und sie reckte ihm ihr erhitztes Gesicht entgegen ... sie sah am Glanz seiner Augen, dass er gleich kommen würde. Das machte sie dermaßen an, dass auch sie gleich darauf schon wieder so weit war. Ihr Keuchen passte sich seinem Stöhnen an, und sie öffnete den Mund weit, als er seine Lippen auf die ihren senkte.
„Ich – liebe – dich!", stieß er hervor, während sie gemeinsam kamen, und Anya antwortete mit dem schönsten Lächeln, das sie jemals gelächelt hatte.

In seinem Dschungelpalast saß der Rotgeflügelte auf seinem Thron aus Elfenbein und ließ sich von seinen Kundschaftern berichten, wie weit die Mobilmachung fortgeschritten war. Die Dinge liefen langsamer als erhofft, aber immer noch im Rahmen des Plans. Kein Wunder, der Plan war so alt und immer und immer wieder überprüft, dass er einfach perfekt war. Makellos. Ganz anders als der überstürzte Aufstand damals.

Die große Tür schwang auf, und ein weiterer Kundschafter kam herein. Der Rote erkannte ihn sofort, und seine Augen weiteten sich hoffnungsfroh. Doch schon im nächsten Moment erkannte er an der angespannten, ängstlichen Haltung des fuchsköpfigen Subur, dass etwas schiefgegangen sein musste.

„Habt ihr sie?“, donnerte er ihm entgegen.

Der geflügelte Fuchs fiel auf sein rechtes Knie und senkte das fellige Haupt.

„Mein Gebieter“, grüßte er zögerlich.

„Beantworte die verdammte Frage“, herrschte der ihn an, und die restlichen Kundschafter machten alle einige ängstliche Schritte zurück. „Habt ihr sie?“

„Es ist etwas schiefgegangen“, sagte der Fuchs-Subur kleinlaut. „Sie konnte entkommen.“

„Was?!“

„Sie hat sich verteidigt. Und sie war einfach zu stark.“

„Sie hat sich verteidigt? Wie denn? Sie kann sich an nichts erinnern. Und ohne Erinnerung hat sie keine Kräfte.“

„Sie kann sich auch nicht erinnern. Aber sie hat wohl instinktiv reagiert.“

„Instinktiv? Was meinst du damit?“

„Ihre Kräfte brachen aus ihr heraus, ohne dass sie sie bewusst einzusetzen schien.“

Der Rote sprang von seinem Thron auf. Nur seine Augen sprühten Verderben im eiskalt beherrschten Gesicht.

„Das kann nur passieren, wenn man versucht, ihr die Schlüssel ohne die nötige Kenntnis zu entreißen.“ Da dämmerte ihm, was geschehen sein musste. „Hat Bezal'El das versucht?“

Das betretene Schweigen des Kundschafters war dem Roten Antwort genug.

„Und keiner von euch hat versucht, ihn aufzuhalten", brachte er die Sache auf den Punkt.

„Tami'El hat es versucht. Aber ehe ich ihr helfen konnte, war sie bereits versteinert."

Der Rote wusste durch einen Blick in dessen flatternde Augen sofort, dass der Fuchs log. Es war sehr viel wahrscheinlicher, dass er sich nach dem gescheiterten Coup aus dem Staub gemacht hatte und in der Hoffnung hierhergekommen war, sich als Überbringer der Nachricht von Bezal'Els Verrat wieder bei ihm einzuschmeicheln und so der Strafe zu entgehen.

„Wo ist Bezal'El jetzt?", fragte er.

„Ich weiß es nicht, Herr."

„Dann finde es besser heraus. Bring mir seinen hässlichen Narbenschädel, und ich lasse dich am Leben."

„Aber, Herr", begehrte der Fuchs auf. „Ich habe keine Chance ..."

„Du irrst dich", unterbrach der Rote ihn und ließ sich wieder auf den Thron zurücksinken. „Das ist sogar die einzige Chance, die du hast."

6. KAPITEL

Erkenntnisse

Maggie stand nackt am Rand der Klippe in den heiligen Bergen von Huang Shan.

Axel lag, auf seinen Arm gestützt, am Boden und betrachtete sie lächelnd. Sie hatten einander bis eben geliebt, und seine dunklen Locken waren auf eine fast schon liebenswert niedlich zu nennende Weise zerzaust, doch in seinem Blick war ungemindertes Verlangen. Ein Verlangen, das ihren Leib streichelte wie zuvor seine Hände und Lippen.

„Was hast du vor, Magdalena?“, fragte er.

Himmel, wie sehr liebte sie es, dass er sie bei ihrem vollen Namen nannte! Und auch, dass er sie so gut kannte. Er wusste ganz genau, dass sie etwas im Schilde führte.

Sie grinste, obwohl sie furchtbar nervös war bei dem Gedanken an das, was sie jetzt tun würde. Aber es war die letzte Gelegenheit, es zu tun. Ab morgen würde sie unsterblich sein, wenn alles gut ging und sie Nü Gua fanden.

„Fang mich!“, rief sie, ehe sie es sich noch einmal anders überlegen konnte, und sprang mit einem lauten Freudenschrei rückwärts nach hinten über die Kante der Klippe.

Sie fiel wie ein Stein vom Himmel und fühlte sich doch vollkommen schwerelos. Die kühle Nachtluft streifte ihren Leib, und sie blickte nach oben zu den Sternen, die hell am blauschwarzen Himmel funkelten. Die Angst schnürte Maggie die Kehle zu, doch da war zugleich dieses unbändige Gefühl der Freiheit. War das vielleicht nur gerade wegen der Angst so überwältigend? Wie verrückt wäre, was sie gerade tat, wenn sie unsterblich wäre und sie sich sicher sein könnte, dass ihr ohnehin nichts passieren konnte?

Natürlich wusste sie auch so, dass ihr nichts passieren konnte – schließlich war Axel ja da, und er würde nicht zulassen, dass ihr etwas geschah. Aber *falls* jetzt doch irgendetwas passierte – falls etwas dazwischenkam und ihn daran hindern sollte, sie zu retten –, das winzige Restrisiko blieb. Und genau das machte dieses Gefühl so großartig, so unvergleichlich.

Sie tauchte waagerecht auf dem Rücken liegend in die Wolkendecke, und um sie herum war mit einem Mal alles verschleiert. Ihr Herz raste wie wild und pumpte das Adrenalin durch ihre Adern, und sie begann sich zu wundern, wo Axel blieb. Doch dann lächelte sie wieder zuversichtlich – jeden Moment würde seine Silhouette über ihr auftauchen wie die eines auf seine Beute herabschießenden Adlers, und er würde sie in seine starken Arme reißen … und danach würden sie sich wieder lieben … nur dieses Mal noch hemmungsloser.

Aber da war keine Silhouette. Nichts.

Sie fiel und fiel.

Nach einigen Sekunden hatte sie die weiß-neblige Wolkendecke durchquert, und um sie herum war wieder alles klar. Doch von Axel noch immer keine Spur.

Das überwältigende, schwindelerregende Gefühl von Freiheit verschwand – genauso schnell, wie es gekommen war. Und plötzlich war da nur noch Angst. Nackte Panik.

„Axel!", schrie sie, ohne sich Mühe zu geben, ihre Angst zu verbergen, und schaute sich suchend nach ihm um. Das lange rote Haar peitschte ihr am Gesicht entlang nach oben, und sie wagte nicht, sich herum nach unten zu drehen, um zu prüfen, wie weit sie noch vom Boden entfernt war.

„Azazel!"

Doch er antwortete nicht. Die Wolkendecke – jetzt weit über ihr – war dicht geschlossen; sie hätte es gesehen, wenn er irgendwo über ihr durch sie hindurchgeflogen wäre.

„AZAZEL!"

Hatte sie ihn und seine Geschwindigkeit überschätzt? Oder rettete er sie nicht, weil sie selbst sich in Gefahr gebracht hatte? Weil sie das Wertvollste, das sie besaß, leichtfertig aufs Spiel gesetzt hatte? Oder fühlte er sich von ihr auf den Prüfstand gestellt und war nicht gewillt, ihr Spiel mitzuspielen? Vielleicht bedeutete sie ihm ja doch nicht so viel, wie er behauptet und sie gedacht hatte. Immerhin war sie nur ein Mensch. Austauschbar. In den Äonen, die er jetzt schon lebte, hatte Azazel sicherlich Tausende von Gespielinnen gehabt.

Wie hatte sie nur auf die Idee kommen können, für ihn etwas Besonderes zu sein? Nur weil er ihr gesagt hatte, dass er sie liebte und sie unsterblich machen wollte? Wer wusste denn, wie viele vor ihr er schon unsterblich gemacht hatte?

„AZAAZEEEEEEEL!"

Doch der Himmel über ihr war so leer wie die Tiefe unter ihr – und vom Gefühl her hatte sie inzwischen weit über die Hälfte der Strecke zurückgelegt.

Sie merkte, dass sie anfing zu weinen.

Sie ahnte, dass sie jetzt tatsächlich sterben würde. Und erst jetzt wurde ihr bewusst, was sie gerade, in einem Anflug von Übermut und Leichtsinn, weggeworfen hatte. Sie hatte die Ewigkeit verspielt – für einen Reiz ... für ein Spiel ... für einen Kick. Für einen völlig unbedeutenden Kick. Beinahe war es schon ein kosmischer Witz. Vielleicht war das auch der Grund, warum Axel ihr nicht zu Hilfe kam. Er hatte für das Leben von Myriaden von Menschen gekämpft – und hatte dafür einen hohen Preis bezahlt. Natürlich konnte er es nicht gutheißen, dass sie nun mit dem ihren spielte, als besäße es keinen Wert. Wenn das der Grund sein sollte, dann war doppelt ironisch, dass sie jetzt gerade ein Opfer seiner hohen Moral wurde – für die sie ihn so sehr schätzte ... für die sie ihn liebte.

„AZAAZEEEEEEEL!"

Noch immer nichts.

Jetzt hörte sie die Geräusche des Dschungels unter ihr – es konnten höchstens noch dreißig, vielleicht vierzig Meter sein.

Nur noch der Bruchteil einer Sekunde.

Instinktiv spannte sich ihr Körper in Erwartung des Aufpralls an – obwohl ihr Verstand wusste, dass das nach der Fallhöhe und der inzwischen erreichten Geschwindigkeit von beinahe zweihundert Stundenkilometern keinen Unterschied mehr machen würde.

Sie würde entweder von den Ästen und dem Blattwerk eines Baumes in Stücke gerissen oder sich beim Aufkommen auf dem Boden binnen einer Millisekunde in Mus verwandeln.

Was für eine beschissene Idee, die sie da gehabt hatte.

Da endete ihr Sturz plötzlich.

Er endete nicht mit einem Aufprall – nicht einmal abrupt oder ruckartig. Nein, er endete auf eine Weise, die zu beschreiben Maggie trotz ihrer schriftstellerischen Fähigkeiten nicht in der Lage war. Sanft. Weich. So als wäre die Zeit stehen und sie mitten in der Luft hängen geblieben, ohne dass ihr Körper die Auswirkungen der Vollbremsung aus maximaler Fallgeschwindigkeit erfuhr.

Sie merkte, dass sie in ihrer Panik und der Erwartung des Aufschlags die Luft angehalten hatte, und atmete jetzt tief ein. Dann erst spürte sie, dass sie in Axels Armen lag und er mit ihr langsam auf die Erde niederglitt.

„Was?“, fragte sie völlig verwirrt, in einer unschön berauschenden Mischung aus Schwindel und Übelkeit … und Erleichterung. Wo war er bloß so plötzlich hergekommen? Wie war er an ihr vorbei und unter sie geflogen, ohne dass sie ihn gesehen hatte?

Noch immer schlug ihr das Herz panisch rasend bis hoch in den vor Schreck trockenen Hals.

„Du wolltest das volle Programm“, sagte er. „Todesangst, Zweifel, Verzweiflung. Und wer bin ich, dass ich dir einen Wunsch abschlagen könnte?“

„Du Mistkerl“, fluchte sie und schlug ihm mit der Faust so fest sie nur konnte gegen die Brust. „Du verfluchter Mistkerl. Ich dachte, ich würde sterben.“

„Nur so war es auch echt“, sagte er und streichelte ihr Haar. „Das wolltest du doch.“

Und da merkte sie, dass er verstand, warum sie gesprungen war. Dass er es sogar sehr viel besser verstand als sie selbst. Sie war nicht wegen des Kicks gesprungen oder wegen des von Angst geschürten Gefühls absoluter Freiheit. Sie war gesprungen, weil sie über normale Furcht hinausgehende Todesangst haben wollte, um später – egal wie lange ihr ewiges Leben dauern würde – immer an diesen Moment zurückdenken zu können: um sich daran zu erinnern, wie kostbar das Geschenk war, das Axel ihr zu machen im Begriff war.

Sie wollte das ihr zur Verfügung gestellte ewige Leben voller Dankbarkeit leben, und das konnte sie nur dann, wenn sie zuvor dem Tod ins Auge geschaut hatte.

„Danke", sagte sie leise.

„Gern geschehen", erwiderte er.

„Du bist trotzdem ein Mistkerl", sagte sie, als er landete und sie auf die Füße stellte.

Ihre Beine wackelten. Das Adrenalin in ihrem Blut war einfach zu viel. Es brachte ihre gesamte Orientierung durcheinander. Sie knickte kraftlos ein und sank zu Boden.

„Aber ein ganz besonders liebenswerter Mistkerl", sagte er amüsiert und ging neben ihr in die Knie.

Sie musste lachen, und die Angst schwand allmählich einem anderen Gefühl – einem nicht minder starken und ebenfalls von Adrenalin gepeitschten: Lust.

Lust auf das Leben. Lust auf Axel.

Sie packte ihn, legte sich auf dem weichen moosigen Boden zurück und zog ihn über sich.

Sergej wurde durch einen Schrei geweckt. Er brauchte nur eine Millisekunde, um sich zu orientieren, und hatte eine seiner Pistolen schon in der Hand, ehe sein Blick überhaupt klar wurde. Die Kabine um ihn herum war leer, die Tür geschlossen – also kein Eindringling. Es war Anya, die geschrien hatte ... im Schlaf.

Sie lag neben ihm, schweißgebadet, die Decke von sich gestrampelt, den Kopf hin- und herwerfend wie in größter Pein, die ansonsten so wundervoll glatte Stirn in tiefe Falten gezogen.

Sergej beeilte sich, seine Waffe wieder in das Holster zu stecken, das er an dem Bettpfosten neben seinem Kopf angebracht hatte, ehe er eine Hand an Anyas erhitztes Gesicht legte.

„Anya“, sagte er laut. „Wach auf! Wach auf, Anya!“

Doch sie reagierte nicht. Sie schrie noch einmal und schlug mit den Fäusten um sich. Er fasste ihre Handgelenke und rüttelte sie – nun wesentlich weniger sanft.

„Anya, wach auf! Du träumst nur. Hab keine Angst, ich bin hier.“

Sie schreckte hoch und riss die Augen weit auf.

„Schon gut, schon gut, schon gut“, beeilte er sich zu sagen und nahm sie in den Arm. „Es war alles nur ein Traum.“

Sie schluchzte gegen seine Brust.

„Alles wird wieder gut.“

„Sergej“, sagte sie außer Atem. „Ich habe ihn gesehen.“

„Wen hast du gesehen?“

„Den Mann mit dem vernarbten Gesicht.“

Von ihm hatte sie Sergej erzählt.

„Ja, aber es war nur ein Traum. Er ist nicht hier, und er kann dir nichts tun.“

„War es wirklich nur ein Traum? Ich habe ihn gesehen, wie er war, bevor er so schwer verwundet wurde. Es war, als würde ich mich erinnern. Aber es war alles so bizarr.“

„Okay, okay“, sagte er und reichte ihr ein Glas Wasser. „Trink das, und dann erzählst du mir in Ruhe, was genau du geträumt hast. Vielleicht war es ja wirklich eine Erinnerung, und es hilft uns weiter, herauszufinden, wer er ist und was er von dir will. Das macht es mir dann auch leichter, ihn auszuschalten.“

Anya trank gierig. Erst als sie das ganze Glas geleert hatte, wurde sie einigermaßen ruhig. Sie legte sich wieder hin, und Sergej deckte sie zu.

„Ich glaube nicht, dass uns das weiterhilft“, sagte sie. „Es hat sich zwar wie eine Erinnerung angefühlt, aber das kann einfach nicht sein.“

„Wieso nicht?“, fragte Sergej.

„Das möchte ich nicht sagen. Es ist mir peinlich."

„Raus damit."

„Du wirst mich auslachen."

„Werde ich bestimmt nicht. Also, was hast du geträumt?"

„Nun gut", lenkte sie ein. „Aber du musst mir versprechen, nicht zu lachen."

„Ehrenwort."

„In meinen Träumen bin ich ein Engel." Sie wartete einen Moment, und Sergej sah, wie sie sein Gesicht beobachtete. Es fiel ihm wirklich schwer, nicht zu lachen; aber er hatte es versprochen.

„Aber keines dieser liebenswerten Wesen, die als Schutzengel unterwegs sind", sagte sie. „Sondern eher ein Racheengel. Ein äußerst mächtiges Wesen, das Menschen, Dämonen und gefallene Engel dafür bestraft hat, sich gegen die Herrschaft Gottes aufzulehnen."

„So wie bei Sodom und Gomorrha?", fragte er.

„Sogar ganz genau so", sagte sie. „Meinen Träumen zufolge war tatsächlich ich diejenige, die Sodom und Gomorrha dem Erdboden gleichgemacht hat."

„Und das Narbengesicht war auch dort?"

„Nein", antwortete sie. „Das heute war ein anderer Traum. Hast du jemals von den *Grigori* gehört?"

„Den Engeln, die die Menschheit vor Luzifer und seinen Dämonen beschützen sollten? Und die sich dann unter Azazel und Sam'Yaza gegen Gott auflehnten und mit den Menschen die Nephilim zeugten, um sie in einen Krieg gegen Gott zu führen?"

Mit vor Staunen offenem Mund blickte sie ihn an. Das hätte sie ihm nun wirklich nicht zugetraut. Sie wusste ja nicht einmal, woher sie selbst das wusste – abgesehen von ihren Träumen.

Er zuckte mit den breiten Schultern.

„Ich bin ein Fan alter Mythologien", sagte er, und es klang fast so, als sei ihm das peinlich. „Aber verrat das bloß niemandem."

„In manchen meiner Träume führe ich die Engel an, die gegen diese Rebellen kämpfen“, sagte sie. „Das waren furchtbare Schlachten – verteilt über die ganze Erde. Und sie dauerten Jahrhunderte. Denn natürlich waren zur Bewachung der Erde nur die Besten unter uns ausgesucht worden. Unter diesen Abtrünnigen befand sich auch ein gewisser Bezal'El. Ach, jetzt verstehe ich. Bezal'El, nicht Bezaal oder so etwas.“

„Dein Angreifer?“

„Genau der“, sagte sie.

„Also sind deine Träume irgendwie Erinnerungen“, sagte er. „So unwahrscheinlich das auch klingen mag.“

„Ich denke, es ist eher umgekehrt“, widersprach sie. „Also, ich meine, dass ich den Namen in meine ohnehin schon wirren Träume eingebunden habe und mein Unterbewusstsein daraus eine Geschichte gesponnen hat.“

„Erzähl trotzdem weiter.“

„Bezal'El war einer der zwanzig Anführer der *Grigori* – nur Azazel und Sam'Yaza unterstellt. In meinem Traum stellte ich ihn und sein Kontingent in den Sümpfen und Marschgebieten des heutigen Frieslands, und es kam zu einer gewaltigen Schlacht. Am Ende waren wir siegreich, und ich schleuderte Bezal'Els verstümmelten Leib in das Moor, in der Annahme, dass er tot war.“

„Verstehe“, sagte Sergej nachdenklich. „Also gehen wir einmal davon aus, dass die ganze Engel-Geschichte etwas ist, das deine Fantasie zu wirklich merkwürdigen Träumen gesponnen hat, dass aber einige Teile davon im Kern wirklich der Wahrheit entsprechen und Erinnerungen sind.“

„Wie meinst du das?“

„Vielleicht kennst du Bezal'El aus deiner Zeit in Kiew“, sagte er. „Vielleicht war er dort Anführer oder zumindest ein hochrangiges Mitglied der Mafia. Und du hast irgendetwas getan, das seine schrecklichen Wunden verursachte und das so schlimm war, dass dein Verstand es aus deiner Erinnerung gelöscht hat.“

„Was könnte ich ihm denn getan haben?“

„Wer weiß“, sagte Sergej. „Vielleicht war es ein einfacher Autounfall, oder er war ein Freier, der dich vergewaltigen oder gar töten wollte, und du hast dich gewehrt. Vielleicht mit einem Messer, vielleicht mit heißem Öl … oder einem Hammer.“

„Und das soll ich vergessen haben?“

„Das geschieht manchmal“, sagte Sergej. „Wenn das Erlebte so schrecklich war, dass der Geist es nicht verarbeiten kann.“

„Dann müsste ich vieles vergessen haben“, sagte sie, und ihre Stimme klang verloren. „Zum Beispiel meinen vierzehnten Geburtstag. Da hat mein Pflegevater, ich glaube, es war der vierte, mich mit in eine Kneipe genommen …“ Sie stockte.

Sergej bedrängte sie nicht und wartete, bis sie von selbst fortfuhr.

„Eigentlich hatte er kein Geld für die Kneipe, und unser Verhältnis war auch kein besonders gutes, sodass ich mich schon wunderte, dass er mir zur Feier meines Ehrentages einen Besuch dort spendieren wollte.“

Erneutes Zögern.

„Aber das war auch nicht der Grund, aus dem heraus er mich mitgenommen hatte“, sagte sie dann. „Er hat mich einfach auf einen Tisch gestellt und gesagt, dass mich jeder haben könnte, der ihm ein Bier ausgibt. Und ehe die Nacht vorüber war, hatte er sechzehn Bier getrunken … und mich dann grün und blau geschlagen, damit ich seiner Frau nichts erzähle. Von da ab nahm er mich jede Woche einmal mit in die Kneipe … und ich habe nicht einen einzigen der Kerle vergessen, die über mich gerutscht sind. Nicht einen, Sergej. Wieso sollte ich also diesen Bezal’El vergessen haben?“

Er wischte ihr mit dem Daumen eine einsame Träne von der linken Wange.

„Vielleicht weil das, was er dir angetan hat, noch schlimmer war als das mit der Kneipe. Weil du dich in seinem Falle gewehrt hast. Dein Geist verdrängt vielleicht nicht die Dinge, die dir angetan wurden, aber vielleicht die Dinge, die du selbst tun musstest. Das ist bei Soldaten ein weitverbreitetes Phänomen … unter anderem.“

Auch er bemühte sich sein halbes Leben lang, die Dinge zu vergessen, die er getan hatte – mit denen, die ihm angetan worden waren, konnte er leben.

„Mag sein. Dann wäre da aber noch immer die Sache mit den Blitzen“, gab sie zu bedenken. „Ich meine, welche Art von Waffe schießt Blitze ab … die dann auch noch solch einen Schaden anrichten?“

„Das stimmt, aber ich habe weniger Schwierigkeiten, an neuartige Waffen zu glauben als an überirdische Wesen“, sagte er. „Oder glaubst du etwa daran, dass du in Wirklichkeit ein Engel bist, gefangen im Körper einer Menschenfrau?“

„Nein“, antwortete Anya. „Allein der Gedanke ist absurd.“

„Genug jetzt“, sagte Sergej. „Wir werden schon noch dahinterkommen. Verlass dich drauf. Aber jetzt versuch noch einmal zu schlafen. Ich bleibe wach, und beim ersten Anzeichen, dass du wieder etwas Schlimmes träumst, wecke ich dich.“

Sie kuschelte sich an ihn, und er strich ihr das Haar aus der Stirn. Dann streichelte er ihr die Wange mit einer Zartheit, die ihr verriet, dass er so viel mehr war als ein Krieger. Sie fragte sich, was für eine Art von Mann wohl aus ihm geworden wäre, wäre er nicht in den Slums von Moskau aufgewachsen – wenn ihm das Leben eine andere Chance gegeben hätte und sanfter mit ihm umgesprungen wäre. Aber dann merkte sie: Sosehr sie sich das für ihn gewünscht hätte, sosehr mochte sie das, was er war … wie er war. Seine Zärtlichkeit war eben nur rauer als die der meisten Männer, aber dafür nicht weniger ehrlich. Und vielleicht, nein, ganz bestimmt sogar, war er kein Mann großer Worte, aber das störte sie nicht – ganz im Gegenteil. Sie fühlte sich nirgends sicherer als bei ihm. Beschützt, aber nicht in Watte gepackt. Er hörte nicht auf, ihr Gesicht zu streicheln, und schaute ihr in die Augen, bis sie sie endlich lächelnd und mit einem wohligen Seufzer schloss. Keine dreißig Sekunden später war sie wieder eingeschlafen.

Man'El stand vor dem Herrenhaus, zu dem er den Rest der Strahlung verfolgt hatte, die Ani'El benutzt und die er in Mexico City gespürt hatte. Er sah die Schutzsymbole an Tür- und Fensterrahmen und erkannte, wieso es so lange gedauert hatte, diesen Ort zu finden. Er würde in seiner menschlichen Gestalt bleiben, beschloss er, ließ aber seinen Kriegshammer materialisieren. Der silbrig schimmernde kurze Schaft lag gut in seiner Faust.

Sein langer Mantel bauschte sich im frischen englischen Wind, als er auf das Portal des Hauses zuschritt, und für einen Moment lang überlegte er, ob er vielleicht besser anklopfen sollte. Doch dann schwang er den etwa schuhkartongroßen, mit uralten Runen verzierten Kopf des Hammers in einem weiten Bogen und zertrümmerte die Tür mit einem einzigen Schlag.

Sofort fiel sein Blick auf den toten Leib des am Hallenboden liegenden Butlers, und er rannte zur Kellertür.

„Ani'El!", rief er in das Dunkel hinab. Doch es kam keine Antwort. Dann horchte er noch einmal in die Runde. Es war niemand zu hören. Das Gebäude schien verlassen. Und doch spürte er eine schwache Präsenz. Einer oder eine der Himmlischen war noch hier. Vielleicht auch einer oder eine der Gefallenen.

Ani'El? Er hoffte es inständig. So wie er hoffte, dass sie noch am Leben war.

Er eilte die Stufen hinunter, und als er unten angekommen war, hielt er inne, um sich neu zu orientieren. Auch hier waren überall Schutzsymbole in die Wände und Balken graviert, aber er spürte die Strahlung und auch die Präsenz immer stärker. Beide kamen von rechts.

Er lenkte einen Teil seiner Kraft in seinen Hammer, bis der Kopf hell genug leuchtete, ihm ausreichend Licht zu spenden.

Dann rannte er los und erreichte am Ende des langen Ganges eine aus den Angeln geborstene Tür.

Ehe er den Raum betrat, ließ er Licht hineinfluten und entdeckte einen alten steinernen Altar. Er sah die Zeichen darauf und erkannte, dass er gebaut worden war, seinesgleichen darauf zu bannen. Doch für jemanden wie Ani'El war der Zauber zu schwach. Die Strahlung, die er in Mexiko gespürt hatte, musste die Kraft gewesen sein, mit der sie sich befreit hatte.

Aber befreit von wem?

Man'El betrat den Raum – und dann erst sah er sie. Weiter hinten stand eine Statue aus schwarzem Stein. Das war die Quelle der Präsenz, die er gespürt hatte. Er ging zu ihr hin und begutachtete sie unter Licht genauer. Er erkannte das Gesicht. Es war Tami'El, eine der *Grigori*.

Was war hier geschehen?

Wo war Ani'El?

Es gab nur einen Weg, das herauszufinden. Man'El ließ noch mehr seiner Magie in den Hammer fließen, bis er vor Kraft zu summen begann und so hell leuchtete, dass es selbst ihn beinahe blendete. Das kostete Kraft, aber es musste sein. Dann, als der Hammer das nötige Energieniveau erreicht hatte, legte er ihn mit der flachen Seite gegen die Stirn der Statue.

Das Summen ging von dem Hammer auf den Stein über … und auch ein Teil des Leuchtens. Die Statue begann zu vibrieren. Dann bildeten sich die ersten feinen Risse in der Oberfläche.

Die Anstrengung brachte Schweißperlen auf Man'Els Stirn, und der Hammer war nun beinahe unerträglich heiß, aber er hielt durch.

Immer mehr Risse zeigten sich, und schließlich begann die oberste Steinschicht abzubröckeln. Wie Fetzen alter ledriger Haut fielen sie von der Statue herab zu Boden – und darunter zeigte sich eine lebendige Gestalt.

Im nächsten Moment barst auch der Rest der Gesteinsschicht mit einer gewaltigen Explosion, und einen Wimpernschlag später stürzte Tami'El sich mit gezückten Schwertern auf ihn.

Man'El machte einen weiten Sprung nach hinten, um den sensenden Klingen auszuweichen, doch die Gefallene setzte sofort mit einer neuen Serie von Schlägen nach. Tami'El war schon immer eine der besten Kriegerinnen gewesen, und ihr Umgang mit ihren Schwertern war geradezu legendär. Hinzu kam, dass Man'El sich und auch den Hammer gerade ziemlich verausgabt hatte.

„Halt ein, Tami'El", rief er und kurvte um den Altar, um ihn zwischen sich und die Angreiferin zu bringen. „Ich will reden."

Doch sie hörte ihm nicht zu. Blind vor Wut sprang sie in einen hohen Salto und stürzte mit nach vorn ausgestreckten Klingen auf ihn herab wie ein Falke vom Himmel. Wieder blieb ihm als einzige Verteidigung ein weiter Sprung nach hinten. Die Alternative wäre ein weiter, befreiender Schwung mit dem Hammer gewesen – doch er wollte nicht riskieren, sie zu treffen und zu töten. Nur sie konnte ihm sagen, wo Ani'El war und was hier geschehen war.

„Sei vernünftig, Tami'El", sagte er, schwer atmend von der Anstrengung. „Ich bin derjenige, der dich aus deinem Gefängnis befreit hat."

„Und einer derjenigen, denen ich es überhaupt zu verdanken habe, hier auf der Erde gefangen zu sein", zischte sie zornig und setzte zu einer neuen Serie von Schlägen an. Die Klingen tanzten durch die Luft wie stählerne Blitze. Auch sie hatten jetzt zu leuchten begonnen – also leitete Tami'El mit tödlicher Absicht einen Teil ihres Di'Maì in die Waffen hinein. Tami'El war außerdem bekannt dafür, dass sie ihre Schwerter regelmäßig in Gift tauchte. Schon ein einziger Treffer hätte selbst bei Man'El fatale Folgen.

„Dieser Krieg ist lange vorüber", rief er, während er immer weiter zurück und schließlich in den Gang hinauswich.

„Er ist erst vorüber, wenn wir unseren rechtmäßigen Platz

wieder eingenommen haben", konterte sie und ging zu einer vierfach ausgeführten Stichattacke über. „Bleib stehen und kämpfe wie ein Krieger!"

„Ich will nur wissen, was ihr Ani'El angetan habt." Doch plötzlich konnte er sich denken, was geschehen war. Tami'El hatte es gerade selbst zugegeben, als sie davon gesprochen hatte, dass sie und ihresgleichen wieder ihren rechtmäßigen Platz einnehmen wollten.

„Ihr habt versucht, an die Schlüssel zu kommen", rief er über das Klirren der Waffen hinweg, und die Wut, die in ihm hochkochte, ließ ihn zu einer Gegenattacke übergehen.

Er wirbelte den Hammer im Kreis und schlug Tami'Els giftige Klingen beiseite. „Ihr Bestien habt versucht, ihr das Herz herauszureißen!"

Jetzt war es Tami'El, die zurückweichen musste. Die Kapuze ihrer Kutte rutschte ihr vom Kopf und gab den Blick frei auf langes rabenschwarz glänzendes Haar. Ihre kristallblauen Augen funkelten. Unter ihren hohen Wangenknochen leuchtete die ansonsten alabasterbleiche Haut in einem tiefen Rot. Man'El hatte schon fast vergessen, wie schön sie war – nicht umsonst bedeutete ihr Name *Vollkommenheit.* Früher waren sie einmal Freunde gewesen, aber das war inzwischen schon sehr lange her.

„Du wagst es, uns Bestien zu nennen?", begehrte sie auf. „Nach dem, was ihr uns angetan habt?"

„Ihr habt gegen den Willen unseres Herrn rebelliert!"

„*Eures* Herrn, Man'El! Nicht unseres!", erwiderte sie und zog ihre Klingen gerade noch rechtzeitig aus der Schwungbahn des glühenden Kriegshammers, um zu vermeiden, dass sie zerbrachen. „Er war der wahre Rebell. Er hat Luzifers Aufstand dazu benutzt, die Herrschaft über die Himmel an sich zu reißen und seine Brüder und Schwestern zu entmachten. Wir haben die Menschheit nur vor ihm beschützt."

„Ihr habt euch gegen uns und für diese Primaten entschieden", knurrte Man'El. „Ihr wolltet sie sogar in einen

Krieg gegen uns führen!“

„Einige von uns, vielleicht“, sagte sie. „Aber die meisten von uns haben sie nur gelehrt, sich gegen seine Willkür zur Wehr zu setzen. Wir haben sie gelehrt, wie man Häuser baut und Äcker bestellt, um nicht auf die Gnade der Natur angewiesen zu sein.“

„Azazel hat sie gelehrt, wie man Waffen schmiedet und Schlachten schlägt!“

„Natürlich hat er das“, erwiderte Tami’El. „Ihm war früher als uns anderen klar, dass ihr sie nicht in Ruhe lassen würdet, wie die Elohim es ursprünglich vorgesehen hatten, und dass ihr sie früher oder später angreifen und versuchen würdet, sie zu unterdrücken.“

„Ihr habt damit die ganze Ordnung zerstört.“

„Natürlich haben wir das“, hielt sie dagegen. „Ordnung war von Anfang an nicht Teil des ursprünglichen Plans.“

„Also kämpft ihr für Luzifer.“

„Nein“, widersprach sie. „Luzifer will Chaos. Das ist genau das andere Extrem. Wir kämpfen für die Freiheit.“

„Die ohne Ordnung im Chaos mündet …“

„Die ohne Chaos zur Leblosigkeit verkommt!“

„Wir drehen uns im Kreis“, knurrte er und trieb Tami’El mit einer Serie von Schlägen so weit zurück, dass sie schließlich mit dem Rücken zum Altar stand. „Ich will nur wissen, was ihr Ani’El angetan habt und wo sie jetzt ist.“

„Selbst wenn ich es wüsste, würde ich es dir nicht sagen.“

„Was meinst du damit, dass du es nicht weißt?“

„Ich war versteinert, falls du dich erinnerst.“

„Ani’El hat sich gewehrt.“

„Das war nicht Ani’El“, sagte sie. „Es war Bezal’El.“

Man’El hielt mitten im Schwung seines nächsten Schlages inne.

„Bezal’El lebt?“

„Ja, und er will Rache“, sagte sie. „Dafür, dass Ani’El ihn auf ewig zum Krüppel gemacht hat.“

„Aber … wenn er es war, der dich versteinert hat … dann hast du versucht, Ani'El zu beschützen", sagte er verwirrt – und ließ die Waffe sinken.

Schneller als eine angreifende Kobra stach Tami'El zu. Die vergiftete Klinge traf Man'El in den Bauch. Nicht tief – aber das Gift wirkte sofort. Sosehr er sich auch anstrengte, er konnte sich nicht mehr bewegen.

Tami'El lachte spöttisch auf. „Das ist so typisch für euch Himmlische. Für euch ist alles entweder schwarz oder weiß. Ihr habt einfach zu wenig Fantasie."

Sie steckte ihre Schwerter weg und trat ganz dicht an ihn heran. Er konnte sie deutlich sehen, den betörenden Duft ihres Parfüms riechen, die Wärme ihres wunderschönen Körpers fühlen – aber rühren konnte er sich nicht.

„Für den Augenblick lasse ich dich am Leben", sagte sie, mit ihren blutroten Lippen ganz dicht an den seinen. „Weil du mich befreit hast. Das Gift wird seine Wirkung in wenigen Minuten verlieren. Aber damit sind wir quitt. Wenn wir uns das nächste Mal begegnen, töte ich dich."

Man'El fluchte stumm in sich hinein.

Sie küsste ihn auf die bewegungslosen Lippen und verließ den Raum.

7. KAPITEL

Wiedersehen

Axel teilte die Wolkendecke mit einem Schlag seiner Flügel.

Er hatte Magdalena in einer Höhle in der Klippe zurückgelassen, um sie ein wenig Schlaf finden zu lassen, nachdem sie sich die ganze Nacht ausschweifend geliebt hatten. Ohne sie war die Suche nach Nü Gua leichter.

Seine Gedanken waren in der Zukunft. Der Zukunft mit Magdalena. Wie würde sie wohl aussehen? Er würde mit Magdalena nicht in sein Haus an der Fifth Avenue einziehen, in dem er jetzt so lange gelebt hatte und in dem auch nahezu alles gelagert war, was er an Erinnerungen aus seinen früheren Leben gesammelt und behalten hatte.

Sicher, er würde das Haus in New York behalten – und wenn er selbst nur alle paar Jahre dorthin zurückkehren und in alten Erinnerungen schwelgen würde. Aber was Magdalena betraf – mit ihr wollte er ein völlig neues Leben beginnen, wenn sie erst einmal unsterblich war.

Er hatte sie noch nicht gefragt, wie sie am liebsten leben wollen würde, und er würde das noch tun – aber für den Fall, dass sie noch keine eigenen Vorstellungen hatte, hatte er sich schon ein paar Vorschläge ausgedacht.

Nachdem sie die vergangenen Jahre, bevor sie sich kennengelernt hatten, schon in New York verbracht hatte, würden ihr vielleicht jetzt die Tropen für ein paar Monate lang gut gefallen. Er dachte an die Karibik oder auch Indonesien – oder vielleicht auch die Malediven. Da sie ja jederzeit innerhalb weniger Minuten auf dem Festland sein konnten, hatte er keine Bedenken, dass es ihr dort vielleicht zu schnell langweilig werden konnte.

Vielleicht würde sie aber auch gerne für einige Zeit in der Stille der Wüste leben wollen. In der Sahara gab es wundervolle, bisher noch unentdeckte Oasen, in die sich nur alle paar

Jahre einmal eine Karawane verirrte. Oder im Nationalpark am Fuße des Mount Kenya … dem weiten Outback Australiens … den Gletschern Islands … den tiefen Wäldern Kanadas …

Er konnte ihr aber auch all die Ruinen längst vergessener Zivilisationen und Stadtstaaten zeigen, von denen nur die wenigsten heute überhaupt noch bekannt waren. Mohenjo-Daro am Unterlauf des Indus im heutigen Pakistan, Harappa und Lothal ganz in deren Nähe. Städte, die schon vor über viertausend Jahren Zehntausende von Einwohnern hatten und über mit Asphalt gepflasterte Straßen, Abwassersysteme und Bewässerungskanäle verfügt hatten.

Jericho, Ninive, Byblos, Argos, Caral im heutigen Peru. Alles Städte, die zu erbauen er mit eigenen Händen geholfen hatte. Städte, deren früheste Geschichte er ihr erzählen konnte.

Durchaus möglich war aber auch, dass Magdalena, wie die meisten Amerikanerinnen, neugierig war auf *good old Europe:* Paris, Rom, Madrid, London, München, Wien, Prag, Budapest, Kiew … Edinburgh, die zweite Heimat ihrer Vorfahren – nach Karnak. Sie würde es lieben, diese in ihren Augen alten Städte zu erkunden und sie mit ihrer Schriftstellerneugier zu erforschen. Und er würde es lieben, ihr alles, was er von ihnen wusste, zu berichten – ihre Entstehung, ihre Entwicklungen.

Mithilfe des Di'Maì würde er sie sogar sehen lassen können, was er gesehen hatte – sie auch in Bild und Ton an seinen jahrtausendealten Erinnerungen teilhaben lassen können.

Außerdem würde er natürlich mit ihr tanzen gehen und sie in die schönsten Restaurants, die wildesten Spelunken führen … ins Theater und ins Ballett, in die Oper, ins Kino … Straßenfeste und Rockkonzerte … Und würde mit ihr an seiner Seite all das noch einmal ganz neu und ganz frisch erleben: mit neuen Augen sehen.

Dank Magdalena war er jetzt nicht nur frei, sondern auch neugeboren. Die Millennien seines Lebens im Verborgenen lagen hinter ihm, und er würde sich freier bewegen können als jemals zuvor. Bereits jetzt fühlte er, wie er durch sie seine Neugier und seinen Hunger auf das Leben zurückgewonnen hatte.

Doch zunächst galt es, Nü Gua zu finden.

Axel flog wachsam an der Grenze ihres Territoriums entlang, in der Hoffnung, dass einer ihrer Wache haltenden Soldaten Kontakt zu ihm aufnehmen würde, um herauszufinden, ob er in friedlicher Absicht hier war oder als Feind.

Nur leider ließ sich niemand blicken.

Nach einer Weile entschied er sich, ihren Namen zu rufen, um auf sich aufmerksam zu machen. Doch auch jetzt rührte sich nichts. Trotz seiner anfänglichen Bedenken entschied er sich, einfach in ihr Gebiet hineinzufliegen. Er ließ eines seiner Schwerter erscheinen und packte es unten an der Klinge, sodass er Heft und Knauf als Zeichen des Friedens in die Höhe hob.

„Ich bin Azazel, der Löwe der Himmel!“, rief er und flog langsam voran. Er konnte an den in die Bergspitzen geritzten Symbolen genau erkennen, wo die Grenze verlief, und überquerte sie mit Bedacht. „Ich komme als Freund!“

Freund-eund-eund-eund, echoten die Berge um ihn herum zurück, und erst dieses Echo machte ihn darauf aufmerksam, wie still es ansonsten um ihn herum war.

Axel behielt die Wolkendecke unter sich und jeden einzelnen der näheren Gipfel aufmerksam im Blick, um gegebenenfalls rechtzeitig auf einen unerwarteten Angriff aus dem Hinterhalt reagieren zu können. Die Elohim waren nicht zu unterschätzen, wenn es um das Verteidigen ihres Territoriums ging. Es wunderte Axel heute noch, wieso sie die Rebellion ihres Bruders und seine Machtergreifung so tatenlos über sich hatten ergehen lassen.

„Nü Gua“, rief er. „Ich komme in Frieden, um einen Gefallen zu erbitten.“

Nichts.

Er konzentrierte seine überirdischen Sinne noch ein wenig mehr und versuchte eine Spur ihrer Präsenz auszumachen, doch obwohl er jetzt immer tiefer in ihr Territorium hineinflog, regte sich nicht einer davon.

Axel beschloss, direkt zu ihrem Palast zu fliegen. Der lag gemäß seiner Erinnerung in der Spitze des höchsten Berges – thronte wie ein Adlerhorst über allen anderen.

Als er schließlich in seine Nähe kam und ihn erblickte, musste er daran denken, was Magdalena einmal gesagt hatte: dass sie jetzt endlich verstehen konnte, woher die Mythen von Städten und Schlössern in Himmeln stammten.

Nü Guas Palast war direkt aus dem Granit des Berges gehauen. Hier war nichts gemauert oder gezimmert. Und doch gab es Terrassen und Balkone, Säulen und Wehrgänge – und sogar Treppen. Das Dach selbst war die unbehandelte Bergspitze, sodass man die Festung erst bei genauerem Hinsehen entdecken konnte.

Axel flog einmal ganz um sie herum und wiederholte mit lauter Stimme, dass er in Frieden kam, um die Elohim zu ersuchen, ihm einen Gefallen zu tun. Und dann, endlich, spürte er eine Präsenz.

Das Gefühl war nur ein ganz schwaches. Es musste von tief im Innern des Palasts kommen. Ein letztes Mal wiederholte Axel seine Grußbotschaft, und als sie dann immer noch ohne Antwort blieb, entschied er, den Palast zu betreten.

Er landete auf einem der oberen Balkone, einem weiten Halboval ohne Geländer, und ging hinein.

Die gewaltige Palastanlage war alt und erweckte bei näherer Betrachtung nicht den Eindruck, dass hier in den letzten paar Hundert Jahren jemand gelebt hatte. Axel erinnerte sich gut an Nü Gua und daran, welch großen Wert sie immer auf Reinlichkeit gelegt hatte und vielleicht noch mehr auf Stil und einen pompösen Hofstaat. Es war überhaupt nicht ihre Art, ihren Wohnort so verkommen zu lassen, und Axel schloss daraus, dass sie tatsächlich schon lange ausgezogen sein musste.

Aber irgendjemand wartete jetzt im Innern des Palasts auf ihn. Axel konnte die Präsenz immer deutlicher spüren, je weiter er durch die großzügigen Säulenhallen hineinging.

„Nü Gua“, rief er sicherheitshalber wieder. „Ich bin es, Azazel. Ich komme in Frieden.“

Ein wenig kam er sich schon vor wie eine alte Schallplatte mit Sprung, aber er wollte auf keinen Fall riskieren, dass sie doch hier war, seine früheren Rufe vielleicht nicht gehört hatte und ihn entsprechend als Eindringling behandelte – als Feind und Angreifer – und bekämpfte.

Diese Elohim – so mächtig … so wenig berechenbar.

Er wünschte sich von ganzem Herzen und bei Weitem nicht zum ersten Mal, er hätte nie etwas mit ihnen zu tun gehabt. Aber dann würde es ihn auch nicht geben. Sie hatten ihn schließlich erschaffen: ihn und seine Brüder und Schwestern. Er war geschaffen worden, ihnen zu dienen, die Erde und die Menschheit zu beschützen. Am Ende war er ins Zentrum ihrer Zwistigkeiten geraten, und ihm war keine andere Wahl geblieben, als gegen die eine Seite zu rebellieren, während die andere untätig zusah und sich schmollend in die Vergessenheit zurückzog. Aber wäre er nicht gewesen, wären auch sie früher oder später ausgemerzt worden, und deshalb schuldeten sie ihm etwas.

Er kam der Präsenz jetzt immer näher. Sie musste gleich im nächsten, vor ihm liegenden Raum sein – und wenn Axel sich recht an seine früheren Besuche hier erinnerte, war das der prunkvolle Thronsaal Nü Guas, vom Boden bis zur Decke mit den wertvollsten Jadeschnitzereien verkleidet und durch ein kompliziertes System von in den Felsen geschlagenen Röhren beleuchtet.

Doch als er diesen Raum jetzt vorsichtig und bewusst langsamen Schrittes betrat und noch einmal laut seine Friedensbotschaft wiederholte, erkannte er, dass nichts mehr übrig war von dieser früheren Pracht. Die Jade war verschwunden – vermutlich hatte Nü Gua sie zu ihrer neuen Heimstatt transportiert, und am Ende des Saales stand statt des früheren Throns nur noch eine alte Bank aus Stein …

… und auf der saß jemand ganz anderes als Nü Gua!

Axel hatte augenblicklich ein zweites Schwert materialisiert, es sofort gezogen und sich dabei mit der Schnelligkeit eines Gedanken in seine ursprüngliche Gestalt verwandelt. Schwarzes Löwenhaupt, Widderhörner, Krallen und fingerlange Reißzähne. Nur so hatte er eine Chance, den bevorstehenden Kampf zu überstehen – falls es zu einem Kampf kommen würde.

Das konnte man bei Luzifer nie wissen.

Die eigentlich entzückend kleine Blondine klimperte ihn mit ihren langen Wimpern an und lächelte spitzbübisch.

„So, so, Löwe der Himmel", sagte sie mit ihrer mädchenhaft sanften Stimme und amüsiertem Tonfall. „Du kommst also in Frieden. Das ist gut, mein Sohn. Denn dann erbiete ich dir denselben. Hab also keine Angst. Ich werde dir nichts tun."

„Schwöre es", knurrte Azazel drohend und ging sicherheitshalber trotzdem in Angriffsposition.

„Ist ja schon gut", sagte sie beschwichtigend. „Ich schwöre-schwöre-schwöre."

„Spiel nicht mit Worten, Morgenstern", forderte er. Mit einem der Schwerter deutete er auf die leeren Wände. „Woher soll ich wissen, dass das hier nicht dein Werk ist und du schon Nü Gua beseitigt hast? Sprich den Friedensschwur deutlich und unmissverständlich aus."

„Mit Nü Gua habe ich gar nichts zu tun, die ist mit ihrem chinesischen Bauernknaben auf und davon."

Statt einer Antwort machte er nur einen langsamen Schritt auf sie zu.

Luzifer gab einen ungeduldig genervten Laut von sich – wie ein Teenager, den man zum dritten Mal gebeten hat, endlich die Spülmaschine auszuräumen. „Also gut. Das volle Programm: Ich schwöre, dass ich, Luzifer, dir, Azazel, nichts tun werde", sagte sie dann. „Jetzt nicht und auch nicht in den nächsten zehn Minuten. Und ich schwöre, dass ich auch deiner kleinen Freundin, der Abgal Magdalena Carey, nichts tun werde … in den nächsten zehn Minuten."

„Wieso?"

„So viel schulde ich euch einfach."

„Du schuldest uns etwas?" Jetzt, da sie geschworen hatte, nahm Axel wieder seine menschliche Gestalt an.

Sie zuckte mit den schmalen Schultern. „Na ja, wenn ihr nicht gewesen wärt, hätte Ba'Al'T'Azar den bösen, bösen Abaddon erweckt, und der hätte dann die Menschheit vernichtet. Und womit sollte ich mir dann die Zeit vertreiben?"

„Wieso hast du Ba'Al'T'Azar dann vor dem Rat der B'Nai Elohim gerettet?", fragte Axel.

„Hmmm", machte sie lang gezogen. „Das war ein bisschen aus Spaß heraus und natürlich auch ein bisschen, weil es meinen ganz eigenen Zwecken dienlich war. Von beidem etwas. Ich meine, das war das erste Mal seit Jahrtausenden, dass die B'Nai alle vollzählig und in menschlicher Gestalt an einem Ort auf der Erde versammelt waren. Die Chance, sie zu zerschlagen, konnte ich mir einfach nicht entgehen lassen. Das verstehst du sicher, oder?"

„Und wieso hast du dann Ba'Al'T'Azar nicht gleich mit ihnen vernichtet?"

„Weil ich ihn ficken wollte", sagte sie unumwunden. „Und ein bisschen verderben. Die Anlagen dazu hatte er ja schon immer, und ich habe ganze Zeitalter darauf gewartet."

„Und wenn er mich am Ende besiegt hätte?"

Sie zuckte mit den schmalen Schultern, erhob sich von ihrer Bank und ging mit katzenhaften Schritten auf ihn zu.

„Dann wäre ich dich alte Nervensäge und Moralapostel endlich los gewesen, und ihn hätte ich gestoppt, ehe er mit der Abgal nach Karnak geflogen wäre."

Sie hatte ihn erreicht und zeichnete die kaum sichtbaren Muster auf seiner Brust mit der scharfen Spitze ihres langen roten Zeigefingernagels nach.

„Also bist du mir nichts schuldig", sagte er und machte einen abweisenden Schritt zurück.

Sie stieß noch einen ungeduldigen Laut aus. „Du und dein ewiges Quidproquo, dein Richtig und Falsch. Dieses ganze Blabla. Du willst nur hören, dass ich dir in Wahrheit viel mehr schuldig bin, dafür, dass du dich im Großen Krieg gegen meinen Sohn gestellt hast, nachdem er mich aus den Himmeln verbannt hatte, und dafür, dass du die Menschheit davor bewahrt hast, von ihm versklavt zu werden."

„Das habe ich nicht für dich getan."

„Als ob ich das nicht wüsste", sagte sie trotzig. „Aber ich mag die Vorstellung, *dass* du es für mich getan hast. Nur deshalb lebst du überhaupt noch."

„Du sprichst wirklich äußerst mutig", sagte er warnend, „für jemanden, der gerade geschworen hat, mir nichts zu tun, ohne dafür von mir einen entsprechenden Gegenschwur zu fordern. Wenn ich wollte, könnte ich dich jetzt und hier in Ketten legen und auf ewig in die Tiefen der Erde verbannen."

„Ein ganz schön aufregender Gedanke, nicht wahr?", gurrte Luzifer mit einem verführerischen Grinsen, und ihr schwarzes, ohnehin kaum vorhandenes Kleid löste sich in Luft auf, sodass sie jetzt völlig nackt vor ihm stand. „Und ich könnte mich nicht einmal wehren. Oh, die Vorstellung macht mich geil! Komm, Löwe, fick mich! Nimm mich! Tu mit mir, was immer du willst. Tu mir weh, wenn dir das gefällt. Verdient habe ich es. Und ich bin so geil darauf. Komm! Das ist doch schon so, so lange überfällig. Und ich weiß, dass du gut bist."

Axel machte einen weiteren Schritt zurück. „Komm zur Sache, Luzifer. Was willst du wirklich von mir?"

„Charmant wie eh und je", sagte sie schnippisch, und sie klang tatsächlich ein wenig verletzt. „Aber gut, überspringen wir halt das Vorspiel. Dein eigenes Pech. Du weißt nicht, was du verpasst."

Ihr Kleid materialisierte sich wieder. Aber es war nicht mehr das von eben. Es war das hochgeschlossene Kleid einer Gouvernante aus dem viktorianischen Zeitalter. Ihr Haar wickelte sich von selbst zu einem bauschigen Dutt, und ihre Schminke verschwand vollständig.

„Das macht dich eher an, oder?"

„Zur Sache ...", wiederholte er ungeduldig.

In ihrer Hand erschien ein Rohrstock. „Vielleicht stehst du ja auf die ‚Ich-war-ein-böser-Junge-und-muss-bestraft-werden-Nummer'. Würde dir auf jeden Fall ähnlich sehen."

„Komm zum Punkt, oder ich gehe."

„Ist ja schon gut", sagte sie und verwandelte ihre Erscheinung wieder zurück. „Du suchst jemanden, der die kleine Magdalena unsterblich macht", sagte sie, und er wunderte sich, woher sie das wusste. Andererseits wunderte es ihn aber auch nicht – Luzifer hatte überall ihre kleinen, manipulativen Hände mit im Spiel.

„Ja. Und?"

„Ich könnte sie für dich unsterblich machen", sagte sie. „Wäre ein Klacks. Ein Kinderspiel, sozusagen."

„Du? Warum solltest du das tun?"

„Warum, warum, warum? Azazel, du nervst. Weil ich euer erstgeborenes Kind haben will, natürlich."

„Kommt nicht infrage."

„Das weiß ich doch, du Spaßbremse", knurrte sie. „Sehe ich vielleicht aus wie Rumpelstilzchen oder Merlin? Das war ein Witz. Ehrlich! Pfadfinderehrenwort."

„Was wäre dein wahrer Preis?"

„Nichts", sagte sie, und jetzt klang sie tatsächlich ein wenig traurig. „Sag mal, Azazel, ist dir eigentlich wirklich nie in den Sinn gekommen, dass ich dich all die Jahrtausende in Ruhe und am Leben gelassen habe, weil ich dich mag?"

„Und ich dachte immer, weil du mir etwas schuldest."

„Als ob das für mich jemals ein Grund gewesen wäre, jemanden zu verschonen", tat sie sein Geständnis ab. „Du weißt doch, dass Regeln nicht so meine Sache sind. Schon aus Prinzip nicht. Nein, ich mag dich wirklich, aber das hast du nie begriffen. Oder ganz absichtlich verdrängt."

Vielleicht hatte er das sogar, aber er hatte es sich nie eingestehen wollen. Von Luzifer gemocht zu werden war eine äußerst fragwürdige Ehre … und eine gefährliche.

„Schließlich bist du der Vater meiner Enkelin."

„Was du ihr niemals verraten wirst", knurrte er drohend und drückte ihr die Spitze seines Schwertes unter das nackte Kinn. „Das hast du Nyx geschworen."

„Ich weiß", sagte sie und schob die Klinge mit der Spitze ihres Zeigefingers beiseite. „Aber auch so mag ich dich. Wirklich, ich find dich einfach klasse, Engel. Du warst der Einzige, der damals die Eier in der Hose hatte, zu tun, was getan werden musste … und die Menschen sind dank dir wesentlich unterhaltsamer."

„Ich war nicht der Einzige."

„Ach komm", wehrte sie mit einer winkenden Geste ab. „Sam'Yaza und die anderen sind dir doch alle nur gefolgt weil sie erkannten, dass das, was du getan hast, edel war und selbstlos. Ich war nur egoistisch – du aber warst ein wahrer Held."

„Du schmeichelst mir, Luzifer", sagte er kühl. „Und aus Erfahrung weiß ich, dass das bedeutet, dass du von irgendetwas ablenken willst. Was also ist der wahre Grund, warum du deine Hilfe anbietest? Was springt für dich dabei heraus?"

„Naaaa gut", sagte sie schmollend. „Aber fürs Protokoll halten wir noch einmal fest, dass ich dich wirklich mag. Und warum ich Magdalena helfen will: Sie ist die Einzige, die den Abaddon befreien kann. Wenn sie unsterblich wird, bleibt es ewig spannend, ob er in seinem Kerker verweilt oder nicht."

„Aber du hast doch eben selbst gesagt, dass du nicht willst, dass er die Menschheit vernichtet."

„Das will ich ja auch nicht", bestätigte sie. „Aber genau deswegen würde mich eine permanente Bedrohung tierisch anmachen."

„Du bist krank, Luzifer", sagte er.

„Wieso?", fragte sie irritiert. „Wir alle brauchen unsere Kicks im Leben. Bei ewigem Leben müssen die Kicks eben eine Nummer größer sein. No risk no fun."

„Du riskierst das Ende der Menschheit, nur weil das deine Existenz spannender gestaltet?"

„Hört, hört", sagte sie. „Du, mein Lieber, riskierst das Ende der Menschheit doch auch ... und das nur wegen ein bisschen Liebe. Wo ist da der Unterschied?"

„Die ganze Welt glaubt, du seist böse, Luzifer", erwiderte er. „Aber das bist du in Wahrheit gar nicht."

„Nicht?"

„Nein, du bist wahnsinnig – und das ist in deinem Fall und bei deiner Macht noch sehr, sehr viel schlimmer als böse."

„Ich nehme an, das bedeutet wohl, dass dich mein Angebot nicht interessiert."

„Ja, das bedeutet es."

„Nur weil meine Motive dir nicht behagen?"

„Das zum einen", gab er zu. „Vor allem aber, weil ich weiß, wie gut du mich kennst. Früher oder später würdest du den Gefallen zurückfordern, den ich dir dann schulden würde. Und sosehr du dich auch über meine Ehrenhaftigkeit lustig machen magst, du weißt ganz genau, dass du darauf zählen kannst und dass ich gar keine andere Wahl hätte, als mich zu revanchieren. Und dir helfen zu müssen, weil ich dir etwas schulde, ist eine Situation, in die ich niemals geraten will."

„Ist das dein letztes Wort, Azazel?"

„Ja. Ich werde jemanden anders finden."

„Dann musst du dich aber beeilen", sagte sie. „Die Kleine hat schließlich nur noch fünfzig, sechzig, wenn's hochkommt, vielleicht noch siebzig Jahre zu leben."

„Wir werden das schaffen."

„Viel Erfolg", sagte sie. „Ich gewinne auf jeden Fall."

„Wie das?"

„Wenn sie unsterblich wird, habe ich meine ewige Bedrohung, und wenn sie stirbt, bist du endlich wieder Single."

Luzifer zwinkerte ihm zu – und hatte sich im nächsten Moment in Luft aufgelöst.

Von seinem Elfenbeinthron aus beobachtete der Rotgeflügelte die Vorbereitungen des Rituals. Hunderte junge Frauen aus aller Herren Länder hatten sich darum beworben, daran teilnehmen zu dürfen, und er hatte die dreizehn schönsten und sinnlichsten darunter eigenhändig ausgewählt. Das Internet war schon eine fantastische Sache – und er war ein wenig neidisch darauf, dass die Menschen es erfunden hatten. Er und die Seinen hätten die Idee schon sehr, sehr viel früher haben können.

Dass es so viele Bewerberinnen gegeben hatte, verwunderte ihn nicht besonders – Anhängerinnen der sogenannten „schwarzen Szene" waren bekannt dafür, dass sie sich kopfüber in die verrücktesten und wildesten Abenteuer stürzten. Das war ihre Art, sich von der Gesellschaft zu distanzieren, aufzubegehren und sich selbst einen Hauch von Freiheit vorzugaukeln. Ein Umstand, den er und andere im Laufe der vergangenen Jahrhunderte und Jahrtausende schon des Öfteren weidlich ausgenutzt hatten, um willige Opfer für ihre Riten und Feste zu finden. Ob nun die „Hexen" der frühen Neuzeit oder die Bacchantinnen des alten Griechenlands, die Mänaden, die Anhängerinnen des Dionysos – sie alle waren auf der Jagd nach dem ganz besonderen Kick. Heute waren es eben die Wicca und die Goth-Lollis.

Warum es ausgerechnet dreizehn sein mussten, hatte der Rote nie verstanden. Vermutlich war das einfach nur ein Spleen der Unterirdischen, mit dem sie ihre frühere Rebellion gegen die Ordnung der Dinge zum Ausdruck bringen wollten. Dreizehn war eine ungerade Zahl, und im Laufe der Zeit hatte sich dafür die Bezeichnung „Hexendutzend" durchgesetzt, als Zeichen des Widerspruchs gegen die Einheit der „Heiligen Zwölf".

Jetzt saß er den Frauen in seiner menschlichen Gestalt gegenüber, und auch die dreizehn Diener, die er für das Ritual ausgesucht hatte, hatten menschliche Gestalt angenommen, damit die Frauen nicht zu früh in Panik geraten würden.

Sie knieten in zwei Reihen vor ihm – die Frauen in der ersten, seine Diener in der zweiten Reihe. Sie alle trugen weite purpurfarbene Umhänge und waren darunter nackt.

Die Frauen waren die ganze Nacht lang durch Meditation und ausgiebige Ölmassagen auf diesen Moment vorbereitet worden, und ihre Augen glänzten vor unverhohlener Gier. Der mit Myrrhe vermischte Wein hatte sein Übriges getan. Sie waren jetzt zu allem bereit – glaubten sie.

Der Rote erhob sich von seinem Thron – auch er trug eine weite purpurfarbene Robe –, breitete die Arme aus und setzte zu einem Singsang in einer Sprache an, die niemand mehr verstand: Sumerisch. Nichts hörte sich in den Ohren der Menschen von heute archaischer an, rauer und zugleich magischer. Er hätte ihnen ein Telefonbuch in dieser Sprache vorlesen können, und sie wären in den gleichen meditativen Zustand geraten, der jetzt von ihnen Besitz ergriff, als sie kniend von einer Seite zur anderen zu wiegen begannen, den Takt seiner Verse aufnahmen und sich dabei selbst mehr und mehr in Trance versetzten.

Aber die Worte waren keine leeren Worte – denn sie galten nicht den Menschenfrauen. Auch nicht seinen Dienern, in deren Augen außer Lust auch ein gutes Maß von Angst schimmerte. Sie galt demjenigen, für dessen Erscheinen der Rote das Ritual durchführte: seinem wichtigsten Verbündeten in dem bevorstehenden Kampf.

Um ihn einzuladen, musste er ihm ein Opfer darbringen.

Der Rote dirigierte die dreizehn Frauen mit seiner tiefen, dunklen Stimme und den Bewegungen seiner Hände und Finger so lange, bis auch die Letzte von ihnen ihm in die Augen blickte … und er die Herrschaft über ihren Willen mittels des Di'Maì gewann.

„Macht euch bereit“, befahl er …

… und sie streiften sich die weiten Umhänge von den nackten Schultern.

Jetzt gab es keinen Grund mehr, in menschlicher Gestalt zu verweilen, und der Rote zeigte seine weit ausgebreiteten

Schwingen. Gleichzeitig ließ er seine eigene Robe verschwinden und stand nun ebenfalls nackt vor ihnen.

Trotz des Di'Maì lief ein Murmeln faszinierten Erstaunens durch die erste Reihe, und die Gier in ihren Augen nahm zu. Vor ihnen stand ihr fleischgewordener Traum, und das Di'Maì hinderte sie daran, sich zu fragen, ob sie träumten, oder sich dessen bewusst zu werden, dass hier etwas wirklich Unnatürliches im Gange war, und die Angst zu haben, die diesem Moment angemessen wäre.

„Erweist mir eure Anbetung", sagte er, und die erste der dreizehn jungen Frauen ließ sich auf alle viere sinken und kam zu ihm herübergekrochen. Ihre rehbraunen Augen funkelten dunkel, und schon jetzt atmete sie tief und schwer vor Sehnsucht.

Als sie den Boden zu seinen Füßen erreicht hatte, erhob sie sich wieder auf die Knie, sodass ihr Gesicht in Höhe seines Schoßes kam.

Mit reiner Willenskraft ließ er sein Glied hart und groß werden und ihren Lippen entgegenwachsen.

Sie öffnete den Mund und streckte die Spitze ihrer Zunge hervor. Dann beugte sie ihren Kopf leicht nach vorn und berührte ihn.

Ihm gefiel die Ehrfurcht in ihren zögerlichen, ja fast schüchternen Bewegungen, mit denen sie sich gänzlich von seiner göttlichen Gefährtin unterschied, die in ihrer gesamten, Jahrtausende währenden Existenz nicht eine einzige Millisekunde lang auch nur ansatzweise schüchtern gewesen war ... oder gar zögerlich.

Er knurrte zufrieden, als sie den Mund weiter aufmachte, um ihn zwischen ihre Lippen zu nehmen, und er ergötzte sich an der zunehmenden, von Neid begleiteten Sehnsucht in den Blicken der übrigen zwölf.

Er spürte, wie die Schüchternheit der ersten mit jedem Nicken ihres Kopfes wieder der ursprünglichen Gier wich und wie sie forscher wurde ... einnehmender.

Knapp winkte er dem ersten seiner Diener zu, und der erhob sich von seinem Platz, ließ die Kutte verschwinden und zeigte nun ebenfalls seine Flügel, während er an den Frauen vorüberging, um seine vorgesehene Position zwischen den Reihen und dem Thron einzunehmen und sich dorthin zu knien.

Der Rote legte seine Hand auf das nickende Haupt der Adeptin zu seinen Füßen, und mit einem fast wehleidigen Seufzen unterbrach sie ihre Anbetung, erhob sich und kniete sich vor den geflügelten Diener – mit dem Rücken zu ihm.

Auf ein Zeichen seines Anführers fasste der die Geweihte bei der Taille und drückte sie auf alle viere, um von hinten in sie einzudringen. Der Rote sah, wie sie sich ihrem neuen Partner vor Gier entgegenrekelte, um ihn tief in sich aufzunehmen. Dann winkte er der zweiten zu und ließ sie an dem Paar vorüber zu sich krabbeln, um sie ebenfalls zu weihen.

Auch sie richtete sich vor ihm auf die Knie und gehorchte dem unausgesprochenen Befehl. Sie war nicht minder schüchtern als die erste, aber auch bei ihr wurde aus der Schüchternheit schnell Hunger, und der Rote winkte einen zweiten seiner Diener herbei.

Der Wechsel und das Weihen wiederholten sich – bis insgesamt alle dreizehn Frauen in einem Kreis auf allen vieren kauerten und von ebenso vielen Dienern von hinten genommen wurden.

Stöhnend.

Sich vor Verlangen windend.

Im zunächst langsamen Takt des neu aufgenommenen Singsangs des Roten.

Alle Diener stießen gleichzeitig zu. Es war wie ein Tanz, in dem sich die Frauen lustvoll wiegten.

Er sah ihre hübschen Gesichter, gerötet vor Lust; sah, wie sie einander anschauten und sich gegenseitig beobachteten, was ihre Leidenschaft und Triebhaftigkeit noch weiter schürte; denn sie waren sich trotz des Di'Maì darüber bewusst, wie verdorben sie waren … wie unheilig … wie nahe dem Animali-

schen in sich. Sie alle hatten schon immer von einer Orgie geträumt – nun erlebten sie sie. Waren Bestandteil davon.

Der Doppelkreis hatte etwa einen Durchmesser von sieben Metern, sodass in der Mitte ein freier, runder Platz entstanden war. Hier würde der Gast erscheinen, sobald das Ritual seinen Höhepunkt erreicht hätte. Doch noch war es nicht so weit.

Auf ein Zeichen des Roten hin wechselten alle seine männlichen Diener entgegen dem Uhrzeigersinn eine Frau nach links.

Und wieder nahmen ihre orgiastischen Bewegungen den Rhythmus seines Singsangs auf, der nun etwas schneller ausfiel. Mit seinen Blicken orchestrierte der Rote jetzt sogar das Stöhnen der Frauen, und die Diener stimmten in seinen Singsang mit ein.

„Ki Kir Mì.Silla,
Nir Gansis,
Asa A'Tu.
Gi-Izi-Lá, Líl'Lá,
Ashmo'Deush!
U è! U è! U è!"

Obwohl sie nicht wussten, was diese Worte bedeuteten, nahmen auch die Frauen die Worte der Beschwörung in ihre ekstatische Trance mit auf und stöhnten sie aus heiseren Kehlen, während die Diener hinter ihnen wieder wechselten und wieder in sie hineinstießen.

Kraftvoller als zuvor.

Schneller.

Härter.

Die ersten Frauen kamen. Manche sanft, andere heftig. Einige leise in sich hineinseufzend, andere mit kleinen spitzen Schreien. Wieder andere mit lang anhaltenden Schreien oder gutturalem Stöhnen. Doch nichts unterbrach den Takt.

Und so fickten die Diener die Adeptinnen im immer schneller drehenden Reigen, nach jeder dreizehnten Strophe zur nächsten Frau wechselnd, bis schließlich jeder der dreizehn Diener jede der dreizehn Frauen genommen hatte.

Der Rote steigerte noch einmal Geschwindigkeit und Lautstärke seines Singsangs … so laut, dass schließlich die Palastmauern vom Hall des unheiligen Chors zu schwingen begannen und in der Mitte des Kreises der Boden aufzubrechen begann.

Der Rote verdrehte insgeheim die Augen wegen des theatralischen Auftritts seines Verbündeten, ließ sich aber sonst nichts anmerken. Wenn das letzte Ziel erreicht war, würde er mit ihm genauso abrechnen, wie er mit seiner Gefährtin abrechnen würde.

Der Thron der Himmel bot nur Platz für einen.

Aus den Rissen im Boden begannen Rauchschwaden aufzusteigen. Schwefelgelbe, rote, pechschwarze. Der Rauch umspielte die Gesichter der Frauen, und die Stoffe darin steigerten ihre Ekstase zur wollüstigen Hysterie. Immer mehr von ihnen kamen … immer öfter. Denn die Diener hinter und in ihnen hörten einfach nicht auf. Längst war ihre Haut nass vom Schweiß, und das Haar klebte ihnen in den erhitzten Gesichtern, aus denen heraus sie mit fiebrig glänzenden Augen die sich mehr und mehr weitenden Risse anstarrten – in neugieriger, hypnotischer Gewissheit, dass dort etwas erscheinen würde, was ihre Lust noch vergrößern würde.

Sie hatten ja keine Ahnung.

Der Rauch schlängelte sich an ihren Leibern entlang … umspielte sie … und wurde dabei dichter … fester …

… körperlicher!

Er füllte sie dort aus, wo die Diener noch Raum gelassen hatten … wurde zu fleischigen Tentakeln … kroch in sie hinein.

Die Frauen irrten sich. Ashmo'Deush würde nicht erscheinen.

Er war bereits da!

Und er hatte gerade damit begonnen, das ihm dargebrachte Opfer anzunehmen.

Die dreizehn Diener zogen sich respektvoll und trotz aller Vorsicht schnell zurück und überließen die dreizehn Geweihten den immer mehr werdenden Tentakeln.

Das Stöhnen und die Schreie der Frauen wurden noch ekstatischer. Sie erlebten Dinge, die keine von ihnen jemals erlebt hatte. Die Tentakel packten ihre Brüste, kleinere umschlangen und pressten ihre Nippel, begannen an ihnen zu lutschen und zu saugen, und die, die in ihre Pussys schlüpften, teilten sich, um sie sowohl zusätzlich hinten zu erobern, als auch ihre Klit zu massieren.

Die Tentakel waren wie lebendig gewordene, warm pulsierende Dildos mit Tausenden kleiner Noppen und Saugnäpfen. Sie hoben die Frauen in den verschiedensten Positionen in die Luft, sodass es für den Roten so aussah, als stünde in der Mitte des Saales ein gewaltiger Busch sich bewegender Reben, an denen die sich windenden Leiber der Frauen hingen wie eine Mischung aus Menschenfrüchten und Abbildungen aus dem Kamasutra.

Einige von ihnen hingen aufrecht wie an einem Andreaskreuz in der Luft – Hand- und Fußgelenke von Tentakeln gefesselt und weit auseinandergezogen. Vorn und hinten penetriert. Andere waren mit Dutzenden dünner Ranken dicht am und um den Leib gefesselt wie mit lebendigen Bondagestricken, die sich ihnen auch um die Kehlen legten und das Fleisch ihrer Brüste quetschten. Wieder andere schwebten – kaum, aber sicher gehalten –, schwangen vor und zurück wie auf einer Liebesschaukel.

Ashmo'Deush tat ihnen nicht weh – seine Nahrung war ihre Lust, nicht ihr Schmerz. Aber da er unersättlich war, würde er nicht aufhören, bis er auch wirklich jedes letzte Aufstöhnen aus ihnen herausgefickt und von ihren vor Ekstase und Selbstvergessenheit weit aufgerissenen Mündern geschlürft haben würde.

Der Rote hob die Kraft seines Di'Maì auf und lächelte in dunkler Freude, als er sah, wie sich die Augen der meisten Frauen mit Panik füllten … und sie doch nicht dazu fähig oder bereit waren, sich zu wehren. Was sie erlebten, war so umwerfend und berauschend und weckte Gefühle und Empfindungen in ihnen, die keine von ihnen jemals erfahren hatte, dass sie lieber sterben würden, als damit aufzuhören.

Und genau das passierte gerade.

Die dreizehn waren wie Bienen, die sich an Blütennektar überfraßen, bis sie tot von der Blume fielen, wie Säufer, die nicht vom Wein ablassen konnten, bis sie von ihren Hockern stürzten, wie …

Vielleicht wusste jede Einzelne von ihnen auch, dass nie wieder irgendjemand dazu in der Lage wäre, ihnen diese Lust zu schenken, und hießen das sichere Ende mit offenen Armen willkommen – in dem klaren Bewusstsein, dass es keinen süßeren Tod geben konnte.

Ihre Lustschreie hallten durch den Palast. Sie umarmten die dickeren der Tentakel wie lang vermisste Geliebte, schmiegten, rieben und drückten sich dem warmen, an und in ihnen gleitenden Fleisch entgegen, machten sich so weit, wie sie nur konnten, um noch mehr davon in sich aufzunehmen.

Zwei. Drei.

Ineinander und umeinander verschlungen.

In sie pumpend, in ihnen pochend, sich windend, vibrierend und pulsierend.

Ekstase!

Der Rote bekam immer größere Lust, an der Orgie teilzunehmen, riss sich jedoch zusammen – für seine eigenen Gelüste war auch später noch Zeit. Jetzt musste er sich auf seinen Gast konzentrieren und ihn bei Laune halten. Er verwandelte sich in seine menschliche Gestalt zurück und legte die purpurfarbene Robe wieder an.

An einer Stelle des Tentakelgebüschs drückten die Ranken drei Frauen gegeneinander, damit sie einander zusätzlich küssen und anfassen konnten. Da war immer noch Angst in ihren Blicken – aber auch die Akzeptanz des Unvermeidlichen.

Ashmo'Deush fickte ihnen im wahrsten Sinne des Wortes die Seelen aus den Leibern.

Gierig, ungebremst.

Hier sanft und eindringlich, dort schnell und hart.

Es war, als würde jeder einzelne Tentakel spüren, was der jeweiligen Frau, mit der er sich gerade beschäftigte, die größte Lust bereitete, die größte Verzückung verschaffte.

Ashmo'Deush war für die dreizehn wie eine fleischgewordene Droge, und sinnliche Hysterie und die Verzweiflung, trotz besseren Wissens nicht aufhören zu wollen, waren der Preis, mit dem sie den Dealer aus dem Reich der Schatten bezahlten.

Er ließ sie tanzen wie ein Puppenspieler seine Marionetten ... und eine nach der anderen verlor zunächst den Verstand ... dann das Bewusstsein ... und schließlich ihr Leben.

Wenige Minuten später lagen sie allesamt tot im Kreis auf dem Boden, und mit einem lustvollen und befriedigten Aufstöhnen nahm das inzwischen beinahe raumgroße Tentakelgestrüpp die Gestalt eines Menschen normaler Größe an.

Ashmo'Deushs menschliche Form war die eines Mannes Ende vierzig. Schlank und sehnig, das lange schwarzgraue Haar zu einem glänzenden Pferdeschwanz gebunden, den dunklen Bart penibel getrimmt. Smaragdgrüne Augen unter dichten, fein geschwungenen Brauen. Er trug die Lederkleidung eines spanischen Konquistadors, dazu die passenden Stiefel, ein Rapier am Gürtel und sogar ein Cape.

„Hallo Bruder", sagte er, breitete die Arme aus und ging auf den Roten zu. „Danke für dieses warme Willkommen."

Der Rote breitete ebenfalls die Arme aus, und sie begrüßten einander mit einem Bruderkuss.

„Es ist viel zu lange her", sagte der Rote und deutete auf die Tür zu einem benachbarten Saal, in dem er die feinsten Delikatessen aufgetischt hatte, um seinen Gast zu bewirten.

„Ja, viel zu lange", stimmte Ashmo'Deush zu. „Wie geht es

der bezaubernden Gemahlin?"

„Sie kann es kaum erwarten", antwortete er wahrheitsgemäß. „Stehen deine Dunklen Horden bereit?"

„Bis an die Zähne bewaffnet und durstig nach himmlischem Blut."

„Gut", sagte der Rote. „Daran werden sie sich bald satt trinken können. Und eure Göttin?"

„Luzifer?" Ashmo'Deush lachte. „Wenn sie Wind von der Sache bekäme, wären wir an keinem Ort dieser Erde mehr sicher. Wir müssen die Festung der Himmel nehmen, ehe sie auch nur den Hauch einer Ahnung bekommt, was wir vorhaben. Hast du die Schlüssel?"

„Noch nicht", gab der Rote zu, und Ashmo'Deush blieb abrupt im Eingang zum Speisesaal stehen.

„Was soll das heißen?" Er machte sich nicht die Mühe, seinen Schreck zu verbergen.

„Keine Sorge", sagte der Rote und legte ihm den Arm um die Schultern. „Es läuft alles nach Plan. In zwei oder drei, höchstens aber zehn oder zwölf Stunden gehören sie uns."

„Hm", machte Ashmo'Deush unschlüssig. Dann aber klarte sein argwöhnischer Blick wieder auf. „Das will ich hoffen, mein Lieber. Das will ich doch sehr hoffen. Nicht auszudenken, wenn wir scheitern."

„Werden wir nicht", sagte der Rote. „Und dann werden wir endlich wiedervereint sein und die vernichten, die unsere Familie getrennt und uns aufeinandergehetzt haben wie Straßenköter."

„Ja", sagte Ashmo'Deush. „Wir hätten uns damals schon zusammenschließen sollen. Wir hätten sie wie nichts aus den Himmeln gejagt und uns Jahrtausende unwürdigen Daseins auf diesem Scheißplaneten erspart."

„Ihr konntet bei eurem Aufstand nicht wissen, dass Luzifer nicht herrschen wollte, sondern nur spielen", sagte der Rote tröstend und schenkte aus einer Karaffe Wein in zwei goldene Kelche.

„Nein, das konnte wohl keiner wissen", erwiderte Ashmo'Deush. „Aber wir wollen herrschen. Wir drei. Du, deine Gemahlin und ich. Das mächtigste Triumvirat, das das Universum je gesehen hat."

Der Rote reichte Ashmo'Deush einen der Kelche.

„Darauf trinken wir, Bruder", sagte er, und die beiden stießen miteinander an, jeder von ihnen fest entschlossen, den anderen bei der erstbesten sich bietenden Gelegenheit zu töten, um den Platz auf dem Thron der Himmel alleine einzunehmen.

TEIL DREI

GEJAGT

8. KAPITEL

Überraschung

Die Sonne kletterte hinter Sankt Petersburg in die Höhe.

Die Stadt lag etwa noch zwei Meilen vor ihnen im Osten. Anya und Sergej stiegen in das Beiboot und ließen sich von zwei der Seeleute durch die im frühen Morgenwind raue See zum Ufer fahren. Keiner der beiden sah die geflügelten Schatten, die weiter oben über sie hinweg in Richtung Festland huschten, doch Anya hatte ein seltsam bedrückendes Gefühl der Vorahnung.

„Was ist?“, fragte Sergej, der gemerkt hatte, dass sich ihr Gesichtsausdruck verändert hatte.

„Ich bin mir nicht sicher“, sagte sie. „Aber irgendetwas stimmt hier nicht.“

Nach dem Überfall in dem alten Herrenhaus hatte sie gelernt, ihren Instinkten besser zu vertrauen.

Sergej blickte sich um. An Bord des Zweimasters zeigten sich keine Anzeichen für Verrat oder einen Hinterhalt. Das hätte ihn auch gewundert, schließlich hätte die Mannschaft bei der Überfahrt ausreichend Gelegenheit gehabt, sie zu überfallen. Auch am Ufer konnte er nichts erkennen, doch das war hinter den Dünen auch bewaldet – also schwer bis unmöglich einzusehen.

Er nahm seine Pistolen aus den Holstern und lud sie beide durch.

„Kannst du damit umgehen?“, fragte er sie.

Instinktiv hätte Anya beinahe Ja gesagt, aber dann wurde ihr bewusst, dass sie, so weit sie sich erinnern konnte, noch nie eine Waffe in der Hand gehalten, geschweige denn abgefeuert hatte.

„Nein“, antwortete sie also und nahm sie dennoch entgegen.

„Es ist nicht so schwer“, sagte er. „Hier entsicherst du sie, und hier drückst du ab. Ziel auf die Mitte deines Gegners, und sei darauf vorbereitet, dass die Pistole bei einem Schuss bockt wie ein gestochener Gaul. Also halte sie mit zwei Händen und spann dabei deine Arme und Schultern leicht an, um den Rückstoß abzufedern. Die linke Hand hältst du unter der rechten Faust, damit sie dem Schlitten nicht in den Weg kommt und der dir nicht die Finger absäbelt. So, sieh her."

Er zeigte ihr mit seiner Waffe, was er meinte, und sie machte es mit der ihren nach. Die Einfachheit, mit der er ihr den Umgang mit der Pistole erläuterte, und das Gefühl der Waffe selbst beruhigten sie wieder ein wenig.

„Keine Sorge", sagte er. „Ich passe auf. Dieses Mal lasse ich dich nicht aus den Augen."

„Danke, Sergej", sagte sie und küsste ihn auf die Wange.

„Wenn alles wie verabredet läuft, steht der Wagen, den uns der Kapitän organisiert hat, etwa vierhundert Meter hinter der Baumlinie im Hof eines verlassenen Klosters. Von dort aus führt ein Feldweg schon nach zwei, drei Kilometern auf eine Landstraße, und dann sind wir auch schon bald auf der Autobahn in Richtung Ukraine. Bis wir im Wagen sitzen, hältst du dich die ganze Zeit hinter und nah bei mir. Verstanden?"

Sie nickte und zog den Mantel enger um sich.

Der Steuermann lenkte den Außenborder auf die Sandbank.

Wie zuvor mit dem Kapitän vereinbart, gab Sergej ihm noch zwei weitere Goldbarren und der Seemann ihm dafür die Wagenschlüssel.

„Sollen wir euch bis zum Wagen begleiten?", fragte er. Er hatte wohl bemerkt, dass die beiden beunruhigt waren.

Anya hätte am liebsten Ja gesagt, aber Sergej grinste und sagte: „Nein, danke. Ich weiß das zu schätzen. Aber es reicht, wenn ich auf sie aufpassen muss." Er nickte in Richtung Anya. „Aber sag deinem Skipper noch einmal vielen Dank. Ich werde ihn weiterempfehlen."

„Stets zu Diensten", sagte der Steuermann und half Anya aus dem Boot auf den Strand, während Sergej leichtfüßig selbst heraussprang und seinen Koffer aus dem Boot holte. Sie warteten, bis die beiden Männer das Boot wieder in die Wellen hineinbugsiert und Fahrt in Richtung des Schiffes aufgenommen hatten, ehe sie in die Stille des Ufers hineinhorchten. Dann, als nichts Verdächtiges zu hören oder zu sehen war, schritten sie in Richtung der Bäume.

Obwohl die riesige, über viereinhalb Millionen Einwohner zählende Stadt ganz in der Nähe war, schien hier am Südufer des Nevskayasunds, kurz vor der Brücke zur Insel Kronstadt, alles still und verlassen.

Für Anyas Begriffe *zu* still.

Normalerweise müsste um diese Uhrzeit die Luft schwanger sein vom Gezwitscher und Rufen der Vögel, aber nicht ein einziger war zu hören. Ihre knirschenden Schritte im Sand waren beinahe schon erschreckend laut.

„Wie gesagt", meinte Sergej leise, „bleib immer leicht hinter mir."

Anya sah an seinen konzentrierten Bewegungen, wie angespannt er war – sprung- und angriffsbereit.

Sie erreichten die Baumlinie, und er gab ihr ein Zeichen, stehen zu bleiben.

„Ich gehe vor", sagte er flüsternd und deutete in die Richtung, die er nehmen würde. „Du folgst mir im Abstand von mindestens sieben Metern, aber auch nicht mehr als neun. Hast du das verstanden?"

Sie nickte. „Aber warum kann ich nicht bei dir bleiben?"

„Falls sich jemand hinter den Bäumen versteckt und ich ihn zu spät sehe, bist du weit genug entfernt, um aus relativ sicherer Entfernung zu handeln", erklärte er. „Und denke daran, wenn du schießen musst, schieße immer zweimal – aber achte darauf, zwischen den beiden Schüssen neu zu zielen, sonst geht die zweite Kugel wahrscheinlich hoch in die Luft."

Sie nickte ein weiteres Mal. Dann ging er los – mit vorsichtigen, gezielt gesetzten Schritten, um dabei so wenig Lärm wie möglich zu machen, was durch das am Boden liegende Laub und den dazwischengewehten Dünensand geradezu unmöglich war. Dabei schwenkte er den Blick und die Mündung seiner Pistole in einem Hundertachtzig-Grad-Halbkreis von links nach rechts und wieder zurück, um hinter den Bäumen zu sichern, die er gerade passierte. Anya fiel auf, dass er dabei nicht geradeaus ging, sondern immer den Weg nahm, der am weitesten am nächsten Baum vorüberführte.

Sie wartete, bis er etwa sieben Meter von ihr entfernt war, und ging dann los. So ungewohnt die Pistole in ihrer Hand sich anfühlte, so gab sie ihr doch ein gewisses Maß an Sicherheit – auch wenn sie sich nicht vorstellen konnte, ein menschliches Leben zu nehmen, so exzessiv sie das in ihren Träumen auch getan haben mochte. Allein schon der Gedanke daran verdrehte ihr den Magen. Doch gleichzeitig wollte sie – außer es war in einem Spiel, und zwar in einem Spiel, das sie in Zukunft mit niemandem anders mehr spielen wollte als mit Sergej – nie wieder Opfer sein.

Nie wieder wehrlos!

Aber das Schicksal hat nun einmal ein Händchen dafür, uns immer und immer wieder ganz genau das aufzutischen, wovor wir Angst haben, oder genau das, dem wir feierlich und explizit abgeschworen haben.

So natürlich auch heute.

Plötzlich waren sie da – so als hätten sie sich aus dem Nichts heraus materialisiert oder als wären sie mit einer Geschwindigkeit vom Himmel gefallen, die zu hoch war für das menschliche Auge: etwa zehn Gestalten in Kutten, und zwar in eben jenen Kapuzenkutten, die auch Anyas Angreifer im Gewölbe des englischen Herrenhauses getragen hatten.

Sie hatten einen weiten Kreis um Sergej und Anya herum gebildet. Als Anya sah, dass Sergej versuchte, die südliche Hälfte davon mit dem Hin-und-her-Schwenken seiner Waffe abzudecken, machte sie es ihm mit ihrer Hälfte nach, obwohl ihr Verstand ihr sagte, dass das bei der Überzahl nicht viel bringen würde.

„Lasst eure Waffen fallen!“

Anya erkannte die Stimme sofort.

Bezal'El!

Er trat vor Sergej in den Kreis hinein, und Sergej richtete unverdrossen die Mündung seiner Pistole auf seinen Kopf.

„Noch einen Schritt weiter, und du bist der Erste", knurrte der Bodyguard, und Anya erkannte am Ton seiner Stimme, dass das keine leere Drohung war.

Doch dann geschah etwas Seltsames.

Bezal'El zog die Kapuze ab und zeigte sein von Narben entstelltes Gesicht. Die Augen darin funkelten eindringlich.

„Na gut", sagte er. „Dann behalte sie, und wir spielen ein Spiel. Ich kenne da ein feines. Du wirst nicht auf mich schießen."

Er machte einen weiteren Schritt nach vorn, und Sergej tat nicht, was er angedroht hatte.

„Stattdessen", sprach Bezal'El weiter, „wirst du, aber erst wenn ich es sage, auf dich selbst schießen. Wenn ich dir den Befehl dazu gebe, zielst du genau zwischen deine Augen und drückst ab. Hast du das verstanden?"

Zu ihrer großen Verzweiflung sah Anya, dass Sergej nickte.

„Ja, das habe ich verstanden."

Anya erinnerte sich daran, wie die hypnotische Stimme Bezal'Els auch sie im Keller in ihren Bann geschlagen und dazu gezwungen hatte, ihm zu gehorchen und genau das zu tun, was er sagte. Sie hatte keine Ahnung, was für eine Art von Trick das war, aber sie wusste, dass sie etwas unternehmen musste, wenn sie verhindern wollte, dass Sergej sich selbst erschoss.

Sie zielte mit ihrer Waffe auf Bezal'Els Brust. Ihr Finger krümmte sich um den Hahn, aber abzudrücken war schwerer, als sie es sich vorgestellt hatte – nicht nur mental, auch technisch. Sie merkte gerade, dass sie viel mehr Kraft in den Finger legen musste, als Bezal'El sie ansah und „Stopp!", rief.

Augenblicklich entspannte sich ihr Zeigefinger am Abzug.

Anya fluchte in sich hinein. Sie hatte zu lange gezögert und stand jetzt ebenfalls unter seinem Bann. Hier war mehr als nur Bühnenmagie und Effekthascherei im Spiel.

„Lass die Waffe fallen", rief er ihr zu, und sie gehorchte. Die Pistole fiel zu Boden.

„Gut so", sagte er und wandte sich dann wieder Sergej zu. Der rotzte ihm ohne jede Vorwarnung ins Gesicht.

Bezal'El kicherte überheblich und wischte sich die Spucke mit dem Ärmel seiner Kutte von Wange und Mundwinkel. „So wehrlos und doch noch so aufrührerisch. Und dabei wärt ihr Menschen ohne unser Eingreifen damals noch Höhlenbewohner, die sich von Beeren und Wurzeln ernähren. Nicht einmal Waffen hättet ihr."

Mit der Spitze seines verknorpelten Zeigefingers fuhr er den Lauf von Sergejs Pistole entlang.

„Dann bereiten wir dir jetzt mal ein Ende", sagte er. „Nimm unser Geschenk und erschieß dich damit."

Hilflos sah Anya dabei zu, wie Sergej den Arm anzuwinkeln begann, um die Pistole auf sich zu richten. Sie erkannte, dass der Arm vor Anstrengung zitterte. Ganz offenbar wehrte Sergej sich mit aller Gedankenkraft gegen den Befehl.

„Da hat aber jemand Willensstärke", sagte der Narbige, und es lag tatsächlich so etwas wie Anerkennung in seinem Ton. „Sie nutzt dir nur nichts. Na los, gehorche. Töte dich!"

Anya sah, wie Sergej die Kiefer zusammenpresste und dass Schweißperlen auf seine Stirn getreten waren. Sein Blick war entschlossen, und sein Arm zitterte immer stärker. Nichtsdestotrotz bewegte sich die Mündung der Pistole Millimeter um Millimeter mehr zu seinem Gesicht hin.

„Erschieß dich!", schrie Bezal'El jetzt ungeduldig.

Aber Sergej gab nicht auf.

Noch nie war Anya Zeugin eines so starken inneren Kampfes gewesen. Doch sosehr sie auch hoffte, dass Sergej diesen Kampf gewinnen würde, die Pistole kam immer näher.

„Nein!" Der Schrei erschreckte Anya – und sie merkte, dass sie selbst ihn ausgestoßen hatte. „Hör nicht auf ihn, Sergej!

Wehr dich und erschieße ihn!"

Bezal'El grinste – aber nur für einen winzigen Augenblick.

Anyas Schrei hatte Sergej unerwarteterweise aus seiner Trance gerissen. Sein Unterarm schnellte wieder nach vorn – und er drückte ab.

Doch Bezal'El war schneller. Er hatte mit einer Geschwindigkeit, die Anya ihm nicht zugetraut hätte, einen Schritt zur Seite gemacht – und die Kugel hatte einen der Kapuzenträger hinter ihm getroffen und von den Füßen nach hinten zu Boden geschleudert. Und bevor Sergej seine Waffe weiter herumschwenken konnte, hatte Bezal'El sie ihm bereits mit seiner knöchernen Faust und unglaublicher Kraft aus der Hand geschlagen.

Sie hörte, wie Bezal'El etwas murmelte, das sich anhörte wie: „Ihr Dimma hat meines durchbrochen."

Doch ehe sie sich Gedanken darüber machen konnte, was er vielleicht damit meinen könnte oder was das überhaupt heißen sollte, ließ Sergej seinen Koffer fallen und stürzte sich auf ihn.

Aber so schnell Sergej auch war, Bezal'El war schneller. Ihm gelang es scheinbar ohne jede Mühe, jedem Faustschlag, jedem Tritt und jedem Ellbogenhieb, den Sergej mit großer Kraft und Genauigkeit gegen ihn ausführte, auszuweichen. Dabei bewegte der Narbige sich erstaunlich grazil und gleichzeitig auf eine Furcht einflößende Weise gelassen.

„Komm schon, Mensch", rief er spöttisch. „Gib dir ein wenig mehr Mühe. Ein einziger Treffer, und ich lasse dich am Leben."

Anya sah, wie Sergej noch mehr Willensstärke in seinen Angriff legte. Faustschlag zum Kinn, Handkantenschwung gegen die Kehle, Kick in Richtung Knie. Doch auch wenn eine solche Attacke fast jeden anderen Gegner binnen Sekunden zu Boden geschickt hätte, er landete nicht einen einzigen Treffer.

Bezal'El lachte und tänzelte zur Seite, zurück und wieder zur Seite.

„Machen wir es doch ein bisschen spannender“, sagte er dann. „Für jeden dritten Versuch schlage ich einmal zurück.“

Er nahm die verkrüppelten Fäuste hoch wie ein Boxer – und wich auch den nächsten drei blitzschnell ausgeführten Angriffen Sergejs mühelos aus. Dann schoss seine Rechte nach vorn und traf Sergej am Brustkorb. Die Wucht war so groß, dass es Sergej nach hinten warf und ihn von den Füßen riss. Sein Blick weitete sich kurz vor Überraschung, doch im nächsten Moment war er schon wieder auf den Beinen und ging erneut zum Angriff über.

Kick.

Schlag.

Kick.

Wieder kein Treffer.

Dafür schnellte jetzt Bezal’El wie von der Sehne geschossen nach vorn und versetzte ihm einen weiten Schwinger mit der Linken.

Anya sah, wie Sergejs Kopf zur Seite geschleudert wurde und er ins Taumeln geriet. Doch er fing sich wieder und schüttelte den Schmerz ab. Sein Jochbein war aufgeplatzt und blutete.

„Ab jetzt zwei von mir für jeden dritten von dir“, rief Bezal’El euphorisch. Ihm schien die Sache zu gefallen.

Haken – Gerade – Stab.

Bezal’El schien nicht mehr zu tun, als den Kopf hin und her zu schlängeln, um den Schlägen auszuweichen – und ehe Sergej einen vierten nachschicken konnte, hatte er schon seine beiden gesetzt.

Anya hatte noch nie jemanden so schnell boxen sehen. Der erste Treffer ging in Sergejs Magengrube und ließ ihn nach vorn kippen, der zweite traf ihn hart am Kinn und schickte ihn wieder rückwärts zu Boden.

Dieses Mal fiel es ihm schon sichtlich schwerer, wieder aufzustehen, und Anya sah ihm an, dass er kurz benommen war. Dennoch ließ er sich davon nicht abhalten. Mit der Zähheit eines Terriers ging er wieder zum Angriff über.

„Ach komm, das wird langweilig“, sagte Bezal’El und schlug zu.

Einmal, zweimal, dreimal.

Er traf Sergej an der Schläfe, am Kiefer und auf der Nase. Anya konnte es Krachen hören, und Sergej taumelte rückwärts. Bezal’El packte ihn mit der Linken am Kragen und schlug mit der Rechten immer weiter zu.

Sergej versuchte seine Hände zur Verteidigung zwischen seinen Kopf und die Schläge zu bringen, aber Bezal’El fand immer wieder eine Lücke, und nach einer weiteren Serie von Hieben sanken Sergejs Fäuste kraftlos herab.

„Aufhören“, schrie Anya – und zu ihrem Erstaunen hielt Bezal’El augenblicklich inne.

„Lass ihn los!“, forderte sie.

Bezal’El ließ Sergej los, und der Bodyguard sackte in die Knie und spuckte Blut.

Anya rannte zu ihm, kniete sich hin und nahm ihn in die Arme.

„Du Monster!“, schrie sie Bezal’El entgegen. „Du dreimal verfluchtes Monster!“

„Geht schon. Alles halb so schlimm“, krächzte Sergej, aber sie wusste, dass er nur versuchte, Stärke zu zeigen. Sie half ihm dabei, aufzustehen. Er sah schrecklich aus, dennoch schaffte er es, auch ohne ihre Hilfe stehen zu bleiben.

„Was immer du von mir willst“, brüllte sie Bezal’El an. „Er hat nichts damit zu tun. Lass ihn gehen!“

Bezal’El machte eine Geste in Richtung Süden.

Einer der beiden Kapuzenträger sagte: „Aber Herr …“

„Ihr habt sie gehört“, sagte Bezal’El. „Lasst den Menschen gehen.“

„Herr, wie auch immer das passiert sein mag, aber Ihr steht unter ihrem Di’Maì. Ihr wisst nicht, was Ihr sagt.“

Noch ehe Bezal’El etwas antworten konnte, sagte Sergej: „Ich lasse dich nicht allein, Anya! Auf gar keinen Fall!“

„Sergej!“, rief sie. „Sie werden dich umbringen. Ich weiß nicht, was sie mit mir vorhaben, aber es gibt keinen Grund, warum du dafür sterben solltest.“

„Oh doch, den gibt es“, sagte er stur. „Ich stehe mit meinem Leben für dich ein. Ich könnte mir niemals verzeihen, wenn dir etwas zustößt, ohne dass ich mein Bestes gegeben hätte, das zu verhindern. Wenn sie dich wollen, müssen sie erst mich töten.“

„Aber siehst du denn nicht, dass sie genau das tun werden, Sergej? Und das kann ich nicht zulassen. Bitte geh!“

Da veränderte sich plötzlich sein bis eben noch fest entschlossener Gesichtsausdruck, und seine Miene wurde seltsam ausdruckslos.

„Wenn du das wünschst, werde ich gehen“, sagte er. Dann aber schüttelte er den Kopf. „Nein, verdammt, das werde ich nicht, Anya! Was ist hier nur los? Hat mir irgendjemand irgendwelche Drogen verabreicht?“

„Geh, Sergej“, sagte sie noch einmal, obwohl es ihr das Herz zu brechen drohte. „Ich flehe dich an. Bring dich in Sicherheit.“

Wieder wurde sein Gesicht ausdruckslos – und wieder nur für einen kurzen Moment.

„Ich liebe dich, Anya“, sagte er. „Ich lasse dich nicht im Stich.“

In diesem Moment tauchten plötzlich – wie aus heiterem Himmel – noch mehr Kuttenträger auf. Doch diese trugen purpurrote Roben – und es waren mehr, etwa fünfzehn.

Sie hatten die anderen umzingelt.

Einer von ihnen zog seine Kapuze ab, und Anya fand, dass sein Gesicht etwas von einem Fuchs hatte.

Er wandte sich an Bezal'El und sagte: „Wir kommen im Auftrag unseres Gebieters. Übergebt uns die Schlüsselträgerin. Und du, Bezal'El, mach dich auf dein Ende gefasst.“

Und plötzlich geschah alles ganz schnell.

Es klirrte und zischte, und mit einem Mal hatte jeder der

Kapuzenträger eine Waffe in den Händen. Anya sah Schwerter – Breitschwerter, Katanas und Säbel –, Streitäxte, Lanzen, Hellebarden, Morgensterne, Dreizacke, so als hätten die beiden Parteien ein Mittelaltermuseum ausgeraubt.

Mit der gleichen übermenschlichen Geschwindigkeit, mit der vor wenigen Momenten noch Bezal'El gegen Sergej gekämpft hatte, stürmten sie aufeinander los.

„Schnell“, rief Sergej Anya zu, packte seinen Koffer und seine Pistole vom Boden. „Weg hier! Zum Kloster!“

Mit der Hand, in der er die Pistole hielt, griff er nach der ihren und riss sie mit sich, ehe sie begriffen hatte und ganz von selbst rannte. Um sie herum war das Chaos bestehend aus blitzendem Stahl ausgebrochen, und sie nutzten die Gelegenheit, zu fliehen. Anya sah aus dem Augenwinkel heraus, wie der Fuchsgesichtige mit zwei seiner Kameraden auf Bezal'El zustürzte.

Dann hatten sie den doppelten Ring der Kämpfenden verlassen und hetzten durch den Wald.

„Schneller!“, forderte Sergej, obwohl er selbst stark angeschlagen war und ihm das Rennen sichtlich Schmerzen bereitete.

Anya beschleunigte ihren Lauf und zog ihn mit sich.

Hinter ihnen klirrte Metall, und sie hörte das Krachen von berstendem Holz. Doch sie drehte sich nicht herum. Sicher, sie wollte wissen, was hier vor sich ging, wer Bezal'El war und was er von ihr wollte. Aber nicht, wenn der Preis ihr Leben war … und erst recht nicht Sergejs.

Schon bald konnte sie vor sich die Umrisse der Klosterruine erkennen, die wie ein geborstener Traum aus Stein vor ihnen in die Höhe ragten.

„Weiter links in der Mauer soll ein Durchbruch sein“, sagte Sergej, und sie hörte, dass ihm das Atmen schwerfiel. „Von da aus kommen wir direkt in den Hof. Hier, nimm den Autoschlüssel und den Koffer. Starte schon einmal den Wagen. Ich halte uns den Rücken frei, für den Fall, dass uns jemand verfolgt.“

Sie erkannte, dass er gerade entschieden hatte, sein Leben zu opfern, sodass sie fliehen konnte.

„Kommt nicht infrage“, sagte sie und zog ihn weiter. „Ich gehe nicht ohne dich.“

Ihr Blick fand den Durchbruch in der Mauer, und sie hielt darauf zu. Der Kampflärm hinter ihnen war leiser geworden. Nicht nur wegen der Entfernung – es waren auch ganz offenbar weniger Kämpfer geworden. Schon in wenigen Momenten würde die Schlacht entschieden sein, und wer immer sie überlebte, würde die Verfolgung aufnehmen.

Der Durchbruch führte über einen zur Hälfte eingestürzten Viehstall quer über einen Gang und durch zwei verstaubte Futterlager in den Innenhof. Dort stand zu Anyas großer Erleichterung tatsächlich der Wagen – ein funkelnagelneues Mercedes-Coupé.

Sergej drückte einen der Knöpfe auf dem Schlüssel, und die Schlösser entriegelten automatisch.

„Steig ein“, rief er überflüssigerweise, und Anya rannte zur Beifahrertür, riss sie auf und kletterte auf den Sitz. Sergej warf den Koffer auf den Rücksitz, sprang hinter das Steuer und startete den Motor.

Aber noch ehe er einen Gang einlegen konnte, stand plötzlich Bezal'El vor dem Auto. Seine weite Kutte war blutbefleckt, und in seinen knorrigen Händen hielt er eine fast drei Meter lange Lanze.

„Gib Gas!“, schrie Anya panisch.

Sergej zog den Automatikhebel auf D und trat das Gaspedal voll durch. Der PS-starke Wagen sprang geradezu nach vorn. Doch mit unglaublicher Geschwindigkeit wirbelte Bezal'El seine Lanze herum, sodass er sie am Ende mit beiden Fäusten hoch über dem entstellten Kopf hielt, und rammte sie hart nach unten.

Wie schon so manches zuvor konnte Anya nicht glauben, was sie da sah: Wild Funken sprühend wurde die stählerne Spitze der Lanze mit gewaltiger Kraft von oben herab in die

Motorhaube des Wagens getrieben. So tief, dass Anya sicher war, dass sie unten wieder herauskam und in den Boden jagte.

Der Mercedes kam so abrupt zum Stehen, wie er losgefahren war, und der Motor verreckte.

Bezal'El funkelte sie mit seinen bösen Augen an.

„Und nun zu euch beiden“, sagte er – und es klang nicht bloß wie eine Drohung.

Maggie erkannte die Landschaft weit unter ihnen: Transsilvanien. Die Heimat der Sybaris. Axel hatte ihr von seiner Begegnung mit Luzifer erzählt und auch dass er Nü Gua nirgends hatte finden können. Also hatten sie beschlossen, hierher zurückzufliegen, um sich mit Sybaris zu beraten, wie es von hier aus weitergehen sollte.

Es war ein seltsames Gefühl, dass sie jetzt doch noch nicht, wie erhofft, unsterblich war. Die ewige Jugend war zum Greifen nah gewesen und nun wieder in weite Ferne gerückt. Es war, als hätten sich ihnen weit größere Kräfte als die Azazels in den Weg gestellt.

Axel hatte in Erwägung gezogen, noch einmal zur Malikat nach Afrika zu fliegen, um sie mit Gewalt dazu zu zwingen, ihre Schuld zu begleichen. Doch Maggie hatte sich dagegen ausgesprochen. Axel in die Situation zu bringen, die Hand gegen eine der Elohim zu erheben, war ein viel, viel zu hoher Preis für ihr Leben. Es war nicht vorauszusehen, wie die anderen Elohim darauf reagieren würden, wenn er zum zweiten Mal zum Rebell wurde – dieses Mal aber nicht im Interesse der ganzen Menschheit, sondern nur für eine einzige Frau.

Maggie beugte sich über Axels Schultern nach vorn zu seinem Ohr.

„Was ist mit Nyx?“, fragte sie.

„Was meinst du?“

„Wir könnten sie fragen.“

Er lachte auf.

„Wieso lachst du?“

„Nyx würde mich töten. Auf der Stelle“, sagte er. „Und, was noch viel schlimmer wäre – sie würde dich töten.“

„Warum?“

„Dich aus Eifersucht und mich, weil sie es geschworen hat.“

„Sie hat geschworen, dich zu töten?“

„Nein“, erwiderte er. „Dann wäre ich schon lange nicht mehr am Leben. Sie hat geschworen, mich zu töten, wenn ich auch nur noch ein einziges Mal einen Fuß in ihr Reich setze.“

„Warum?“

„Darüber möchte ich nicht reden, Magdalena.“ Die Amüsiertheit war aus seiner Stimme gewichen.

„So schlimm?“

„Schlimmer“, antwortete er. „Wir haben einander große Schmerzen zugefügt.“

„Was ...?“

„Magdalena“, unterbrach er sie entschieden. „Ich will nicht darüber reden.“

„Nie?“, fragte sie traurig.

„Jetzt nicht“, erwiderte er. „Irgendwann einmal schon. Aber du musst es mich dann von selbst ansprechen lassen. Wenn ich dazu bereit bin. Kannst du das?“

Sie überlegte einen Moment. Nach der Art und Weise ihres Kennenlernens hatte sie Schwierigkeiten, mit Geheimnissen umzugehen. Aber dann erkannte sie, dass es sich hierbei überhaupt nicht um ein Geheimnis handelte. Nur weil sie neugierig war – oder auch, etwas geschönter ausgedrückt, interessiert –, war etwas, das in seinem früheren Leben geschehen war und das er nicht oder noch nicht mit ihr zu teilen bereit war, noch lange kein Geheimnis. Menschen neigten dazu, das zu vergessen und ihr Vertrauen davon abhängig zu machen, dass ihnen ihr Gegenüber alles offenbarte, was sie wissen wollten. Aber das war kein Vertrauen, wusste sie, das war purer Egoismus und Kontrollwahn.

„Ja, das kann ich“, sagte sie deshalb. „Es ist auch völlig in Ordnung, wenn du es mir nie erzählst. Es geht mich nichts an.

Alles, was für uns zählt, sind Gegenwart und Zukunft."

„Du besitzt ein großes, weises Herz, Magdalena", sagte er, und er klang erleichtert.

Bald darauf ging er in den Sinkflug, und kurze Zeit später landeten sie vor der Höhle der Sybaris, vor deren Eingang Axel noch vor ihrer Abreise eine neue, größere Hütte gebaut hatte.

Die Alte stand in der Tür und lächelte ihnen zu. Ganz in der Nähe lagen ihre Wölfe auf einem flachen Felsen und ließen die Morgensonne die Kälte der Nacht aus ihren Gliedern vertreiben.

„Ich habe uns ein Rehgulasch gekocht", sagte sie, „und einen Kaffee aufgesetzt. Kommt herein."

Maggie fragte sich wieder einmal, woher sie überhaupt hatte wissen können, dass sie kommen würden, aber dann zuckte sie die Achseln. So war die Sybaris eben.

„Ohren zu!", rief Sergej, riss seine Pistole hoch und feuerte durch die Windschutzscheibe hindurch auf Bezal'El. Zwei, drei, vier Schüsse. Erst beim zweiten hatte Anya die Hände über den Ohren, und sie hatte das Gefühl, das Trommelfell würde ihr platzen. Sofort hatte sich der kleine Innenraum des Mercedes mit dem Rauch des Mündungsfeuers gefüllt, und es brannte ihr in Augen und Rachen.

Sie versuchte durch den Dunst hindurch auszumachen, was mit Bezal'El geschehen war. Zwischen zwei Schwaden hindurch sah sie, dass er nicht mehr vor der aufgespießten Motorhaube stand. Sergej musste ihn getroffen haben.

Sergej zog ihr die linke Hand vom Ohr.

„Ich glaube, ich habe ihn erwischt", sagte er über das rauschende Klingeln in ihrem Ohr hinweg und stieß die Fahrertür auf. Während er mit hin und her schwenkender Pistole sein Sichtfeld sicherte, stieg er aus und ging an der Seite der Motorhaube entlang nach vorn.

Anya hatte kein gutes Gefühl. Ganz und gar nicht.

„Warte", rief sie panisch, und Sergej wirbelte zu ihr herum.

Da sah sie, wie hinter ihm Bezal'El von irgendwo aus dem Himmel zu Boden gesprungen kam, und ihre Augen weiteten sich vor Schreck. Sergej erkannte das sofort und wirbelte wieder nach vorn. Doch zu spät.

Bezal'El schlug ihm mit einem Halbkreiswischer die Pistole aus der Hand, packte ihn an der Kehle und hob ihn in die Höhe, ganz so, als ob Sergej nur ein paar Gramm schwer wäre. Dann schleuderte er ihn auf die Motorhaube, riss mit der freien Hand den Speer daraus hervor und rammte ihn durch Sergej hindurch wieder hinein, sodass Sergej darauf aufgespießt war wie ein Insekt.

„Nein!", schrie Anya und sprang aus dem Wagen. Blind vor Wut und Schmerz rannte sie auf Bezal'El los und schlug mit den Fäusten gegen seine Brust. „Sergej!"

Doch Bezal'El schlug zurück – eine brutale Rückhand warf Anya von den Füßen und ließ sie drei Meter weiter hart mit dem Rücken auf dem gepflasterten Boden landen. Der Aufprall verschlug ihr den Atem, und die Tränen verschleierten ihren Blick.

„Sergej!", rief sie noch einmal und versuchte wieder auf die Füße zu kommen. Aber Bezal'El packte sie mit seinen verkrüppelten Händen im Haar, schleifte sie über den Platz zurück zum Wagen, knallte sie gegen den Kotflügel, holte von irgendwoher eine silberne Kette, die er ihr hinter dem Rücken um die Handgelenke wickelte, und knebelte sie mit einem Fetzen, den er vom Saum seiner Kutte abriss.

Dann packte er sie wieder und schleifte sie hinüber zu der Kapelle des Klosters. Er zerrte sie die Stufen nach oben und durch das weit offen stehende Portal hinein. Der Steinboden der Kapelle und die noch wenigen, übrig gebliebenen Bänke waren voller Schwalbendreck. Die Vögel hatten das verlassene Gebäude wohl schon vor Jahren zu ihrem Nistplatz erkoren.

Bezal'El schleppte sie durch die gesamte Länge des Kirchenschiffs bis vor zum Altarraum und dann auf den Altar selbst. Durch die bunten und größtenteils zerbrochenen Fenster darüber fiel das Licht der Morgensonne wie strahlende Speere in die ansonsten düster wirkende kleine Halle.

Plötzlich hatte er noch mehr Ketten in der Hand und fesselte sie eilig, aber sorgfältig noch sehr viel fester.

„Dieses Mal wirst du mir keinen Strich durch die Rechnung machen“, sagte er, baute sich neben ihr auf und zog einen Dolch.

„Sie vielleicht nicht“, sagte eine Stimme vom Eingang her. „Ich aber ganz bestimmt!“

Es war eine weibliche Stimme.

Bezal'El wirbelte herum, und auch Anya drehte den Kopf so weit sie konnte nach rechts.

Die Frau auf der Schwelle des Portals war dieselbe, die im Gewölbe des Herrenhauses in Stein verwandelt worden war. Anya erkannte sie an der Stimme. Jetzt hatte sie die Kapuze abgezogen, und Anya konnte ihr langes, seidig schwarzes Haar sehen, die helle, fast weiße Haut, die kristallblauen Augen, die blutroten, zu einem verächtlichen Lächeln verzogenen Lippen.

„Tami'El“, sagte Bezal'El verwirrt. „Wie konntest du dich befreien?“

„Ein alter Feind kam zufällig vorbei“, sagte sie. „Das Schicksal spielt manchmal schon seltsame Spiele mit uns.“

Sie zog zwei Schwerter, die gerade irgendwie aus dem Nichts aufgetaucht waren.

„Das Schicksal tut nichts anderes, als seltsame Spiele mit uns zu spielen“, entgegnete er, und plötzlich hielt er eine lange Zweihandsense mit fürchterlich großer und am Rücken gezackter Klinge in den Fäusten. Damit sah er aus wie der leibhaftige Gevatter Tod.

„Steck die Schwerter weg und herrsche an meiner Seite“, sagte er.

„Ja, ja“, sagte sie. „Und der Scheck ist in der Post. Klar. Neben ‚Es ist nicht so, wie es aussieht, Schatz!‘ die zwei am meisten verwendeten Lügen der Weltgeschichte.“

„Du kannst mir vertrauen“, sagte er.

„So wie unser Gebieter dir vertraut hat?", fragte sie. „Der erste Moment, in dem ich dir den Rücken zudrehen würde, und ich hätte einen Dolch darin."

„Was macht dich so sicher, dass es dir mit dem, den du ‚Gebieter' nennst, nicht ganz genauso ergehen wird? Wusstest du, dass er ein Bündnis mit Ashmo'Deush eingegangen ist?"

Anya sah, wie die Frau mit den Schwertern stutzte.

„Luzifers Kriegsherrn?"

„Eben jenem", sagte Bezal'El.

„Du lügst!"

„Wenn du in dich hineinhörst, weißt du, dass ich die Wahrheit sage, Tami'El."

„Warum sollte er das tun?"

„Ja, warum wohl?", fragte Bezal'El. „Hört sich das für dich nach einer Befreiung der Himmel an oder vielleicht eher doch nach einer Eroberung und totaler Machtergreifung?"

„Falls das, was du sagst, stimmen sollte, warum willst du dann tun, was du gerade vorhast zu tun?", fragte sie. „Wenn er sich tatsächlich mit Ashmo'Deush verbündet hat, hast auch du nicht den Hauch einer Chance. Zumal du deine stärksten Krieger, wie ich gerade gesehen habe, bereits verloren hast."

Bezal'El lachte.

„Nach all der Zeit unterschätzt du mich noch immer, Tami'El?", fragte er. „Auch ich habe einen Deal mit Ashmo'Deush. Er stellt seine Truppen dem zur Verfügung, der zuerst in den Besitz der Schlüssel gelangt. Und das werde ich sein."

„Wirklich ein guter Plan", sagte sie spöttisch. „Sich mit jemandem mit solch wechselhaften Loyalitäten einzulassen. Andererseits kennst du selbst dich ja inzwischen damit am besten aus."

„Ashmo'Deush ist leicht zufriedenzustellen", sagte Bezal'El. „Ähnlich wie Luzifer hat er kein echtes Interesse an der Arbeit, die hinter dem Herrschen steckt, nur an den Früchten. Er wird mich regieren lassen, solange ich dafür sorge, dass er in Saus und Braus leben kann. Und mit der Zeit wird er bequem werden und unachtsam, und dann schaffe ich ihn mir vom Hals."

„Nette Art, mich davon überzeugen zu wollen, an deiner Seite zu kämpfen und zu regieren."

„Es liegt ganz bei dir", sagte er. „Entweder stellst du dich auf meine Seite, oder du gehst mir aus dem Weg und siehst aus sicherer Entfernung dabei zu, wie ich die Macht ergreife. Die Schlüssel dazu halte ich in nur wenigen Momenten in meinen Händen."

„Nicht solange ich lebe", sagte sie leise und todernst … und dann stürmte sie auf ihn zu.

„So sei es", brüllte er und stürzte ihr mit hoch erhobener Sense entgegen.

In der Mitte des Kirchenschiffs trafen sie aufeinander.

Tami'El benutzte ihre beiden Klingen mit atemberaubender Geschwindigkeit, sodass Anya den eigentlichen Bewegungen der umeinanderwirbelnden Schwerter kaum folgen konnte. Umso verwunderlicher war es, dass Bezal'El jeden der ausgeführten Schläge und Stiche mit entweder der Klinge oder dem Stiel der riesigen Sense zu blocken und zu kontern verstand.

Die beiden kämpften auf ganz unterschiedliche Art und Weise. Tami'El erinnerte Anya mehr an einen Kolibri, der hin und her zuckte, zustieß, zurücksprang und wieder nach vorn schoss. Bezal'El bewegte sich wie eine Kobra – schlängelnd, fließend. Er sah sehr viel langsamer aus, aber der Eindruck täuschte – in Wirklichkeit, erkannte Anya, bewegte er sich in seiner Geschmeidigkeit sehr viel effektiver als seine Gegnerin.

Aber ihr konnte egal sein, welcher der beiden am Ende die Oberhand gewinnen und den Sieg davontragen würde. Sie war das Opfer – und gleichgültig, wer gewann, er oder sie würde ihr die Schlüssel entreißen. So viel hatte sie verstanden; auch wenn sie sich sicher war, dass die beiden sie mit irgendjemandem zu verwechseln schienen, denn sie hatte nicht die Spur einer Ahnung, was mit diesen Schlüsseln gemeint war.

Sie hatte keine Schlüssel bei sich. Sie hatte nie welche besessen – weder für die Heime, in denen sie aufgewachsen war, noch für die Wohnungen ihrer verschiedenen Pflegeeltern oder gar für Claires Studio in London. Der Gedanke stimmte sie zusätzlich traurig. Nirgends war sie in ihrem Leben so sehr zu Hause gewesen, dass sie die Schlüssel dafür besessen hätte.

Viel schlimmer aber war der Gedanke an Sergej. Er hatte sein Leben für sie geopfert – so heldenhaft ... und doch so vergebens. Bei dem Gedanken, dass er für sie hatte leiden müssen, füllten Anyas Augen sich mit Tränen, und sie nahm den Kampf im Herzen der Kapelle nur noch verschleiert wahr.

Der Schmerz über den Verlust Sergejs war so groß, dass er sie von innen heraus erschöpfte. Ihr Leben hatte noch nie viel Sinn gehabt – und jetzt, da sie den Mann verloren hatte, dessen Liebe zu ihr so groß war, dass er für sie zu sterben bereit gewesen war, hatte es gar keinen mehr. Mit jeder weiteren Träne floss mehr und mehr Lebenswillen aus ihr heraus. Sollten sie doch mit ihr tun, was immer sie wollten.

Dann würde es endlich vorbei sein.

Für immer.

Sie hoffte nur noch, dass es schnell gehen würde ... aber wenn das Schicksal mit dieser Hoffnung genauso umgehen würde wie mit jeder anderen in ihrem Leben, würde sie noch einiges an Qualen durchzustehen haben, ehe alles zu Ende war.

Trotz der verschleierten Sicht erkannte sie, dass Bezal'El dabei war, die Oberhand zu gewinnen. Tami'El gelang es nicht, auch nur einen einzigen Treffer zu landen, er aber hatte sie mit der Klinge seiner Sense schon mehrfach getroffen, und ihre Bewegungen erinnerten weder in Geschwindigkeit noch in Zielsicherheit mehr an einen Kolibri – viel mehr an eine pollenschwere, müde Biene.

Er lachte triumphierend und schlug ihr mit dem Stielende seiner Waffe eines ihrer Schwerter aus der Hand. Danach wurde das Ende immer absehbarer. Bezal'El spielte nur noch ein wenig mit ihr – so wie er im Wald mit Sergej gespielt hatte ...

überheblich … sadistisch.

Auch das zweite Schwert fiel klirrend zu Boden – und Tami'El sank erschöpft in die Knie.

„Na komm schon", sagte sie keuchend. „Mach ein Ende. Hol dir deine Schlüssel und weihe die Himmel dem Untergang."

„Nanu, auf einmal so gleichgültig?", fragte er hämisch.

„Ich bin müde", gab sie zu. „Erst Luzifer, dann ihr Sohn, dann wir, dann die Trennung der Elohim und die Menschen, die mit Füßen treten, wofür wir gekämpft haben, dann du und schließlich unser Gebieter. Verrat und Gleichgültigkeit, wo immer ich hinsehe. Es gibt nichts mehr, wofür es sich zu kämpfen lohnt."

„Jetzt tu nicht so, als hättest du dich mir ergeben", knurrte er. „Ich habe dich besiegt, Tami'El, und das redest du auch mit noch so edlen Worten nicht schön."

Er stellte sich mit weit auseinandergespreizten Füßen in Position und hob die Sense mit beiden Händen hoch über den Kopf – wie der Schnitter. Das siegesgewisse Grinsen verlieh seinem verkrüppelten Schädel das Aussehen eines Totenkopfs.

„So sei es!", brüllte er und holte zum Schlag aus.

Da …

Etwas Hellstrahlendes flog vom Eingang der Kapelle aus quer durch den Raum, traf Bezal'El voll gegen die Brust und schleuderte ihn so weit nach hinten, dass er bis zu dem Altar flog, auf dem Anya hilflos gefesselt lag, mit dem Rücken dagegenkrachte und zu Boden ging.

Anyas Blick zuckte zum Portal.

Dort stand eine hünenhafte Gestalt mit fersenlangem Mantel, blondem Haar und hellen Augen. Was er gerade geschleudert hatte, war ein silbrig leuchtender Kriegshammer, der nun in seine offen ausgestreckte Hand zurückflog. Anya kam das Bild seltsam vertraut vor.

Bezal'El kam wieder auf die Füße und rief überrascht: „Man'El!"

Dann sprang er in die Höhe – und Anya sah etwas, das sie unmöglich glauben konnte. Aus seinem Rücken, etwa in Höhe seiner Schulterblätter, wuchsen wie aus dem Nichts zwei gewaltige Flügel, die ihn jetzt hoch zur Decke der Kapelle trugen.

Doch auch der Neuankömmling hatte auf einmal Flügel – und flog ihm mit einem lauten Kampfschrei entgegen.

Die beiden trafen in der Mitte aufeinander. Mit einem Seitwärtsschwinger seines Hammers schlug Man'El die auf ihn zusausende Sense zur Seite weg, wechselte ohne jede Mühe die Schlagrichtung in einer weit ausholenden Drehung und traf Bezal'El erneut voll in die Brust.

Der Narbige wurde aus der Luft heraus zu Boden geschmettert, und die Steinplatten unter ihm barsten mit einem lauten Krachen. Splitter davon flogen in alle Richtungen.

Noch ehe Bezal'El sich trotz des schweren Sturzes wieder aufrappeln konnte, war Man'El bereits an seiner Seite gelandet und schlug erneut zu.

Danach bewegte Bezal'El sich nicht mehr. Seine Flügel waren gebrochen, und seine weit aufgerissenen Augen waren leer.

Anya sah, wie Tami'El eines ihrer Schwerter aufhob und damit auf den Blonden zusprang.

„Vorsicht!“, rief Anya, und Man'El wirbelte gerade noch rechtzeitig herum. Er wischte mit dem Hammerkopf die auf ihn zustoßende Klinge zur Seite weg, als wäre sie nichts weiter als eine lästige Fliege.

Tami'El verlor das Gleichgewicht und stolperte nach vorn, wo Man'El sie am Kragen ihrer Kutte packte und ihr wunderschönes Gesicht ganz nah zu dem seinen zog.

„Du bist erschöpft, Tami'El“, hörte Anya ihn sagen. „Ein jetziger Sieg über dich wäre eine Schande. So lasse ich dich am Leben, weil du mich am Leben gelassen hast. *Nun* sind wir quitt. Lass deine Schwerter liegen, wo sie sind, und flieh, ehe ich es mir anders überlege!“

Tami'El funkelte ihn aus ihren kristallblauen Augen an.

Doch dann riss sie sich aus seinem Griff los, drehte sich herum und rannte nach draußen.

Man'El blickte ihr noch einen Moment lang nach, um sich zu vergewissern, dass sie auch wirklich verschwand, und dann erst drehte er sich zu Anya herum, kam zu dem Altar und zerschlug ihre Ketten mit seinem Hammer.

„Ani'El", flüsterte er heiser, hob sie vom Altar auf und zog sie in seine muskulösen Arme. „Ich hatte solche Angst um dich. Ich dachte, du wärest tot."

So dankbar sie ihm für ihre Rettung auch war – es fühlte sich falsch an, von ihm in die Arme genommen zu werden. Als er jetzt auch noch versuchte, sie zu küssen, befreite sie sich aus seiner Umarmung und rannte davon.

„Sergej!", rief sie laut und lief nach draußen. Sofort suchte ihr Blick den Wagen und den auf seine Haube gespießten Freund. Voller Angst im Herzen eilte sie zu ihm hinüber.

Er bewegte sich nicht.

„Sergej!", rief sie noch einmal und legte ihm die Hand an die vom Kampf verdreckte und angeschwollene Wange.

Da öffnete er matt die Augen.

„Anya", flüsterte er schwach – aber dann lächelte er unter großen Schmerzen. „Du lebst."

Sie wollte etwas sagen, doch sein Anblick schnürte ihr die Kehle zu.

„Nimm ... nimm den Koffer ... und hau ab", sagte er. „Immer in Richtung Süden. Kauf dir in der nächsten Stadt ein Auto und fahr nach Moskau – nicht nach Kiew. Tauch dort unter."

„Ich lasse dich nicht allein", sagte sie und griff mit der freien Hand seine.

„Ich sterbe, Anya", erwiderte er. „Es gibt nichts, was du noch für mich tun könntest ... außer mir zu versprechen, dass du am Leben bleibst."

„Ich will nicht leben ohne dich", antwortete sie und küsste seine blutigen Lippen. Als sie sich wieder aufrichtete, sah sie

Man'El, der auf der anderen Seite der Motorhaube stand und dessen Miene plötzlich einen verletzten Eindruck machte.

„Ich bin dir sehr dankbar dafür, dass du mich gerettet hast", sagte sie zu ihm. „Aber lass uns bitte allein."

Sein Blick wurde nun noch schmerzvoller, aber anstatt zu gehen, machte er noch einen Schritt auf die Motorhaube zu und beugte sich zu Sergej herab.

„Beiß die Zähne zusammen, Mensch", sagte er zu ihm. „Das wird jetzt sehr, sehr wehtun."

„Was hast du vor?", schrie Anya ihn an und wollte sich ihm in den Weg stellen.

„Hab Vertrauen", sagte er und drückte sie mit einer Kraft, der sie nichts entgegenzusetzen hatte, zur Seite. Dann packte er den Speerschaft und legte die andere Hand auf Sergejs Brustkorb.

„Bei drei", sagte er zu Sergej, und der nickte stoisch.

„Eins", begann Man'El zu zählen ... und riss im nächsten Moment mit einem gewaltigen Ruck den Speer heraus.

Sergej schrie auf vor Schmerzen, und Anya stürzte sich wieder auf Man'El.

„Was hast du getan?", schrie sie panisch. „Jetzt wird er umso schneller verbluten."

„Ich sagte, hab Vertrauen", wiederholte Man'El und stieß sie erneut zur Seite. Dann legte er beide Hände auf Sergejs Wunde, schloss die Augen und begann etwas in einer uralt klingenden Sprache zu murmeln.

„*Ús hamptu,*
Silig ús.
É-aTil Nam-ti,
Tum Nam-ús!"

Er wiederholte die Formel zweimal, und plötzlich begannen seine Hände zu leuchten ... und das Leuchten ging auf die Wunde über ... und Sergej schrie wieder auf ... aber als Anya wieder hinzuspringen wollte, sah sie, dass die Wunde angefangen hatte, sich zu schließen.

„*Níñ-dím-dím-ma,*
Dím Amù,
Lil sù,
Ul na dun!"

Sogar die Schwellungen im Gesicht, die er im Faustkampf gegen Bezal'El davongetragen hatte, verschwanden.

Anya sah, wie Man'El unter der Anstrengung zu zittern begann, und trat zu ihm, um ihn zu stützen. Dann hörten seine Hände auf zu glühen, und er sank erschöpft in die Knie.

„Es ist vollbracht", sagte er leise, und Anya wandte den Blick wieder zu Sergej, der sich mit überraschtem Blick von der Motorhaube erhob und so, als ob er nicht glauben konnte, was gerade geschehen war, durch das Loch in seinem Hemd hindurch nach einer Wunde suchte, die nicht mehr existierte.

„Wie zur Hölle hat er das gemacht?", fragte er Anya, die daraufhin nur mit den Achseln zucken konnte. „Und, wer ist er überhaupt?"

„Mein Name ist Man'El", sagte er und erhob sich wieder. „Ich bin Ani'Els Gefährte." Er deutete auf Anya.

„Ihr Gefährte?", fragte Anya – immer noch fest davon überzeugt, dass er, genau wie die anderen, jemanden anders meinen musste.

„Ja", sagte er und schaute sie sanft an. „Ich bin dein Mann!"

9. KAPITEL

Geständnisse

Bin ich verrückt?

Das hatte Anya sich schon oft gefragt. Ganz besonders oft in den vergangenen Tagen, in denen all diese merkwürdigen und schrecklichen Dinge geschehen waren. Aber in den letzten Minuten fragte sie sich nichts anderes. Dachte nichts anderes. Die Welt um sie herum – die Klosterruine, der zertrümmerte Wagen, die Leichen im Wald und in der Kapelle –, alles war plötzlich so weit weg, dass sie nichts mehr davon mit den Augen wahrnahm, allerhöchstens durch einen matten Schleier hindurch. Sie hatte gerade den einzigen Menschen verloren, der ihr jemals etwas bedeutet hatte – und ein anderer hatte ihn ihr zurückgebracht. Auf eine Weise, die sie so wenig verstehen konnte, wie sie sie glauben wollte. Und dieser andere behauptete jetzt, ihr Gefährte zu sein … ihr Mann. Auch das wollte sie nicht glauben … konnte sie nicht glauben. Und das nicht nur, weil er Flügel hatte und einen riesigen silbernen Hammer, mit dem er gerade einen anderen Geflügelten erschlagen hatte.

Ich träume schon wieder, sagte sie sich. Das ist es. Ein völlig irrsinniger Traum. Und gleich werde ich schweißgebadet und schreiend in Sergejs Armen aufwachen.

Doch Anya wachte nicht auf. Denn anders als sie glaubte, schlief sie nicht. Ein Teil von ihr wusste das, aber der Rest weigerte sich, das zu akzeptieren.

„Anya?" Eine Stimme, die durch den wattigen Nebel hindurchklang, den sie zum Schutz um sich und ihren Verstand gelegt hatte. Es war Sergejs Stimme.

„Anya, ist alles in Ordnung?"

Sie wandte ihm das Gesicht zu, und es fühlte sich an, als würde sie Ewigkeiten dazu brauchen.

„Was?"

„Ob alles in Ordnung ist."

„Ich glaube, nein", sagte sie unsicher und ängstlich. „Weckst du mich gerade?"

„Du schläfst nicht."

„Im Grunde genommen schläft sie schon", sagte Man'El mit einer Stimme, die ihr plötzlich seltsam alt und weise vorkam. „Auf eine Weise. Und sie träumt auch."

„Was meinst du damit, wenn du sagst, dass sie träumt?", fragte Sergej argwöhnisch.

„Sie träumt davon, ein normaler Mensch zu sein", antwortete Man'El. „Und sie träumt das so intensiv, dass sie ganz fest daran glaubt. Luzifer muss ihr das angetan haben. Niemand sonst wäre dazu in der Lage."

„Luzifer?", fragte Anya ungläubig. „So wie Teufel?"

„Ja", bestätigte Man'El mit einem Nicken. „Sie hat dich nach der Attacke in Karnak irgendwie in deiner menschlichen Gestalt gebannt und dir die Erinnerung geraubt."

„Sie?", fragte Sergej.

Anya sah ihm an, dass er hin und her gerissen war zwischen seinem Misstrauen dem großen blonden Fremden gegenüber und seiner Dankbarkeit dafür, dass er ihm das Leben gerettet hatte – gemischt mit der gleichen Verwirrung, die auch sie empfand.

„Meine Erinnerung geraubt?", fragte Anya. „Aber ich habe all meine Erinnerungen. Ich erinnere mich an meine Kindheit und meine Jugend in Kiew. Nicht gerne, aber äußerst klar."

„Das muss ein Trick sein", sagte Man'El. „Sind es Erinnerungen an ein demütigendes Dasein? An Angst und Verzweiflung?"

„So könnte man es durchaus sagen", erwiderte Anya wahrheitsgemäß und mit zynischem Ton. Demütigung, Angst und Verzweiflung trafen die Gefühle, die sie in ihrer Kindheit und Jugend erlebt hatte, so ziemlich genau auf den Punkt.

„Das sieht Luzifer ähnlich", sagte Man'El verbittert. „Das ist ihre Art, dich zu quälen."

„Hey Mann", sagte Sergej. „Ich habe keine Ahnung, wer

oder was du bist, und ich bin dir wirklich dankbar dafür, dass du uns vor den Kerlen gerettet hast; aber du erwartest ein bisschen viel, wenn du verlangst, dass wir dir das glauben."

„Ich schwöre, ich sage die Wahrheit", sagte Man'El. „Ani'El, schau mich an. Schau mich ganz genau an. Erkennst du mich denn wirklich nicht wieder?"

„Ich bin nicht – wie hast du gesagt? – Ani'El", sagte sie entschieden. „Ganz bestimmt nicht. Ich bin Anya Kernova aus Kiew in der Ukraine. Und nein, ich erkenne dich nicht wieder. Du musst mich mit jemandem verwechseln. Und … und … und was bist du überhaupt? Und wer sind die, die mich töten wollten?"

Trotz der Szenen, die sie vorhin erlebt hatten, machten sowohl Anya als auch Sergej einen erschrockenen Schritt nach hinten, als Man'El plötzlich seine gewaltigen Schwingen erschienen ließ.

„Ich bin Man'El, Oberster der Cherubim – der Hauptmann der Himmel", sagte er feierlich und nicht ohne Stolz.

„Du bist ein Engel?", fragte sie ungläubig.

Er nickte. „So wie du."

Die Erinnerung an ihre Träume kehrte zurück. Die Träume, in denen sie, so wie er behauptete, tatsächlich ein Engel war – ein furchtbares, übermächtiges Wesen, das mit seinem Flammenschwert ganze Städte auslöschte.

„Nein", sagte sie … und war sich selbst nicht sicher, ob sie ihm nicht glaubte oder ihm nicht glauben wollte. „Ich bin nicht die, die du suchst. Sergej und ich werden nach Kiew gehen und dort die richtigen Antworten finden auf unsere Fragen. Die Wahrheit."

„Ihr werdet nicht finden, was du suchst", sagte Man'El eisern. „In Kiew gibt es keine Antworten für dich. Und auch keine Wahrheit. Du hast nie dort gelebt."

Anya schaute den blonden Hünen forschend an. Sein Blick war offen und der Ausdruck seines überirdisch schönen Gesichts frei von Arg. Entweder glaubte er wirklich, was er da sagte, oder er war ein verdammt guter Schauspieler.

„Wer sind die anderen?“, fragte sie, ohne auf seine letzte Bemerkung einzugehen. „Was wollen sie von dieser Ani’El, mit der sie und du mich verwechseln?“

„Ich verwechsle dich nicht“, sagte er leise und machte einen vorsichtigen Schritt auf sie zu, um seine Hand an ihre Wange zu legen. Doch Anya machte einen Schritt zurück, und Sergej stellte sich schützend vor sie.

„Mensch“, sagte Man’El gereizt zu dem Bodyguard. „Du hast sie beschützt, so gut du konntest, und dafür schulde ich dir den Dank, den du mir schuldest und mehr. Aber das hier ist zu groß für dich. Dieser Kampf wird mit Kräften geführt, denen du nichts entgegenzusetzen hast.“ Er machte eine kleine Geste mit der Hand und hielt plötzlich einen kopfgroßen Lederbeutel darin. Mit seinen sehnigen Fingern nestelte er die Verschnürung auf und hielt Sergej die Öffnung hin.

Anya erkannte Diamanten.

„Dies hier sollte dir ein sorgenfreies Leben in Wohlstand bescheren, bis zum Ende deiner Tage. Nimm es, Mensch, und geh einfach von hier fort, ohne dich noch einmal umzudrehen. Fang irgendwo ganz von vorn an und vergiss, dass du uns jemals begegnet bist.“

„Selbst wenn ich gegen jede Vernunft annehme, dass du die Wahrheit sagst“, knurrte Sergej, ohne den Sack mit den Juwelen zu beachten, „könnte mich keine Macht der Erde und auch keine des Himmels dazu bewegen, sie zu vergessen.“ Dabei fiel sein sonst so harter Blick auf Anya, und die plötzliche Weichheit darin ließ ihr Herz vor freudigem Schreck stolpern und dann stärker klopfen. „Sie hat dir eine Frage gestellt … Engel. Beantworte sie.“

„Forderst du mich etwa heraus?“, fragte Man’El, und in seiner tiefen Stimme schwang herablassende Amüsiertheit.

„Du etwa mich?“, fragte Sergej drohend zurück.

Anya konnte nicht fassen, dass die ganze, völlig verrückte Situation noch Raum ließ für eifersüchtiges Platzhirschgerangel. Doch auf einer eher instinktiven Ebene schmeichelte es ihr. Im nächsten Moment sah sie, wie sich etwas in Man'Els Blick veränderte.

Seine Augen, die er starr und fest auf Sergej gerichtet hielt, nahmen einen merkwürdigen Glanz an, so als würde er seinen Blick fokussieren, und er sagte leise, aber eindringlich: „Nimm die Diamanten und laufe ohne anzuhalten direkt nach Sankt Petersburg. Von dort aus wirst du ein neues Leben beginnen … ein ehrliches … und du wirst alles vergessen, was du in den vergangenen Tagen erlebt hast."

Zu Anyas großem Erstaunen entspannte sich Sergejs Haltung. Er nahm ohne ein weiteres Wort des Widerspruchs den Sack an sich und ging davon. Seinen Bewegungen fehlte die für ihn so typische Dynamik und Kraft. Er bewegte sich wie eine Marionette.

„Halt", sagte Anya instinktiv. „Sergej, geh nicht. Und du wirst auch nichts vergessen."

Genauso plötzlich, wie er losgegangen war, blieb er stehen und schaute sich verwirrt um. Er sah den Sack in seiner Hand, schüttelte irritiert den Kopf und ließ ihn fallen, so als wäre es ein stinkender Beutel Unrat.

„Siehst du?", sagte Man'El zu Anya. „Das ist der Beweis. Selbst in deiner menschlichen Gestalt besitzt du noch genug Macht, mein Di'Maì zu durchbrechen."

„Di'Maì?"

„Eine magische Macht, die wir Engel über die Menschen haben", erklärte er. „Und nicht nur das. Dein Unterbewusstsein hat sogar gewusst, dass du dazu in der Lage bist."

„Das war kein Zauber", widersprach sie im Brustton der Überzeugung. „Das war die Macht unserer Gefühle füreinander. Die ist stärker als deine Magie."

Man'Els eben noch konzentrierter Blick nahm einen verletzten Ausdruck an.

„Was immer du für ihn empfinden magst", sagte er leise, „deine wahre Liebe gehört mir, Ani'El … seit Äonen."

Anya spürte Mitgefühl für ihn in ihrer Brust aufsteigen und den Wunsch, ihn zu trösten. Ihn davon zu überzeugen, dass er sie wirklich mit jemandem verwechselte und dass er sie, seine geliebte Ani'El, schon bald finden würde. Doch sie ahnte auch, dass ihn allein der Versuch noch unglücklicher machen würde. Wenn Teile dessen, was er gesagt hatte, zutrafen, war er ein uraltes Wesen, das die Geliebte, die Jahrtausende an seiner Seite verbracht hatte, verloren hatte und nun in ihr wiedergefunden zu haben glaubte und miterleben musste, dass sie ihn nicht erkannte ... und jemanden anders liebte. Anya konnte nicht einmal ansatzweise nachvollziehen, wie groß der Schmerz sein musste, den er empfand ... nur dass er eben entsetzlich groß sein musste.

„Hör zu", sagte sie deshalb jetzt. „Ich mache dir einen Vorschlag, Man'El: Wir gehen alle zusammen nach Kiew, und dort werde ich dir beweisen, dass ich da geboren und aufgewachsen bin."

„Das bist du aber nicht", sagte er. „Du ..."

Aber sie wollte sich nicht unterbrechen lassen. „Und wenn ich dir das erst zweifelsfrei bewiesen habe, weißt du endlich, dass ich nicht die bin, für die du mich hältst, und kannst deine Suche mit neuer Hoffnung fortsetzen. Doch falls wiederum ich feststelle, dass ich mich irre und alle meine Erinnerungen Illusionen sind, höre ich mir noch einmal an, was du zu sagen hast."

Man'El schnaubte ungeduldig. „Je länger du in dieser Gestalt bleibst, Ani'El, umso größer wird die Gefahr, dass deine Feinde dich finden und dir entreißen, wohinter sie her sind."

„Und das wäre?", fragte Sergej.

„Die Schlüssel zur Festung der Himmel", antwortete Man'El. „Die Gefallenen planen einen Angriff auf ihr altes Zuhause. Wenn sie in den Besitz der Schlüssel gelangen, die du bei dir trägst, werden wir sie nicht aufhalten können."

„Ein weiteres Beispiel dafür, dass sie und du mich verwechseln", sagte Anya. „Ich besitze keine Schlüssel. Du kannst mich gerne durchsuchen."

„Du trägst sie in deinem Herzen", erwiderte er.

„Oh", machte sie. „Ich ziehe die Einladung zum Durchsuchen zurück. Aber wie auch immer, Sergej und ich gehen jetzt nach Kiew."

„Verdammt, Ani'El", fluchte er und ging wütend auf sie zu. Sergej versuchte erneut, sich ihm in den Weg zu stellen, doch Man'El machte lediglich eine knappe Geste mit der offenen Hand vor seinem Gesicht, und der Bodyguard sackte, ohne dass Man'El ihn auch nur berührt hätte, bewusstlos zu Boden.

„Was erlaubst du dir?", schrie Anya ihn an. Aber Man'El kam weiter auf sie zu. Sein Gesicht ernst und entschlossen.

„Wer nicht hören will, muss fühlen", sagte er …

… und plötzlich wurde Anya schwarz vor Augen.

In höchster Eile und sehr viel schneller, als dass das menschliche Auge ihr hätte folgen können, flog Tami'El über Russland hinweg am Kaspischen Meer vorbei über Kasachstan, Afghanistan, Pakistan und dann an den Südhängen des Himalaja entlang weiter in Richtung Südosten. Ihr blieb nicht viel Zeit, wenn sie verhindern wollte, dass die Schlüssel wieder für viele Jahrtausende verloren gingen. Sie hatte das Leben auf dieser Erde so satt und sehnte sich nach ihrer alten Heimat zurück.

Aber gab es diese alte Heimat für sie überhaupt noch? Natürlich würde nichts mehr so sein wie früher, das war ihr klar, aber mit ein wenig Arbeit und Geduld könnte man dafür sorgen, dass es dem wenigstens wieder teilweise ähnlich wurde. Es sei denn …

Hatte Bezal'El die Wahrheit gesprochen? War ihr Gebieter ein Bündnis eingegangen mit Ashmo'Deush? Falls das stimmte, würde nie wieder etwas so sein, wie es früher einmal war. All die Unschuld und die Schönheit würden zerstört werden – so wie sie hier zerstört worden waren. Aber das herauszufinden und sich wenn nötig dagegen auszusprechen und den Gebieter dazu zu bringen, seine Strategie zu überdenken und vielleicht sogar zu ändern, dazu war später noch Zeit. Vielleicht konnte sie ja auch mit der Gebieterin reden – aber jetzt musste sie erst einmal sicherstellen, dass die Schlüssel nicht wieder aus ihrer Reichweite gelangten.

Sie flog über Bangladesh und Burma hinweg, dann über Thailand. Schließlich hatte sie ihr Ziel erreicht.

Der für diesen Abschnitt des Dschungels zuständige Subur erkannte sie und ließ sie ungehindert passieren. Kurz darauf gelangte sie zum Palast und landete auf den mit dicken Schlingpflanzen bewachsenen Stufen zum Eingang.

Vor dem Portal standen zwei weitere Suburi. Sie verneigten sich vor ihr, machten jedoch nicht Platz.

„Ich muss zum Gebieter", meldete sie sich an. „Dringend."

„Herrin Tami'El", sagte der eine von ihnen. „Ich werde Euch unverzüglich anmelden."

„Das kann ich selbst", sagte sie ungeduldig und wollte an ihnen vorbei in den Palast gehen.

„Mit Verlaub, Herrin, wir haben unsere Befehle", entgegnete der Wächter und stellte sich ihr in den Weg. Dass ihm dabei nicht wohl war, sah man ihm an, aber ganz offenbar hatte er vor ihrem Gebieter mehr Angst als vor ihr.

„Gut", gab sie nach. „Aber beeil dich. Es ist von größter Wichtigkeit."

Er verneigte sich und verschwand mit hastigen Schritten durch das Portal.

Nach der Schnelligkeit ihres Fluges zogen sich die nächsten Sekunden, in denen Tami'El auf der Treppe wartete, in beinahe unerträgliche Länge. Sie begann ungeduldig hin und her zu gehen. Dann endlich erschien der Wächter wieder – in Begleitung von vier anderen.

„Was?", fragte Tami'El erstaunt und wollte zurückweichen. Doch die vier umstellten sie. Für einen Sekundenbruchteil lang überlegte sie zu fliehen, aber sie war unbewaffnet, und die vier trugen Lanzen und Schwerter.

„Wir haben Befehl, Euch zu unserem Gebieter zu führen,

Herrin“, sagte der Anführer, ein Subur mit dem Kopf einer Natter. „Bitte übergebt mir eure Waffen.“

„Ich bin unbewaffnet“, erwiderte sie und öffnete ihre Kutte, damit er sich vergewissern konnte.

„Dann folgt mir, bitte.“

Sie behielten sie in ihrer Mitte und gingen mit ihr zusammen in den Palast hinein. Sie merkte, dass sie sie dabei misstrauisch beäugten und in voller Alarmbereitschaft waren. Ganz offensichtlich hatten sie den Befehl, sie bei dem kleinsten Anzeichen von Verrat zu überwältigen. Ein klein wenig schmeichelte es ihr, dass ihr Ruf dafür sorgte, dass vier schwer bewaffnete Soldaten nervös waren, obwohl sie unbewaffnet war, aber sie wunderte sich auch, dass ihr Gebieter sie überhaupt unter Bewachung stellen ließ.

Zwei weitere Wachen öffneten ihnen die Tür zum Thronsaal, und sie traten hinein.

Der Gebieter saß auf seinem Thron, die roten Flügel um sich geschlungen wie den Mantel eines Königs. Seine Augen fixierten sie eiskalt und berechnend. Keine Spur mehr seiner früheren Zuneigung. Außerdem hielt er seinen Morgenstern in den Händen – ein weiteres Zeichen seines Misstrauens.

Tami’El kam bis auf ein Dutzend Schritte an den Thron heran und sank dann auf ihr rechtes Knie und beugte das Haupt.

„Mein Gebieter“, grüßte sie ihn. „Ich komme mit einer wichtigen Nachricht.“

Entgegen seiner üblichen Gewohnheit forderte er sie nicht dazu auf, sich zu erheben.

„Der Fuchs hat mir davon berichtet, dass du versteinert wurdest, Tami’El“, sagte er kühl. „Wie kann es sein, dass du dann jetzt vor mir kniest? Bist du etwa doch an Bezal’Els Verschwörung beteiligt?“

Aha – daher das Misstrauen.

„Nein, mein Gebieter“, erwiderte sie. „Es verletzt mich, dass Ihr das auch nur denken könnt.“

„Deine Befindlichkeiten interessieren mich gerade nicht besonders, Tami'El", sagte er. „Erzähl mir, was passiert ist."

„Jawohl, mein Gebieter", antwortete sie und fragte sich, ob es wirklich eine so gute Idee gewesen war, hierher zurückzukommen. Nach allem, was sie inzwischen wusste, war er ein mindestens ebenso großer Verräter wie Bezal'El, und es wäre vielleicht doch klüger gewesen, zuzulassen, dass die Schlüssel wieder außerhalb ihrer Reichweite gerieten. Doch nun war es dazu zu spät. Also erzählte sie ihm vom Verrat Bezal'Els in England bei der ersten Gefangennahme Ani'Els und davon, dass ausgerechnet Ani'Els Gefährte sie aus ihrer Versteinerung befreit hatte.

„Man'El ist auf der Erde?", fragte ihr Gebieter voller ungläubigem Zorn. „Wer noch?"

„Soweit ich weiß, nur er", entgegnete sie und erzählte weiter.

„Du hast ihn am Leben gelassen?", fragte er wütend ... und sie wusste, dass sie jetzt in noch größeren Schwierigkeiten steckte.

„Er hatte mich befreit, Gebieter", sagte sie. „Ich war es ihm bei meiner Ehre schuldig."

Er knurrte ungehalten. „Erzähl weiter."

Also berichtete sie ihm von Sankt Petersburg. Davon, dass Bezal'Els Gruppe und der Trupp, den der Fuchs angeführt hatte, sich gegenseitig vernichtet hatten ... und von ihrem Kampf gegen Bezal'El ... und dem Eingreifen Man'Els.

„Siehst du?", donnerte er und erhob sich wütend von seinem Thron. „Hättest du ihn nicht verschont, hätte er nicht eingreifen können."

„Dann wären die Schlüssel jetzt in Bezal'Els Besitz und *er* an Eurer Statt würde Ashmo'Deushs Dunkle Horden gegen die Festung der Himmel führen", sagte sie – durchaus vorwurfsvoll.

Ihr Gebieter zuckte kaum merklich zusammen – aber sie hatte es sehr wohl wahrgenommen. Warnend funkelte er sie an, aber selbst jetzt, wo sie kniete, hielt sie seinem eisigen Blick stand.

„Dann ist es also wahr, was Bezal'El mir kurz vor seinem Tod erzählt hat", sagte sie – und erhob sich auch ohne Erlaubnis. Was auch immer jetzt geschehen würde, sie würde dem aufrecht stehend begegnen … so wie sie gelebt hatte.

Ihr Gebieter wandte sich an ihre Wärter. „Lasst uns allein!"

Sie verneigten sich und gingen.

Erst nachdem sie die große Tür hinter sich wieder geschlossen hatten, setzte er sich wieder auf seinen Thron … und lächelte.

„Du musst das verstehen, Tami'El", sagte er – und klang jetzt sehr viel sanfter. „Ashmo'Deush ist doch nur ein Werkzeug. Aber ohne ihn haben wir auch mit den Schlüsseln keine Chance."

„Unser Plan war, die Festung kampflos zu übernehmen", sagte sie. „Uns mit unseren früheren Brüdern und Schwestern wiederzuvereinen, nicht, sie zu vernichten und zu unterwerfen."

„Je größer unsere Übermacht, umso höher die Wahrscheinlichkeit, dass die Übergabe friedlich stattfindet", sagte er. „Und stell dir doch einmal vor: Auch die unter Luzifer abtrünnig Gewordenen würden ihren angestammten Platz wieder einnehmen können. Wir wären *alle* wiedervereint. Wie ganz zu Beginn."

So betrachtet, ergab das natürlich Sinn … etwa so viel wie die Behauptung, die Atombombe sichere den Frieden.

„Selbst du kannst Frieden, Freiheit, Ordnung und Chaos nicht in Einklang bringen", sagte sie.

„Warum nicht?", fragte er. „Sie waren schließlich früher auch schon einmal eins. Mit vereinter Kraft kann uns das wieder gelingen."

Erst jetzt, nach all den Jahrtausenden, bemerkte sie, dass er nichts, aber auch gar nichts verstanden hatte … und wahrscheinlich auch gar nicht verstehen wollte. Ihm ging es um Macht und um nichts sonst. Aber es wäre nicht klug, ihm das jetzt ins Gesicht zu sagen. Denn noch hörte er sich so an, als würde er sie am Leben lassen wollen … weil er sie brauchte … und sie wusste auch, wozu, schon ehe er es aussprach.

„Nimm dir einen Trupp Suburi und bring Ani'El hierher zu mir", sagte er. „Damit, dass ich dich damit beauftrage, beweise ich dir, dass ich dir nach wie vor vertraue, Tami'El, und ich hoffe, dass auch du mir nach wie vor vertraust."

Sie verneigte sich.

„Euer Wille geschehe, mein Gebieter", sagte sie. Das war der einzige Weg, lebend wieder aus seinem Palast herauszukommen – und zudem noch einen gewissen Einfluss zu behalten auf das, was hier gerade geschah. Wenn sie die Schüssel an sich bringen könnte, hätte sie mehr als nur ein Druckmittel in der Hand – sie könnte die Festung der Himmel vor den Dunklen Horden retten …

… und im Austausch dafür würde man ihr dort vielleicht gestatten, nach Hause zurückzukehren.

„Bewaffne dich neu", sagte er, „und ich stelle inzwischen den Trupp zusammen. Es ist Eile angesagt. Wenn es nicht sogar schon zu spät ist."

Sie verneigte sich und wollte gehen.

„Warte", sagte er.

„Was ist?", fragte sie und beeilte sich dann, noch hinzuzufügen, „mein Gebieter."

„Zieh dich aus", sagte er.

„Was?"

Er machte eine ungeduldige Bewegung mit der Hand, und sie war nackt. Dann winkte er sie zu sich.

„Um unseren Bund aufzufrischen", sagte er – und auch seine Kleidung verschwand. Sein Glied stand groß und hart von seinem Körper ab. Tami'El erinnerte sich, wie sehr sie ihn einmal begehrt hatte – wie gerne sie ihm früher willens gewesen war.

„Haben wir dafür Zeit?", fragte sie ausweichend. „Du sagtest selbst, Eile sei angesagt."

Lauernd schaute er sie an.

„Sollte ich Grund haben, an deiner Loyalität und Hingabe zu zweifeln?“, fragte er drohend.

Sie erkannte, dass sie keine Wahl hatte … dass sie noch ein gutes Stück davon entfernt war, hier lebend wieder herauszukommen.

„Niemals, Gebieter“, log sie deshalb und ging auf ihn zu. Dabei gab sie sich Mühe, sich so zwanglos und verführerisch zu bewegen wie zu früheren Zeiten … als sie alles für ihn getan hätte … als sie alles für ihn getan *hatte.*

„So ist es gut“, sagte er mit einem leicht knurrenden Unterton, aber sie konnte seinem Blick ansehen, dass er nach wie vor argwöhnisch war. Deshalb ging sie gehorsam vor ihm auf die Knie.

„Nein“, sagte er, als sie ihn in den Mund nehmen wollte.

Er fasste sie in ihrem langen Haar, zog sie auf die Füße zurück, drehte sie herum und drückte sie mit dem Bauch nach unten über die Armlehne seines Thrones. Dabei hielt er ihren Zopf so fest, dass ihr der Kopf weit in den Nacken gezerrt wurde. Dann trat er von der Seite hinter sie und spreizte mit der freien Hand ihre Pobacken. Die Spitze seines harten Schwanzes schlängelte sich dazwischen, als würde sie ein eigenes Leben besitzen, aber die Erinnerung daran, wie oft ihr genau diese besondere Gabe, die er besaß, unvergleichliche Lust verschafft hatte, verblasste, als sie spürte, was sein Ziel war.

Er würde ihr ewiges Tabu brechen – um sich ihrer Loyalität zu versichern, um sie zu unterwerfen und unter seinen Willen zurückzuzwingen. Wenn sie sich jetzt wehrte, war ihr Leben keinen Pfifferling mehr wert.

Sie biss die Zähne zusammen, um nicht laut aufzuschreien, als er an der falschen Stelle in sie drang.

Ein harter, ungebremster Stoß.

Tränen schossen ihr in die Augen, aber sie blinzelte sie weg. Sie wollte überleben – ihm nicht aber auch noch die Genugtuung geben, sie zu brechen. Sie nahm den Schmerz, den er ihr zufügte, und kanalisierte ihn zu einem lustvollen Stöhnen. Sie achtete darauf, diesem Stöhnen eine überraschte Qualität zu geben – so als würde es sie verwundern, wie viel Lust ihr das, was sie bis heute stets strikt abgelehnt hatte, bereitete. So als wäre sie ganz begeistert davon. Denn dann, wusste sie, würde es aufhören, ihm auch noch Lust am Quälen zu bereiten … Lust am Dominieren.

Er stieß noch einmal zu.

Noch härter.

„Ja!“, schrie sie – und drängelte sich ihm so gut sie konnte entgegen. Der Schmerz war groß, aber nichts im Vergleich zu dem, was sie in so manchen Schlachten davongetragen hatte.

Sein nächster Stoß war schon weniger fest. Sie hatte recht behalten, und er hatte das Interesse verloren. Zudem schien er ihr jetzt zu glauben, dass ihre Hingabe und Loyalität nach wie vor ihm gehörten.

„So ist's brav“, knurrte er, und sie musste sich beherrschen, trotz der unterdrückten Tränen nicht laut zu lachen.

Was dann kam, war nur noch Routine. Er fickte sie über der Armlehne, und sie spielte, als würde sie schier überschnappen vor Lust. Je geiler sie tat, umso schneller würde er kommen.

Sie wand sich so lustvoll sie konnte, quiekte und stöhnte und rief immer wieder „Ja!“

Er rammte sich noch zwei, drei Dutzende Male in sie hinein … immer schneller, immer unkontrollierter … und dann endlich kam er mit einem dunklen Stöhnen und zog sich aus ihr zurück.

Noch ehe sie sich wieder aufrichten konnte, war sie schon wieder ohne ihr Zutun in ihre Kutte gewandet, und auch er war bereits wieder angezogen, als sie sich herumdrehte.

„Du kannst gehen“, schnarrte er, und es schien ihr fast, als sei er enttäuscht darüber, dass sie sich als loyal und untertänig erwiesen hatte. Das Animalische in ihm hätte sie lieber gefoltert und getötet.

Sie verbeugte sich noch einmal und ging – trotz des Brennens zwischen ihren Hinterbacken – mit neuer Hoffnung in ihren Schritten.

Nie wieder, schwor sie sich, würde er sie berühren. Sie würde seinen Plan zunichtemachen und ihn verraten, wie er sie verraten hatte … und alle anderen, die ihm all die Jahrhunderte so treu gedient hatten.

Und dann, wenn die Zeit reif war und sie ihren angestammten Platz in den Himmeln wieder eingenommen hatte, würde sie zurückkehren, um sich für seinen Verrat zu rächen – und für das, was gerade geschehen war.

Sie würde ihn vernichten … so, wie er gerade all ihre Liebe für ihn vernichtet hatte.

Nachdem sie gegangen war, atmete der Rote tief ein, um auch innerlich seine Fassung zurückzugewinnen. Was immer schiefgehen konnte, ging gerade schief.

Ashmo'Deush würde sich nicht ewig nur mit leeren Versprechungen hinhalten lassen.

Es war Zeit für Plan B.

Maggie saß mit der Sybaris draußen vor der Hütte und half ihr dabei, getrocknete Kräuter in kleine Krüge zu füllen und sie mit Baumharz zu versiegeln. Axel schliff seine Schwerter. Mit Luzifer war nicht zu spaßen.

„Dass die Malikat sich weigert und Nü Gua verschwunden ist, sind üble Nachrichten“, sagte Sybaris und schabte zwischen Daumen und Zeigefinger Rosmarinnadeln von einem Zweig.

„Und ich habe keine Ahnung, wo die anderen sich aufhalten“, sagte Axel.

„Ich auch nicht“, sagte Sybaris. „Tius Ptah ist schon zur Zeit der Römer nach Amerika ausgesiedelt, und keiner weiß, wo er abgeblieben ist. H'Rus und Set haben einander gegenseitig erschlagen, Pa'An ist überall und nirgends zu Hause, von Theia hat seit dem Großen Krieg niemand mehr etwas gehört und Shtoreth hat sich in die Tiefen der See zurückgezogen."

„Vielleicht sollte ich es doch riskieren und Luzifers Angebot annehmen", sagte er.

„Du weißt, meine Enkelin führt nie nichts im Schilde", erwiderte Sybaris. „Sie tut zwar immer so, als hätte sie keine konkreten Ziele und Pläne, aber in Wahrheit spinnt sie ihre Fäden fast noch akribischer als das Schicksal selbst."

„Luzifer ist deine Enkelin?", fragte Maggie überrascht.

Sybaris winkte ab. „Frag nicht. Lange Geschichte. Und spar dir den Witz mit ‚des Teufels Großmutter'. Den habe ich schon viel zu oft hören müssen."

„Ich verstehe nicht", sagte Maggie. „Ich dachte, Luzifer sei ein ehemaliger Engel. Also ein erschaffenes Wesen."

„Dann hätte sie nicht die Macht, dich unsterblich zu machen", sagte Sybaris. „Beziehungsweise, dann hätte auch unser guter Azazel hier die Macht dazu, und wir hätten das Problem nicht. Nein, Luzifer ist eine der Elohim. Genauer gesagt, ist sie die Mutter aller Elohim. Ihr echter Name ist Mar'Ia."

„Wie die Muttergottes?"

Sybaris lachte auf. „Ganz genau. Spätere Schriften haben die Geschichte allerdings ein ganz klein wenig durcheinandergebracht."

„Aber … wieso wurde sie dann aus dem Himmel verbannt?"

„Oh ja, das ist auch eine spannende Geschichte", sagte Sybaris. „Aber ebenfalls ziemlich lang. Ich erzähle sie dir ein andermal … alle … wenn du erst einmal unsterblich bist … doch dafür müssen wir zunächst mal sorgen."

„Aber wenn Luzifer deine Enkelin ist, dann bist du doch auch eine Elohim", sagte Maggie. „Warum machst *du* mich dann nicht einfach unsterblich?"

Sybaris seufzte. „Glaub mir, wenn ich es könnte, würde ich es tun. Aber ich kann es nicht. Auch bin ich keine Elohim. Ich bin älter. Sehr viel älter. Aber dafür weit weniger mächtig."

„Das verstehe ich nicht", sagte Maggie.

„Ist ja auch schwer zu verstehen", gab die Alte zu. „Am leichtesten zu verdeutlichen ist es vielleicht im Vergleich mit der Pferdezucht – wenn die besten Erbanlagen aller Vorfahren sich erst in der dritten Generation in ein und demselben Pferd vereinen. Oder nimm die griechische Mythologie. Die haben es eigentlich ganz gut getroffen. Da gab es zunächst Naturgeister oder -geschöpfe, und deren Kinder wurden dann die Titanen, und die wiederum brachten dann erst die Götter hervor. Eine Generation mächtiger als die zuvor. Ich bin, wenn du so willst, eines dieser Naturgeschöpfe. Im wahrsten Sinne des Wortes steinalt, aber nicht besonders mächtig."

Trotz der selbstverständlichen Weise, mit der Sybaris das erklärt hatte, war Maggie plötzlich mit noch viel größerem Respekt ihr gegenüber erfüllt.

„Welches könnten denn die negativen Konsequenzen sein, wenn Luzifer mich unsterblich macht?", fragte Maggie.

„Wie Azazel schon sagte", meinte Sybaris, „können wir mit an Sicherheit grenzender Wahrscheinlichkeit davon ausgehen, dass sie irgendwann einmal die Schuldkarte zieht und von ihm einen Gegengefallen verlangen wird. Und da er ein Mann der Ehre ist, wird ihn das in ein Dilemma bringen. Weil, wenn es um meine Enkelin geht, ist es nie etwas Kleines oder Unbedenkliches, das sie dann fordern wird. Aber ich denke, es steckt noch mehr dahinter."

„Was?", fragte Axel.

„Ich kann es nicht mit Bestimmtheit sagen", antwortete Sybaris, „aber es wäre möglich, dass sie, wenn sie Magdalena unsterblich macht, irgendeine Art von Einfluss über sie gewinnt."

„Kontrolle?", fragte Maggie.

„Ich würde es zumindest nicht ausschließen", sagte Sybaris. „Auf eine verdrehte Art und Weise wärst du dann ihre Schöpfung ... oder auch ihre Tochter, könnte man sagen. Und so etwas verbindet, ob man das nun will oder nicht. Auf jeden Fall wäre zumindest dein Unterbewusstsein ihr Dankbarkeit schuldig und könnte dich im Falle eines Konflikts genau einen Moment zu lange zögern lassen, das Richtige zu tun. Ich halte das für keine besonders gesunde Grundlage für eine ewig währende Existenz. Allein die Befürchtung, dass so etwas einmal passieren könnte, kann den Geist zerfressen oder dich in deinen Entscheidungen lähmen ... dich also am freien Genuss deiner Unsterblichkeit ungemein hindern.“

Maggie verstand. Von Luzifer unsterblich gemacht zu werden und zu wissen oder zumindest befürchten zu müssen, dass sie irgendwann einmal ihren Preis dafür fordern würde, käme einem Leben unter einem Damoklesschwert gleich, und sie müsste jeden Augenblick damit rechnen, dass das Rosshaar riss, das es über ihrem Haupt hielt. Keine wirklich erstrebenswerte Aussicht. Das ewige Leben würde auf diese Weise zur ewigen Qual werden.

Sie wollte gerade etwas dazu sagen, da horchte Sybaris auf und bat sie mit einer Geste ihrer Hand, zu schweigen. Maggie konnte erkennen, dass sie den Kopf seitlich zum Waldrand hielt, so als würde sie lauschen, und dann plötzlich folgte Axel, der auf ihre Geste hin sofort mit dem Schleifen seines Schwertes aufgehört hatte, ihrem Beispiel.

„Ich sehe nach“, sagte er und wollte sich erheben.

„Nein“, sagte Sybaris. „Meine Kleinen haben alles unter Kontrolle. Und wer immer es gewesen sein mag, ist bereits wieder weg.“

Jetzt hörte auch Maggie es. Es war Wolfsgeheul – aus großer Entfernung. Es waren mehrere Wölfe, die da heulten, und sie klangen aufgeregt.

„Sie singen von einer Botschaft“, sagte Maggie und war selbst ganz erstaunt darüber, dass sie dazu in der Lage war, den Inhalt des Heulens zu verstehen, obwohl sie es nicht als Sprache mit einzelnen Wörtern oder Sätzen wahrnahm.

„Wie ...?“, fragte sie irritiert.

„Der Wolfszauber, den ich über dich gelegt habe, als der Seraph Jagd auf dich machte“, sagte Sybaris, ohne weiter darauf einzugehen, und horchte dann weiter.

Auch Maggie lauschte. Es war ein faszinierendes Erlebnis, den Wölfen zuzuhören und zu verstehen, was sie zu melden hatten. Ein Fremder war hier gewesen und hatte irgendeine Art von Botschaft hinterlassen. In einen großen Stein graviert. Die Wölfe konnten sie nicht lesen, kannten also nicht ihren Inhalt.

„Sie können ihn nicht heben“, erkannte Maggie. „Er ist zu schwer.“

„Ich hole ihn“, sagte Axel.

Maggie nickte. „Aber pass auf dich auf. Es könnte eine Falle sein.“

„Nein“, sagte Sybaris. „Meine Wölfe würden das wittern. Im Moment besteht keine Gefahr.“

Als sei es das Natürlichste der Welt, erschienen Axels schwarze Schwingen, und mit einem einzigen Schlag jagte er hoch in die Luft. Das Schwert hielt er noch immer in der Faust.

Maggie liebte es, gemeinsam mit ihm zu fliegen, aber fast noch mehr liebte sie es, ihn fliegen zu sehen. Seine Kraft, seine Anmut.

Sybaris kicherte, so unvermittelt, als wäre ihr gerade ein alter Witz eingefallen.

„Was ist?“, fragte Maggie.

„Möchtest du gerne einmal etwas ausprobieren?“, fragte sie.

„Was denn?“, fragte Maggie zurück.

„Ich weiß selbst nicht, ob es funktioniert“, räumte Sybaris ein. „Die Tatsache, dass du die Wölfe verstehst, hat mich erst darauf gebracht. Wenn es stimmt, was ich gerade denke, hat mein Wolfszauber noch sehr viel mehr bewirkt, als nur deinen Duft zu verbergen.“

„Das wäre?“

„Lass dich überraschen“, sagte Sybaris, und ihre Augen funkelten lebendig und neugierig.

„Lauf los“, sagte sie. „Folge den Stimmen meiner Kleinen. Laufe zu dem Stein hin. Lauf so schnell du kannst.“

Maggie blickte sie fragend an. „Warum? Axel ist doch gleich wieder zurück."

„Versuche es einfach", sagte Sybaris.

Noch immer skeptisch stand Maggie auf und schaute in Richtung Wald. „Einfach so?"

„Lauf!", rief Sybaris mit einem anspornenden Lachen ..

... und Maggie rannte los.

Jetzt erst merkte sie, dass sie tatsächlich einen großen Drang verspürte, zu rennen, und dass der nichts damit zu tun hatte, dass sie sich schon seit Tagen, einmal vom Sex mit Axel abgesehen, nicht mehr sportlich betätigt hatte. Es war vielmehr, als würden die Stimmen der Wölfe sie anlocken ... sie einladen, zu ihnen zu stoßen.

Der Boden war uneben, doch zu ihrem eigenen Erstaunen lief sie darauf wie auf einer planierten Aschebahn, federnd und ohne zu zögern oder darüber nachzudenken, wo sie den nächsten Schritt hinsetzen würde. Und obwohl sie noch gar nicht angefangen hatte, sich anzustrengen, lief sie schneller als sonst.

Viel schneller!

Das war ein weiterer Effekt des Wolfszaubers? Dass sie mehr Kraft hatte? Dass ihre Instinkte schärfer waren?

Maggie entschied, das auszuprobieren, und steigerte das Tempo mühelos. Gleich darauf hatte sie den Waldrand erreicht – mindestens doppelt so schnell wie erwartet. Obwohl jetzt Bäume, Wurzeln, Sträucher und Baumstümpfe im Weg waren, fühlte sie kein Bedürfnis, das Tempo zu verringern. Im Gegenteil. Sie steigerte es noch. Erheblich – und ebenfalls mühelos. Nicht einmal ihr Puls wurde dabei schneller.

Die Bäume und Felsen flogen förmlich an ihr vorüber, und ihr Sichtfeld verengte sich ... und veränderte sich. Mit einem Mal konnte sie den Pfad, den sie wählen würde und der sie mit der geringsten Mühe zwischen den Hindernissen hindurchführen würde, vor sich sehen.

Sie stieß einen Freudenschrei aus. Er hörte sich an wie ein

Heulen, und die anderen Wölfe erwiderten ihn. Begrüßend. Sie einladend. Anspornend.

Ein großer Schatten, der plötzlich neben ihr auftauchte, ließ sie beinahe vor Schreck straucheln. Aber ein einziger Blick aus den bernsteinfarbenen Augen des riesigen Wolfes, der wie aus dem Nichts aufgetaucht war und jetzt neben ihr rannte, beruhigte sie sofort wieder. Der riesige Wolf war Sybaris! Maggie wusste nicht, woher sie das wusste, aber sie wusste es. Instinktiv. Kristallklar.

Auch Sybaris heulte auf und jagte an ihr vorüber. Ihr buschiges Fell kräuselte sich im Wind. Maggie verspürte den Ehrgeiz, nicht zurückzubleiben, sich nicht abhängen zu lassen. Sie beugte sich nach vorn und beschleunigte ihren Lauf. Tatsächlich holte sie Sybaris' Vorsprung schon in wenigen Sekunden auf. Und ihr Herz hatte gerade einmal angefangen, nur ganz leicht schneller zu schlagen. Ihr Atem ging tief und regelmäßig, und sie verspürte nicht die leiseste Anstrengung.

Da legte Sybaris noch einmal an Tempo zu. Ihr stromlinienförmiger Wolfskörper streckte sich, und ihre kräftigen Läufe holten weiter aus. Schon bald lag sie wieder mehr als ein Dutzend Meter vor Maggie. Also legte Maggie sich noch mehr ins Zeug, beugte sich noch weiter vor … und holte wieder auf.

Da merkte sie, dass sie angefangen hatte, auf allen vieren zu laufen. Die Erkenntnis ließ sie beinahe straucheln, aber ihre Instinkte halfen ihr dabei, das Gleichgewicht zu halten. Sie schaute an sich herab und sah statt ihrer Arme …

Vorderläufe!

Große, weiß bepelzte Pfoten.

Wolfspfoten!

Sie schaute nach vorn und sah den Rücken ihrer eigenen Schnauze, ebenfalls mit schneeweißem Fell bedeckt.

Maggie hatte sich in eine Wölfin verwandelt!

Der Schreck war groß – aber die Begeisterung größer.

Muskeln, die anders verliefen, als sie es gewohnt war, und die ihr dennoch gehorchten … kraftvoll, belastbar, geschmeidig … stark! Sie fühlte sie unter ihrem Fell, spürte, wie sie arbeiteten, ohne dass es sie Mühe kostete. Ihr Rennen fühlte sich an wie sonst gemütliches Gehen.

Jetzt hatte sie Sybaris eingeholt und stieß ein freudiges Heulen aus, das die Alte augenblicklich erwiderte. Schulter an Schulter rasten sie durch den Wald. Nicht nur schneller als Menschen, sondern auch sehr viel schneller als natürliche Wölfe. Maggie fühlte sich jetzt schon beinahe so schnell, wie wenn sie mit Axel flog. Die Bäume und Büsche zischten geradezu an ihr vorüber. Dennoch waren ihre Gedanken klar, ihre Instinkte messerscharf. Sie hörte, wie sie der wildfreien Begrüßung der anderen Wölfe schnell näher kamen, und konnte sie jetzt sogar schon wittern.

Es ist wunderbar, dachte sie.

Ja, das ist es, antwortete Sybaris' Stimme. Sie hörte sie nicht über die Ohren, sie hörte sie in ihrem Kopf. *Sogar im wahrsten Sinne des Wortes.*

Wie geht das?, fragte sie.

Heute nennt man es wohl Telepathie, erwiderte Sybaris, ohne auch nur einen winzigen Schritt langsamer zu werden. *Es funktioniert nur, wenn wir beide als Wölfe unterwegs sind.*

Wie kommt es, dass ich ein Wolf bin?, wollte Maggie wissen.

Ich wünschte, ich könnte jetzt ganz furchtbar schlau behaupten, dass ich die Macht dazu habe, aber so funktionieren die Dinge in den wenigsten Fällen. Tatsächlich scheint diese Fähigkeit eher ein Unfall zu sein, antwortete Sybaris. *Es ist wahrscheinlich die Wirkung der Mischung der verschiedenen Reaktionen auf die beiden Male, die erst Axel und dann ich dich magisch geheilt haben, und dem Wolfszauber.*

Es ist … umwerfend, dachte Maggie.

Dann erreichten sie das Rudel. Es hatte sich auf einer Lichtung im Halbkreis um einen etwa mannshohen Felsen niedergelassen. Jetzt, da die beiden Wölfinnen ankamen, kamen sie zu ihnen gerannt und begrüßten sie voller Enthusiasmus.

Axel setzte gerade zur Landung an.

Waren wir so schnell?, fragte Maggie.

Er ist langsam geflogen, weil er trotz meiner Entwarnung sicherstellen wollte, dass das keine Falle ist. Aber trotzdem war das für das erste Mal eine ziemlich reife Leistung, kleine Schwester.

Kleine Schwester? Hätte Maggie in diesem Moment ein Menschengesicht gehabt, wäre sie mit Sicherheit rot geworden, so stieß sie nur einen welpenfreudigen Fieps-Laut aus. Ein wenig peinlich war ihr das schon, und sie hoffte inständig, sie hatte nicht auch noch mit dem Schwanz gewedelt.

Stell dir vor, wieder ein Mensch zu sein, und stell dich dabei auf die Hinterpfoten. Der Rest geht von selbst, sagte Sybaris, und Maggie tat es.

Dieses Mal spürte sie die Verwandlung deutlich. Aber sie war nicht schmerzhaft.

Axel stutzte, als er sie sah, dann lächelte er.

„Du bist immer wieder für eine Überraschung gut, Magdalena", sagte er. Dann zwinkerte er mit einem Auge. „Nur in Sachen Kleidung wirst du dir noch etwas einfallen lassen müssen."

Sie erschrak und sah an sich herunter. Sie war nackt.

Splitternackt.

Wieso? Sybaris trug ihren weiten, verschlissenen Umhang. Die Alte grinste, trat an Maggie heran und griff oberhalb der Schultern um sie herum. Als sie die Hände wieder nach vorn brachte, hielt sie eine weiße Leinenrobe, die sie Maggie umlegte. Maggie hatte aufgegeben, sich zu fragen, wie Sybaris das machte, und zog den Strickgürtel der Robe zu. Dann wandte sie sich dem Felsen zu.

Die Botschaft, von der die Wölfe gesungen hatten, war darin eingraviert. Maggie erkannte die Gravur als sumerische Keilschrift.

„Kommt nach Kampong Chhnang", las Axel vor. „Zum verborgenen Tempel am südöstlichen Ende des Tonlé Sap. Dort findet die Abgal, was sie sucht, und eine alte Schuld kann beglichen werden."

„Von wem ist die Nachricht?", fragte Maggie.

„Keine Ahnung", sagte Axel. „Es gibt keine Unterschrift oder Signatur."

Er beugte sich nach vorn und schnupperte an dem Felsen.

„Der Duft kommt mir irgendwie bekannt vor", sagte er und überlegte. Sein Kopf verwandelte sich in den des schwarzen Löwen mit den Widderhörnern, und er witterte noch einmal. Dann verwandelte er sich wieder zurück. „Vage vertraut. Aber zuordnen kann ich ihn nicht. Es ist, als hätte ich ihn vor Jahrtausenden das letzte Mal gerochen."

„Also jemand sehr, sehr Altes", sagte Maggie. „Eine oder einer der Elohim, die ihr vorhin erwähnt habt?"

„Möglich", räumte Axel ein.

„Eine Falle?", fragte Sybaris und sprach damit aus, was jeder von ihnen gerade dachte.

Axel zuckte mit den Schultern. „Wenn es eine ist, wüsste ich nicht, von wem."

„Von jemandem, der den Tod Ba'Al'T'Azars rächen will?", überlegte Maggie.

„Ich wüsste nicht, wer das sein könnte", meinte Axel „Er war schließlich selbst bei seinen eigenen Brüdern und Schwestern der B'Nai Elohim in Ungnade gefallen. Und hätte sich die Malikat rächen wollen, hätte sie es schon bei unserem Besuch tun können. Außerdem glaube ich nicht, dass sie ihre Insel in Afrika verlässt, um uns dann in Kambodscha aufzulauern."

„Vielleicht jemand, der euch für den Untergang des Hohen Rates der B'Nai verantwortlich macht", überlegte Sybaris.

„Das war Luzifer", entgegnete Axel. „Daran kann mir oder Magdalena niemand die Schuld geben."

„Dann Nü Gua?", fragte Maggie.

„Warum hat sie sich uns dann nicht schon in China gezeigt, als wir nach ihr gesucht haben?", fragte Axel. „Ich denke, es gibt nur einen Weg, herauszufinden, wer uns diese Nachricht schickt und ob es eine Falle ist oder ein Geschenk."

„Ich denke nicht, dass wir das tun sollten", sagte Maggie.

„Wir wollen beide, dass du unsterblich wirst", sagte er.

„Natürlich wollen wir das", erwiderte sie. „Aber ich kann und will nicht zulassen, dass du dafür vielleicht dein eigenes Leben in Gefahr bringst."

Mit sanftem Blick trat er an sie heran und legte ihr eine Hand an die Wange. „Mich um dich zu kümmern, für dich zu sorgen und dich zu beschützen betrachte ich nicht als Aufgabe, Magdalena, sondern als Ehre, und werde davor nie zurückschrecken, nur weil es vielleicht riskant werden könnte."

Sie konnte gar nicht anders, als ihn anzustrahlen und ihr Gesicht in seine große Hand zu schmiegen.

„Aber, weißt du, Axel, es gibt Geschenke, die sind einfach zu groß", flüsterte sie. „Die darf man nicht annehmen."

„Für dich ist kein Geschenk jemals zu groß", sagte er. „Und außerdem besteht kein Grund zur Sorge. Ich bin Azazel, der mächtigste der Arielim, der Löwen der Himmel. Nach dem Untergang der B'Nai gibt es nicht mehr sehr viele Wesen, die eine Gefahr für mich darstellen. Mach dir also bitte keine Sorgen."

„Selbst Luzifer würde es sich zweimal überlegen, ehe sie ihn angreift", bestätigte Sybaris. „Was wohl der Grund dafür ist, dass sie ihn in all der Zeit nach dem Großen Krieg nicht behelligt hat. Es sei denn natürlich, sie hätte wirklich einen Narren an ihm gefressen, dafür, dass sie denkt, dass er mehr auf ihrer Seite gekämpft hat als auf der Seite ihrer Gegner. Ganz nach dem Prinzip: Der Feind meines Feindes ist mein Freund."

„Sie weiß, dass ich der einzige noch lebende Engel bin, der auch im Alleingang dazu in der Lage wäre, sie zu bannen oder gar zu vernichten", sagte Axel.

„Wärst du?", fragte Maggie erstaunt.

„Dazu wurde ich ursprünglich erschaffen", sagte er tonlos, und sein Blick wurde finster. „Was der Grund war, warum man mir und Sam'Yaza damals den Oberbefehl über die *Grigori*, die Wächter, gegeben hatte, deren ursprüngliche Aufgabe es ja war, die Menschheit vor Luzifer und ihren Horden zu beschützen.“

„Sam’Yaza?“

„Ja, mein früherer Waffenbruder“, sagte Axel. „Auch er hatte diese Macht. Aber er ist schon lange tot. Gefallen im Großen Krieg.“

„Das verstehe ich nicht“, gab Maggie zu. „Du könntest sogar Luzifer vernichten, aber keinen ihrer Elohimsöhne oder -töchter?“

Er nickte. „Es waren ihre Söhne und Töchter, die mich erschaffen haben. Sie sind nicht nur, wie Sybaris schon sagte, mächtiger als Luzifer, sie haben mich auch so erschaffen, dass mir die Macht fehlt, sie zu vernichten, selbst wenn ich durchaus dazu in der Lage bin, Einzelne von ihnen zu bannen. Letzteres ist das Risiko, das sie eingegangen sind, um mich mächtig genug für Luzifer zu machen.“

„So wie Engel keine Menschen töten dürfen?“, fragte Maggie.

„Genau so“, bestätigte er.

Maggie stieß einen lang anhaltenden Seufzer aus.

„Also wirst du immer auf der Hut sein müssen?“, fragte sie leise.

„Ja“, sagte er. „Aber das ist kein zu hoher Preis für unsere Liebe. Für unsere ewige Liebe.“

„Dann fliegen wir nach Kampong Chhnang“, sagte sie.

„Wir fliegen nach Kampong Chhnang“, bestätigte er.

10. KAPITEL

Alte Zeiten

Es war vollkommen still um sie herum.

Anya schlug die Augen auf – und schloss sie gleich wieder vor Schreck. Sie schwebte mitten im All. Völlig schwerelos. Sie hatte keine Ahnung, wie sie hierhergekommen sein mochte, und wunderte sich darüber, dass sie atmen konnte. Zweifellos war das wieder einer ihrer Albträume. Nach einigen Momenten fasste sie sich und schlug die Augen wieder auf. Weit unter sich sah sie einen blau leuchtenden Planeten – die Erde. Um sie herum funkelten Sterne, deren Konstellationen hier oben allesamt ganz anders aussahen, als sie es gewohnt war. Sie wandte sich um und sah ihre eigenen, weit gespreizten Flügel. Definitiv ein Traum. Dahinter die Sonne. Gleißend weiß.

Aus ihren Augenwinkeln heraus nahm sie eine Bewegung wahr. Etwas oder jemand näherte sich ihr. Dann erkannte sie das Auf-und-ab-Gleiten von Flügeln. Kurz darauf das Gesicht.

Es war Man'El.

Bis auf einen Lendenschurz war er nackt, und erst da fiel ihr auf, dass auch sie nur ein schmales seidenes Tuch um die Hüfte trug.

Warum und wie hast du mich hierher gebracht und was ist mit Sergej geschehen, wollte sie fragen, doch stattdessen lächelte sie und flog ihm mit ausgebreiteten Armen entgegen.

Das ist kein Traum, Ani'El, sagte Man'Els Stimme in ihrem Kopf. Es ist eine Erinnerung. Eine Erinnerung an eine Zeit, lange, lange vor dem Jetzt.

Unfähig, ihre eigenen Handlungen zu steuern, und als würde sie alles nur von innen heraus beobachten, traf sie auf den Engel, schlang ihre Arme um ihn und küsste ihn voller Leidenschaft. Er packte sie und drückte sie an sich. Das Gefühl seiner Haut auf der ihren war so vertraut. Ebenso herbeigesehnt wie erfüllend.

Sie hörte sich seinen Namen gegen seine warmen Lippen flüstern und fuhr mit den Fingerspitzen durch sein volles Haar.

Die Küsse fühlten sich richtig an – sehr viel realer als in einem Traum – und ganz sicher so, als wären es nicht die ersten, die sie miteinander tauschten.

Er löste sich mit einem Lächeln von ihr, nahm sie bei der Hand, und sie zog ihn in Richtung Erde. Entfernung war eine merkwürdige Sache hier draußen im All. Sie hatte nicht das Gefühl, besonders schnell zu fliegen, aber dennoch kamen sie der großen blauen Kugel erstaunlich zügig näher. Bald schon konnte sie den Unterschied zwischen Wasserflächen und Festland erkennen und wurde ein weiteres Mal überrascht. Die Kontinente waren nicht so angeordnet, wie Anya das von einer herkömmlichen Weltkarte her kannte. Vielmehr gab es nur eine einzige, dafür aber riesige Landmasse.

Pangäa – der Urkontinent. Anya erinnerte sich daran, einmal einen Bericht darüber gelesen zu haben. Wenn das wirklich Pangäa war, war sie in ihrem Traum über 150 Millionen Jahre in der Zeit zurückgereist.

Ich sagte doch bereits, das ist kein Traum, hörte sie wieder Man'Els Stimme in ihrem Kopf. *Das ist eine Erinnerung. Wir beide waren damals wirklich dort.*

Sie tauchten in die Atmosphäre ein. Die Luft war warm und feucht. Sehr viel wärmer, als Anya Luft in Erinnerung hatte. Obwohl sie wusste, dass dies die Erde war, fühlte es sich an, als sei es ein völlig anderer Planet. Die Farben waren anders, das Grün leuchtete irgendwie satter – sogar die Luft selbst schimmerte in smaragdfarbenen Tönen. Auch die Pflanzen waren andere – riesige, baumgroße Farne und Schlingpflanzen in den unterschiedlichsten Formen und Größen.

Am exotischsten jedoch war die Tierwelt. Es gab keine Säugetiere. Nicht eines. Dafür aber armlange Insekten in schillernder Farbenpracht. Libellen, so groß wie Adler. Auch Saurier schien es noch keine zu geben, stattdessen aber wagengroße Amphibien, die sich gemütlich durch das Grün schlängelten. Ein schwarzgelber Feuersalamander von bestimmt sechs Metern Länge schlief auf einem Fels und tankte die Wärme der von hier aus ebenfalls grün wirkenden Sonne.

Ani'El lenkte ihren Flug an das Ufer eines von Seerosen bedeckten Weihers. Die Luft roch hier noch süßlicher. Bei der Landung spürte sie unter den Fußsohlen, wie weich und warm der Boden war, und ihr wurde genussvoll bewusst, wie selten sie auf ihren Füßen stand. Sie lachte auf vor Vergnügen und zog Man'El wieder zu sich heran. Er schlang seine starken Arme um sie, und sein schönes Gesicht mit den leuchtenden Augen senkte sich zu dem ihren herab.

„Küss mich", flüsterte sie voller Verlangen, und ohne zu zögern folgte er ihrer Einladung. Seine Lippen waren voll, warm und trotz der Kraft, die in jeder seiner Bewegungen steckte, weich. Er schmeckte nach Wildhonig und Sonnenaufgang. Sie schmiegte sich ihm entgegen und genoss das Gefühl, das ihre nackten Brustspitzen bei der intensiven Berührung in ihren Körper hineinsandten, während sie sich durch den Kontakt mit seinen Muskeln wohlig zusammenzogen und kleiner und härter wurden.

Ihre Hände ließ sie über seine breiten Schultern gleiten und seinen Nacken und von dort aus auf seinen Rücken. Wie von selbst verschwanden seine Flügel, und auch die ihren. Sein Gesicht drückte zart-gierig gegen ihres, und ihre Lippen öffneten sich wie von allein zu einer Ouvertüre ihrer Lust, die sie mit ihren Zungen zu spielen begannen. Ani'El presste ihren Schoß gegen seinen festen Oberschenkel und fasste mit beiden Händen nach seinem unteren Rücken, um sich noch enger an ihn zu ziehen.

Es entzückte sie, die Bewegungen der einzelnen wohlgeformten Muskeln an ihrer Haut zu spüren – ihre Wärme und Festigkeit –, und sie fühlte, wie ihr die Hitze in den Unterleib schoss. Man'Els starke Finger hatten sie im Nacken gepackt und eine ihrer Brüste von unten umschlossen. Sie liebte es, wenn er sie zart-fest massierte, doch im Moment stand ihr der Sinn nach anderem. Sie fasste ihn bei seinen breiten Schultern und drückte ihn nach unten.

Anya war überrascht, dass Ani'El die Kraft dazu hatte, Man'El in die Knie zu zwingen, obwohl er doch so sehr viel stärker gebaut zu sein schien als sie. Beim Nachuntengleiten küsste er ihren Hals, ihre Brust, ihren Bauch.

Sie sorgte dafür, dass ihr Hüfttuch sich in Luft auflöste, und sein Gesicht drückte voller Verlangen gegen ihre jetzt völlig nackte Scham. Seine blonden Locken streichelten sie am unteren Ende ihres Bauches, und sie spreizte die Schenkel für seine Zunge.

Man'El fasste sie mit seinen großen Händen an der Hüfte und zog sie sich entgegen, um zu tun, worum sie ihn wortlos gebeten hatte. Schon die erste Berührung ließ sie wohlig erschauern, und sie stützte sich mit den Händen auf seinem Kopf ab, grub die Finger dabei in sein volles Haar. Mit aufsteigendem Hunger schob sie die Hüften noch ein Stück weiter nach vorn und ergab sich dem gehorsam fordernden Lecken.

Ihre Beine zitterten, und sie legte den Kopf weit in den Nacken, schloss die Augen und genoss es, von ihm auf so hungrig zärtliche Weise verwöhnt zu werden. Das wilde Pochen in ihrem Schoß nahm schon bald den Takt seiner neckenden Zunge an, und ganz wie von selbst öffnete sich ihr Mund, und ein erstes, delikates Seufzen drang über ihre Lippen und vermischte sich mit den Geräuschen des Urwalds.

Mit größer werdender Gier packte sie seinen Kopf fester und drückte sich ihm auch fordernder entgegen. Natürlich verstand er sofort und reagierte mit ebenfalls drängenderen Bewegungen.

Mit der Virtuosität eines meisterhaft geschulten Dieners setzte er seine Zunge ein und ließ seine Finger über ihre Haut wandern … über ihren Hintern, zwischen ihre Schenkel.

Köstlich … und doch so kraftvoll.

Ani'El schwelgte in ihrer Macht über seine Stärke – in dem Bewusstsein, mit welcher Hingabe dieser gewaltige Krieger ihr und ihrer Lust zu dienen fähig und vor allem willens war.

Der Takt seiner schlagenden und schleckenden Zunge wurde zum Takt ihres wummernden Herzens ... ihres schwerer werdenden Atems ... ihrer Seufzer und dem daraus erwachsenden Stöhnen.

Langsam und fest.

Schneller und zart.

Sanft und dann wieder hart.

Ein guter Rhythmus ... ein sinnlicher, einfühlsamer Prolog.

Sie war willig, und er machte sie, von ihr selbst dirigiert, noch williger ... bereiter.

Das erste Zittern durchlief ihre Schenkel, und mehr und mehr eigene Hitze strömte ihr zwischen die Schenkel, staute sich dort, wie von seiner Zunge gefesselt – beharrlich ungeduldig darauf wartend, aus ihr hervorzubrechen.

Ani'El fühlte den Druck seiner Nase auf ihrem Venushügel und sein markantes Gesicht an der empfindlichen Haut ihres Schoßes ... seine warme, mal breite, mal schmale Zunge an und in ihrer Scham ... ihre Klit dabei aufs Wundervollste streichelnd und drückend.

Selbstvergessen gab sie dem köstlichen Rausch nach und ließ zu, dass sie kam.

Nun übernahmen auch ihre Muskeln mit leichtem Zucken seinen Takt, und eine Mischung aus Überempfindlichkeit und nicht zu unterdrückender Sehnsucht nach mehr machte sie zum willigen Opfer ihrer eigenen Lust.

So stand sie da und ließ ihn weiterlecken ... sie weiterstreicheln ... seine Fingerspitzen nach oben wandernd ... einzeln und nur ganz wenig in sie dringend ... ihre erhitzte Haut teilend, um auch die noch empfindsameren Stellen mit der Zungenspitze zu erreichen.

Weil er ganz genau wusste, wie sehr sie das liebte, streckte er nun eine Hand nach oben, ohne mit dem Lecken innezuhalten oder nach oben zu schauen, und schickte seine kräftigen Finger auf die Suche nach ihren Brüsten.

Ihre Nippel waren hart und sehnten sich nach Berührung … Liebkosung … gern auch etwas weniger zögerlich. Und Man'El kannte sie. Ihre Vorlieben. Ihre Sehnsüchte. Und er erfüllte sie wie ein williges Werkzeug ihrer Lust.

Er packte zu und massierte … leckte dabei weiter und rieb sein Gesicht dabei jetzt hin und her. Immer mehr bebten ihre Schenkel, und die zweite Klimax ließ nicht lange auf sich warten.

Anya genoss es sehr, mit welcher Bereitschaft Ani'El sich ihm ergab … und wie vertraut Man'Els verwöhnende Behandlung sich anfühlte. Es war das erste Mal in ihrem Leben, dass nicht sie das Spielzeug der Lust eines Mannes war, sondern der Mann das Spielzeug der ihren … oder vielmehr der Ani'Els.

Ein Schauer brandete durch ihren Leib, und Ani'El sank in die Knie.

Sie schlang die Arme um Man'El und küsste ihn innig und dankbar, während eine seiner Hände noch immer zwischen ihren Schenkeln war und sie streichelte.

Doch ihre Gier war noch lange nicht gestillt – im Gegenteil: Sie war gerade erst geweckt. Mit beiden Händen fasste sie nach unten, wo jetzt auch Man'Els Lendenschurz verschwunden war, fand sein bereits zu einem großen Teil steifes Glied und massierte es fordernd, ohne dabei aufzuhören, ihn zu küssen und mit seiner nach ihr schmeckenden Zunge zu spielen.

Schon wenige Augenblicke später war er hart und so bereit wie sie selbst. Jetzt nicht mehr nur vor Erregung, sondern auch vor Ungeduld zitternd legte sie ihre Hand an seine Brust und schob ihn nach hinten. Gehorsam legte er sich auf den Rücken und lächelte sie vorfreudig erwartungsvoll an.

Mit der Behändigkeit einer Katze kletterte Ani'El über ihn und kniete sich über seinen Schoß. Sie griff nach unten zwischen ihre eigenen Schenkel und fasste nach seinem Schwanz, der steif von seinem sehnigen Körper abstand. Sie wippte ihn geschmeidig vor und zurück, um die pralle Eichel zwischen ihren Lippen zu fühlen und sie Feuchtigkeit schöpfen zu lassen, die sie gleich darauf auf ihrer prickelnden Klit verrieb.

Dann hielt sie ihn fest, dirigierte ihn an die genau richtige Stelle und senkte sich auf ihn herab.

Langsam.

Langsam.

Langsam.

Anya fühlte durch Ani'Els Leib hindurch, wie das feste Fleisch in sie drang und sie erfüllte. Sie stützte sich mit ihren Händen auf Man'Els breiter Brust ab und drückte ihr Becken noch fester gegen ihn, um ihn völlig aufzunehmen.

Sie stöhnte auf vor Geilheit und fühlte, wie auch er unter ihr erzitterte. Seine Hände glitten an ihren Armen entlang nach oben und umfassten ihre glühenden Brüste. Sie spürte die massierende Kraft seiner Finger und begann ihren Ritt zunächst mit geschmeidigen, weit ausholenden Bewegungen, um seine ganze Länge und Dicke auszukosten.

Seine Daumen und Zeigefinger zwirbelten ihre Nippel und zogen daran, und es schoss wie kleine Blitze in das warme Fleisch ihrer Brüste hinein, die sich unter der erregend rauen Behandlung noch fester zusammenzogen.

Mit weit geöffneten Augen blickte sie tief in die seinen, während sie ihn nahm, und sah, wie sie glänzten vor Hingabe und dem Bewusstsein, ihr die Lust zu verschaffen, nach der sie hungerte.

Sosehr Anya in ihrem Leben immer die Genommene war, so sehr war Ani'El die Nehmende … die Beherrschende. Das ganz neue Gefühl der Kontrolle, das Anya beim Miterleben empfand, war überwältigend, und sie kostete es gemeinsam mit Ani'El in vollen Zügen aus, obwohl etwas in ihr wusste, dass sie gegen diesen Traum ankämpfen sollte, um wieder das Bewusstsein zu erlangen. Doch was sie erlebte, war zu berauschend, als dass sie es ausgerechnet jetzt unterbrechen wollte.

Ani'El steigerte den Takt der sich schlängelnden Stöße, mit denen sie Man'El ritt. Sie beugte sich dabei weiter nach vorn, auf dass er ihre Brüste noch fester packen und massieren konnte.

Süße Qual!

Die Muskeln in ihrem auf und ab wippenden Schoß zogen sich wohlig zusammen und umschlossen den in ihr vor und zurück gleitenden Schwanz wie mit einer fordernden Faust. Sie stellte sich vor, ihn zu melken … und genau das war es, was sie tat.

Doch ihre eigene Lust hatte Vorrang – ebenfalls ein Gefühl, das Anya nicht kannte und das sie zu ihrer Überraschung sehr zu genießen begann. Sie bewegte sich so, dass das harte Fleisch sie immer ganz genau dort berührte, wo sie am liebsten berührt werden wollte.

Bewegte sich hin und her.

Vor und zurück.

Kreiste.

Schlängelte.

Ihr Puls raste vor Ekstase, und sie fühlte die Hitze von ihrem Schoß den Rücken entlang hoch in ihren Nacken fließen.

Unbändig.

Mitreißend.

Doch sosehr sie sich auch dem Rausch hingab, sie behielt die Kontrolle … und schöpfte genau daraus ihre allergrößte Geilheit. Was sich zunächst wie ein Widerspruch anfühlte, war gar keiner. Dadurch, dass sie jede Bewegung ganz gezielt ausführte, verschaffte sie sich selbst an Man'Els Leib die größtmögliche Ekstase.

Es war wie Tanzen – wie wildes Tanzen. Instinktiv und doch so klar bewusst.

Wieder nahm sie ihn bis zum Anschlag in sich auf und rieb ihre Klit an seiner Scham, während Man'El sich nach oben reckte und einen ihrer Nippel mit seinen warmen Lippen und seinen Zähnen zu necken begann. Sie drückte sich nach vorn, und er saugte einen großen Teil ihrer Brust hungrig in seinen Mund hinein.

Dann die andere.

Sie keuchte vor Begeisterung und stieß einen kleinen Schrei aus, was ihn nur noch mehr anspornte. Die Hand, die er jetzt frei hatte, fasste nach ihrem Hintern, knetete ihn.

Ani'El schnappte über vor Wollust.

Sie stieß und stieß und stieß.

Noch nie hatte Anya eine Frau erlebt, die sich dermaßen fordernd nahm, wonach es ihr gelüstete … und damit zugleich so viel anbetende Lust in den Augen ihres Geliebten entfachte.

Ani'El fickte ihn, als gäbe es kein Morgen.

Stoß um nassen Stoß.

Ihre Herzschläge ein Trommelwirbel der Verzückung.

Aus dem einzelnen, kleinen Schrei wurden mehrere … dann eine ganze, lang anhaltende Serie.

Dann gar nicht mehr klein, sondern laut.

Hemmungslos.

Rau.

Sie kreiste … und schlängelte … und stieß.

Saugte, pumpte, rieb.

Ihre Brüste brannten in seinen Fingern und zwischen seinen gierigen Lippen.

Ihr Schoß wurde zu einem Vulkan. Sein pochender Schwanz das flammende Zentrum.

Weiter und weiter ritt sie ihn … bediente sich an ihm. Und er ließ sie gewähren und sich holen, was sie wollte und brauchte. Noch ein drängender Stoß von ihr auf ihn herab.

Eine süß-herrliche Kontraktion ihrer Muskeln um ihn herum.

Fest. Fester.

Dann …

Sie explodierte.

Wild.

Drängelte weiter … von einer Seite zur anderen … ihn ganz

tief in sich … ihre Klit auf seinem Schambein … ihre krallenden Hände jetzt in seinem Nacken … presste die vom eigenen Schweiß nasse Brust gegen sein erhitztes Gesicht … tanzte den uralten Tanz auf der Krone der immer höher aufsteigenden Woge ihres Rausches.

Aus dem Stoßen und Drängeln wurde ein kraftvolles Zucken … ihr Leib übernahm den letzten Rest an Kontrolle … alles andere war nur noch Gefühl … Ekstase … Erfüllung … Befriedigung.

Doch da er noch immer hart in ihr war und groß, war auch die nur der Auftakt zu neuem Hunger … unstillbarem Hunger.

Aber ehe Ani'El damit fortfahren konnte, ihre Lust an dem hingebungsvollen Man'El zu befriedigen, erlangte Anya das Bewusstsein zurück. Plötzlich war sie nicht mehr auf einer Millionen Jahre alten Erde, sondern wieder im Hof des Klosters, in dem sie gemeinsam mit Sergej überfallen worden war.

Sergej lag regungslos am Boden. Neben ihm der Sack voller Juwelen, mit dem Man'El ihn dazu hatte bestechen wollen, Anya zu vergessen und einfach zu gehen.

Hastig stieß sie Man'El zur Seite, der mit erwartungsvollem Blick schräg vor ihr stand, und eilte zu Sergej. Sie rief seinen Namen und ging neben ihm in die Knie.

„Keine Sorge", sagte Man'El, und Anya konnte die Enttäuschung in seiner Stimme hören. „Ihm ist nichts geschehen. Er schläft nur. Ich kann ihn wecken, wann immer ich will."

„Dann weck ihn auf", forderte sie wütend.

„Nicht ehe wir über das gesprochen haben, was du eben erlebt hast", beharrte er.

„Ich? Erlebt?", fragte Anya aufgebracht und bemühte sich, die in ihr noch immer tobende Erregung niederzukämpfen. „Ich habe nichts erlebt. Das war nur eine Halluzination."

„Es war keine Halluzination", erwiderte Man'El ungeduldig. „Es war eine Erinnerung. Unsere Erinnerung."

„Nein, war es nicht", widersprach sie. „Nach allem, was ich

weiß, hast du mich betäubt und meinem Geist irgendwie etwas vorgegaukelt."

Er seufzte frustriert.

„Die Frau, die ich da erlebt habe", fuhr Anya fort. „Das war nicht ich. Kann gar nicht ich gewesen sein. Diese Frau war stark ... fordernd ... und überlegen. All das bin ich nicht. War ich nie. Du hast dich da in etwas verrannt. Wahrscheinlich ist es einfach nur eine zufällige Ähnlichkeit oder was weiß denn ich!"

„Hast du denn nicht gespürt, wie sehr wir einander lieben?", fragte er unsicher. „Wie sehr ich dich liebe?"

Die Verzweiflung in seinem Ton stimmte sie ein wenig milder. Sie erhob sich wieder und ging auf ihn zu.

„Doch, ich habe gespürt, wie tief deine Liebe zu ihr ist", gab sie zu. „Und auch ihre zu dir. Aber, wie ich jetzt schon so oft gesagt habe: Sie und ich sind zwei völlig verschiedene Personen ... äh, Wesen."

Er lachte mit einem ironischen Unterton auf.

„Was?", fragte sie, jetzt wieder aufgebracht.

„Du behauptest, du könntest niemals so stark sein, wie sie es war ... ist", korrigierte er sich. „Und doch stehst du in deinem kleinen, verwundbaren Menschenkörper vor einem Hauptmann der Himmel, den du schier unmögliche Dinge hast tun sehen, der vor deinen Augen einen der Gefallenen besiegt und erschlagen und den Mann, den du liebst, vor dem sicheren Tod gerettet hat, und bezichtigst ihn der Lüge ... oder zumindest der Selbsttäuschung."

„Ich will dir nur helfen", sagte sie.

„Ja", sagte er, und erneut war sein Blick liebevoll. „Das war schon immer die Quelle deiner Kraft."

Sie legte die Hand an seine Brust – nach dem Traum fiel ihr das nicht schwer – und sagte: „Bitte lass Sergej und mich nach Kiew gehen. Ich brauche Beweise, dass das hier alles nur eine Verwechslung ist. Für dich – aber vor allem für mich selbst."

„Es ist keine Verwechslung", sagte er. „Und in Kiew wirst

du nichts finden."

Sie drehten sich im Kreis.

„Okay", sagte sie schließlich. „Du sagst, du liebst mich."

„Das tue ich", erwiderte er.

„Dann lässt du mich gehen und die Wahrheit selbst herausfinden", verlangte sie.

„Aber die Wahrheit ...", wollte er aufbegehren. Doch sie legte ihm einen Finger auf die Lippen, um ihn zum Schweigen zu bringen.

„Dann lässt du mich gehen und die Wahrheit selbst herausfinden", wiederholte sie. „Wenn ich herausfinde, dass du lügst oder dich irrst, versprichst du mir, dass du woanders nach deiner Ani'El suchen wirst. Und wenn ich, wie du sagst, dort nichts finde, also wirklich keine Vergangenheit habe, dann werde ich dir zuhören. Ist das fair?"

„Das ist zu gefährlich", sagte er.

„Das ist meine Entscheidung", antwortete sie. „Bist du bereit, sie zu akzeptieren?"

Er schaute sie lange an, ohne ein Wort zu sagen. Sein Blick war tief und forschend. Dann schließlich nickte er.

„Ich fliege uns dorthin", sagte er.

„Nein, wir werden ganz normal dorthin reisen", hielt sie dagegen. „Nur Sergej und ich. Wie geplant."

„Ich kann dich nicht alleine lassen", sagte er. „Nicht bei der drohenden Gefahr. Du brauchst mich zu deinem Schutz."

Sie überlegte.

„Schau, Ani'El ... Anya", sagte er. „Spielen wir dein Spiel und nehmen an, dass ich mich irre und dich verwechsle. Den anderen geht es aber ganz genauso, und so mutig dein Bodyguard auch sein mag, er hat ihnen nichts entgegenzusetzen, wenn sie angreifen. Und angreifen werden sie. Dessen sei dir sicher. Also, wenn du schon normal reisen musst, lass mich euch wenigstens begleiten."

Sie zögerte.

„Also gut", sagte sie dann nach einer kleinen Weile. „Aber

nur unter der Voraussetzung, dass du keine Tricks mehr anwendest."

„Tricks?"

„Bewusstlos machen und Halluzinationen hervorrufen und all so was", konkretisierte sie.

„Das war keine Hallu…"

„Sind wir uns einig?", unterbrach sie ihn.

Er ließ Kopf und Schultern hängen.

„In Ordnung", sagte er schließlich.

Dann ging er zum Wagen, legte seine Hand auf das Loch in der Motorhaube, das Bezal'Els Lanze gestochen hatte, und Anya wurde Zeugin, wie er das Auto auf die gleiche Weise *heilte,* auf die er Sergej geheilt hatte.

Er murmelte leise vor sich hin, und zwischen seiner Hand und dem Blech begann es zu glühen. Das Leuchten wurde stärker, und Anya konnte daran, dass es jetzt auch auf dem Boden unter der Limousine zu erkennen war, sehen, dass es den gesamten Motorblock durchdrang.

Dann legte er den Kopf prüfend zur Seite, so als würde er in die Maschine hineinhorchen, und schien gleich darauf zufrieden zu sein, denn er nahm die Hand wieder weg, und das Glühen verschwand. Eine knappe Geste, und der Motor sprang an. Soweit Anyas ungeübtes Ohr das beurteilen konnte, lief er wie am Schnürchen.

Man'El ging zu Sergej hinüber, beugte sich herab und berührte ihn mit den Spitzen seiner Finger an der Stirn. Ein Schauer lief durch Sergejs gerade eben noch völlig still liegenden Leib, und er ruckte nach oben, als würde er aus einem schlechten Traum erwachen. Sobald er Man'El über sich gebeugt sah, rollte er sich reaktionsschnell zur Seite weg, sprang auf die Füße und hechtete nach vorn.

„Nein", schrie Anya.

Doch zu spät.

Der Russe traf den Engel mit der rechten Faust voll im Gesicht, und Man'El wurde von dem unglaublich harten Schlag nach hinten geschleudert und ging rückwärts zu Boden.

Sofort setzte Sergej nach und wollte einen zweiten Hieb landen. Man'El war so verblüfft, dass er nicht einmal daran dachte, sich zu wehren.

„Stopp!", rief Anya – und Sergej hielt mitten in der Bewegung inne. „Tu ihm nichts."

Sergej wandte sich ihr zu und schaute sie fragend an.

„Wir haben einen Pakt geschlossen", erklärte sie. „Er begleitet uns nach Kiew."

Weil das Fragezeichen aus Sergejs Blick einfach nicht verschwinden wollte, nickte sie ihm einmal zu, um ihm zu signalisieren, dass sie wusste, was sie tat, und dass es die einzige Möglichkeit war. Er verzog ein wenig unwillig die Mundwinkel, drehte sich aber dann zu Man'El um und reichte ihm die Hand, um ihm auf die Füße zu helfen.

Man'El ignorierte die Geste und erhob sich mit einer kraftvollen und sehr geschmeidigen Bewegung. Aber Anya konnte an seinem Gesichtsausdruck erkennen, dass sein Stolz angekratzt war.

„Ich fahre", stellte Sergej trocken klar und ging zur Fahrertür des Mercedes.

Anya musste unwillkürlich lächeln. Das war das erste Mal in ihrem Leben, dass sie nicht nur einen Plan hatte, sondern dass der auch noch funktionierte.

„Ich sitze auf gar keinen Fall hinten", sagte Man'El, und Anya zuckte einlenkend mit den Achseln. Hinten sitzen war in Ordnung für sie – sie brauchte jetzt eh erst einmal Schlaf, und da war die Rückbank sehr viel bequemer als der Beifahrersitz.

Merkwürdig, dachte sie nur, wie viel Raum da noch für Banalitäten ist, selbst wenn man es mit Killern, Monstern und Engeln zu tun hat.

Sie kletterte in den Fond des Mercedes, und noch ehe Sergej die ersten zehn Meter auf dem Kopfsteinpflaster zurückgelegt und Man'El sich mit einer fast schon artigen, aber unbeholfenen Bewegung und einem noch immer in Richtung Sergej schmollenden Blick angeschnallt hatte, war sie eingeschlafen.

Maggie saß auf Axels Rücken, und sie flogen über das smaragdgrün leuchtende Blätterdach des Urwalds von Kambodscha. Mit den Händen an seinen Schultern konnte sie fühlen, wie angespannt er war, und sie sah, wie er immer wieder den Blick von der einen zur anderen Seite schwenkte, um einen möglichen Angreifer frühzeitig zu entdecken. Sie spürte einen Stich in der Bauchgegend. Er hatte sich jahrtausendelang verstecken müssen, hatte immer auf der Hut sein müssen davor, dass seine früheren Brüder und Schwestern des Hohen Rates der B'Nai Elohim ihm auf den Fersen waren. Doch jetzt, da der Rat von Luzifer zerschlagen worden war, hatte sich alles für ihn geändert, und er konnte sich endlich wieder völlig frei bewegen.

Nicht konnte – *könnte.* Wäre da nicht sie und der Fluch, der auf ihr lastete. Ja, sie betrachtete es als Fluch, das einzige Wesen zu sein, das dazu in der Lage war, den Kerker des gewaltigsten Ungeheuers aller Zeiten zu öffnen. Das machte sie zum Ziel all jener, die diese Welt gern ins Chaos stürzen würden. Und da Axel geschworen hatte, sie zu beschützen, musste er jetzt, so bald, nachdem er endlich hätte frei sein können, doppelt aufmerksam und wachsam sein; denn jetzt ging es nicht mehr bloß um sein Schicksal, sondern um das Maggies – und das der ganzen Menschheit.

War es nicht schrecklich egoistisch von ihr, unsterblich werden zu wollen? Wäre es nicht besser für alle, sie würde den Fluch nach einem kurzen Leben als Sterbliche für immer und unwiderruflich mit ins Grab nehmen? Hatte sie nicht sogar die moralische Verpflichtung, sterblich zu bleiben und den Weg alles Irdischen zu gehen?

Aber war die Chance darauf, ihr die Unsterblichkeit zu verweigern, nicht dasselbe wie sie dazu aufzufordern, gleich Selbstmord zu begehen? Sollte sie sich opfern, nur damit eine einzige der vielen Gefahren, die der Menschheit drohten, ausgemerzt war? Und selbst wenn sie nicht das Schicksal der Menschheit in Betracht zog, schuldete sie es nicht Axel, ihre gefährliche Existenz zu beenden?

Sie hatte sich diese Fragen schon oft gestellt, und die Antwort darauf war immer wieder dieselbe; Axel hatte sie ihr einmal gegeben, als sie sich ihm anvertraut hatte: Ihr Tod wäre für ihn weit schlimmer als alle Wachsamkeit und Kraft, die er aufbringen müsste, um sie zu beschützen. Er liebte sie so, wie er nie zuvor jemanden geliebt hatte, und ohne sie wollte er nicht sein. Das Ende ihres Lebens war für ihn nicht akzeptabel. Das Natürliche nicht, und erst recht nicht ein möglicherweise selbst Herbeigeführtes. Letzteres würde er ihr niemals verzeihen und ewig darunter leiden, und ihr Opfer würde damit nicht nur vergeblich sein, sondern gerade den gegenteiligen Zweck erfüllen.

Also lag die Entscheidung nicht bei ihr, sondern bei ihm – und er hatte sie nicht nur gefällt, er trug sie mit großer Bereitschaft und sogar einem nicht gerade geringen Maß an Stolz.

„Da vorn muss es sein", sagte er, als sie jetzt die sich schlangengleich unter ihnen ausbreitende Wasserfläche des Tonlé Sap erreichten, und deutete nach Südosten.

Der Tonlé Sap war ein in der Regenzeit zu einem gewaltigen See angeschwollener Fluss – so breit, dass Axel es für sicher genug hielt, an Höhe zu verlieren und in einiger Entfernung zum dicht bewaldeten Ufer über die spiegelnde Wasseroberfläche hinwegzufliegen.

Maggie sah Krokodile behäbig durch die Fluten treiben, mit ihren breiten, geschuppten Rücken Sonne tankend. Von der Sicherheit auf Axels Rücken aus betrachtet, sahen sie völlig harmlos aus, auf ihre eigene Art und Weise wunderschön. Und der Gedanke daran, dass, obwohl ihre Art so viele Millionen Jahre alt war, Axel noch älter war, erfüllte sie mit nur noch mehr liebevollem Respekt vor dem Mann, der bereit war, seine Freiheit gegen ein Leben mit ihr zu tauschen, um für sie da zu sein und ihr in den Jahrhunderten, die kommen würden, diese Welt zu zeigen und sie dabei selbst mit neuen Augen zu sehen.

Sie fühlte, wie er seinen Flug verlangsamte, und folgte seinem Blick nach links, wo am Ende des Sees sich zwei ebenfalls geflügelte Wesen gerade über das Dach des Dschungels erhoben.

„Suburi“, sagte Axel.

„Unser Empfangskomitee, nehme ich an“, schlussfolgerte Maggie. „Kommen sie in friedlicher Absicht?“

„Ja“, erwiderte Axel. „Einer von ihnen trägt einen Ölzweig in der Schärpe, und sie fliegen bewusst langsam. Halt trotzdem die Augen offen.“

„Wieso?“, fragte sie.

„Weil es auch ein Ablenkungsmanöver sein könnte“, erklärte er. „Während wir uns auf sie konzentrieren, greifen andere möglicherweise aus einer anderen Richtung an.“

Maggie ließ ihren Blick schweifen. Sie drehte sogar mehrfach den Kopf, um hinter sich zu schauen, während Axel den beiden Suburi entgegenflog.

„Nichts zu sehen“, sagte sie. „Scheint alles in Ordnung zu sein.“

Erst jetzt merkte sie, dass ihr Herz angefangen hatte, schneller zu schlagen, und sie war sich nicht sicher, ob das von der Wachsamkeit herrührte oder von der freudigen Erwartung, vielleicht endlich am Ziel ihrer Suche nach der Unsterblichkeit zu sein.

„Sei gegrüßt, Löwe der Himmel“, rief ihnen einer der beiden Wächterengel schon aus der Entfernung entgegen. Er hatte den Kopf eines Leguans und war sehr viel kleiner und schlanker als sein Begleiter, dessen Haupt das eines Ebers war.

„Habt Dank für das Willkommen“, rief Axel zurück. „In wessen Dienst steht ihr?“

„Im Dienste der Elohim Theia und ihres Gemahls“, antwortete der Mungo.

„Theia lebt?" Maggie hörte die Verwunderung in Axels Stimme.

„Ja", sagte der Eber – überflüssigerweise. „Und wir sollen euch ausrichten, wie sehr sie sich geehrt fühlt, dass ihr ihre Einladung angenommen habt. Bitte folgt uns zu ihrem Palast."

Die beiden Suburi machten in der Luft kehrt und flogen in die Richtung, aus der sie gekommen waren. Axel folgte ihnen mit einigem Abstand.

„Hattest du nicht gesagt, Theia sei seit dem Großen Krieg verschwunden?", fragte Maggie leise.

„Ja", bestätigte Axel. „Ich dachte, sie sei schon lange tot. Sie war eine der wenigen Elohim, die nicht nur zu uns gehalten, sondern auch an unserer Seite gekämpft haben."

„Dann hatte sie, anders als ihre Brüder und Schwestern, zu befürchten, dass man sich an ihr rächt", schloss Maggie daraus. „Was erklären würde, dass sie sich all die Zeit danach im Verborgenen halten musste. Wie du."

„Wahrscheinlich", sagte Axel.

Ihre Eskorte bog nach links vom See ab und flog dorthin, wo der Dschungel am dichtesten war. Maggie konnte sich nur allzu gut vorstellen, dass kein Mensch je seinen Fuß in diese verlassene Ecke gesetzt hatte. Selbst für Boote waren die vielen mit Schwemmwasser gefüllten Arme und Verzweigungen wegen der vielen Stämme und Äste so gut wie unpassierbar. Ein perfektes Versteck, nur über die Luft erreichbar.

Dann sah sie ihn vor sich – den Palast. Es war ein uraltes Gemäuer, über und über mit Pflanzen und Ranken bewachsen, sodass er kaum als Gebäude erkennbar war. Die Zivilisation, die ihn einst errichtet hatte, musste schon vor Jahrtausenden untergegangen sein.

Auf der Terrasse vor dem Eingang stand eine Frau.

Ihre Haltung und Ausstrahlung waren majestätisch. Sie erschien etwa Mitte zwanzig, und ihr glattes weißblondes Haar fiel weit bis zum Ansatz ihrer Oberschenkel herab. Sie trug eine rubinrote weit geschnittene Robe aus feinster Seide, und obwohl sie barfuß war, überragte sie die sechs Suburi, die sie flankierten, um mindestens einen halben Kopf. Das Bemerkenswerteste an ihr waren jedoch ihre Augen. Sie waren von einem solch strahlenden Minzgrün, dass Maggie die Farbe sogar von Weitem erkennen konnte. Die vollen blutroten Lippen waren zu einem fast schon zärtlich erfreuten Lächeln geschwungen.

„Azazel!“, rief sie, und ihre Stimme war reine Musik in Maggies Ohren – klar wie ein Bergquell und dabei so voll wie der Blütenstand einer Orchidee.

Er landete, und Maggie sprang auf die Füße.

„Theia“, sagte er, und Maggie konnte hören, dass seine Stimme vor Rührung brach.

Die beiden fielen einander in die Arme, und die Art und Weise, wie sie einander umklammerten, verriet Maggie, wie tief die Freundschaft zwischen ihnen war. Wie viel sie einander bedeuteten.

„Ich dachte, du wärst tot“, sagte er, als er sich von ihr löste, und Maggie sah, dass seine Augen feucht waren. Trotz ihrer Größe überragte Axel sie noch um einen Kopf.

„Dasselbe dachte ich von dir“, erwiderte sie. Ihre majestätische Haltung war in Axels Nähe plötzlich wie weggeweht. Sie wirkte auf Maggie jetzt viel eher wie seine kleine Schwester. „Und ich bin so froh, dass ich mich geirrt habe.“

Dann wandte sie sich in Maggies Richtung. „Das ist also die berühmte Abgal“, sagte sie und kam auf Maggie zu.

Maggie wurde rot und wusste gar nicht, was sie sagen sollte. Immerhin war Theia eine der Elohim – die, so weit Maggie sich recht erinnerte, sogar als eine der zwölf Titanen in die Mythologie eingegangen war. Ihr Name bedeutete buchstäblich *Göttin.* Maggie musste sich zusammenreißen, nicht instinktiv einen Knicks vor ihr zu machen.

Falls Theia ihre Unsicherheit spürte, zeigte sie das nicht. Sie nahm sie einfach in die Arme und drückte sie herzlich.

„Willkommen in meinem Palast“, sagte sie. „Ich habe von

eurer Suche gehört, und es wäre mir eine Freude, dich zum Dank für all das, was Azazel für uns und die Unseren getan hat, unsterblich zu machen. Doch zunächst habe ich noch eine Überraschung für dich, mein lieber Löwe."

Axel schaute sie neugierig an, und Theia machte eine einladende Geste zum Eingang hin. Axel drehte sich herum. Maggie sah, wie ein hochgewachsener Mann aus dem im Dunkeln liegenden Portal heraus nach vorn trat. Sein wallendes Haar war flammend rot. Als sie wieder zu Axel hinblickte, erkannte sie, dass sein Gesicht jede Fassung verloren hatte. Er starrte den Rothaarigen an, als wäre der ein Geist. Der breitete die Arme aus und lächelte.

„Du siehst richtig, Azazel, mein Bruder."

„Sam … Sam'Yaza?", fragte Axel ungläubig.

„In Fleisch und Blut", erwiderte er und ging auf Axel zu.

Der rührte sich immer noch nicht von der Stelle.

„Das kann nicht sein", sagte er tonlos. „Du wurdest in den Tartaros geschleudert."

„Das Gleiche dachte ich von dir", sagte der Rothaarige und blieb etwa zwei Schritte von Axel entfernt stehen. Seine Augen blickten mitfühlend. „Ich habe jetzt erst durch den Kampf um die Abgal erfahren, dass du noch am Leben bist."

„Ich habe jahrhundertelang nach dir gesucht", sagte Axel. Maggie hörte den Vorwurf in der Stimme.

„Theia und ich haben uns hierher verkrochen und uns all die Millennien hier verborgen gehalten. Komm schon, willst du deinen alten Waffenbruder nicht umarmen?"

Maggie sah etwas Seltsames in Sam'Yazas Augen aufflackern – die beste Beschreibung, die ihr dazu einfiel, war zornige Ungeduld. Aber nur ganz kurz, dann war sein Blick wieder melancholische Freude pur. Ging hier alles mit rechten Dingen zu? Sollte sie Axel über ihre Beobachtung informieren? Aber was, wenn sie sich geirrt hatte? Wer war sie, dass sie das Recht hatte, sich hier einzumischen? Sie konnte überhaupt nicht ermessen, in welchem Verhältnis diese beiden ehemaligen Engel zueinander standen. Alles, was sie wusste, war, dass sie jahrtausendelang Seite an Seite gefochten hatten.

Da sah sie, wie Axel sich entspannte, ebenfalls seine Arme ausbreitete und den letzten Schritt, der die beiden noch trennte, zu Sam'Yaza hin machte und ihn an seine Brust riss.

Falls überhaupt möglich, war die Umarmung der beiden noch inniger als die eben zwischen Axel und Theia. Es sah so aus, als wollte Axel den so lange verloren geglaubten Bruder nie, nie wieder loslassen.

Sam'Yaza war es, der sich schließlich löste.

„Ich habe ein Fest für euch vorbereiten lassen", sagte er und ging auf Maggie zu. „Anlässlich unseres Wiedersehens und der bevorstehenden Unsterblichkeit deiner geliebten Abgal."

Maggie sah echte Freude in den Augen, mit denen er sie jetzt voller Begeisterung ansah, und entschied, dass sie sich Zorn und Ungeduld vorhin nur eingebildet hatte. Sie ließ es zu, dass er sie in seine Arme nahm, sie herzlich drückte und dabei freundschaftlich auf beide Wangen küsste.

„Tretet ein in unser bescheidenes kleines Heim und seid herzlich willkommen", sagte er, legte seinen Arm um Theias Taille und ging voran.

Maggie erkannte, dass Axel noch immer ganz überwältigt war. Sie nahm seine Hand, und gemeinsam folgten sie dem Engel und der Göttin in ihren Palast.

11. KAPITEL

Weitere Überraschungen

Das Fest im Palast war berauschend.

Sam'Yaza und Theia war es irgendwie gelungen, mehr als zweihundert Gäste aus allen Ecken und Enden der Welt einzuladen – nicht wenige davon alte Kampfgefährten Axels, die er für tot oder eingekerkert gehalten hatte. Anfangs hatte Maggie Bedenken gehabt, bei dieser Wiedervereinigung alter Kameraden zu stören oder im Weg zu sein, doch sie empfingen sie allesamt mit der gleichen Herzlichkeit und Freundlichkeit, die sie auch Axel entgegenbrachten.

Sie und Axel nahmen neben Theia und Sam'Yaza die Ehrenplätze auf dem Bankett ein – an einem weiten Tisch auf einer Plattform, die vom Rest des Saales durch eine breite Treppe von sieben Stufen und einer Art Bühne aus spiegelglatt poliertem Marmor getrennt war. Dahinter saßen und feierten die Gäste – allesamt überirdische Wesen – vor langen Tischen, auf denen sich die köstlichsten Delikatessen fanden, die der Planet zu bieten hatte.

Am Spieß gebratenes Wildschwein, mit Wachteln gefüllte Fasane, Lammrücken und Rehkeulen, Lachs, Seeteufel, Hai- und Schlangenfleisch, geschmortes Krokodil, Roastbeef und Würste. Dazu Kartoffeln, Mais, Nudeln, Grieß, Reis, Brot und Bohnen in allen möglichen Variationen und Gemüse und Salate aus aller Herren Länder. Der Alkohol floss in Strömen – Wein, Bier, Spirituosen, was auch immer das Herz begehren mochte. Und – nicht zu vergessen – die herrlichsten Desserts und Süßspeisen, die Maggie sich nur vorstellen konnte: jede Art von Schokolade, von der Maggie jemals gehört hatte, und einige mehr, Puddings und Cremes, Torten und Kuchen und mehr Zuckerwerk als in Pinocchios *Land der Spielereien.* Maggie fand es amüsant, zu beobachten, wie sehr diese überirdischen Wesen irdischen Genüssen zugetan waren.

Es gab Tänzerinnen von unglaublicher Schönheit und Jongleure und Artisten, die aufgrund ihrer Fähigkeiten Kunststücke vollführten, bei denen Maggie vor Staunen der Mund offen stehen blieb. Gerade führte eine Gruppe von Derwischen einen wilden Tanz auf, bei dem sie buchstäblich in Feuer aufgingen.

Was Maggie jedoch noch mehr erstaunte als die zahllosen Speisen, Getränke und Vorführungen war die Freizügigkeit, mit der die Gäste an allen möglichen und unmöglichen Orten ihre mannigfaltigen sexuellen Gelüste auslebten.

Keine acht Meter von Maggie entfernt hatten zwei aufrecht stehende Suburi eine Menschenfrau zwischen sich, die sie allein mit der Kraft ihrer steifen Glieder, die sie vorn und hinten ausfüllten, in der Luft hielten. Die Frau schlängelte sich vor Gier und schrie vor Ekstase. Nicht weit davon entfernt ließ sich ein männlicher Engel von einem anderen von hinten nehmen und stöhnte seine Lust frei heraus. Es gab beinahe ebenso viele gleichgeschlechtliche Paarungen wie zweigeschlechtliche – Männer mit Männern und Frauen mit Frauen. Dreier, Vierer, Gangbangs und ganze Orgien.

Maggie genoss den Anblick – und vor allem die Erkenntnis, dass trotz der Langlebigkeit der Gäste keiner von ihnen seine Lebensfreude, seinen Hunger und seine Begeisterungsfähigkeit verloren hatte. Das war ein mehr als beruhigendes Gefühl im Hinblick auf die Aussicht, dass auch sie jetzt bald unsterblich sein würde.

„Bist du glücklich?“, fragte Axel sie.

„Sehr“, antwortete sie und gab ihm einen Kuss. „Ich werde dir niemals genug danken können dafür, dass du mir diese Welt gezeigt hast … eröffnet hast.“

„Ich habe zu danken“, sagte er. „Dafür, dass ich sie dir zeigen darf. Dafür, dass du bereit bist, sie mit mir zu teilen.“

„Wie lange ist es her, dass du an einem solch berauschenden Fest teilgenommen hast?“, fragte sie.

„Ganz gewiss habe ich im Laufe meines Lebens schon die

eine oder andere Feier veranstaltet“, sagte er mit einem Augenzwinkern. „Aber mit so vielen der Meinen? Das ist schon Jahrtausende her. Das letzte Mal vor dem Großen Krieg.“

Sie sah die Freude, mit der er sich umblickte.

„Ich hätte nie gedacht, dass ich sie jemals wiedersehen würde“, sagte er mit einem melancholisch sanften Lächeln. „Es sprengt mir das Herz. Und die Tatsache, dass wir uns jetzt und in Zukunft alle immer wieder völlig frei treffen können und werden, bedeutet so viel mehr, als ich auszudrücken vermag, Magdalena.“

„Es wird noch besser“, schaltete sich Sam’Yaza ein, der ihnen zugehört haben musste. Er beugte sich über die Lehne seines prachtvollen Stuhles zu Axel und Maggie hinüber und zwinkerte Axel verschwörerisch zu.

„Noch besser?“, fragte Axel lachend. „Das geht gar nicht mehr, Bruder.“

„Und ob das geht“, widersprach Sam’Yaza. „Wir holen uns die Himmel zurück.“

Maggie sah, wie Axels eben noch freudige Miene versteinerte.

„Wie meinst du das?“, fragte er Sam’Yaza.

„Wie ich es gesagt habe“, erwiderte der. „Wir kehren heim.“

„Wir sind dort nicht länger willkommen“, stellte Axel mit traurigem Unterton fest.

„Wir werden nicht um Erlaubnis bitten“, stellte Sam’Yaza klar.

Axel schaute ihn fragend an.

„Wir werden unser Zuhause zurückerobern, Bruder. Wenn es sein muss, mit Gewalt. Aber mit dir an meiner Seite …“

„Warte“, sagte Axel. „Du sprichst von einem weiteren Krieg.“

„Wenn sie klug sind, leisten sie keinen Widerstand“, meinte Sam’Yaza und zuckte mit den breiten Schultern. „Die B’Nai sind nicht mehr, und wir beide wiedervereint im Kampf …“

„Ich werde nie wieder gegen meine Brüder und Schwestern

kämpfen“, sagte Axel hart.

Sam’Yaza machte eine Geste in den Raum.

„*Das* sind deine Brüder und Schwestern, Azazel“, sagte er. „Und sie sind des Lebens auf diesem winzigen Felsbrocken müde.“

„Sie alle haben sich damals entschieden“, sagte Axel.

„Aber jetzt sind die Würfel neu gefallen“, hielt Sam’Yaza dagegen. „Die Karten neu verteilt. Der Rebell ist verschwunden und seine Bluthunde vernichtet. Nichts von dem, was früher vereinbart war, zählt heute noch. Wir werden uns unser Erbe zurückholen und endlich herrschen.“

Maggie konnte sehen, dass Sam’Yaza sich am liebsten auf die Zunge gebissen hätte. Der letzte Teil des Satzes schien ihm im Eifer der Rede rausgerutscht zu sein. Axels Gesicht verfinsterte sich.

„Darum geht es dir?“, fragte er zornig. „Ums Herrschen?“

„Warum denn nicht?“, fragte Sam’Yaza trotzig zurück. „Wir haben die Macht dazu.“

„In den Himmeln und über die Erde muss niemand herrschen“, sagte Axel. „Das war der Grund, warum wir den Krieg damals geführt haben. Gegen die Diktatur eines Einzelnen und für die Freiheit aller. Jetzt sind wir frei. Warum kannst du dich damit nicht begnügen? Ist die Freiheit denn nicht ein sehr viel größeres Gut als die Macht?“

Sam’Yazas Blick wurde nachdenklich. Maggie konnte sehen, dass Axels Worte ihn ins Grübeln gebracht hatten.

„Das glaubst du wirklich, nicht wahr?“, fragte er.

„Mit jeder Faser meines Seins“, bestätigte Axel.

„Dann werde ich noch einmal darüber nachdenken“, sagte Sam’Yaza und nahm von dem Tablett, das ein Mundschenk ihm gerade anreichte, zwei goldene Pokale. „Ja, das werde ich.“

„Ich bitte dich inständig darum, Bruder“, sagte Axel und nahm den Kelch, den Sam’Yaza ihm hinhielt, entgegen. „Wir haben jetzt endlich, was wir schon immer wollten. Lass uns das genießen.“

Sam'Yaza nickte. „Lass es uns genießen."

Und damit prostete er Axel zu.

Axel erwiderte den Toast und trank einen ausgiebigen Schluck.

„Und jetzt lass uns nicht länger von Politik reden, sondern unser Wiedersehen feiern … und die lange, lange Zukunft deiner reizenden Magdalena."

Er reichte auch ihr einen Pokal, und sie stieß mit ihm an. Der Wein war schwer und süß.

Doch obwohl Sam'Yaza versprochen hatte, noch einmal über seinen Plan nachzudenken, und in den kommenden zwei Stunden kein weiteres Wort mehr darüber verlor, konnte Maggie sehen, dass Axel nachdenklich blieb – ja trotz des ihn umgebenden Festes beinahe schwermütig. Sie versuchte einige Male, ihn aufzuheitern, aber seine Stimmung war verdorben.

Kein Wunder, dachte sie, wenn man nach all den Jahrtausenden endlich glaubt, Frieden und alte Freunde wiedergefunden zu haben, und schon der Erste davon gleich wieder von Krieg spricht. Aber sie hatte eine Idee, wie sie ihn wieder aufheitern konnte – oder zumindest für den Moment ein wenig ablenken. Sie erhob sich und ergriff seine Hand. Er schaute sie kurz fragend an, doch dann verstand er und lächelte dankbar, ehe auch er aufstand.

„Gute Nacht", sagte er zu Sam'Yaza und Theia. „Danke für das wundervolle Fest. Magdalena und ich ziehen uns jetzt in unser Gemach zurück. Wir sehen uns morgen."

Mit einem Ausruf des Bedauerns erhob sich auch Theia, gefolgt von Sam'Yaza, von ihrem Stuhl und winkte dem Mundschenk zu.

„Wollt ihr uns wirklich schon verlassen?", fragte die Elohim. „Die Nacht hat doch gerade erst begonnen."

Maggie lächelte entschuldigend. „Noch bin ich nicht unsterblich", schob sie zwinkernd eine Ausrede vor, „und brauche meinen Schönheitsschlaf."

„Ab morgen wird das anders", sagte Theia vertraulich und

reichte ihr einen Kelch vom Tablett des Mundschenks. „Auf süße Träume bis dahin."

Auch Sam'Yaza reichte Axel einen Kelch und hob seinen eigenen. „Auf süße Träume!"

Axel nahm den Kelch und sah seinen Freund forschend an.

„Wir reden morgen noch einmal über das, was du vorhin gesagt hast", meinte er.

Sam'Yaza winkte lächelnd ab. „Mach dir darüber jetzt bitte keine Gedanken, Bruder. Ohne dich an meiner Seite hätten wir ohnehin keine Chance."

„Dann auf süße Träume", wiederholte Maggie den Toast, um zu verhindern, dass sie jetzt vielleicht doch wieder über Sam'Yazas Plan zu reden beginnen würden, und hob ihren Kelch. Sie stießen an und tranken. Dann umarmten sie einander, küssten sich, und Theia rief eine Dienerin, damit sie Axel und Maggie zu ihrem Gemach führen sollte.

Zu Maggies Begeisterung entpuppte sich das Gemach als eine weitläufige Suite von vier riesigen Zimmern und einem Bad, das locker zwei Dutzend Menschen Platz geboten hätte. Gerade bereiteten zwei weitere Dienerinnen in einem gewaltigen Kessel heißes Wasser vor, um es über einen Hebelmechanismus in eine in den Boden eingelassene, bereits fast volle Wanne aus Marmor zu gießen. Sie war so groß wie Maggies Zimmer in New York und hatte damit eigentlich eher die Bezeichnung Pool verdient. Der Raum roch nach Orchideen und Granatäpfeln, und überall brannten Kerzen.

Eine der Dienerinnen rührte das schaumige Wasser in der Wanne noch einmal mit einem langen, ruderähnlichen Stab um, dann verneigten sich die drei und ließen Maggie mit Axel allein.

Maggie schlüpfte aus ihren Sachen und prüfte mit den Zehenspitzen die Temperatur. Sie war perfekt. Mit einem wohligen Seufzer stieg sie die in die Wanne eingelassenen Stufen hinab und legte sich hinein. Sofort kroch ihr die angenehme Hitze unter die Haut, und sie schloss genussvoll die Augen, während sie am Plätschern hörte, wie Axel sich zu ihr gesellte.

Sie wusste inzwischen, dass Engel Bäder oder Duschen nicht wirklich brauchten. So wie sie ihre Kleidung, ihre Flügel, ihre Waffen und auch ihre wahre Gestalt nach Belieben erscheinen und verschwinden lassen konnten, verschwand jeglicher Schmutz fast augenblicklich wieder von ihrer Haut. Das war eine beneidenswerte Fähigkeit, die Maggie mit dem Erreichen der Unsterblichkeit leider nicht erhalten würde; das war eine reine Engelssache. Nichtsdestotrotz liebte Axel ausgiebige Bäder.

Sie öffnete die Augen wieder, und an dem Ausdruck in seinem Gesicht erkannte sie, dass das Bad allein seine Melancholie nicht vertreiben würde.

„Du glaubst ihm nicht, nicht wahr?“ Es war mehr eine Feststellung als eine Frage.

„Nein“, sagte er. „Er will diesen Krieg.“

„Wegen der Macht?“

„Vielleicht“, vermutete er. „Aber wie ich ihn kenne, wahrscheinlich vornehmlich wegen des Kampfes.“

„Auf die Gefahr hin, dass die neu gewonnene Freiheit wieder verloren geht oder mit jeder Menge unschuldigem Blut befleckt wird?“

„Sam’Yaza ist ein Krieger“, sagte er. „Gefahr ist ihm mehr Reiz als Schrecknis.“

„Auch du bist ein Krieger.“

„Wir wurden so erschaffen“, sagte er leise, und sie konnte heraushören, wie sehr er diesen Umstand bedauerte. „Aber anders als er habe ich immer für eine Sache gekämpft. Die braucht er nicht. Er gehörte von Anfang an zu denen, denen es genügt und die es lieben, einfach nur zu triumphieren. Über wen und warum spielt für ihn, wenn überhaupt, nur eine untergeordnete Rolle.“

„Das heißt, selbst wenn es ihm gelänge, die Macht in den Himmeln an sich zu reißen, würde er nicht aufhören, Krieg zu führen?“

Axel schüttelte traurig den Kopf. „Er würde immer einen Grund finden."

„Also, was hast du vor?" Sie kletterte zu ihm hinüber und schlängelte sich zwischen seinen breiten Rücken und den Rand der Wanne, um ihm die Schulter einzuseifen.

„Ich weiß es noch nicht, Magdalena", gab er zu und lehnte sich genussvoll gegen sie. „Wenn ich gar nichts tue, wird es ein Blutvergießen geben – auf beiden Seiten. Wenn ich etwas tue, müsste ich mich dazu wieder gegen den eigenen Bruder stellen, und ich weiß nicht, ob ich das noch einmal verkraften würde."

„Wie würde das denn auch weiteres Blutvergießen verhindern?"

„Ein Duell", sagte er knapp.

„Was meinst du?"

„Ich müsste seinen Platz als Anführer seiner Gefolgsleute übernehmen und sie dann dazu bewegen, den Frieden zu wahren."

„Und ohne Kampf geht das nicht?"

Er lachte auf. „Nicht bei Sam'Yaza."

„Und wie würde Theia reagieren?"

„Das kann ich noch nicht einschätzen", sagte er. „Bei ihr war ich nie ganz sicher, ob sie für die Freiheit gekämpft hat oder für den Erhalt ihrer Macht."

„Nehmen wir an, sie würde treu zu ihrem Geliebten stehen."

„Dann wird es ein harter Kampf."

„Wie hart?"

„Der Ausgang wäre fraglich."

„Wäre es hilfreich, Luzifer um Hilfe zu bitten?"

„Das hieße im wahrsten Sinne des Wortes den Teufel mit dem Beelzebub austreiben. Aber durchaus eine Überlegung wert. Schließlich besitzt auch Sam'Yaza genau wie ich die Macht, sie zu besiegen. Und er auf dem Thron der Himmel …" Er überlegte. „Sie und die Ihren wären sein nächstes Ziel. Ganz bestimmt. Sie hätte also jeden Grund, ihn aufhalten zu wollen. Aber deshalb ein Bündnis mit ihr eingehen?"

„Vielleicht müsste man sie dann einfach nur über sein Vorhaben informieren", schlug Maggie vor. „Dann kümmert sie sich darum, und du wärst die Sorge los."

Er seufzte. „Du vergisst, Magdalena, Sam'Yaza ist mein Bruder, und ich liebe ihn. Trotz all seiner Schwächen."

Eine Woge von Mitgefühl schwappte durch Maggies Innerstes und schlug eine schwere Kette um ihr Herz. Wieder sah sie, wie der Mann, den sie liebte, unerbittlich und gegen jegliche Überzeugung in einen Konflikt gesogen wurde wie in einen Mahlstrom. Es war kein Konflikt zwischen Gut und Böse – das waren Konflikte nie. Zwischen Gut und Böse konnte man immer ganz einfach entscheiden. Wie aber entscheidet man zwischen Freiheit und Frieden auf der einen Seite und denen, die man liebt und die dieser Freiheit und diesem Frieden mit jeder Faser ihres Seins den Kampf ansagten? Wie vor Kurzem Ba'Al'T'Azar war es jetzt Sam'Yaza, der Axel diesen Konflikt aufzwang.

„Und wenn wir einfach fortgehen und alldem den Rücken zukehren?", fragte sie leise, obwohl sie die Antwort bereits kannte.

„Ich wünschte, es wäre so einfach", antwortete Axel. „Aber alles, was ich bin, zwingt mich dazu, für die Freiheit anderer zu kämpfen und einen Kampf zu führen, um einen Krieg zu verhindern. Und selbst wenn das nicht so wäre, könnte ich doch niemals ignorieren, dass Sam'Yaza mich als seinen Feind betrachten würde, als Bedrohung, wenn ich nicht an seiner Seite kämpfe. Er wird alles daransetzen, mich zu vernichten, damit ich seine Pläne nicht durchkreuze oder später seine Macht gefährde."

„Du könntest ihm schwören, ihn nicht zu bekämpfen."

„Selbst wenn ich das könnte, was ich, wie du weißt, nicht kann, und selbst wenn er mir glauben würde, was er, wie *ich* weiß, niemals tun würde, spielte das nicht die geringste Rolle. Die Welt, die entsteht, wenn Sam'Yaza seine Ziele erreicht, wäre nicht mehr die Welt, in der ich leben wollen würde."

Da fasste Maggie einen Entschluss.

„Gib mir dein Schwert“, sagte sie ernst.

Er drehte den Kopf zu ihr herum. „Wozu?“

„Ich kann nicht zulassen, dass du schon wieder gezwungen wirst, einen deiner Brüder zu vernichten“, sagte sie. „Gib es mir.“

„Was hast du vor?“

„Ich werde Sam’Yaza dazu überreden, seinen Plan, Krieg zu führen, aufzugeben.“

„Wie genau willst du das tun?“

„Wenn er seinem Ziel nicht abschwört, werde ich gegen ihn kämpfen.“

Er schaute sie liebevoll an. „Und welche Chance rechnest du dir dabei aus? Du weißt nicht einmal, wie man mit einem Schwert umgeht.“

„Aber ich habe den Vorteil, dass er als Engel keinen Menschen töten kann.“

Er drehte sich nun ganz zu ihr herum und nahm sie in die Arme.

„Magdalena, du Wunderbare. Du Zauberhafte“, sagte er und küsste sie. „Du vergisst, dass er dich nicht töten muss, um dich zu besiegen. Dass er dich auch ganz einfach so überwinden kann … oder einen seiner Suburi damit beauftragen kann, dich gefangen zu nehmen.“

Maggie verzog missmutig das Gesicht. Das hatte sie tatsächlich vergessen.

„Aber es muss doch einen Weg geben …“, sagte sie trotzig.

Er nickte. „Und wir werden ihn finden. Irgendwie … so wie immer. Aber nicht mehr heute Nacht.“

Sie streichelte seine Wange, und der schmerzerfüllte Ausdruck in seinen Augen verschwand ganz langsam.

„Nicht mehr heute Nacht“, wiederholte sie seine Worte, schmiegte sich an ihn und schlang ihre Schenkel um seine Taille.

Er packte sie fester und küsste sie noch einmal.

„Weißt du eigentlich, wie sehr ich dich liebe?“, fragte er mit seiner rauen Stimme leise gegen ihre Lippen.

„Ja“, antwortete sie. „Das weiß ich. Und weißt du auch, wie sehr ich dich liebe?“

Er nickte, und der nächste Kuss brachte sie zum Schweigen – oder vielmehr zum Reden ohne Worte.

Selbst unter Wasser fühlte sie sein starkes Herz fest und gleichmäßig durch ihre Brust hindurch schlagen und verschränkte die Fersen hinter seinem Rücken. Mit der einen Hand hielt er sie im Nacken, und die andere streichelte ihren Arm … dann ihre Seite … schließlich ihren Hintern.

Mit der größten Selbstverständlichkeit griff Maggie an ihren Bäuchen entlang zwischen ihren Beinen hindurch nach seinem Schwanz und fühlte, dass er schon mehr als bereit war.

So wie sie.

Sie schlängelte ein wenig, um sich und ihn in die richtige Position zu bringen, und ließ sich dann langsam auf ihn herabsinken. Das Gefühl, ihn aufzunehmen, war wie immer umwerfend und ließ sie vor Erregung erzittern. Axel knurrte genießerisch, und sein Kuss wurde fordernder.

Maggie hielt sich an ihm fest und begann ihre Hüften kreisen zu lassen, wobei sie fühlte, wie er in ihr noch weiterwuchs und sie mehr und mehr ausfüllte. Gleich darauf waren seine beiden Hände an ihrem Hintern. Seine starken Finger griffen fester zu und senkten sich in ihr Fleisch. Doch er ließ ihr die Kontrolle. Sie küsste ihn noch einmal und lehnte sich dann mit dem Oberkörper zurück, bis sie mit den Schulterblättern am Beckenrand angekommen war und die Arme ausbreitete, um sich dort festzuhalten. Damit präsentierte sie ihre herrlich prickelnden Brüste seinen hungrigen Lippen, und er nahm die Einladung nur zu gerne an.

Wie immer entfachte die direkte Berührung mit Alex mehr Lust in ihr, als sie jemals bei einem anderen, bei einem Menschen gespürt hatte. Es war, als wäre seine Natur ein zusätzliches Aphrodisiakum, das sie genau um den Teil ihres Verstandes brachte, der sie in früheren Begegnungen immer ein wenig gehemmt hatte. Denn wenn sie mit ihm zusammen war, gab es diese Hemmungen nicht.

Sie rieb mit ihrem Schoß auf seinem vor und zurück … fühlte, wie sein Schwanz in ihr hin und her drückte … und drängte sich ihm noch stärker entgegen, während er ihre Nippel küsste … daran lutschte und knabberte. Ihre Bewegungen wurden rasch schneller, und das Wasser begann Wellen zu schlagen. Durch das Pochen ihres Pulses in ihren Ohren hindurch konnte sie hören, wie ihr Tanz Axel zum Stöhnen brachte, und sie schaute ihm tief in die Augen, um den verschwommenen Glanz darin zu genießen … sich daran zu berauschen, wie sehr auch sie ihn zu erregen und zu begeistern in der Lage war.

Schon den ganzen Abend hatte sich ihre Lust beim Beobachten der anderen Pärchen und Konstellationen der Orgien auf dem Fest fast bis zum Überlaufen genährt, und jetzt endlich fand sie ihr Ventil. Jetzt endlich konnte sie sie ausleben, und für die kommenden Stunden würden sie beide frei sein von den düsteren Gedanken um Sam'Yaza und seine kriegerischen Pläne. Denn jetzt und hier gab es nur sie. Nur ihre Lust. Ihre Erregung.

Ihre Gier.

Aus Maggies schlängelndem Kreisen und Wippen wurde heftigeres Stoßen. Fordernd. Hungrig. Axels Stöhnen wurde rauer – animalischer. So wie sein Saugen an ihren Brüsten wilder wurde, unzärtlicher. Es war ein süßer Schmerz, der in Maggies Nippel hinein und von dort aus in ihre Brust zuckte. Sie packte Axel im Nacken und presste sein Gesicht noch fester gegen ihr Fleisch, nahm seinen typischen Geruch nach Wüstensand noch tiefer in sich auf.

Er hielt sie am Hintern gepackt und ließ seine krallenden Finger zwischen ihre Backen gleiten … sie spreizen. Maggie stieß nur umso fester. Sie war geil. Geil auf einen ersten Orgasmus. Entsprechend hart und schnell fickte sie jetzt.

Kurze, feste Stöße.

Das Herz schlug ihr mit der Geschwindigkeit eines Trommelwirbels hoch bis zum Hals, und statt zu atmen, keuchte sie … hechelte sie. Ihr wurde dabei so heiß, dass das Wasser, das um sie herumschwappte, ihr schon beinahe kühl und erfrischend erschien.

Axel hielt wunderbar kraftvoll dagegen.

Sie sah, wie die Linien auf seiner Brust und seinen Schultern, von denen sie inzwischen wusste, dass sie seinen Namen darstellten, zu leuchten begannen, und steigerte die Schnelligkeit ihres Rittes.

So wie das Wasser um sie herum, schwappte auch ihre Lust immer höher … war schon sehr bald zum Rausch geworden … zum Rausch, der ihren Blick verschwimmen und sie rote und goldene Flecke sehen ließ. Sie hatte sich in der Zeit mit Axel sehr viel mehr bewegt als in ihrer Vergangenheit als Schriftstellerin, und entsprechend fitter war sie jetzt. Ein Umstand, der sich äußerst vorteilhaft auf ihren Sex auswirkte … und auf ihre Freude, körperlich alles zu geben.

Schneller.

Fester.

Härter.

Noch schneller.

Ohne dabei auch nur ein Quäntchen an Sinnlichkeit zu verlieren, bewegte Maggie sich mit aller Kraft, die ihr menschlicher Körper aufzubringen in der Lage war. Es war wie Austoben – nur hundertmal besser. Tausendmal. Ihre Pussy pochte so schnell wie ihr Herz – und damit noch um einiges schneller als Axels steif in ihr steckender Schwanz. Immer geschmeidiger und zugleich fester wurden ihre Muskeln, so als würde sie, je mehr Kraft sie aufwendete, auch immer mehr Kraft tanken. Das Adrenalin rauschte durch ihre Adern, und ihr Keuchen wurde mit jedem Mal mehr zu einem gutturalen Stöhnen … das sehr viel tiefer klang als ihre normale Stimme.

Axel bäumte sich unter ihr auf.

Sie stemmte sich dagegen – und kam!

Ihr Leib spannte sich zu einem weiten Bogen an, und mit dem Hinterkopf berührte sie den Boden neben dem Becken. Ihre Finger verkrallten sich im Rand, und ihr Atem stockte. Der Rausch fegte durch sie hindurch wie ein Wirbelsturm – und doch war es gleichzeitig in ihr plötzlich totenstill. Ihr Herz hatte aufgehört zu schlagen, und jede Faser ihres Körpers war zum Zerreißen angespannt, so als wäre sie mitten in der Bewegung eingefroren.

So verharrte sie einen Ewigkeiten erscheinenden Moment … bis sie sich schließlich nicht mehr halten konnte und doch erzitterte und der gestockte Atem sich in einem lauten Schrei befreite.

Noch mehr Punkte tanzten vor ihren Augen. Sie atmete schwer und wartete, bis sich ihr getrübter Blick gleich wieder klarte, so wie er das immer nach nur wenigen Sekunden tat.

Nur dieses Mal nicht.

Irgendetwas stimmte nicht.

Ganz und gar nicht.

Statt dass die vor ihren Augen tanzenden Punkte allmählich weniger wurden, wurden es immer mehr, aber zu den roten und goldenen hatten sich jetzt auch graue gesellt … und schwarze. Außerdem wurde ihr schwindelig, und es war nicht die leichte Orientierungslosigkeit, die sie fast immer verspürte, kurz nachdem sie gerade gekommen war. Es war so viel heftiger als sonst. So dass ihr sogar davon schlecht wurde.

Um den Kopf zu heben, musste sie alle Kraft aufbringen, die aufzubringen sie in der Lage war, und ihr Blick suchte Axel. Aber auch der sah plötzlich fürchterlich schlapp und erschöpft aus. Er rieb sich die Augen und schüttelte den Kopf, so als wollte er eine lästige Mücke verscheuchen. Sie wollte ihn ansprechen, aber ihre Zunge war plötzlich schwer wie Blei.

Da sah sie, wie jemand das Bad betrat.

Es waren Sam'Yaza und Theia – begleitet von vier der

Suburi, die anders als bei dem Empfang plötzlich schwer bewaffnet waren.

Theia lächelte kalt und trat um das Bad herum an Maggie heran. Maggie merkte, wie sie sie am Kinn berührte, um den Kopf festzuhalten, und ihr nacheinander beide Augenlider anhob.

„Ihre Pupillen sind so groß wie Münzen", sagte die Elohim über die Wanne hinweg zu Sam'Yaza. „Das Gift wirkt."

„Ausgezeichnet", hörte Maggie Sam'Yaza sagen. „Bringt sie ins Verlies!"

Die vier Wächter kletterten in die Wanne und zogen sie und Axel daraus hervor. Maggie wollte protestieren, sich wehren, aber ihr Körper reagierte nicht.

Dann wurde alles schwarz.

Smolensk am Dnjepr: im neunten Jahrhundert von den ursprünglich aus Schweden stammenden Rus als Werft für ihre Drachenschiffe gegründet und seither in mehr als zwölfhundertjähriger Stadtgeschichte unzählige Male zerstört. Von den Mongolen, den Litauern, den Polen, den Franzosen und den Deutschen – und doch immer und immer wieder aufgebaut. Ein Paradebeispiel russischer Loyalität und fast schon an Sturheit grenzender Geduld. Hier, im Derzhava Hotel in der Kashenastraße, machten Anya, Sergej und Man'El ihre erste Rast. Man'El hatte vorgeschlagen, Sergej am Steuer abzulösen und ohne Pause nach Kiew zu fahren, weil er keinen Schlaf brauchte und eine Rast außerdem für keine sehr gute Idee hielt, aber Sergej traute ihm nach wie vor nicht und hatte davon nichts wissen wollen. Auch Anya war, obwohl sie im Auto geschlafen hatte, froh, endlich wieder ein echtes Bett unter sich zu haben. Eines, das nicht vom Wellengang schwankte oder von der Fahrt ruckelte. Man'El hatte darauf bestanden, dass sie sich zu dritt ein Zimmer teilten, damit er besser über sie wachen konnte. Aber auch davon hatte Sergej nichts wissen wollen. Anya auch nicht.

Sie stand unter der Dusche und ließ das weiche, warme Wasser den Dreck der Reise und des Überfalls abspülen. Es störte sie nicht, dass Sergej im Türrahmen stand und sie betrachtete. Im Gegenteil. Jetzt, da sie wusste, dass nicht nur ihr Anblick ihn anmachte, sondern er sie liebte, empfand sie sein Stehen dort als süßes Kompliment. Sobald auch er geduscht haben würde, würde sie ihn nach allen Regeln der Kunst verwöhnen, um sich auf ihre Weise für seine Zuneigung und seine Fürsorge zu bedanken ... und für die Bereitschaft, sein eigenes Leben für das ihre zu opfern.

Am liebsten hätte sie ihn schon jetzt darum gebeten, mit ihr unter die Dusche zu kommen, aber sie wusste, dass er ablehnen würde, weil er auf sie aufpassen wollte. Trotz der verrückten Dinge, die geschehen waren, hatte Anya sich noch nie so behütet gefühlt. Vor allem von Sergej – aber nicht nur. Ihre Gedanken schweiften ab zu Man'El, der das Nachbarzimmer genommen hatte. Was, wenn er wirklich die Wahrheit gesagt hatte? Was, wenn er wirklich ihr Gefährte war? Ihr Mann? Und das schon seit Millionen von Jahren? Wie konnte sie sich dann so sehr in Sergej verlieben? War wahre Liebe nicht stärker als ein verlorenes Gedächtnis?

Vielleicht war das ja die Antwort – und unterstrich ihre Vermutung: Man'El irrte sich, verwechselte sie. Denn Anya glaubte an die große Liebe, die wahre Liebe – daran, dass man sie nur einmal fand ... und dann nie wieder vergaß. Daran, dass sie keinen Raum ließ, jemanden anders zu lieben. Aber sie musste sich selbst gegenüber auch eingestehen, dass Man'El sie berührte, dass er etwas in ihr bewegte, nicht nur wegen des Traumes oder – wie er es genannt hatte – der Erinnerung. Während Sergejs Augen sie stets so anblickten, als sei sie sein kostbarster Besitz – etwas, das er mit allen ihm zur Verfügung stehenden Mitteln beschützen musste –, sah Man'El sie an, als wäre sie seine Göttin, das Zentrum all seiner Existenz, sein Grund zu leben.

Und da war, zu ihrer eigenen Überraschung, Raum in ihr

für beides. Sie liebte es, von Sergej als Besitz betrachtet zu werden ... ihm zu gehören ... ihm zu dienen ... sich ihm hinzugeben. Doch zugleich war der Gedanke, jemand so Mächtigem Göttin zu sein, ein sehr schmeichelnder ... angebetet zu werden ... die Hingabe zu empfangen, die sie sonst nur darzubieten gewohnt war ... jemanden zu haben, der ihr dienen wollte – mit allem, was er hatte und war.

Aber wenn sie an die wahre Liebe glaubte, hieß das nicht, dass ihre Gefühle für Sergej schwächer waren, als sie glaubte, wenn sie an Man'El überhaupt nur dachte?

Doch Anya würde nie dazu kommen, sich diese Frage zu beantworten – denn genau in diesem Moment brach das Chaos los.

Sie hörte ein lautes Krachen, und die geballte Faust eines Mannes brach durch die zersplitternden Fliesen neben ihr und packte nach ihr, ehe sie überhaupt reagieren konnte. Gleich darauf eine zweite auf der anderen Seite, so als wäre die Wand aus Pappe. Sie schrie auf und sah, wie Sergej sich wie von einem Katapult geschossen in Bewegung setzte. Noch während er vom Türrahmen auf sie zuhechtete, hatte er bereits ein Messer und eine Pistole gezogen. Sie wehrte sich gegen die eisenharte Umklammerung aus dem Raum, der hinter der Dusche lag, und erkannte, dass Sergej die Pistole nicht abfeuern konnte, ohne sie dabei zu gefährden. Aber schon war er bei ihr und rammte die Klinge des Messers in einen der sie haltenden und an ihr zerrenden Arme.

Hinter der durchlöcherten Wand ertönte ein Schmerzensschrei, und einer der Arme verschwand wieder in dem Loch, das er geschlagen hatte. Sergej packte Anya, hieb mit dem Dolch nach dem anderen Arm, und als der kurz zuckte, zerrte er Anya frei.

„Raus hier!", rief Sergej und stieß sie aus dem Badezimmer, in dem jetzt gerade die Dusche von der anderen Seite völlig eingeschlagen wurde. Sergej rannte hinter Anya raus ins Zimmer und hielt sich erst gar nicht damit auf, die Badtür zu schließen. Wer durch eine Steinwand schlagen und greifen konnte, war mit billigem Sperrholz ganz bestimmt nicht aufzuhalten. „Raus!“

Doch schon flog die Zimmertür nach innen auf.

Ein Wesen mit dem Kopf eines Mungos fauchte ihnen entgegen. Dicht hinter ihm eines mit dem Haupt einer Ratte.

Anya schrie aus Leibeskräften auf und wich den Händen, die sie packen wollten, nach hinten aus.

Sergej feuerte an ihr vorbei, und der Mungomann kippte gegen den anderen.

Da krachte es auch auf der anderen Seite des Raumes. Anya wirbelte herum und sah, wie Man'El durch die Verbindungstür zu seinem Zimmer herbeigeeilt kam, seinen Hammer in der Hand. Doch gleichzeitig zerbarst das Fenster, und auch von dort drangen die Angreifer ein. Mit zusätzlichem Schrecken sah Anya, wie der eben durch den Schuss zu Boden gegangene Mungo wieder auf die Füße kam.

Man'El stellte sich gegen die beiden, die durch das Fenster kamen, schlug das Schwert des ersten zur Seite und zertrümmerte ihm mit einem Aufwärtsschwinger den Kiefer. Aber da kamen auch aus seinem Zimmer Eindringlinge hinzu und stürzten sich von hinten auf ihn.

„Setze deine Macht ein, Ani'El“, rief er mit donnernder Stimme über die Schüsse hinweg, die Sergej abfeuerte, während er sich mit Hammer und Fäusten die Feinde vom Leib zu halten versuchte. Anya griff einen Stuhl und schlug ihn einem der Gegner ins Gesicht, der gerade aus dem Badezimmer kam und nach ihr greifen wollte. Doch der schüttelte nur den Kopf, packte den Stuhl und riss ihn ihr aus den Händen.

„Du bist mächtiger als sie alle zusammen!“, rief Man'El ihr zu. „Du musst dich nur erinnern! Schlage sie zurück!“

Doch sosehr Anya ihm in diesem Moment gerne geglaubt hätte, so wenig fühlte sie, was er meinte. Da war nichts an Stärke in ihr und Macht. Da war nur Angst.

Todesangst.

Inzwischen waren es mehr als acht oder neun Angreifer, und Sergejs Kugeln schienen immer nur für ein paar wenige Sekunden etwas zu bewirken.

„Ani'El!", schrie Man'El noch einmal, ehe gleich zwei seiner Gegner sich an ihn hängten wie Kletten und ihn mit ihrem Gewicht zu Boden zerren wollten. Er schüttelte sie ab, wie ein Löwe zwei Hauskatzen abschütteln würde, aber einem von ihnen gelang es dabei, ihm den Hammer zu entreißen ..

... und genau in diesem Moment betrat Tami'El die Bildfläche.

Vielmehr flog sie ... durch das Fenster hinein.

Sie hatte ihre beiden Schwerter in den Händen, und noch ehe Man'El ausweichen konnte, hatte sie ihn bereits an der Schulter getroffen.

Mit einer fließenden Bewegung durchquerte sie den Raum hin zu Sergej und erwischte ihn mit einem Kratzer am Rücken. Anya wunderte sich noch, warum sie nicht die Gelegenheit genutzt hatte, Sergej direkt zu töten, aber da sagte Tami'El: „Lasst die beiden am Leben. Wir nehmen sie mit. Als Druckmittel ... falls unser Erzengelchen hier die Zusammenarbeit verweigern sollte."

Dann kratzte sie auch Anya mit der Spitze eines ihrer Schwerter, und wie Man'El und nach ihm Sergej wurde sie fast augenblicklich von einer fürchterlichen Lähmung befallen. So als hätte man sie in Stein verwandelt – obwohl sie vollständig bei Bewusstsein war. Die Schwerter waren vergiftet!

Erst jetzt, da sie sich nicht mehr bewegen konnte, wurde sie sich der Tatsache bewusst, dass sie völlig nackt war, und sie fühlte sich gleich noch einmal hilfloser. Sie sah Man'El und konnte in seinen Augen lesen, dass er sie noch immer stumm anflehte, sich zu erinnern und die Angreifer mit ihrer angeblichen Macht in die Flucht zu schlagen. Doch da war nichts, das sie tun konnte.

Tami'El stellte sich vor sie und schaute sie an.

„Das war einfach", sagte sie. „Aber der schwierige Teil

kommt erst noch.“ Sie steckte ihre Schwerter weg und griff nach einem Dolch in ihrem Gürtel. Aber ehe sie ihn einsetzen konnte, zuckte sie zusammen, und Anya sah, wie eine von hinten geführte Klinge nach vorn durch Tami’Els Brustkorb brach.

Das Wesen mit dem Mungokopf stand hinter ihr.

„Ich soll dich von Sam’Yaza grüßen, Tami’El“, knurrte er der Schwarzhaarigen ins Ohr. „Er weiß, dass auch du vorhattest, ihn zu hintergehen.“

Anya sah, wie Tami’Els Augen plötzlich leer in die Ferne starrten, während ein Rinnsal Blut über ihren Mundwinkel hervorquoll und ihr das Kinn herablief.

Der Mungo zog sein Schwert wieder heraus, und Tami’El fiel zu Boden.

„Los! Ladet die drei auf. Wir machen uns sofort auf den Rückweg. Unser Gebieter sagte, es sei höchste Eile geboten.“

TEIL VIER

GEFANGEN

12. KAPITEL

In Ketten

Maggie kam zu sich.

Es war, als würde sie aus einem Tümpel zähflüssigem und klebrigem Asphalt auftauchen. Jedes ihrer Glieder war unglaublich schwer, und es kostete sie schon enorme Anstrengung, überhaupt erst die Lider zu heben. Das Erste, das sie sah, war Axel. In Ketten. An einem Kreuz. Sein Gesicht war geschunden und blutig. Das eine Auge zugeschwollen. Schnitt- und Brandwunden auf seiner nackten Brust. Er war bewusstlos.

Maggie merkte, dass auch sie gefesselt war. Ebenfalls an einem Kreuz, Axel gegenüber. Der Raum, in dem sie sich befanden, war eine von Wurzeln durchdrungene, bauchige Erdhöhle. Es roch modrig und feucht. An der Wand stand neben einer Gittertür ein Dreifuß, in dem zwei kleine Scheite Holz spärliches Feuer gaben, das ihr Gefängnis in ein schummrig gespenstisches Licht tauchte.

„Axel“, rief Maggie mit matter Stimme. Doch Axel rührte sich nicht. Trotzdem versuchte sie es noch einmal … und dann immer wieder, jede gefühlte Minute einmal. Aber sooft sie seinen Namen auch rief, er blieb besinnungslos. Sein Atem war so flach, dass das einzige Zeichen, dass er noch lebte, war, dass sich seine Wunden langsam schlossen, die Schwellung am Auge zurückging und das Blut auf seiner Haut verschwand.

Sam’Yaza und Theia hatten sie betäubt, erkannte sie. Mit einer wohl magischen Droge, die auch Engel lahmlegen konnte. In der Zeit, in der sie bewusstlos gewesen war, war Axel vermutlich schon lange wieder zu sich gekommen, und man hatte ihn gefoltert, ehe man ihn wieder unter Drogen gesetzt hatte. Maggie betrachtete seine Ketten. Während ihre normal zu sein schienen, waren seine mit Runen und archaischen Symbolen verziert, auch das Metall sah anders aus. Ganz offenbar handelte es sich um verzaubertes Silber.

„Axel", versuchte sie es noch einmal, aber noch immer regte er sich nicht. Sie beschloss zu warten, bis er von selbst wieder aufwachte. Dafür konzentrierte sie sich auf ihre eigenen Ketten und versuchte die Hände aus den Schellen zu ziehen. Doch die waren so eng geschmiedet, dass sie ihre Handgelenke genau umschlossen und keinen Raum boten, aus ihnen herauszuschlüpfen. Selbst wenn sie dazu in der Lage gewesen wäre, sich selbst den Daumen zu brechen oder ihn auszurenken, wären sie noch zu schmal. Also versuchte sie es mit Reißen – vielleicht war ja eines der Glieder, an denen die Schellen angebracht waren, schwächer als die anderen und würde sich bei wiederholter Belastung aufbiegen lassen.

Nach endlosen Minuten und Versuchen aber hatte sie nichts erreicht, außer dass ihre Arme und ihre Schultern höllisch schmerzten, ihr Puls raste und ihre Handgelenke von den Schellen aufgescheuert und blutig waren.

Da hörte sie etwas.

Zuerst dachte sie, das Geräusch stammte von Axel, aber ein einziger Blick genügte, um festzustellen, dass er sich kein Stück bewegt hatte. Nein, das Geräusch kam von jenseits der Gittertür, und schon nach wenigen Momenten erkannte sie, dass es Schritte waren. Schritte, die sich näherten. Es war mehr als nur eine Person.

Ohne sagen zu können, warum sie das tat, stellte Maggie sich bewusstlos und ließ den Kopf so hängen, dass sie mit vorgetäuscht geschlossenen Augen aus dem einen Augenwinkel heraus die Tür im Blick halten konnte.

Es waren Sam'Yaza, Theia und zwei ihrer Suburi – die beiden, die Axel und sie über dem See empfangen und hierher eskortiert hatten. Leguan und Eber. Der Leguan fuhr mit einer Kralle über das Türschloss, das daraufhin kurz aufleuchtete, und die Tür schwang wie von selbst mit einem lang gezogenen Quietschen nach innen auf. Der Leguan trat zur Seite und ließ Sam'Yaza und Theia den Vortritt.

„Sie ist noch immer besinnungslos“, sagte Sam’Yaza mit Blick in Maggies Richtung.

„Nein“, erwiderte Theia mit einem süffisanten Lächeln. „Sie tut nur so.“

Sam’Yaza trat an Maggie heran und nahm ihr Kinn in seine große Hand, um ihren Kopf anzuheben.

„Stimmt das, was sie sagt, Menschenfrau?“, fragte er. „Spielst du uns etwas vor? Falls ja, solltest du wissen, dass ich all meine Geduld in den vergangenen Jahrtausenden bis zum letzten Rest aufgebraucht habe. Und jetzt habe ich weder die Nerven noch die Zeit, dumme, infantile Spiele mit mir spielen zu lassen. Verstehst du das?“

Maggie blieb ihrer Rolle treu und ließ den Kopf weiter hängen, so gut dies in der starken Hand überhaupt möglich war.

„Lass es mich anders formulieren“, sagte Sam’Yaza. „Es mag sein, dass du dir einbildest, alle Schmerzen ertragen zu können. Aber es geht gar nicht darum, ob du dir dabei etwas vormachst oder wirklich so hart bist, wie du glaubst. Die wirklich entscheidende Frage ist vielmehr, ob du in der Lage bist, *seine* Schmerzen zu ertragen, wenn du nicht kooperierst.“ Er deutete auf Axel.

Der Subur mit dem Eberkopf hielt plötzlich eine aus Silber geschmiedete, langstielige Zange in der Hand und stellte sich neben Axel. Er legte die Greifer der Zange an Axels linkes Ohr.

„Solange Azazel in diese Ketten geschmiedet ist“, sagte Sam’Yaza, „ist er in seiner menschlichen Form gefangen. Er behält zwar seine Unsterblichkeit und auch seine Fähigkeit der körperlichen Regeneration – aber er ist schwach und verletzbar … und er fühlt Schmerzen genau wie du. Also, überlege dir gut, ob du mich wirklich auf die Probe stellen willst.“

Maggie schlug die Augen auf und hob den Kopf. Sie legte all die Verachtung in ihren Blick, die sie für den Roten empfand.

„Was wollt ihr von uns?“, fragte sie.

„Schon besser", sagte Sam'Yaza, ließ ihr Kinn los und trat einen Schritt zurück.

„Wir haben euch nichts getan", sagte Maggie. „Lasst uns gehen."

„Ich fürchte, ganz so einfach wird das nicht sein", sagte Theia.

„Spielt es wirklich eine so entscheidende Rolle, ob Axel an eurer Seite kämpft oder nicht?", fragte Maggie. „Oder habt ihr Angst, dass er als Einzelner euren Plan gefährden könnte?"

„Oh, das könnte er durchaus", sagte Sam'Yaza, und er schien darüber gar nicht glücklich zu sein. „Die Loyalität meiner Gefolgsleute ist recht, sagen wir einmal, schwach, wenn nicht gar wechselhaft. Sie haben Azazel schon immer mehr geliebt als mich, und wenn er mir meinen Platz streitig machen würde, könnte es durchaus sein, dass meine kleine Armee in sich zusammenfällt wie ein Kartenhaus. Zumindest solange wir noch hier auf der Erde sind. Habe ich den Thron der Himmel erst einmal inne, wird auch er mich nicht mehr stoppen können."

„Was wollt ihr dann hier?", fragte Maggie. „Wir sind eure Gefangenen, und Axel kann sich dir nicht mehr in den Weg stellen."

„Oh, meine Liebe, es geht gar nicht um Azazel", sagte Theia. „Es geht um dich. Dich wollten wir. Von Anfang an. Er ist nur hier, damit er uns nicht in die Quere kommt … und als Druckmittel. Falls du dich weigerst, uns zu helfen."

„Ich? Euch helfen?", fragte sie verwirrt. „Wie sollte ich euch helfen können?"

„Nun stell dich bitte nicht dumm", sagte Theia. „Du bist der Schlüssel zum Kerker des Abaddon."

„Ihr wollt Azra'El befreien?", fragte Maggie ungläubig.

„Und ihn auf die Armee der Engel loslassen", sagte Sam'Yaza. „Mit ihm können wir die Festung der Himmel auch ohne Schlüssel stürmen."

„Das könnt ihr nicht", sagte Maggie. „Azra'El ist unmöglich zu kontrollieren."

„Ts, ts, ts“, machte Theia. „Du unterschätzt uns, Menschenmädchen. Du sprichst mit einem der ehemals mächtigsten Erzengel und einer der Elohim, die …“

„… so wenig Macht haben“, unterbrach Maggie sie, „dass sie sich jahrtausendelang hier im Gestrüpp und im Schlamm zwischen Schlangen und Blutegeln versteckt halten mussten, um nicht von den B’Nai Elohim oder von Luzifer ausfindig gemacht und vernichtet zu werden.“

Theia sprang nach vorn und gab ihr eine schallende Ohrfeige. „Du wagst es, uns zu beleidigen?“

„Ich nenne nur die Fakten“, sagte Maggie wütend und schmeckte Blut. Durch den Schlag hatte sie sich auf die Zunge gebissen. „Der Abaddon ist weit mächtiger, als es die B’Nai jemals waren.“

„Das lässt du am besten unsere Sorge sein“, sagte Sam’Yaza finster. „Du musst nicht verstehen, was wir vorhaben, du musst nur gehorchen.“

„Oder was?“

„Du kennst die Antwort.“ Sam’Yaza deutete wieder auf Axel und den Eber-Subur mit der silbernen Zange.

Der wollte gerade an der Zange, mit der er Axels Ohr gefasst hatte, reißen, als ein weiterer Subur an der Tür erschien. Sein Kopf war der eines Mungos. Er betrat den Kerker und verbeugte sich vor Sam’Yaza und Theia.

„Gebieter“, sagte er. „Wir haben die Schlüsselträgerin.“

Sam’Yaza stieß ein triumphierendes Lachen aus.

„Und Tami’El?“, fragte er.

„Tot“, antwortete der Mungo. „Wie du befohlen hattest.“

„Sehr schön.“ Er winkte dem Eberköpfigen zu, und der ließ die Zange verschwinden. Dann wandte er sich wieder an Maggie. „So wie es aussieht, brauchen wir deine Kooperation nicht mehr, Abgal. Aber sicherheitshalber werdet ihr hierbleiben. Wenn wir Erfolg haben, für immer. Oh, und falls wir keinen haben sollten, fällt mir gerade ein, auch. Denn hier unten wird euch niemand finden.“

Er lachte noch einmal und verließ dann, dicht gefolgt von Theia und den Suburi, den Kerker. Er machte sich nicht einmal mehr die Mühe, die Tür hinter sich zu verschließen.

Maggie blickte ihnen nach. Und so nah die offene Tür auch war – dank der Ketten hätte sie auch am anderen Ende des Universums sein können.

Anya war, wie auch Man'El, mit schweren silbernen Ketten umwickelt, als sie auf den Schultern eines der seltsamen Tierkopfwesen in den Thronraum des Dschungelpalasts getragen wurde. Sergej hingegen war mit einfachen Stricken gebunden. Die Wirkung des Giftes hatte wenige Minuten nach dem Kampf im Hotelzimmer in Smolensk nachgelassen, und danach hatte Anya etwas erlebt, das noch seltsamer war als alles, was zuvor geschehen war. Sie war von geflügelten Wesen durch die Luft transportiert worden – wie die kleine Dorothy im *Zauberer von Oz* von den geflügelten Affen der bösen Hexe des Westens.

Sie hatten ganze Länder überquert – in einer atemberaubenden Geschwindigkeit. Und das Seltsamste war, dass das Fliegen im freien Fall Anya überhaupt nicht erschreckt hatte … dass es ihr sogar vertraut vorgekommen war.

Jetzt taten ihr die Muskeln und die Gelenke weh von der Zeit, die sie bewegungslos in den Ketten verharrt hatte. Der riesige Raum mit dem Elfenbeinthron roch nach gebratenem Geflügel, reifen Früchten und verschüttetem Wein. Und da waren andere Gerüche, die ihr merkwürdig bekannt vorkamen, die sie aber trotz großer Anstrengung nicht zuordnen konnte. Die langen Tafeln waren noch immer voll von benutztem Geschirr, aber niemand saß mehr daran. Welches Fest auch immer hier gefeiert worden sein mochte, es war jetzt vorüber, und die Gäste waren verschwunden.

Sie wurde auf den Stufen zum Thron abgelegt, Sergej und Man'El links und rechts von ihr.

Ihre Entführer verließen den Raum, und sie waren allein.

„Konzentriere dich bitte, Ani'El", sagte Man'El. „Die Ketten sind zu stark, aber sobald sie sie auch nur ein wenig lösen, entfalte deine Kräfte und vernichte sie. Und entfernen müssen sie sie, wenn sie an die Schlüssel kommen wollen."

„Hör endlich auf damit", knurrte Sergej. „Sie ist nicht die, für die du sie hältst. Ihr Name ist Anya."

„Halt dich da raus, Mensch", blaffte Man'El zurück. „Jetzt ist nicht die Zeit dafür. Ich weiß, dass sie Ani'El ist, die Entführer wissen, dass sie Ani'El ist. Jeder weiß, dass sie es ist – nur sie selbst will es nicht wahrhaben. Und solange sie in diesem menschlichen Körper gefangen bleibt und sich nicht erinnert, sitzen wir hier fest und werden ziemlich sicher bald sterben."

„Hör auf zu jammern", stieß Sergej voller Verachtung aus. „Ich bin bereit, für sie zu sterben."

„*Für* sie sterben würde ich auch, ohne auch nur mit der Wimper zu zucken", zischte Man'El zurück. „Aber nicht wegen und mit ihr. Sie hat es in der Hand, uns zu retten. Sie muss sich nur erinnern."

„Hört bitte auf", sagte Anya. „Beide. Egal ob ich nun ein Engel bin oder nicht, ich kann mich nicht erinnern – sosehr ich es auch versuche. Und dass ihr beide euch streitet, hilft uns nicht ein Stück weiter."

Zu ihrer Überraschung schwiegen beide auf der Stelle.

„Hört zu", sagte sie. „Kannst du, Man'El, mit deiner Magie Sergejs Fesseln lösen?"

„Nein", antwortete er. „Nicht solange ich selbst in diesen magischen Ketten liege."

„Aber du könntest .. ", begann Sergej zu sprechen, als die Tür aufflog. Herein schritten ein rothaariger Hüne, der sogar noch größer war als Man'El, eine fast ebenso große Frau mit weißblonden Haaren und mehrere ihrer Entführer – darunter der mit dem Haupt eines Mungos.

„Da ist ja mein Täubchen!", rief der Rote begeistert aus und ging mit großen Schritten auf Anya zu. „Mein Schlüssel zur

Festung der Himmel. Endlich.“

Er kam die Stufen zu ihr empor und trat ihr durch die Ketten hindurch in den Bauch. Anya zuckte vor Schmerzen zusammen. Tränen schossen ihr in die Augen, und sie musste sich zusammenreißen, sich nicht zu übergeben.

„Lass sie in Ruhe!“, hörte sie Sergej brüllen. Genauso willkürlich, wie er sie getreten hatte, traf der Rothaarige auch ihn – voll gegen das Kinn. Sergej war auf der Stelle bewusstlos.

„Bringt die beiden runter in das Verlies“, befahl er.

Seine Männer ergriffen Man'El, der sich mit aller Kraft vergeblich wand, und Sergej und trugen sie hinaus. Zurück blieben nur der Rote und die Frau.

Anya hatte Angst.

Er beugte sich zu ihr herab und sah ihr ins Gesicht.

„Du erkennst mich wirklich nicht mehr, nicht wahr?“ Er grinste und wandte sich seiner Gefährtin zu. „Sie hat keine Ahnung mehr, wer wir sind, Theia.“

„Wie sollen wir an die Schlüssel kommen, Sam'Yaza, wenn sie sich nicht erinnert?“, fragte Theia.

„Wenn mich nicht alles täuscht, könnte genau das die Sache leichter machen“, sagte er.

„Was meinst du?“

„Wir können uns das aufwendige Ritual sparen“, antwortete er. „Ich versklave sie mit dem Di'Maì und werde sie dermaßen in einen Rausch versetzen, dass sie sich verliert und sich das Tor zu ihrer Seele öffnet. Damit finde ich die Schlüssel an ihrer blockierten Erinnerung vorbei.“

„Vergiss nicht, was mit Bezal'El geschehen ist“, sagte Theia warnend.

„Sein Di'Maì war nicht ein Zehntel so stark wie das meine“, erwiderte er und Anya konnte den Stolz in seiner Stimme schwingen hören. „Keine Chance, dass sie meinem Bann entkommt.“

„Bis auf den Moment, in dem sich das Tor zu ihrer Seele öffnet“, hielt Theia dagegen. „Dann wird sie sich erinnern.“

„Das ist genau der Moment, in dem sie sterben wird", sagte Sam'Yaza. „Keine Sorge."

„Und wenn ihr der Moment ausreicht?"

„Genug, Weib!", herrschte er sie an. „Ich wurde erschaffen, über Luzifer zu siegen. Glaubst du, da macht mir eine heruntergekommene B'Nai Angst? Es ist der schnellste Weg. Ich habe meine Entscheidung gefällt."

Anya sah, wie sich Theias Augen zu schmalen Schlitzen zusammenzogen.

„Vergiss nicht, mit wem du sprichst, Engel", sagte sie mit tiefer und drohender Stimme.

Doch Sam'Yaza zeigte sich unbeeindruckt.

„Kennst du einen besseren Weg, ihr die Schlüssel zu entreißen?", fragte er herausfordernd.

Sie holte tief Luft, sagte aber nichts.

„Siehst du", sagte er. „Also machen wir es auf meine Weise. Du kannst gerne zuschauen."

Theia verzog angewidert die Lippen, drehte sich herum und verließ den Thronsaal ohne ein weiteres Wort.

„Umso besser", sagte Sam'Yaza zu sich selbst und wandte sich dann wieder Anya zu. „Nun also zu dir, Täubchen."

Sein Blick senkte sich in den ihren.

„Du wirst mir gehorchen", sagte er eindringlich, und sie spürte, wie sein Blick Macht über sie ergriff. „Du wirst tun, was ich sage, wenn ich es sage. Hast du das verstanden?"

Obwohl sie es nicht wollte, nickte sie.

„Ich werde dich von den Ketten befreien, und du wirst weder versuchen, dich gegen mich zu wehren, noch versuchen, mich anzugreifen oder auf andere Weise zu überwältigen. Ist das klar?"

Wieder strengte sie sich an, sich zu wehren, doch wieder nickte sie nur.

„Und du wirst nichts tun, wenn ich es dir nicht sage", ergänzte er. „Nicht das Geringste. Bist du dazu bereit?"

Das war Anya nicht, aber sie nickte ein drittes Mal.

Sein Blick wurde zufrieden.

Er erhob sich und machte eine Geste mit der Hand. Die Ketten fielen von ihr ab. Doch statt aufzuspringen und ihm das Gesicht zu zerkratzen, wie sie es gerne getan hätte, blieb sie regungslos liegen.

„Steh auf", befahl er.

Während sie versuchte, die Schmerzen in ihren Muskeln und dort, wo er sie getreten hatte, zu ignorieren, erhob sie sich umständlich auf die Füße. Jetzt, da die Ketten verschwunden waren, spürte sie wieder, dass sie noch immer so nackt war wie unter der Dusche in Smolensk. Dass Sam'Yaza sie lüstern anstarrte, ekelte sie an, aber sie war nicht dazu in der Lage, die Hände zu bewegen, um ihre Brüste oder ihre Scham zu bedecken.

„Dreh dich einmal um die eigene Achse", ordnete er an, ganz als hätte er den Ekel in ihren Augen gelesen.

Sie tat, was er gesagt hatte.

„In deiner Unschuld bist du noch schöner als früher", sagte er. Doch es klang wenig schwärmerisch, vielmehr lauernd … drohend. „Dein ganzes Leben hast du damit zugebracht, mich und die meinen von unserem Zuhause fernzuhalten. Wie fühlt es sich an, jetzt ausgerechnet diejenige zu sein, die uns die Schlüssel zur Festung aushändigt?"

„Ich fühle nichts", antwortete sie gehorsam und wahrheitsgemäß. „Nichts dergleichen. Ich weiß nichts von den Dingen, von denen du sprichst."

„Du wirst dich früh genug erinnern", sagte er. „Genau in dem Moment deines Untergangs. Für einen einzigen Herzschlag lang. Aber ich werde dafür sorgen, dass sich dieser Herzschlag für dich wie eine ganze Ewigkeit anfühlen wird. Eine Ewigkeit der Qualen. Als Strafe dafür, dass du dich als Werkzeug gegen deine eigenen Brüder und Schwestern hast missbrauchen lassen und so viele von uns vernichtet hast. Als Strafe für all die Jahrhunderte, die wir, die den Großen Krieg überlebt haben, in Furcht und Schrecken, versteckt im

Schlamm und in Höhlen, leben mussten."

„Du wirfst mir Taten vor, die ich nie begangen habe", begehrte sie auf.

„Du erinnerst dich nur nicht mehr daran", sagte er. „Das macht dich nur in deinen eigenen Augen schuldlos, AnyEl. Denn ich erinnere mich an alles. An jede Einzelheit. Im Auftrag unserer gemeinsamen Herrscher sollten wir die Erde und die Menschheit beschützen vor Luzifer und ihren Abtrünnigen. Wir sollten die Schöpfung bewahren und ihre Schönheit. Doch dein Herr nutzte das Chaos, um seinen Brüdern und Schwestern die Macht zu entreißen, um sich zum alleinigen Gott zu erheben. Indem wir die Menschheit auch vor ihm und seiner Diktatur zu beschützen suchten, erfüllten wir nur unseren Schwur. Wir taten nur das, wozu wir ausgesandt worden waren. Und das hat uns nicht nur in den Himmeln, unserer Heimat, zu Geächteten gemacht, sondern in den Augen all der Menschen, die nach der Großen Flut geboren wurden, mit Luzifers Rebellen gleichgesetzt. Und das, obwohl nicht wenige von uns ihr Leben und alle von uns ihre Freiheit gegeben haben für diese unwürdigen, haarlosen Affen. Und es ist mir scheißegal, ob du dich daran erinnerst oder nicht; ich werde meine Rache nehmen … und die Schlüssel."

Mit den letzten Worten materialisierte sich eine lange Bullenpeitsche in seiner Hand.

Er holte damit aus und schlug zu.

Es knallte ohrenbetäubend, und die lederne Spitze traf Anya mit der Wucht einer Pistolenkugel an der Schulter. Sie wurde nach hinten gegen den Thron geschleudert und schrie vor Schmerzen auf. Ein zweiter Schlag traf ihren Schenkel.

Sie wollte in Deckung kriechen, aber sein mentaler Befehl von vorhin ließ das nicht zu.

„Und dabei waren wir einmal Freunde!", brüllte er. „Du, Azazel, die anderen und ich. Geschaffen von denselben Schöpfern, zusammen aufgewachsen. Wir waren wirklich wie Geschwister. Aber du hast uns verraten. Du hast dich gegen uns gewandt. Du hast uns gejagt, als wären wir Vieh!"

Ein dritter Schlag und ein vierter.

Der ungeheure Schmerz trieb Anya die Tränen in die Augen.

„Was hast du zu deiner Verteidigung zu sagen?"

„Ich weiß davon nichts!", schrie sie verzweifelt. „Ich bin nicht die, für die du und die anderen mich halten." Sie war sich dessen sicherer als jemals zuvor. Von ihrer ganzen Natur her war sie eine Dienerin, eine Frau voll kompromissloser Hingabe, eine Sklavin. Loyal und aufopfernd. Sie konnte sich nicht vorstellen, jemals Macht besessen zu haben oder Freunde zu verraten. Das entsprach ihr nicht. Das war sie nicht.

„Ja, flüchte dich nur in diese Illusion!", rief er. „Aber ich kann dich riechen, Ani'El. Egal, was Luzifer nach deiner Niederlage in Karnak mit dir angestellt haben mag, egal, wie sehr sie mit deiner Erinnerung gespielt hat, um dich zu demütigen, dein Duft ist derselbe geblieben und wird es immer bleiben."

Er schlug noch zweimal zu, und Anya konnte das nach den Schreien eintretende Schluchzen nicht verhindern.

„Du bist so sicher Ani'El wie ich Sam'Yaza bin!"

Er warf die Peitsche zur Seite und kam auf sie zu. Mit seiner riesigen Hand packte er sie im Nacken und zerrte sie hoch auf die Füße, so als wöge sie nichts. Dabei lösten sich seine Kleider in nichts auf, und sie konnte sehen, wie erregt er war.

Er schleuderte sie herum und drückte sie über die Armlehne des Throns. Das Elfenbein presste sich schmerzlich gegen ihre Hüftknochen. Er trat ihre Füße von hinten weiter auseinander, sodass sie jetzt breitbeinig gebeugt stand. Und dann begann er sie zu nehmen.

Sie schrie.

13. KAPITEL

Das Tor zur Seele

Sergej und Man'El lagen am Boden des Kerkers.

Ihre Entführer hatten sie hierher getragen und achtlos hineingeworfen. Nicht einmal eine Kerze hatten sie angezündet, und das einzige Licht im Raum kam von einer Fackel draußen im Gang jenseits der Gittertür. Obwohl er wusste, dass es nichts bringen würde, zerrte Man'El immer und immer wieder an seinen verzauberten Ketten. Sergej erlangte, nach dem harten Tritt, den Sam'Yaza ihm versetzt hatte, gerade allmählich das Bewusstsein zurück.

„Anya", flüsterte er mit trockener Stimme, noch ehe er überhaupt wieder richtig wach war.

„Sie ist nicht hier", sagte Man'El. „Sam'Yaza und Theia haben sie oben behalten."

„Verdammt", fluchte der russische Bodyguard. „Wie konnte das überhaupt passieren? Bist du nicht extra mit uns gekommen, um sie zu beschützen? Wo war deine Magie, als wir sie hätten gebrauchen können?"

„Es waren zu viele", sagte Man'El. „Und falls es dir entgangen sein sollte, auch sie waren Engel und haben ebenfalls Magie eingesetzt."

„Was haben sie jetzt mit ihr vor?"

„Sie werden irgendwie versuchen, an die Schlüssel zu gelangen."

„Sie haben die Falsche."

„Nein, haben sie nicht", erwiderte Man'El. „Aber das spielt aus deiner Sicht auch keine Rolle."

„Was meinst du?"

„Sollte sie nicht Ani'El sein", sagte Man'El, „und ich weiß, dass sie es ist, so wie Sam'Yaza das weiß …"

„Komm zum Punkt."

„Sollte sie nicht Ani'El sein, stirbt sie nur umso früher."

„Und warum liegen wir dann hier so nutzlos herum?“

„Was soll das heißen?“, fragte Man’El wütend. „Meine Ketten sind verzaubert. Es ist mir unmöglich, sie zu sprengen.“

„Und sind meine Fesseln vielleicht auch verzaubert?“, fragte Sergej verständnislos.

„Nein, das sind sie nicht“, antwortete Man’El. „Aber wie soll ich sie lösen, wenn ich nicht einmal meine aufbekommen kann?“

„Mit den Zähnen, du Idiot!“, sagte Sergej. „Heißt das, wir liegen hier schon eine Ewigkeit, und du hast es nicht einmal probiert?“

Man’El blickte ihn schuldbewusst an.

„Dann wird es aber Zeit“, knurrte Sergej und begann über den schmutzigen Boden dorthin zu robben, wo der Engel lag. Als er ihn nach endlos erscheinenden Minuten und dem Verlust von bächeweise Schweiß erreicht hatte, drehte er sich so herum, dass Man’El mit seinen Zähnen an die Knoten über seinen auf den Rücken gebundenen Händen kommen konnte.

„Worauf wartest du?“, fragte er, als Man’El nach einer weiteren Minute nicht angefangen hatte.

„Ich überlege“, sagte Man’El.

„Was gibt es da zu überlegen?“

„Vielleicht sollten wir Sam’Yaza gewähren lassen.“

„Was?!“ Sergej war entsetzt.

„Es besteht die Möglichkeit, dass er sie unbeabsichtigt zu ihren wahren Erinnerungen zurückführt … und sie ihn dann besiegt.“

„Bist du wahnsinnig?“

„Nein, ich meine das im Ernst“, sagte Man’El. „Du hast keine Vorstellung von ihrer Kraft, wenn sie einmal entfesselt ist.“

„Falls sie entfesselt wird“, erwiderte Sergej ungeduldig. „Falls nicht, wird sie sterben. Und wenn sie nicht diese Ani’El ist, wird sie auf jeden Fall sterben. Und das werde ich nicht zulassen, hast du das verstanden?“

„Was willst du tun, wenn ich mich weigere, dir zu helfen?"

Sergej wälzte sich herum und schlug seine Stirn gegen das Nasenbein des Engels.

„Das ist es, was ich tun werde, wenn du mir nicht hilfst", knurrte er. „Ich breche dir jeden einzelnen Knochen im Leib. Dazu brauche ich meine Hände nicht."

Man'El funkelte ihn mordlüstern an.

„Das wagst du nur, weil ich in Ketten liege."

Sergej stieß noch einmal zu.

„Ich lasse nicht zu, dass sie gequält wird", sagte Sergej. „Ob sie nun ein Mensch ist oder nicht. Also beißt du diese verdammten Knoten durch oder ins Gras. Deine Wahl."

Man'El schnaubte durch die blutende Nase.

„Also gut", sagte er schließlich.

Sergej drehte sich wieder herum, und Man'El fing an, den Knoten mit seinen Zähnen zu bearbeiten.

„Das ginge einfacher, könnte ich noch durch meine Nase atmen", beschwerte er sich.

„Du könntest noch durch deine Nase atmen, hättest du gleich getan, was ich gesagt habe", knurrte Sergej. „Und jetzt halt die Klappe und kau!"

Anya war zu heiser, um noch zu schreien. Sie kniete inzwischen auf der Sitzfläche des Elfenbeinthrons, und Sam'Yaza nahm sie mit harten und festen Stößen von hinten. Ihr masochistisch geprägter Körper reagierte mit Lust auf seine brutale Härte, aber ihr Geist mit Abscheu und Hass. Doch so sehr sie auch versuchte, sich zu wehren, es gelang ihr nicht, gegen die Verzauberung Sam'Yazas anzukämpfen. Fast schon hoffte sie, er und Man'El hätten die Wahrheit gesagt und sie wäre wirklich diese Ani'El, damit der Rausch oder die Verzückung, die Sam'Yaza angedroht hatte, sie wieder zu ihrem alten Selbst werden ließ, damit sie ihn bekämpfen konnte … und vernichten. Doch auch wenn ihr Leib mit Lust auf die Gewalt reagierte, mit der er sie nahm, waren die Orgasmen rein mechanische. Da war keine Befriedigung … schon gar keine Verzückung.

Vielleicht könnte sie ihren Hass so groß werden lassen, dass er anstelle des Rauschs befreite, was auch immer da in ihr sein sollte, das zu befreien Sam'Yaza sich vorgenommen hatte. Aber auf eine seltsame Weise fühlte sie dazu einfach zu viel Mitleid für ihn. Sie hatte gemerkt, dass seine Stöße immer frustrierter geworden waren, immer verzweifelter. Und wenn das stimmte, was er gesagt hatte, dann hatte sie ihn und seine Gefährten vielleicht wirklich verraten, und nicht sie war das Opfer, sondern eigentlich er.

Damit konnte sie natürlich nicht und auf keine Weise entschuldigen, was er ihr gerade antat, aber sie konnte ihn auch nicht so sehr hassen, wie es nötig gewesen wäre, das Tor zu ihrer Seele aufzustoßen … falls sie wirklich diese Ani'El sein sollte.

„Ich sehe, du machst keinerlei Fortschritte." In Theias Stimme lag Verachtung. Sie stand plötzlich neben dem Thron. „Es bringt dir nicht einmal den Spaß, den du dir davon erhofft hast. Und die Schlüssel schon gleich gar nicht."

„Es braucht Zeit."

„Die wir nicht haben, wie du selbst sagst", gab sie zurück. „Ashmo'Deush wird heute Abend erscheinen, und wenn wir unser Versprechen nicht einhalten, wird er sich von dem Pakt zurückziehen. Oder schlimmer."

„Was meinst du?" Ganz plötzlich hatte er aufgehört, Anya zu ficken.

„Kannst du dir das nicht denken?", fragte sie. „Er weiß jetzt, wo unser Versteck ist. Und wenn wir ihm nicht mehr als mögliche Verbündete nützlich sein können, sind wir eine Bedrohung für ihn … und für Luzifer. Was sollte ihn daran hindern, ihr unseren Aufenthaltsort zu verraten?"

„Keine Sorge, wir sind ihr gewachsen."

„Nur wenn sie alleine kommt", sagte Theia. „Aber was, wenn sie mit ihren Horden angreift? Denen kann selbst ich nicht Einhalt gebieten."

„Ashmo'Deush wird ihr nichts verraten", sagte Sam'Yaza im Brustton der Überzeugung. „Sonst müsste er ihr gestehen, warum er weiß, wo unser Versteck ist … dass er ein Bündnis mit uns geschlossen hatte."

„Falsch", sagte sie. „Wenn wir und er nicht heute noch gen Himmel ziehen, wird früher oder später durchsickern, dass er hier war und was wir geplant hatten. Das wäre sein Ende. Luzifer würde dafür sorgen. Seine einzige Chance ist es, uns zu verraten und zu hoffen, dass sie uns vernichtet, ohne zu fragen, woher er von unserem Unterschlupf wusste. Er könnte dann immer noch behaupten, ihn durch einen Spion entdeckt zu haben, und sie würde nie erfahren, dass er gemeinsame Sache mit uns machen wollte."

„Verdammt!", fluchte er. „Musst du alles so schwarzsehen, Weib?"

„Was machst du dir vor, Sam'Yaza?", fragte sie spöttisch zurück. „Wir beide sind alt genug, um zu wissen, dass alles, was schiefgehen kann, auch schiefgehen wird, und das Einzige, womit man das verhindert, ist, dass man sich an den Plan hält."

„Das Ritual?"

„Das Ritual."

Anya konnte sehen, dass er hin und her gerissen war … dass er überlegte … und mit seinem Stolz kämpfte … oder vielmehr mit seiner Eitelkeit.

„Denk bitte daran, was auf dem Spiel steht", sagte Theia und klang nun plötzlich sehr viel liebevoller als davor. Sie trat an ihn heran und schmiegte sich an ihn. „Endlich wieder zu Hause. Freiheit. Grenzenlose Macht."

Sein finsteres Gesicht hellte sich auf.

„Gut", sagte er schließlich und rief eine der Wachen von der Tür. „Bring sie nach unten zu den anderen beiden, bis wir alles vorbereitet haben!"

„Soll ich sie in Ketten legen?", fragte der Subur.

„Nicht nötig“, sagte er. „Mein Di’Maì wird noch einige Stunden wirken.“

Er wandte sich an Anya. „Du wirst freiwillig mit ihm gehen und im Kerker warten, bis ich dich hole. Während du dort unten bist, wirst du nicht versuchen, deine Gefährten zu befreien. Hast du das verstanden?“

Sie wollte ihm ins Gesicht spucken und ihm sagen, wo er sich seinen Befehl hinstecken konnte, doch es ging nicht.

„Ja, Herr“, sagte sie stattdessen und folgte dem Subur aus dem Thronsaal.

Nachdem Axel aus seiner Bewusstlosigkeit erwacht war, hatte Maggie ihm alles erzählt, was geschehen war.

„Sie haben die Schlüsselträgerin?“, fragte Axel ungläubig.

„Das haben sie zumindest gesagt“, antwortete Maggie. „Wen meinen sie damit?“

„Ani’El“, erwiderte Axel.

„Die Oberste der B’Nai Elohim?“

„Genau die.“

„Aber Luzifer hat sie und die anderen bei Karnak vernichtet.“

„Ausgeschaltet“, relativierte Axel. „Aber anscheinend nicht wirklich vernichtet.“

„Das bedeutet, deine alte Feindin ist noch am Leben?“

„Scheint so“, sagte er. „Und ebenso Gefangene meiner alten *Freunde* wie wir.“

Von ihrem Platz am Kreuz beobachtete sie, wie sein Gesicht immer nachdenklicher wurde.

„Was denkst du?“, fragte sie.

„Dass ich mit Ani’El an meiner Seite gegen Theia und Sam’Yaza siegen könnte“, antwortete er.

„Ist sie stark genug, eine der Elohim zu besiegen?“

„Nein, aber sie ist stark genug für Sam’Yaza“, sagte er. „Zumindest gerade so. Theia müsste ich übernehmen.“

„Aber du hast gesagt, du könntest keinen der Elohim töten.“

„Ja, aber ich habe auch gesagt, ich wäre durchaus dazu in der Lage, einen zu bannen. Du erinnerst dich – das war das Risiko, das die Elohim eingehen mussten, um mich stark genug für den Kampf gegen Luzifer zu machen."

„Würde Ani'El denn an deiner Seite kämpfen?"

„Das ist eine wirklich gute Frage", sagte er. „Und die Antwort ist, ich weiß es nicht. Sie hat mich ihr halbes Leben lang gejagt."

„Nicht zu vergessen, dass sie zu denen gehört hat, die wollten, dass ich den Abaddon auf die Erde loslasse, um die Menschheit zu vernichten."

„Guter Punkt", sagte Axel. „Aber vielleicht können wir ein Bündnis mit ihr schließen."

„Für jetzt vielleicht", vermutete Maggie. „Aber was ist mit später?"

„Wie ich sie und ihr Pflichtbewusstsein kenne", antwortete Axel, „würde sie später wieder Jagd auf mich machen. Doch darüber können wir uns Sorgen machen, wenn es so weit ist."

„Du würdest deine Freiheit wieder verlieren." Der Gedanke schnürte ihr die Kehle zu.

Er schaute sie traurig und voller Ernst an. „Die Alternative wäre, alles zu verlieren."

„Gut. Aber da gäbe es noch ein Problem", sagte Maggie. „Wie kommen wir hier heraus?"

„Versuche dich in einen Wolf zu verwandeln", sagte Axel. „Deine Pfoten müssten schmaler sein als deine Handgelenke."

Maggie schüttelte den Kopf. Darauf hätte sie auch selbst kommen können. Sie schloss die Augen und erinnerte sich an das Gefühl, das sie hatte, als sie in Rumänien in den Wald gelaufen war. Sie erinnerte sich an die Freude an der Bewegung, die Sehnsucht nach Schnelligkeit, den Durst nach Freiheit und dem Ausleben ihrer Kraft.

Doch nichts geschah.

Sie versuchte es noch einmal. Sie stellte sich einen Wolf vor. Den Wolf, der sie war, nachdem sie sich verwandelt hatte. Die verstärkten Sinne, die Instinkte, das Gefühl. Aber sosehr sie sich auch zurückversetzte in die Situation, die sie erlebt und so sehr genossen hatte, sie verwandelte sich nicht.

„Es funktioniert nicht", sagte sie schließlich niedergeschlagen. „Ich hätte Sybaris fragen sollen, womit und wie ich es auslöse."

„Mach dir keine Vorwürfe, Magdalena", sagte Axel sanft. „Es ist nicht deine Schuld, dass wir hier gefangen sind. Es ist meine. Ich hatte geschworen, dich zu beschützen."

„Bitte, sag das nicht, Axel", sagte sie. „Niemand ist auf heimtückischen Verrat vorbereitet. Du konntest nicht damit rechnen, dass dein einstmals bester Freund sich gegen dich stellt."

Er lachte bitter. „Doch, eigentlich konnte ich das. Weil, irgendwie ist es ja schon ein wenig die Geschichte meines Lebens – und nicht das erste Mal. Auch T'Azar war mein Bruder."

„Weißt du", sagte sie nachdenklich, „nachdem ich jetzt den zweiten davon kennengelernt habe, bin ich der Meinung, du solltest aufhören, sie als deine Brüder zu betrachten. Das macht zwar den Verrat nicht besser, aber mildert vielleicht den Schmerz."

„Aber sie sind meine Brüder, Magdalena."

„Eigentlich nicht", sagte Maggie. „Ihr seid alle von den Elohim erschaffen worden, ja, aber das macht euch nicht zu Brüdern. Nicht im eigentlichen Sinne."

„Was willst du damit sagen, Magdalena?"

„Dass du weder die Verantwortung für ihre Verbrechen trägst noch die Schuld daran", sagte sie. „Und dass du an ihrem Hass, ihrer Machtgier, ihrer ganzen Lebensverachtung keinen Anteil hast. Du bist anders, Axel ... Azazel ... und dafür liebe ich dich."

Als Anya in den dunklen Kerker gebracht wurde, spürte sie die Spannung in Sergej und Man'El. So als wären sie gerade bei etwas unterbrochen worden. Glücklicherweise spürte der

Subur das nicht, stieß sie in das Verlies und schloss die Tür wieder hinter ihr ab.

„Anya!“, rief Sergej. „Ist alles in Ordnung? Haben sie dir wehgetan?“

Sie kauerte sich zu ihm auf den Boden und schlang die Arme um ihn.

„Es ist alles okay“, sagte sie und spürte daran, wie er sich verkrampfte, dass er wusste, dass sie die Wahrheit verschwieg.

„Wieso haben sie von dir abgelassen?“, fragte Man’El.

„Sie wollen ein Ritual vorbereiten“, antwortete Anya.

„Sehr gut“, sagte Man’El. „Das verschafft uns Zeit. Löse meine Ketten.“

„Das kann ich nicht“, erwiderte Anya.

„Warum nicht?“, fragte Sergej überrascht.

„Es ist ihr verboten“, antwortete Man’El an ihrer Stelle. „Sam’Yaza hat den Bann seines Di’Maì über sie gelegt.“

„Was ist mit meinen Fesseln, Anya?“, fragte der Bodyguard. „Man’El hat sie schon halb durch.“

Sie versuchte es, aber es gelang ihr nicht einmal, ihre Hände in Richtung der Stricke zu bewegen.

„Es tut mir leid“, sagte sie und fühlte, wie ihr die Tränen in die Augen stiegen.

„Nicht weinen, Kleines“, sagte Sergej. „Alles wird gut. Mach dir keine Vorwürfe. Wir schaffen das schon.“

Dann blickte er zu Man’El. Der nickte und kroch über den Boden zu Sergejs Rücken, um gleich darauf den Knoten mit seinen Zähnen zu bearbeiten. Anya konnte im Schein des spärlichen Lichtes erkennen, dass er schon ein gutes Stück davon geschafft hatte.

„Wie wollen sie an die Schlüssel gelangen?“, fragte Man’El zwischen zwei Bissen.

„Sam’Yaza hat etwas gesagt von wegen das Tor zu meiner Seele öffnen“, antwortete sie. „Ich soll durch Rausch und Ekstase zu mir selbst zurückfinden und erkennen, dass ich in Wirklichkeit Ani’El bin.“

„So etwas Ähnliches habe ich mir gedacht“, sagte Man’El.

„Das heißt, er hat dich vergewaltigt?“, fragte Sergej mit einem Knurren.

Sie legte eine Hand an seine Wange. „Es ist alles gut, mein Lieber. Mach dir keine Sorgen. Er konnte mich nicht wirklich berühren. Wenn Theia nicht wäre, würde er es vielleicht noch ein paar Male probieren, allein aus Eitelkeit heraus, aber so will er es jetzt mit einem Ritual versuchen.“

„So weit wird es nicht kommen“, sagte Sergej. „Wie weit bist du, Man’El?“

„Gleich so weit“, nuschelte der Engel mit vollem Mund. „Nur noch ein paar Fasern.“

„Und dann?“, fragte Anya. „Selbst wenn ihr beide frei seid, wie sollen wir hier herauskommen? Soweit ich das beurteilen kann, wimmelt es in dem Palast nur so von Wachen. Sie werden uns überwinden, so wie sie uns im Hotelzimmer überwunden haben.“

„Sie hat recht“, sagte Man’El. Er hörte auf, an den Stricken zu beißen.

„Mach weiter“, sagte Sergej.

„Was wir hier tun, ist völlig sinnlos.“

„Nichts zu tun wäre sinnlos. Uns wird schon etwas einfallen.“

„Ich glaube, ich habe auch gerade eine Idee“, sagte Man’El und widmete sich wieder den Stricken.

Anya sah, mit welcher Verbissenheit er arbeitete, und es berührte ihr Herz, wie sehr die beiden sich anstrengten, um sie zu beschützen.

„Was hast du vor?“, fragte sie ihn.

„Das zeige ich dir, sobald Sergej meine Ketten geöffnet hat.“

Sergej sah Anya an. „Verbietet dir dieses Di’Maì, zwei große Steine für mich zu suchen?“, fragte er sie.

„Ich glaube, nicht, wenn du mir nicht sagst, wozu du sie brauchst“, antwortete sie, stand auf und begab sich auf die Suche. Sam’Yaza hatte ihr nur verboten, zu versuchen, die beiden zu befreien. Steine suchen hatte er ihr nicht verboten. Schon bald hatte sie welche gefunden und brachte sie zu Sergej.

„Der eine ist gut“, sagte er. „Aber der andere ist zu klein. Schau mal, ob du einen findest, der mindestens doppelt so groß ist.“

Leicht war es in dem Halbdunkel der durch das Gitter fallenden Lichtstraße nicht, aber nach ein paar Minuten Herumkrauchen und Tasten entdeckte sie tatsächlich einen.

„Sehr gut“, sagte Sergej. „Das wird gehen.“

„Ich bin hier auch durch“, sagte Man'El hinter ihm. „Reiß mal daran.“

Sergej spannte die Schultern und Arme an und ruckte den Strick um seine Handgelenke auseinander. Es funktionierte – das Seil riss.

Anya hätte ihm gerne dabei geholfen, sich aus dem Rest seiner engen Fesseln zu befreien, aber Sam'Yazas Befehl verhinderte das, und so musste sie tatenlos dabei zusehen, wie Sergej sich auf dem Boden hin und her rollte und schlängelte, bis er endlich völlig frei war.

Nachdem er es geschafft hatte, verschnaufte er einen kurzen Moment und zog dann seinen Pullover aus, um ihn Anya zu geben. Er reichte ihr nur bis zum Ansatz der Oberschenkel, aber sie war froh, nicht mehr völlig nackt zu sein. Dann reckte und streckte Sergej sich, damit seine Durchblutung wieder funktionierte, und nahm anschließend die beiden Steine auf, um damit zu Man'El hinüberzugehen. Er untersuchte ihn einige Sekunden lang, um herauszufinden, an welcher Stelle der Kette er am besten ansetzen sollte.

„Sie ist verdammt eng gewickelt.“

„Es reicht“, sagte Man'El, „wenn du ein einziges Glied aufbrichst. Das schwächt den Zauber, und den Rest schaffe ich alleine.“

Sergej begutachtete die Kette noch einen Moment lang, dann schüttelte er nachdenklich den Kopf.

„Wie hart bist du im Nehmen, Engel?“, fragte er schließlich. „Und wie schnell heilst du?“

„Wenn die Ketten erst einmal weg sind, kann ich kleinere Verletzungen in Sekundenbruchteilen heilen.“

„Ein gebrochenes Handgelenk?“

„Auch ein gebrochenes Handgelenk“, erwiderte Man’El. „Wenn es nicht anders geht“, fügte er hinzu.

„Gut“, sagte Sergej. „Dann wird das jetzt ein bisschen wehtun.“

Anya beobachtete, wie er Man’Els hinter dem Rücken gefesselte Hände auf den größeren der beiden Steine legte.

„Wenn es geht, verkneife es dir, zu schreien“, sagte Sergej. „Wir können jetzt keinen Besuch der Wachen gebrauchen.

„Ich bin ein Hauptmann der Himmel, Mensch“, knurrte Man’El. „Ich schreie nicht …“

Noch während Man’El sprach, schlug Sergej mit dem anderen Stein mit aller Kraft zu.

Anya zuckte zusammen, als sie sah, wie Man’El die Zähne zusammenbiss und sich sein Gesicht vor Schmerz verzerrte. Aber er hielt, was er versprochen hatte, und gab keinen Ton von sich.

Sergej legte den Stein zur Seite und begann damit, die Ketten loszuwickeln. Sobald sein Arm frei war, nahm Man’El die verletzte Hand nach vorn, murmelte mit vor Schmerzen zusammengebissenen Zähnen Worte, die Anya wie schon beim Kloster in Sankt Petersburg nicht verstand, die ihr aber seltsam vertraut vorkamen. Das Handgelenk glühte auf, und einen Augenblick später war der Schmerz aus Man’Els Gesicht verschwunden, und er half Sergej dabei, die Ketten abzustreifen.

„Also, wie lautet dein Plan?“, fragte Anya, als er vom Boden aufgestanden war.

„Wir versuchen dasselbe, das auch Sam’Yaza versucht hat“, antwortete er.

Sie machte einen schnellen Schritt zurück. „Du willst mich vergewaltigen?“

„Nein, nein, nein“, beeilte er sich zu sagen und machte eine entsprechend abwehrende Geste mit den Händen. „Ich versetze dich mittels Magie in Trance und führe dich zu deinen schönsten Erinnerungen zurück. Wie in Sankt Petersburg."

„Mit welchem Zweck?", fragte sie.

Er lächelte. „Ich bin mir sicher, es ist mehr als eine dabei, die dich derart in Verzückung versetzt, dass das Tor zu deiner Seele sich öffnet und du dich wieder erinnerst, wer du bist. Und wenn du erst deine Kräfte wiederhast, sind wir gemeinsam stark genug, um wenigstens zu fliehen."

„Du setzt immer noch voraus", schaltete Sergej sich ein, „dass Anya diese Ani'El ist."

„Wenn sie nicht Ani'El ist, haben wir ohnehin keine Chance, und es wäre völlig egal, was wir tun", sagte Man'El ernst. „Aber da ich mit Sicherheit weiß, dass sie es ist, müssen wir darüber jetzt nicht schon wieder streiten. Bitte."

„Okay", sagte Anya. „Dann nehmen wir einmal an, ich sei Ani'El. Mich in die Vergangenheit zu führen hat schon in Sankt Petersburg nicht funktioniert. Wieso sollte es jetzt klappen?"

„Wir müssen es nur oft genug versuchen", antwortete er.

„Der Plan an sich ist vielleicht gar nicht so schlecht", sagte Sergej. „Wenn wir mehr Zeit hätten. Haben wir aber nicht. Schon bald kommen sie, um sie für das Ritual zu holen."

„Dann sollten wir am besten gleich anfangen", sagte Man'El.

„Warte", sagte Sergej.

„Worauf?", fragte Man'El.

„Diese Magie, die du anwendest", erwiderte Sergej, „kann die auch Fantasien zum Leben erwecken oder nur Erinnerungen?"

„Auch Fantasien. Warum?"

„Wenn sie sich nicht an ihrer früheres Leben erinnern kann, ist es doch gut möglich, dass sie in einer Erinnerung nicht die gleiche Ekstase empfindet, wie sie sie als Ani'El empfunden hat. Um sie in Verzückung zu versetzen, muss sie etwas erleben, das Anya begeistern würde."

Man'El zögerte.

„Das stimmt“, gab er dann zu.

„Also, Anya“, wandte Sergej sich an sie. „Was wäre dein größter Wunsch? In welche Fantasie soll Man’El dich versetzen?“

Noch ehe sie wusste, was sie darauf antworten sollte, spürte sie, wie sie rot wurde.

„Das kann ich nicht sagen“, erklärte sie leise und blickte verschämt zu Boden.

„Unser Leben könnte davon abhängen, Anya“, sagte Sergej eindringlich. „Das heißt, falls du wirklich diese Ani’El sein solltest.“

Sie sah, dass sein Blick bei den letzten Worten einen leicht traurigen Ausdruck bekam.

„Die Wahrheit ist, dass mich noch nie jemand gefragt hat, was ich mir wünsche“, sagte sie. „Und deswegen habe ich mir wohl auch nie etwas gewünscht. Also, zumindest nichts, was eigentlich unerreichbar wäre.“

Man’El trat an sie heran und schaute sie liebevoll an. „Aber jetzt wünschst du dir etwas. Ich kann es an deinen Augen sehen.“

Sie wurde noch röter.

„Ich … ich …“, stotterte sie. Der Gedanke war ein spontaner gewesen … aus dem Bauch heraus … oder vielmehr aus dem Herzen. Aber war nicht genau das die Natur eines sehnlichen Wunsches? Eines Wunsches, der so verrückt war, dass man ihn unmöglich zu einem Plan machen konnte, weil man im Vorfeld wusste, dass er sich nie erfüllen würde.

„Sprich es einfach aus“, sagte Sergej rau und ungeduldig. „Wir haben jetzt keine Zeit für falsche Scham.“

Sein Befehl machte es ihr leichter. Seine Macht über sie war ähnlich groß wie die Sam’Yazas – nur dass Sergej dazu kein Di’Maì einsetzen musste. Sie gehörte ihm, mit Haut und Haaren, Leib und Seele, und es gab nichts, was sie nicht für ihn tun würde.

„Ich hätte gerne euch beide“, sagte sie leise. „Das … das

wäre mein größter Wunsch."

Sergej und Man'El sahen einander betroffen an – ja fast schon erschüttert.

„U-uns beide?", fragte Man'El ungläubig.

„Ja", sagte sie. „Und damit meine ich nicht nur den Sex."

Sergej stieß einen Pfiff durch die Zähne aus. „Was genau meinst du dann?"

Sie seufzte und sammelte sich. „Ich liebe es, dir zu dienen … und ich liebe es, dass Man'El mir dienen will."

Sergej zog die Augenbraue nach oben, doch Man'El sagte: „Ich würde alles für dich tun, Ani'El. Auch das."

Ein zweites Mal sah Sergej Man'El verdutzt an.

„Habe ich das richtig verstanden?", fragte er. „Sie will meine Sklavin sein und möchte, dass du ihr Sklave bist?"

„Das bin ich seit Anbeginn der Zeit", sagte der hünenhafte Engel. „Voller Demut … und voller Stolz. Ihr Wunsch und ihr Wille sind mein Gesetz."

„A-aber … gleichzeitig?", fragte Sergej.

Man'El erwiderte: „Sie tut alles, was du willst, und ich tue alles, was sie will."

„Wow!", stieß Sergej aus. „Das macht mich dann aber auch gleichzeitig zu deinem Herrn."

„Wie gesagt, wenn es ihr Wille ist, ist es auch meiner", bestätigte Man'El. „Sie ist die Göttin meines Herzens. Und auch meines Körpers."

Anya fühlte, dass ihr noch mehr Hitze in die Wange stieg und wie ihr Herz einen kleinen Freudensprung machte bei Man'Els hingebungsvollen Worten. Doch sie sah auch, dass sich über Sergejs Gesicht ein tiefer Schatten legte.

„Ich dachte, das würde dich freuen", sagte sie mit unsicherer Stimme.

„Dass deine Liebe zu mir so groß ist, dass du mir dienen willst?", fragte er. „Natürlich freut mich das, Kleines."

„Was macht dich dann so traurig?"

Er schnaubte mit einem unglücklichen Lächeln. „Falls

Man'El recht hat und du diese Ani'El bist, dann wirst du, wenn alles gut geht – und das ist ja auch der Sinn der Sache – durch diese Fantasie wieder zu dir selbst … und dann bist du ein mächtiger Engel … und ich nur ein Mensch. So viel mächtiger und stärker als ich … und dann wirst du mich nicht mehr so lieben, wie du es jetzt tust."

„Doch, das werde ich", sagte sie, ohne zu zögern. „Auch wenn ich wieder Ani'El bin, werde ich dich immer lieben … und dir immer dienen wollen."

Sie sah, dass er sich anstrengte, sein Lächeln zuversichtlicher aussehen zu lassen.

„Es ehrt dich, dass du das sagst, Anya", sagte er. „Aber versprich nichts, wovon du jetzt noch gar nicht wissen kannst, ob du es auch halten kannst … halten willst."

„Ich verspreche es nicht nur", begehrte sie auf. „Ich schwö…"

Aber er legte ihr einen Finger auf den Mund, damit sie nicht weitersprechen konnte.

„Liebe darf man nie schwören", sagte er. „Weil man dann nicht mehr unterscheiden kann, ob man geliebt wird oder ob der andere nur seinen Schwur hält."

„Dann hör in dein Herz", sagte sie. „Ich werde immer die Deine sein."

„Kleines, es ist gut für mich, wie immer es ausgeht – Hauptsache, du bist dann glücklich", sagte er und streichelte ihr den Nacken, während er die Stirn an ihre legte. „Aber wenn ich recht behalte und du deine Liebe zu mir vergessen wirst, dann findet unser allerletztes Mal nur in deiner Fantasie statt. Und das macht mich traurig."

„Dann tun wir es in real", sagte sie, ohne zu zögern, als sie die Verlorenheit in seinem sonst so starken Blick sah. Ihn nicht zu enttäuschen war alles, was zählte. „Alles, was du willst, Sergej. Alles."

„Aber", schaltete sich Man'El dazwischen. „Dafür haben wir keine Zei…"

„Es ist mein Wunsch, Man'El", unterbrach sie ihn. „Mein ausdrücklicher Wunsch."

Man'El verneigte sich. „Und der ist mir, wie immer, Befehl, geliebte Herrin."

Sergejs Blick wechselte zwischen Anya und Man'El hin und her.

„Das ist kein Spiel, nicht wahr?", fragte er.

„Nein, Sergej", erwiderte Anya. „Das ist kein Spiel. War es nie. Auch nicht für dich. Und selbst wenn ich ein Engel sein mag – für dich werde ich immer eine Hure bleiben. Die, mit der du tun kannst, was du willst. So wie in Claires Studio in Soho."

Er packte sie im Nacken und zog sie zu einem langen Kuss zu sich heran. Da war kein Zögern mehr und auch keine Trauer, keine Zweifel. Anyas letzter klarer Gedanke war, dass er entweder angefangen hatte zu glauben, was sie ihm versprochen hatte, oder dass er, gerade weil er es nicht glaubte, ihr letztes Mal miteinander in vollen Zügen genießen wollte. Für sie spielte es keine Rolle – ihr war nur wichtig, ihn glücklich zu machen ... für immer, oder, wenn es das Schicksal anders wollte, für diesen Augenblick.

Sie fühlte sein stolzes Herz in seiner breiten Brust fest und hungrig schlagen, und dann spürte sie eine Berührung im Rücken. Man'El war von hinten an sie herangetreten, hielt sie an der Taille und küsste an Sergejs Fingern vorbei ihren Hals.

Mit einem Mal am ganzen Leib zitternd stand sie zwischen diesen beiden riesigen Männern, diesen Ausgeburten an Kraft und wilder Schönheit. Sie vergaß augenblicklich, wo sie waren und in welcher Gefahr sie schwebten ... fühlte ihr Lippen und ihre Hände.

Ihre Hände ...

Während Sergej ihr den Pulli nach oben schob und mit seinen starken Fingern ihre Brüste eroberte, ließ Man'El die seinen auf ihren Bauch wandern ... von da an ihren Seiten herab auf ihre Schenkel ... und dann, sacht-fest massierend, dazwischen.

Sie fühlte sich genommen und angebetet zugleich – so wie sie es sich ausgemalt hatte ... nur in der Realität noch so viel berauschender, als sie es sich jemals hätte vorstellen können.

Es war bei Weitem nicht das erste Mal für Anya, dass sie es mit zwei Männern zu tun hatte. Im Klub war das hin und wieder vorgekommen – einmal sogar mit vier Kunden gleichzeitig. Und in ihrer Vergangenheit in Kiew ... drei Straßenschläger ... auf dem Nachhauseweg vom Bierholen für den Stiefvater. Aber in allen Fällen war sie immer nur benutzt worden ... war Werkzeug gewesen für das Befriedigen der Lust anderer. Anderer, die ihr nichts bedeutet hatten. Jetzt diente sie der Lust des Mannes, den sie liebte, und der andere Mann, ein Engel, der sie über alles liebte und dessen Gefühle sie mehr und mehr erwiderte, diente der ihren.

Man'Els Finger streichelten sie mehr eindringlich als zärtlich zwischen ihren Beinen, und Sergej tat mit ihren Brüsten, was er am liebsten tat: Er spielte fordernd und rau mit ihnen, drehte und zupfte an ihren Nippeln, bis sie klein und hart waren und sich noch mehr nach seiner unschuldigen Rauheit sehnten.

Sie selbst griff nach unten und öffnete Sergejs Hose. Sein Schwanz war bereits so hart, dass es ihr ein wenig Mühe bereitete, sie ihm nach unten abzustreifen. Dann fasste sie mit beiden Händen nach ihm. Selbst wenn sie in einer ganz anderen Situation gewesen wären als der, in der sie gerade waren, hätte sie in diesem Moment keine Geduld gehabt für ein langes und ausgedehntes Vorspiel. Sie drückte die Eichel dorthin, wo Man'El gerade mit seinen Fingerspitzen ihr zartestes Fleisch teilte, und hieß den angenehmen Schock, den die Berührung an ihrer Klit verursachte, aus tiefstem Innern willkommen.

Mit der Linken griff sie nach hinten und entdeckte, dass Man'El inzwischen ebenfalls nackt war ... und ebenfalls hart. Sie fühlte, wie ein erstes leises Beben ihn durchlief, als sie damit begann, ihn zu reiben. Aus seinen zarten Küssen auf ihrem Hals wurden kleine Bisse, und er erwischte damit sofort eine kleine Stelle dicht unter ihrem Ohr, an der sie ganz besonders empfindlich war und die zu necken sie noch willenloser machte.

Wusste er von dieser Stelle, weil er recht hatte und sie wirklich Ani'El war, oder war es reiner Zufall? Aber die Art und Weise, wie er sie ganz gezielt mit seinen Zähnen und seinen warmen Lippen liebkoste, ließ keinen Raum für Zweifel.

Auch seine Finger an ihrem Schoß berührten sie genau dort und genau so, wie sie es am meisten liebte – nicht zu vorsichtig und nicht zu sprunghaft von einer Stelle zur anderen wechselnd. So als kannte er den Takt ihrer Erregung ganz genau.

Das Bewusstsein, dass sich Sergejs Schwanz und Man'Els Finger zwischen ihren Schenkeln, an ihrer Klit und am Eingang ihrer Pussy immer wieder berührten, jagte einen zusätzlichen wohligen Schauer durch ihren Leib, und sie zog beide Männer mit ihren prall gefüllten Fäusten noch enger und dichter zu sich heran.

„Heb sie an", sagte Sergej mit gierigem Knurren, und obwohl der Befehl nicht direkt von Anya gekommen war, gehorchte Man'El auf der Stelle. Jetzt erst erkannte sie, wie ernst es ihm damit war, ihr zu dienen, wenn er wusste und akzeptierte, dass Sergejs Wunsch ihr Befehl war und dadurch auch ihm. Er fasste sie unter den Pobacken an den Rückseiten ihrer Oberschenkel und hob sie mit seiner übernatürlichen Kraft in die Höhe. Dabei winkelten sich ihre Beine wie von selbst an – und genauso von selbst spreizten sie sich. Ihre Hüften wurde Sergej entgegengeschoben, und ein Blick in seine Augen verriet, wie sehr er den Winkel genoss, mit dem seine harte Eichel jetzt gegen ihre feuchte Pforte rieb.

Da erst merkte sie, dass ihr der Atem vor freudiger Erwartung stockte und wie geil sie darauf war, ihn gleich in sich zu spüren. Sie lehnte sich noch weiter zurück, sodass sie mit den Schultern an Man'Els Brust zu liegen kam und mit nach hinten ausgestreckten Armen jetzt dessen Glied mit beiden Händen umfassen konnte, während sie fühlte, wie Sergej mit einer langsamen, aber kraftvollen Bewegung in sie eindrang. Dabei hatte er beide Hände frei, um weiter an ihren empfindsamen Brüsten zu spielen und sie genau in dem Moment fest zu drücken, in dem er bis zum Ansatz in ihr war.

Ganz ohne dass es ihr bewusst wurde, entfuhr ihrer Kehle ein tiefes, hungriges Stöhnen, und ihre Finger krallten sich um Man'Els harten Schwanz, der so lebendig gegen ihre Handflächen pochte wie der Sergejs in ihr.

Sie zu halten war für Man'El gar kein Problem. Sie lag in seinen Armen wie in einem großen, lebendig gewordenen Sessel und genoss, mit welcher Stärke er es schaffte, ruhig zu stehen, als Sergej jetzt anfing, langsam in ihr vor und zurück zu stoßen.

Jeden Zentimeter seiner heißen Haut konnte sie an der ihren fühlen. Das Vor-und-Zurück. Das Ein-und-Aus. Und nach einer kleinen, sie um den Verstand bringenden Weile auch das Hin-und-Her. Dabei glühten Sergejs Augen wie die eines Herrschers. Besitzergreifend. Gierig. Selbstbewusst.

Er nahm beide Nippel jeweils zwischen Daumen und Zeigefinger und zwirbelte in dem Takt, in dem er zustieß, und in dem gleichen Takt begann Anya nun, Man'Els Schwanz hinter ihrem Rücken zu massieren.

Vor und zurück.

Lang...sam.

Die Muskeln in ihrem Schoß passten sich Sergejs schlängelndem Rhythmus an, und wie von selbst begann sie in geschmeidigen Bewegungen auf und ab zu wippen, sodass es ihr so vorkam, als könne sie ihn jetzt noch tiefer in sich spüren. Es brachte sie zum Glühen, dass dabei sein Schambein immer und immer wieder gegen ihre Klit drückte und massierte, und das Gleichmaß der Bewegungen und Berührungen, dem auch schon bald ihr Atem und der Schlag ihres Herzens folgten, versetzten sie in eine köstliche Trance.

Jeden Stoß Sergejs, ihres Herrn, gab sie mit ihren Fingern an Man'El, ihren hingebungsvollen Diener, weiter, und sie konnte an seinem leisen Stöhnen hören, wie gut die Behandlung ihm tat.

Da hatte sie eine verrückte Idee. Nein, eigentlich war es keine Idee, nicht einmal ein Gedanke – es war ein Impuls … eine Gier.

Sie wollte beide in sich spüren … gleichzeitig. Nicht den einen in ihrer Pussy und den anderen hinten. Nein, beide in ihrer Pussy.

Ganz von dem Gedanken berauscht, entließ sie Man'Els Glied aus ihren Händen und griff nach vorn um Sergejs Nacken, um sich zu ihm hinzuziehen. Er verstand sofort, nahm sie bei der Taille und brachte sie ganz dicht an sich heran. Erst dann griff sie mit einer Hand wieder nach hinten, fasste Man'El und dirigierte ihn.

Sergej lachte rau auf.

„Du gieriges Stück", lachte er gegen ihre Lippen und küsste sie wild.

„Deins", hauchte sie und erbebte, als sie merkte, dass auch Man'El verstand und ihr das Dirigieren abnahm.

Es war nicht einfach – aber es war atemberaubend; im wahrsten Sinne des Wortes.

Anya fühlte, wie sie gedehnt wurde und Man'Els Schwanz an Sergejs in sie hineindrängelte. Ihr war, als müsse ihr das Herz stillstehen, bei all dem Adrenalin, das durch ihre Adern schoss. Gierige Freude jagte durch sie hindurch wie ein Blitz. Nein, es war mehr wie ein heißer, alles durchdringender Wüstensturm.

Sie fing an zu stöhnen, lange und anhaltend, und hörte nicht mehr damit auf, während Man'El weiter und weiter in ihr hinaufkroch.

Sergej hielt ihre Taille, und Man'El umfasste nun von hinten ihre glühenden, prickelnden, köstlich schmerzenden Brüste. Sie begannen sich zwischen und hinter ihren Schenkeln zu bewegen – abwechselnd. Das Gefühl war unbeschreiblich, auf die beste aller Weisen. Sie konnte kaum fassen, dass sie das fassen konnte. Es schnürte ihr auf berauschende Art die Kehle zu, und alles in und an ihrem Körper wurde um ein Vielfaches empfindlicher, als sie ohnehin schon war. Der Pullover verschwand irgendwie, ohne dass sie hätte sagen können, wer der beiden ihn ihr ausgezogen hatte, und sie spürte Sergejs Brust an der ihren und die Man'Els in ihrem Rücken. Sie beide küssten ihren Hals – jeder auf einer anderen Seite.

Es war wie Verschmelzen, aber kein zartes, wie zum Beispiel Schokolade in der Sonne, sondern ein wildes, wie Eisenerz in brodelnder Lava.

Trotz ihrer abwechselnd in sie geführten Stöße standen die beiden Männer fest wie Säulen, und Anya hing sicher dazwischen.

Anbetend und angebetet.

Dienerin und Herrin.

Priesterin und Göttin.

Statt die Augen im Rausch zu schließen, riss sie sie weit auf. Sie sah Sterne tanzen … hörte ihr eigenes Herz … und das von Sergej … das von Man'El. Den Einklang. Die Harmonie.

Symphonie der Ekstase.

In ihr wirbelte es wie ein sich aufbauendes Gewitter.

Pure Lust. Reine Energie.

Liebe.

Nicht nur lieben, sondern geliebt werden – für das, was sie war, was sie gewesen war und was sie sein könnte. Bedingungslos. Unverfälscht.

Sie keuchte, und der Schweiß lief ihr in Bächen über die Haut.

„Anya", flüsterte Sergej, heiser vor Gier.

„Ani'El", stimmte Man'El mit ein.

Und da, als der mächtigste Höhepunkt, den sie jemals erlebt hatte, sich in ihr aufbaute, erkannte sie die Wahrheit:

Sie war Ani'El … und sie war Anya. Anya war der Teil in ihr, den sie vergessen hatte – der Teil, den sie jahrtausendelang ignoriert und unterdrückt hatte –, weil er ihr schwach erschienen war und unvollkommen … und den jetzt zu akzeptieren sie erst vollkommen machte.

Falsche Erinnerungen verblassten. Erinnerungen an Kiew, an eine schreckliche Kindheit und Jugend dort.

Dafür kehrten die echten zurück. Die Festung der Himmel … ihre Position als Oberste des Rates der B'Nai Elohim … ihre Vergangenheit mit Man'El.

Mit ihren aufgerissenen Augen sah Anya, wie die Kerkerhöhle heller wurde … wie sie erstrahlte in einem einzigartigen Licht. Dann erst merkte sie, dass dieses Licht von ihr selbst ausging, dass sie zu glühen und zu leuchten begonnen hatte, von innen heraus.

Plötzlich war ihr, nicht nur wegen der beiden Männer, als ob sie schwebte. Nein, sie schwebte von ganz allein, zwischen ihnen … ausgefüllt von ihnen. Immer freier werdend und auch immer gieriger wand sie sich im Zentrum der beiden vor und zurück, von einer Seite zur anderen.

„Ani'El", hörte sie nun auch Sergej ausrufen, und trotz des überraschten Respekts in seiner vor Lust knurrenden Stimme war da auch Stolz – der Stolz des Besitzers. Und da wusste sie mit Sicherheit, was sie schon zuvor prophezeit hatte: dass sie ihn immer lieben würde – dafür, dass er sich selbst von einem Engel nicht einschüchtern ließ; nicht einmal von einem der mächtigsten aller Engel. Und in Man'Els Stimme hörte sie die frohlockende Freude des Liebenden, der seine Geliebte wiedergefunden hatte, und ihr wurde, gepaart mit der Rückkehr ihrer Erinnerung, bewusst, wie sehr sie auch ihn liebte … schon so lange geliebt hatte.

Ungeachtet ihrer einsetzenden Verwandlung fickten sie sie weiter.

Hart. Gierig.

Fordernd. Inbrünstig.

Jetzt nicht mehr abwechselnd, sondern gleichzeitig.

Tief. Heiß.

Pochend. Schlängelnd.

Nicht eine Sekunde länger konnte sie an sich halten, und sie schrie ihre Lust heraus, als sie endlich kam und die Ekstase, die sie dabei erlebte, das Verlies in ein gleißendes Licht tauchte.

Obwohl sie schwerelos war, klammerte sie sich fest. Der Höhepunkt schüttelte sie am ganzen Leib, brachte ihren Puls zum Poltern, und ihr wurde für einen Augenblick schwarz vor Augen, während ihre Geliebten noch einige letzte Stöße in sie führten.

Nur allmählich wurde ihr Blick wieder klarer, aber ihre Sinne waren davon noch weit entfernt. Sie mochten ihr Ziel erreicht haben, aber da war noch so viel … Gier … Freude. So viel mehr …

Etwas blitzte auf.

Ani'El erkannte es zu spät. Es war die mit Metallspitzen versehene Silberkugel eines Morgensterns. Der Treffer war hart und brutal.

Zum zweiten Mal wurde ihr schwarz vor Augen.

14. KAPITEL

Das Ende

Sergej strengte sich an, die Augen zu öffnen.

Sie waren blutverkrustet und eines davon beinahe ganz zugeschwollen. Er lag am Boden der Zelle, und jeder Knochen im Leib tat ihm weh. Als er versuchte, sich aufzustützen, fiel er wieder zurück und stieß einen heiseren Fluch aus – seine rechte Schulter war ausgekugelt. Mit großer Mühe verlagerte er das Gewicht auf die andere Seite und richtete sich auf. Er war allein. Anya und Man'El waren verschwunden.

Er versuchte sich zu erinnern, was geschehen war, doch es war alles so schnell gegangen. Da war eine dicke metallene Kugel mit Spikes. Sie hatte Anya am Kopf getroffen – und ihn gleich mit. Noch etwas blitzte in seinem Gedächtnis auf – im buchstäblichen Sinne ein Blitz, ein greller. Er hatte Man'El getroffen.

Wo waren die beiden?

Sergej war sich sicher, dass sie die Attacke überlebt hatten. Vermutlich waren sie nach oben gebracht worden. Ihn selbst hatte man entweder für tot gehalten oder für zu schwer verletzt, um eine Gefahr darzustellen. Er fluchte noch einmal. Sie mochten Engel oder Götter sein oder was auch immer, er würde ihnen zeigen, dass es ein Fehler war, ihn zu unterschätzen, bloß weil er ein einfacher Mensch war.

Er hatte noch keine Idee, wie er Anya und Man'El zu Hilfe kommen konnte, aber er würde sie auf keinen Fall hängen lassen. Doch zuerst einmal musste er auf die Füße kommen.

Sergej brauchte eine gute Minute, bis er endlich aufrecht stand, und sah dann zu seiner Erleichterung, dass die Gittertür geöffnet war. Er näherte sich ihr vorsichtig – für den Fall, dass draußen ein Wächter stand. Aber da war niemand. Offenbar hatten sie ihn tatsächlich abgeschrieben.

Ehe er hinaus auf den nur spärlich beleuchteten Gang gehen

konnte, musste er sich um seine Schulter kümmern. Er visierte den Türrahmen an, biss die Zähne zusammen und rammte dann die Schulter mit aller Kraft dagegen. Der Schmerz war so groß, dass er Sterne sah, und er musste sich mit der Linken festhalten, um nicht wieder zu Boden zu sacken. Erst nach einigen Momenten des Verschnaufens konnte er wieder klar sehen. Dann erst wurde ihm bewusst, dass er noch immer nackt war. Er ging in die Höhle zurück und sammelte seine Hose auf und den Pullover, den Anya zwischenzeitlich getragen hatte.

Verdammt, sie ist wirklich ein Engel! schoss es ihm durch den Kopf, und er hätte beinahe aufgelacht, als er daran dachte, dass normalerweise Engel Menschen beschützten und nicht umgekehrt. Bodyguard für einen Engel – darin steckte schon eine gewisse Ironie. Aber auch nicht mehr als darin, von einem Engel angebetet zu werden.

Zu seiner Überraschung erfüllte ihn der Gedanke mit Stolz und stärkte seinen Vorsatz, sie zu retten – und wenn es das Letzte wäre, das er täte. Er schlüpfte in Hose und Pullover und verfluchte den Umstand, dass er nicht mehr Zeit hatte, die Schulter ein wenig auszuruhen, bis sie weniger empfindlich war für jede noch so kleine Bewegung. Dann schlich er sich nach draußen.

Als Ani'El im Thronsaal des Palasts das Bewusstsein wiedererlangte, war sie aufrecht stehend in Ketten geschlagen. Es waren mehr und dickere Ketten als die, mit denen Man'El gefesselt worden war. Ihre Arme waren so gebunden, dass sie aufrecht schräg in die Höhe ragten. Die Verletzung am Kopf war verheilt, also hatte man sie erst danach gefesselt, aber trotzdem tat ihr der Schädel noch mörderisch weh, und ihr Blick war verschwommen. Es brauchte eine Weile, bis sie die Details ihrer Umgebung wahrnahm. Die Ketten taten ihre Magie-neutralisierende Wirkung. Etwa vier Meter von ihr entfernt standen Sam'Yaza, Theia und jemand, den sie schon seit

Jahrtausenden nicht mehr gesehen hatte.

„Ashmo'Deush", stieß sie aus rauer Kehle hervor.

Der General der Dunklen Horden neigte den Kopf zum Gruß. Die Ehrerbietung war durch sein sadistisches Grinsen ad absurdum geführt.

„Hocherfreut, dich zu sehen", sagte er. „Du kannst dir gar nicht vorstellen, wie sehr."

Ani'El konnte es nicht fassen.

„Ihr macht gemeinsame Sache mit *ihnen?*", fragte sie Sam'Yaza und Theia ungläubig.

„Die Himmel waren einst ebenso ihr Zuhause wie das unsere", erwiderte Sam'Yaza. „Es ist unser Geburtsrecht, dorthin zurückzukehren."

„Dieses Geburtsrecht ist schon lange verwirkt", sagte Ani'El. „Für euch – aber ganz besonders für jene. Theia, du selbst warst unter denen, die sie nach der ersten Rebellion zusammen mit Luzifer verbannt und verflucht haben."

„Die Dinge ändern sich, Ani'El", sagte Theia lakonisch. „Die Feinde meiner Feinde sind nun meine Freunde. Zu lange habt ihr uns unter dem Deckmantel der Ordnung unterdrückt, bekämpft und gejagt. Das ist vorbei. Ein für alle Mal. Endlich werden wir wieder frei sein."

„Ihr wisst, dass ihr ihm nicht trauen könnt", sagte Ani'El. Sie erinnerte sich jetzt wieder an alles. „Bei der erstbesten Gelegenheit wird er euch verraten."

„Aber, aber, meine Liebe", meinte Ashmo'Deush süffisant. „Du hast das denkbar schlechteste Bild von mir."

„So?", fragte Ani'El spöttisch. „Ist es denn etwas anderes als Mordlust und Rache, das dich treibt? Willst du wirklich nach Hause, oder willst du nur all die büßen lassen, die dich seinerzeit bekämpft und besiegt haben?"

„Wieso ist es Mordlust und Rache, wenn wir es tun, während ihr es angemessene Bestrafung und Gerechtigkeit nennt, wenn ihr selbst es tut?", fragte Ashmo'Deush zurück. „Was macht euren Glauben gut und unseren böse? Wieso sind eure

Taten gerechtfertigt und unsere verdammenswert?“

„Wir …“

„Genug“, unterbrach Sam’Yaza sie. „Es ist Zeit, deine Armee in Stellung zu bringen“, sagte er zu Ashmo’Deush. „Wir folgen, sobald wir die Schlüssel haben.“

„Wirklich schade“, sagte Ashmo’Deush, „dass mir dadurch das Schauspiel entgeht, wie sie sie dir entreißen, Ani’El.“ Wenn es jemals ein Lächeln gegeben hatte, das das abgrundtief Böse ausdrückte, dann war es das, das Ashmo’Deush jetzt aufgesetzt hatte. „Und dass es danach keine Möglichkeit mehr gibt, dich für alle deine Sünden leiden zu lassen. Also bleibt mir jetzt nur noch, Stirbwohl zu sagen und meiner Hoffnung Ausdruck zu verleihen, dass das Entfernen der Schlüssel dir mindestens ebenso viele Qualen bereitet, wie ich dir zugefügt hätte.“

Sie sah in seinen Augen, dass er das genauso meinte, wie er es gesagt hatte, und ihr wurde übel bei dem Gedanken, dass er und seine Armee an der Eroberung der Himmel beteiligt sein würden. Sie konnte sich nur allzu leicht ausmalen, wie sehr er ihre Brüder und Schwestern quälen und leiden lassen würde.

„Verflucht seist du“, zischte sie.

„Zu spät“, gab er mit einem Augenzwinkern zurück. „Viel zu spät.“

Dann drehte er sich um und verschwand.

„Wäre es nicht jetzt an der Zeit, uns einen Handel anzubieten?“, fragte Sam’Yaza, sobald er sicher sein konnte, dass der Dämonengeneral auch wirklich weg war.

„Einen Handel?“, fragte Ani’El, obwohl sie wusste, worauf er hinauswollte. Aber sie musste Zeit gewinnen, auch wenn sie nicht wusste, wofür. Soweit sie das beurteilen konnte, waren Sergej und Man’El tot, und niemand würde sie mehr aus dieser Lage befreien können. Der Gedanke an den Tod ihrer beiden Geliebten brach ihr das Herz, und sie war beinahe versucht, die Schlüssel einfach so herauszugeben, weil nichts, aber auch gar nichts mehr einen Sinn hatte. Aber nur beinahe – sie liebte ihre Brüder und Schwestern im Himmel und fühlte sich für sie verantwortlich. Das zumindest hatte sich nicht geändert.

„Nun ja", sagte Theia. „Wir könnten einen Pakt schließen, dass wir dich am Leben lassen und du dafür uns und die Unseren wieder zurück in die Himmel lässt. Das würde ein gewaltiges Blutvergießen vermeiden, und du hättest dafür gesorgt, dass die Dunklen Horden draußen bleiben."

Ani'El lachte spöttisch auf.

„Einen Pakt schließen mit euch Paktbrechern?", fragte sie. „Euch direkt in die Himmel einladen und damit riskieren, dass ihr ihnen die Pforten ganz ohne Kampf öffnet? Für wie dumm haltet ihr mich? Ihr seid bloß nicht sicher, ob es euch auch wirklich gelingt, mir die Schlüssel mit eurem Ritual zu entreißen, und wollt auf Nummer sicher gehen. Aber nicht mit mir. Versucht euer Glück!"

Sam'Yaza nickte bedächtig.

„Also gut", sagte er. „So sei es."

Sergej schlich die unterirdischen Gänge entlang und konnte kaum glauben, wie leer es hier unten war. Keine Wächter. Entweder fühlte Sam'Yaza sich absolut sicher, oder irgendwo im Palast geschah etwas, das sehr viel wichtiger war, als mögliche Gefangene zu bewachen. Vielleicht hatte er aber auch schon, was er wollte, und sie waren bereits alle weg. Der Gedanke daran, dass seine Anya nicht mehr lebte, war unerträglich. Sein ganzes Leben hatte ihn darauf trainiert, mit Schmerzen und Verletzungen umzugehen und ihnen zum Trotz weiterzukämpfen, um zu überleben. Aber noch nie hatte er einen Schmerz verspürt, der so groß war wie der bei der Vorstellung, dass Anya vielleicht schon tot war. Aber seine Art, damit umzugehen, blieb dieselbe: Schon allein aus Trotz musste er dagegen ankämpfen. Dieses Mal allerdings nicht für sich und das eigene Überleben, sondern auf die hauchdünne Chance hin, dass sie vielleicht doch noch am Leben war und es ihm gelingen könnte, sie zu retten. Auch wenn er nicht die Spur einer Idee hatte, wie er das wohl anstellen sollte. Er hatte nicht einmal eine Waffe – und schon gar nicht eine, mit der man auch Engel oder gefallene Engel dauerhaft außer Gefecht setzen konnte.

Er schaute sich um und fand eine Fackel aus Eisen, die in einer Halterung an der Wand steckte. Prüfend zog er sie heraus. Sie war durchaus als Keule zu benutzen, auch wenn er sie mit links würde einsetzen müssen, da sein rechter Arme nach wie vor nicht belastbar war und sich das auch für eine ganze Weile nicht ändern würde.

Eine Keule gegen die mächtigsten Wesen zwischen Himmel und Erde – wenn es nicht so frustrierend gewesen wäre, hätte er beinahe laut aufgelacht.

Er ging weiter den Gang entlang. Im nächsten Moment hörte er plötzlich ein Geräusch und presste sich dicht gegen die Wand. Zunächst wusste er nicht, was er da hörte, aber dann merkte er, dass es keine Schritte waren. Es war eine Stimme. Nein, es waren zwei Stimmen. Leise Stimmen, die miteinander sprachen. Er wartete einige Augenblicke lang, um herauszufinden, ob er verstehen konnte, was gesprochen wurde, aber dann erkannte er, dass er dafür zu weit weg war.

Vorsichtig und die linke Faust fest um den Griff der eisernen Fackel geschlossen, schlich er sich näher.

Schließlich gelangte er in die Nähe einer weiteren Tür. Von dort kamen die Stimmen. Die Tür stand offen. In der Annahme, dass es sich bei denen, die sprachen, um Schergen Sam'Yazas handelte, überlegte er, wie er sich daran unbemerkt vorbeischleichen sollte, doch dann fiel ihm ein, dass sie mit ziemlich großer Wahrscheinlichkeit bewaffnet waren. Und er brauchte Waffen.

Er musste nur schnell genug sein.

Doch zuerst musste er die Lage auskundschaften. So dicht es ging, blieb er an der Wand und rückte auf den Eingang zu. Als er ihn erreicht hatte, drehte er sich herum und spähte vorsichtig an der Kante des Türrahmens entlang hinein.

Was er sah, waren keine Schergen Sam'Yazas. Es waren eine rothaarige Frau und ein Mann. Beide mit Ketten an je ein Kreuz gefesselt.

Ani'El bereitete sich innerlich auf das Ende ihres Lebens vor – so gut es ihr möglich war. Jetzt, da sie sich wieder erinnerte, wusste sie, wie unglaublich lang dieses Leben gewesen war. Wie voll und ereignisreich. Dennoch hatte sie das Gefühl, dass das nicht der richtige Zeitpunkt zum Sterben war. Sie hatte doch jetzt erst Sergej kennengelernt, und es gab noch so vieles, das sie mit ihm erleben wollte. Mit ihm und Man'El. Jetzt, da sie durch Luzifers Fluch das erste Mal überhaupt Zeit als wirklicher, hilfloser und sterblicher Mensch und nicht nur in kurzfristig menschlicher Verkleidung verbracht hatte, fühlte es sich an, als hätte ihr Leben gerade erst richtig begonnen. So als wüsste sie erst jetzt, was Leben wirklich bedeutete – wie wertvoll es tatsächlich war. Jeder einzelne Tag, jede einzelne Stunde.

Sie beobachtete Theia, die mit blutrotem Wachs zwei konzentrische Kreise um sie herum auf den Boden gezeichnet hatte und den Raum dazwischen nun nach und nach mit Symbolen ausfüllte. Zwischen stets zwei davon stellte sie eine hohe schwarze Kerze. Dabei murmelte sie kaum hörbar vor sich hin. Die Magie war selbst Ani'El fremd – sie war älter als aller Zauber, den die Engel beherrschten. Es war die Magie der Elohim. Die Magie, die die Engel überhaupt erst erschaffen hatte, die Erde und die Menschen. Ani'El war irritiert, dass Theia als auf der Erde verbliebene Elohim überhaupt noch über diese Magie verfügte, aber sie zweifelte keine Sekunde daran, dass sie damit dazu in der Lage sein würde, an die Schlüssel zu gelangen.

In der Zwischenzeit bereitete Sam'Yaza einen Altar vor, den die Suburi gegenüber von Ani'El außerhalb des Kreises aufgebaut hatten. Es war eine Tafel aus dickem und reichlich beschnitztem Teakholz, die auf vier stabilen Säulenpfosten stand und älter wirkte als der Palast um sie herum. Ani'El fragte sich, warum sie außerhalb des Kreises stand, wenn sie darauf hingerichtet werden sollte. Auf einem Extratisch legte Sam'Yaza gerade ein Sortiment rasierklingenscharfer Messer, Spieße, Nadeln und Dolche aus penibel poliertem Silber zurecht, und der vorfreudige Blick, den er dabei aufgesetzt hatte, sandte Ani'El eine Gänsehaut über den Körper.

Wieder überlegte sie, ob sie ihnen die Schlüssel nicht einfach ohne jede Gegenwehr überlassen sollte; aber das durfte sie nicht. Zu viele Schicksale hingen davon ab – und die Chance, dass das Ritual nicht den von Sam'Yaza und Theia gewünschten Erfolg zeigen und die Schlüssel für immer verloren bleiben würden, so klein sie auch war, rechtfertigte ihr Opfer und das Erleiden der Qualen, die vor ihr lagen.

„Warum wollt ihr den Krieg?", fragte sie. „Warum wollt ihr alles zerstören? Nur aus Rache?"

„Du missverstehst mich", sagte Sam'Yaza. „Das hast du immer. Wie auch Azazel. Ihr glaubt, ich sei ein Monster, das den Krieg sucht. Aber in Wahrheit will ich den Frieden. Aber nicht nur für einige und auch keinen vorübergehenden, keinen, der nur auf wackligen Füßen und brüchigen Allianzen steht. Ich will den absoluten. Für alle. Und unter meiner Herrschaft wird es ihn geben. Keine Streitereien mehr, keine Kämpfe, keine Schlachten."

„Du sprichst von einer Diktatur", hielt sie dagegen.

„Hat denn irgendeine der anderen Herrschaftsformen funktioniert?", fragte er.

„Niemand will Frieden ohne Freiheit!"

Er lachte auf.

„Du würdest dich wundern, Ani'El", sagte er. „Nicht nur die meisten Menschen, sondern auch die meisten Engel und Dämonen, ja sogar die Elohim würden gerne auf ihre Freiheit verzichten, wenn sie dafür keine Angst mehr haben müssten – wenn es niemanden mehr gäbe, der sie bedroht oder ihnen etwas wegnimmt. Die meisten Wesen, ob nun irdisch oder überirdisch, sind vollkommen hilflos ohne Führung. Und ich werde ihnen diese Führung bringen."

„Du widersprichst deinen früheren Worten", sagte sie. „Du verachtest die Ordnung."

Er schüttelte den Kopf. „Jetzt bist du so alt, und dennoch oder vielleicht auch gerade deshalb ist dein Bild von der Welt dermaßen festgefahren. Du siehst alles nur schwarz oder weiß. Aber so bist du eben geschaffen worden. So, wie ich statt langweiliger Ordnung wilden Frieden schaffe. Aber das würdest du nicht verstehen." Er überlegte einen Moment. „Doch! Ich glaube, du würdest es verstehen. Im Grunde genommen ist es dasselbe wie das versprochene Paradies ... das Schlaraffenland ... der Himmel in der religiösen Vorstellung mancher Menschen: ein Universum voller Abenteuer, nur eben ohne Feindseligkeiten und Spaßverderber."

„Das heißt, jeder darf tun, was er will, solange er nicht etwas tut, das du nicht willst."

Er schnalzte mit der Zunge und sah sie eindringlich an. „Wenn ich mit der Festung der Himmel fertig bin, wird es niemanden mehr geben, der etwas tun will, das ich nicht will."

„Das Leben lässt sich nicht bändigen und nur in eine Bahn lenken", widersprach sie. „Das haben unsere Schöpfer am eigenen Leib erfahren."

Er grinste und nahm einen der dünnen Spieße auf. „Schade, dass du nicht mehr dabei sein wirst, wenn ich der Welt das Gegenteil beweise."

Maggie hörte ein leises Geräusch, das von der offenen Kerkertür herrührte, und wirbelte herum. Es war ihr nicht gelungen, sich in einen Wolf zu verwandeln, aber so, wie es schien, waren ihre Sinne dadurch schärfer und ihre Reflexe schneller. Für einen winzigen Sekundenbruchteil lang sah sie die obere Hälfte eines haarlosen Kopfes, der aber sofort wieder verschwunden war.

„Hallo", rief sie.

Axel folgte ihrem Blick zur Tür.

„Was ist?"

„Da draußen ist jemand", sagte sie. „Und ich glaube nicht, dass es einer von Sam'Yazas Leuten ist. Der hätte keinen Grund gehabt, sich zu verstecken."

„Hallo", rief nun auch Axel. „Wir brauchen Hilfe!"

Es dauerte noch ein paar Momente, aber dann erschien der Mann.

Als sie sah, wie geschunden er war, wusste Maggie sofort, dass sie es nicht mit einem Feind zu tun hatten. Der Mann war groß und muskulös. Sein blutverschmiertes Gesicht war tätowiert, und in der linken Faust hielt er eine eiserne Fackel wie eine Keule.

„Hilf uns", sagte sie. „Wir müssen schnellstens hier raus."

Sie sah seinen skeptischen Blick.

„Das Schicksal der Welt hängt davon ab", fügte Axel anspornend hinzu.

Doch der Blick des Fremden blieb skeptisch.

Er deutete auf Axel. „Er ist einer von ihnen."

„Was meinst du?", fragte Maggie.

„Die Symbole auf den Ketten", erklärte der Mann.

Maggie erkannte den Akzent, mit dem er sprach, als osteuropäisch.

„Ja, auch er ist ein Engel", sagte Maggie. „Aber er ist keiner von ihnen. Sie haben uns hier unten gefangen, damit er ihre Pläne nicht durchkreuzt."

„Dann bist du ein Freund Ani'Els?", fragte der Mann Axel.

Axel zögerte. Maggie wusste, dass es ihm nicht gegeben war, zu lügen. Nicht einmal in einer solchen Situation.

„Nein", antwortete er deshalb. „Tatsächlich sind wir seit Jahrtausenden Feinde."

„Dann könnt ihr hier verrotten", sagte der Mann, drehte sich herum und ging davon.

„Warte!", rief Maggie ihm hinterher. „Bitte!"

Ihr Ton schien einen Nerv bei ihm getroffen zu haben, denn

er blieb tatsächlich stehen und wandte sich noch einmal zu ihr herum.

„Es ist kompliziert“, beeilte sie sich zu sagen. „Und uns fehlt die Zeit, es zu erklären, aber …“

„Da gibt es nichts zu erklären“, schnitt er ihr das Wort ab. „Ein Feind Ani’Els ist auch mein Feind.“

Maggie spürte sofort, was los war. Dieser Mann liebte Ani’El genau so sehr, wie sie Axel liebte.

„Wir wollen sie befreien“, rief sie deshalb eilig.

„Was?“, fragte er irritiert. „Eben hat er noch gesagt, sie seien Feinde.“

„Ich sagte doch, es ist kompliziert“, meinte Maggie. „Aber wir müssen verhindern, dass Sam’Yaza die Festung der Himmel erobert und eine Herrschaft des Schreckens errichtet.“

„Dann ist dieser Sam’Yaza euer gemeinsamer Feind?“, fragte der Mann Axel.

Axel nickte traurig. „Und er muss aufgehalten werden. Um jeden Preis. Auch wenn Ani’El mich danach wieder bekriegen wird.“

„Sie zu befreien ist auch mein Ziel“, sagte der Mann. „Aber ich weiß nicht, ob ich euch vertrauen kann.“

„Wie ist dein Name?“, fragte Maggie.

„Sergej.“

„Ich bin Maggie, das ist Axel“, sagte sie. „Wo ist deine Armee, Sergej?“

„Ich bin allein.“

Das hatte sie sich gedacht.

„Wie willst du Ani’El denn ganz ohne Hilfe aus Sam’Yazas Klauen befreien?“, fragte sie.

„Ich finde einen Weg“, sagte er, „oder ich mache einen.“

Trotz der Entschlossenheit in seinem Blick sah Maggie, dass er wusste, dass er der Aufgabe alleine nicht gewachsen sein würde.

„Ohne Axels Hilfe rennst du in dein Verderben, und Ani’El wird sterben“, sagte sie.

Sam'Yaza ging auf Ani'El zu – den Spieß in der Hand, ein sadistisches Grinsen auf seinen wohlgeformten Lippen.

„Stopp!“, rief Theia von dort, wo sie am Boden kniete und die Symbole zeichnete.

Sam'Yaza blickte sie fragend an. Und gleichzeitig sah Ani'El Zorn in seinen Augen aufflackern – wohl über Theias herrischen Tonfall. Obwohl sie einander schon so lange nicht mehr gesehen hatten, erinnerte sie sich nur zu gut daran, dass ihr früherer Bruder aus dem Hohen Rat der B'Nai Elohim noch nie gut mit Autorität hatte umgehen können – oder mit Befehlen.

„Der Kreis“, sagte die Elohim und verdrehte angesichts seiner Reaktion die Augen. „Du darfst ihn jetzt nicht mehr überschreiten, sonst machst du ihn wirkungslos, und ich muss noch einmal ganz von vorn anfangen.“

Ani'El konnte die Enttäuschung in seinem Gesicht sehen. Gleichzeitig fragte sie sich, wie sie sie denn foltern wollten, wenn sie den Kreis, in dessen Zentrum sie angekettet war, nicht betreten durften. Und wie wollten sie sie von ihrem jetzigen Platz aus auf den Altar bringen? Glaubten sie, sie würde sich freiwillig dorthin legen, sobald sie ihr die Ketten abnahmen?

Niemals!

Sam'Yaza drehte sich wieder herum und ging zurück zu dem Altar. Er legte den Spieß auf den Nebentisch.

„Wie lange brauchst du noch?“, fragte er Theia voller Ungeduld.

„Je weniger du mich störst, umso schneller bin ich fertig.“

„Wie lange?“, wiederholte er drohend.

Sie schnaubte angespannt.

„Gleich“, antwortete sie. „Noch drei Symbole und dann die Kerzen anzünden.“

„Gut“, sagte er. Dann wandte er sich zum Eingang und rief: „Wachen! Bringt das Opfer!“

Das Opfer? Ani'El lenkte ihren Blick zu dem Portal, durch das jetzt vier Suburi eine reglose Gestalt trugen.

„Man'El!", rief sie, als sie erkannte, wer es war. Er war wieder in Ketten geschlagen und besinnungslos. Die vier legten ihn auf den Altar und banden ihn darauf fest.

„Ja, ich werde das Tor zu deiner Seele noch einmal öffnen", sagte Sam'Yaza. „Wenn nicht mit deiner eigenen Verzückung, dann mit seinen Qualen."

Seine Fingerspitzen strichen fast zärtlich über das bereitgelegte Sortiment von Folterwerkzeugen.

Sergej stand unentschlossen zwischen Maggie und Axel. Er war es gewohnt, die Dinge im Alleingang zu erledigen und niemandem zu trauen; besonders keinem, den er nicht kannte. Aber die rothaarige Menschenfrau am Kreuz hatte recht: Ohne Hilfe hatte er keine Chance gegen die übernatürlichen Wesen, die Anya in ihren Klauen hielten, um sie zu meucheln.

„Es geht hier um mehr als um Ani'El oder mich", sagte Axel, so als hätte er Sergejs Gedanken gelesen. „Es geht um die Zukunft jedes Wesens hier auf der Erde und in den Himmeln."

„Wie soll ich wissen, ob ich dir trauen kann?", fragte Sergej. „Wenn du ebenfalls ein Feind Ani'Els bist, wie kann ich sicher sein, dass du Sam'Yaza nicht nur bekämpfen willst, um sie dann selbst zu töten? Um dir die Schlüssel zu holen und die Herrschaft über Himmel und Erde?"

„Das kannst du nicht", räumte der gefesselte Engel ein. „Aber selbst wenn du nur die Wahl hast zwischen *Sie stirbt bestimmt* und *Sie stirbt vielleicht*, bin ich ganz gewiss die bessere Alternative, wenn auch nur graduell."

„Das genügt mir nicht", antwortete Sergej. Was seltsam war, denn früher hatte er viele Entscheidungen in seinem Leben lediglich darauf basierend fällen müssen, welches der beiden vor ihm liegenden Übel das kleinere war. Aber wenn es um Anya ging, war ihm das nicht genug. Der Gedanke, dass ihr weiteres Leid widerfahren würde, war ihm unerträglich.

„Ich kann dir schwören, dass ich sie befreien und ihr kein Leid zufügen werde", bot Axel an.

„Ich kenne dich zu wenig, um zu wissen, ob dein Schwur etwas wert ist", lehnte Sergej ab.

„Mehr habe ich nicht anzubieten", sagte der Engel resignierend.

Sergej zuckte die Schultern. Er verschwendete hier nur seine Zeit. Zum dritten Mal drehte er sich herum, um zu gehen.

„Warte!", rief die Frau.

„Ich habe schon zu lange gewartet", erwiderte er.

„Nimm mich als Geisel", beeilte sie sich zu sagen, ehe er durch die Tür verschwinden konnte.

„Was?", fragten Sergej und Axel gleichzeitig.

„Befreie Axel und gib mich ihm erst zurück, wenn er Ani'El gerettet hat und zu dir zurückbringt", erläuterte sie.

Sergej zögerte.

„Das ist deine beste Chance", sagte sie, und ihm war klar, dass sie recht hatte. Und er sah in ihren Augen, dass sie es ernst meinte.

„Also gut", sagte er schließlich. Er eilte zu ihr hinüber ans Kreuz und zerschlug ihre Ketten mit der Eisenfackel. Von der langen Fesselung war sie so sehr geschwächt, dass er ein leichtes Spiel damit hatte, ihr eine der Ketten in einer Schlinge um den Hals zu legen, um sie durch den Raum dirigieren und als Schild benutzen zu können, falls es denn erforderlich war. Doch sie leistete zu seiner Überraschung ohnehin keinen Widerstand.

„Hab ein wenig mehr Vertrauen, Sergej", sagte sie.

„Ich war noch nie besonders vertrauensselig", hielt er dagegen. „Und die Ereignisse der letzten Tage haben das nicht gerade besser gemacht."

Mit der Schlinge um den Hals führte er sie zum anderen Kreuz hinüber.

„Ich muss nur ein einziges Mal drehen, und ihr Genick bricht", warnte er den Engel.

„Ich weiß", antwortete der. „Das sehe ich."

„Nur damit wir einander verstehen", fügte Sergej zur Verdeutlichung hinzu.

„Das tun wir", sagte Axel. „Und auch wenn dir mein Schwur nichts bedeuten mag, so gebe ich ihn dir dennoch: Ich werde versuchen, Ani'El zu befreien, und beschütze sie mit meinem Leben."

Sergej schaute die mit Symbolen verzierte Kette an.

„Es reicht, wenn ich ein einziges Glied zerstöre, nehme ich an", sagte er, seine Erfahrung mit der Kette Man'Els zugrunde legend.

„Ja", bestätigte der Engel.

Sergej zielte auf eine Stelle, wo die Kette oberhalb der Arme um den Querbalken des Kreuzes gewickelt war. Er schlug zu, und das anvisierte Glied brach in der Mitte auf. Fast augenblicklich fiel die gesamte Kette von Axel ab.

Anders als Maggie zeigte der Engel keine Spuren von Erschöpfung. Im Gegenteil: Sobald die Kette auf dem Boden lag, schien er förmlich zu genesen und neue Kraft zu schöpfen.

„Danke", sagte er, und selbst seine Stimme schien jetzt kraftvoller zu sein. „Und jetzt lasse bitte Magdalena frei."

„Das ist nicht Teil unseres Deals", sagte Sergej und zog die Kette um den Hals der jungen Frau straffer.

Da sah er, wie die Augen des Engels sich kurz zu schmalen Schlitzen zusammenzogen und dann irgendwie ihre Farbe zu verändern schienen.

„Lass Magdalena frei und bleib, wo du bist", sagte er noch einmal, und zu seiner Überraschung beobachtete Sergej sich selbst dabei, wie er gehorchte. Wie schon in Sankt Petersburg stand er plötzlich unter fremdem Willen. Er verfluchte sich innerlich dafür, dass er das nicht mit eingerechnet hatte.

Sofort warf die Frau sich in die Arme des Engels. Er hielt sie zärtlich.

„Schon gut", sagte er und streichelte ihr Haar. „Jetzt kommt alles in Ordnung."

Dann wandte er sich wieder an Sergej, der gegen seinen Willen bewegungslos dastand.

„Ich stehe zu meinem Schwur, Sergej", sagte Axel und

machte eine knappe Geste mit der Hand, nach der Sergej sich plötzlich wieder bewegen konnte. Er verspürte den Drang, dem Engel auf die Fresse zu hauen, aber der erschien ihm so viel mächtiger als Man'El, dass er sich zusammenriss und dem Drang widerstand.

„Ich werde Ani'El finden und sie befreien", fuhr Axel fort. „Aber ich habe noch eine Bitte an dich. Eine, zu der ich dich aber nicht zwingen will."

„Welche?"

„Pass auf Magdalena auf und bring sie in Sicherheit", sagte Axel.

„Aber …", wollte Maggie ihn unterbrechen. Axel stoppte sie mit einem liebevollen Blick.

„Ich möchte nicht riskieren, dass dir etwas zustößt", sagte Axel. „Der Kampf wird hässlich und gefährlich, und es gibt keine Garantie dafür, dass ich ihn gewinne."

„Nur ein Grund mehr, dich nicht allein zu lassen", sagte sie. „Ich werde an deiner Seite kämpfen."

„Magdalena, bitte", sagte er mit flehendem Unterton.

„Sie hat recht", sagte Sergej. „Auch ich werde kämpfen. Ich lasse Anya nicht im Stich."

„Das wird ein Kampf zwischen Erzengeln und einer Elohim", sagte Axel. „Da ist nichts, was ihr tun könntet. Allein die Magie, die dabei frei wird, könnte euch töten."

„Ich fürchte den Tod nicht", stellte Sergej klar.

„Wenn du kämpfst, Axel, kämpfe ich", sagte Maggie. „Anders könnte ich mir ein ewiges Leben an deiner Seite nicht vorstellen."

„Bitte versteh doch", sagte Axel. „Meine Chancen sind schon so nicht sehr groß. Wenn ich mich während des Kampfes auch noch um dich sorgen muss, wächst die Wahrscheinlichkeit, dass ich verliere."

Sie ließ den Kopf sinken, und Sergej erkannte, dass sie einsah, dass er es ernst meinte.

„Du hast recht", sagte sie schließlich.

Axels Blick wurde dankbar.

„Und du passt bitte auf sie auf“, sagte er zu Sergej.

„Ich …“, wollte Sergej widersprechen, aber Maggie legte ihm die Hand auf den Arm. Der Schmerz der ausgerenkten Schulter zuckte durch ihn hindurch, und er sog die Luft zischend zwischen seine zusammengebissenen Zähne.

„Du bist verletzt“, stellte Axel fest und kam auf ihn zu

Sergej wich einen Schritt zurück.

„Keine Angst“, sagte Axel, und der Blick seiner goldenen Augen flößte Sergej auch ohne Zauber Vertrauen ein. Er blieb stehen und ließ zu, dass Axel eine Hand auf seine Schulter legte.

Axel murmelte ein paar Worte in einer alten Sprache, und seine Hand begann zu glühen. Danach war der Schmerz in der Schulter vergangen. Sergej bewegte sie prüfend. Sie war wieder geheilt.

„Wenn ich weg bin, mach aus der Kette, mit der ich gefesselt war, kleinere Stücke“, sagte Axel zu ihm. „Die sind als Waffe gegen Engel wirkungsvoller als diese Fackel.“

Sergej nickte, und Maggie warf sich Axel noch einmal in die Arme. Er küsste sie voller Leidenschaft.

„Pass auf dich auf“, sagte sie und streichelte ihm das Gesicht mit beiden Händen.

„Du auch“, sagte Axel.

Dann drehte er sich herum und rannte aus der Zelle.

Dass Maggie als der einzige andere Mensch, der ihm hier begegnet war, Axel liebte und ihm vertraute, gab Sergej ein besseres Gefühl. Ani’El und dieser Axel mochten Feinde sein, aber er schien wirklich entschlossen, sie zu retten, und er hatte seinen Schwur wiederholt, obwohl es nicht mehr nötig gewesen wäre. Das Mindeste, was er tun konnte, war, jetzt auf seine Frau aufzupassen, während er sich um seine kümmerte.

„Ich hätte trotzdem an seiner Seite kämpfen müssen“, sagte er halblaut zu sich selbst.

Maggie lächelte ihn an. „Und das wirst du auch. Genau wie ich."

Sergej stutzte. „Aber du hast doch gesagt …"

„Natürlich habe ich das", sagte Maggie. „Ich wollte nur nicht, dass er sich Sorgen um mich macht. Aber ich werde einen Teufel tun, ihn das allein durchstehen zu lassen. Wenn du mir also auch zwei Kettenteile zurechtschlagen könntest …"

Sergej musste unwillkürlich grinsen. Er kannte diese Frau erst seit ein paar Minuten, aber er mochte sie. Er mochte sie sogar sehr. Er nahm die silberne Kette mit den Symbolen und schlug davon vier armlange Stücke ab.

Ani'El warf sich mit aller Macht gegen ihre Ketten und versuchte sie zu zerreißen. Sie durfte nicht zulassen, dass Man'El ihretwegen gefoltert wurde. Zugleich durfte sie aber auch die Schlüssel nicht einfach herausgeben. Dazu hatte sie kein Recht. Nicht solange noch die geringste Chance bestand, dass das Ritual fehlschlug. Sie würde dabei ihr Leben verlieren, aber die Schlüssel wären für die Verräter für immer unerreichbar.

„Gib dir keine Mühe", sagte Theia. „Sie sind hundertmal stärker als die, mit denen Bezal'El dich in England gefesselt hat. Ich habe sie selbst geschmiedet."

Ani'El spürte, dass Theia die Wahrheit sagte. Sie würde die Ketten nicht zerreißen können. Aber sie würde auch nicht aufhören, es zu versuchen.

„Usai Ta'AchNa,
Ulai Ta'Ir …"

Theia begann das Ritual zu intonieren, und Sam'Yaza schlug Man'El mit der flachen Hand ins Gesicht. Man'El wurde wach.

„Er muss bei Bewusstsein sein", sagte Sam'Yaza und griff nach einem der silbernen Spieße auf dem Nebentisch.

„Sin du'U-Kai,
Sin Oparr …"

Sam'Yazas und Theias Stimmen verwoben sich ineinander zu einem magischen Singsang. Ani'El konnte genau den Augenblick erkennen, in dem Man'El verstand, wo er war, weil er sofort versuchte, sich von seinen Fesseln loszureißen. Ani'El selbst war so verzweifelt, dass sie tatsächlich für einen winzigen Moment anfing zu leuchten. Doch Theias Kette saugte jedes Quäntchen Magie direkt wieder auf.

„Usai Ta'AchNa,
Ulai Ta'Ir …"

Die Kerzen in dem Doppelkreis um Ani'El herum begannen höherzulodern, und die Symbole dazwischen schienen sich wie schmelzendes Metall zu verflüssigen und ineinanderzufließen. So als ob sie lebendig geworden wären und sich jetzt gegen den Uhrzeigersinn um Ani'El herumbewegten.

„Sin du'U-Kai,
Sin Oparr …"

Sam'Yaza trat mit dem Spieß an den Altar, fasste Man Els Kopf mit der freien Hand und drückte ihn auf die Teakholzplatte herunter.

„Wenn du dich wehrst, wird es nur umso mehr wehtun", zischte er und zielte mit der silbernen Spitze auf Man'Els rechtes Auge.

„Nein!", schrie Ani'El in Panik auf.

„Dann rück die Schlüssel freiwillig heraus!", rief Theia.

„Das kann ich nicht", flehte Ani'El. „Ich darf es nicht!"

„Dann zahlt er jetzt den Preis mit seinem Blut", sagte Sam'Yaza.

Ani'El konnte sehen, wie Man'El versuchte sich aufzubäumen. Doch Sam'Yazas Hand auf seiner Stirn war stärker. Der nadelspitze Spieß war jetzt nur noch wenige Millimeter vom Augapfel entfernt.

Plötzlich war Lärm vor der Saaltür zu hören, und Sam'Yaza hielt inne.

„Ruhe da draußen!", brüllte er ungehalten. „Oder ich ziehe euch die Haut bei lebendigem Leibe ab!"

Ani'El merkte, dass er glaubte, der Lärm stamme von seinen Leuten, die sich für die kommende Schlacht rüsteten, doch sie erkannte, dass es der Lärm eines Kampfes war – klirrende Schwerter, aufeinandertreffender Stahl, erstickte Todesschreie. Irgendjemand schien zu ihrer Rettung zu kommen. Aber wer? Wussten die Himmlischen, wo Sam'Yaza sie und Man'El gefangen hielt? Die Chance, dass sie urplötzlich durch die magische Barriere hindurchsehen konnten, die ihn und Theia Jahrtausende vor ihren Blicken geschützt hatte, war allerdings verschwindend gering.

In diesem Moment erkannte auch Sam'Yaza, dass der Krach nicht von mobilmachenden Soldaten verursacht wurde.

„Schaut nach, was da draußen los ist!", befahl er den Suburi, die Man'El hereingebracht hatten. Die vier zogen ihre Waffen und stürmten los. Doch sie kamen nicht weit. Noch ehe sie die Tür erreicht hatten, tauchte dort eine Gestalt auf. Die Gestalt eines Kriegers mit einem riesigen, blutverschmierten Breitschwert.

„Du!", rief Sam'Yaza, und es klang wie ein Fluch.

Ani'El erkannte ihn, und sie wollte ihren Augen nicht trauen.

Azazel!

Wie war er hierhergekommen? Was tat er hier? Was hatte er vor?

Abgesehen von Sam'Yaza war er ihr größter Feind, aber anders als den Roten hatte sie ihn nicht für tot gehalten, sondern jahrtausendelang gejagt – und er war ihr immer wieder entkommen. Die einzig logische Erklärung für seine Anwesenheit war, dass Sam'Yaza und Azazel, die einstmaligen Waffenbrüder, sich zerstritten hatten und Azazel jetzt hier war, um die Schlüssel zur Festung der Himmel für sich selbst zu beanspruchen.

Sie wurde nicht gerettet: Sie kam vom Regen in die Traufe. Azazel hatte – gerade wegen der vergangenen Jahrtausende der Jagd auf ihn – noch sehr viel mehr Grund, sich an ihr und den himmlischen Brüdern und Schwestern zu rächen, als Sam'Yaza.

Ani'El sah, wie die vier Suburi zögerten, als auch sie erkannten, wer da vor ihnen stand.

„Stopp!", knurrte Azazel sie an. „Für euch gilt das Gleiche wie für eure Kameraden da draußen vor der Tür: Ich bin nicht hier, um euch zu bekämpfen. Wir haben einst Seite an Seite gefochten, haben einander Brüder genannt, und ich hege keinen Groll gegen euch. Ich bin nur wegen eures Herrn und eurer Herrin hier."

„Du willst verhindern, dass wir nach Hause zurückkehren", sagte einer der vier – zu Ani'Els großer Überraschung. Azazel wollte Sam'Yazas Plan vereiteln? Wieso, wenn er ihn nicht selbst in die Tat umsetzen wollte?

„Es ist nicht mehr unser Zuhause", sagte Azazel. „Das ist es schon lange nicht mehr."

„Und das haben wir dir zu verdanken", erwiderte der Subur wütend und stürmte auf Azazel los, gefolgt von seinen drei Kameraden.

Ani'El konnte selbst über die Distanz hinweg so etwas wie Trauer in Azazels Blick aufflammen sehen, die jedoch sofort von finsterer Entschlossenheit abgelöst wurde.

Noch ehe die Subur sich mit ihren Flügeln in die Luft erheben konnten, um ihre Angriffspositionen zu verbessern, lagen sie nach einer blitzschnellen Schlagserie von Azazel tot am Boden.

„Wenn man nicht alles selber macht", schnarrte Sam'Yaza zornig und legte den Spieß neben Man'Els Kopf ab. Im selben

Moment erschienen an seinem Gürtel sein Morgenstern und die Peitsche. Er nahm gleich beide zur Hand.

Doch ehe er sich in Bewegung setzen konnte, schoss ein goldener Blitz durch den Raum. Azazel schaffte es gerade noch, sein Schwert zwischen ihn und seine Brust zu bringen, und wurde von der Wucht der Magie nach hinten geschleudert, wo er gegen die Wand krachte und benommen zu Boden rutschte.

Es war Theia, die den Blitz geschleudert hatte.

„Nein!“, brüllte Sam'Yaza. „Er gehört mir!“

„Wir haben jetzt keine Zeit für deine Eitelkeiten“, sagte Theia drohend und holte ein zweites Mal mit beiden Armen aus. „Es geht hier um mehr als um deinen verdammten Stolz.“

Aber bevor sie einen zweiten Blitz schleudern konnte, war Sam'Yaza zu ihr gesprungen und stieß sie zur Seite.

„Ich sagte, er gehört mir!“

Er ging auf Azazel zu, der sich gerade vom Boden erhob.

„Ein Duell zwischen uns ist sowieso schon lange überfällig. Endlich wird die ganze Welt erfahren, dass ich der Stärkere bin von uns beiden.“

„Ich habe nie Feindschaft gegen dich gehegt“, sagte Azael. „Und auch keine Rivalität.“

„In dem Moment, in dem du dich gegen meinen Plan gestellt hast, hast du dich auch gegen mich gestellt“, sagte Sam'Yaza. „Wer nicht mein Freund ist, ist automatisch mein Feind.“

„So sei es!“, rief Azazel und hechtete los.

Sam'Yaza reagierte sofort und stürmte ihm entgegen.

Ani'El dachte gerade, was für ein unkoordinierter und wenig durchdachter Auftritt und Angriff das von Azazel war, als der plötzlich, völlig unerwartet, die Richtung wechselte und in die Höhe sprang. Im selben Augenblick erschienen seine Flügel, und er flog hoch über Sam'Yaza hinweg, dicht unter der Decke des Thronsaals. Selbst Theia gelang es nicht, schnell genug zu reagieren. Ihr nächster Blitz ging fehl, und

Ani'El sah, wie Azazel von oben herab auf sie zustürzte – schnell wie ein Falke, das Schwert hoch über den Kopf gerissen.

Er will mich eher töten, als Sam'Yaza die Schlüssel zu überlassen, dachte Ani'El und hörte, wie Man'El von seinem Platz auf dem Altar aus verzweifelt aufschrie.

„Nein!“

Auch sie schrie unwillkürlich auf, als sie ihr Ende in Form einer blitzenden Engelsklinge auf sich zurasen sah – doch gleichzeitig war sie froh, zu sterben, ohne die Schlüssel preisgegeben zu haben.

Doch kurz bevor Azazel sie erreichte, gab es einen Knall, und er wurde mitten in der Luft durch einen scharfen Ruck gestoppt und fiel hart zu Boden, die Spitze von Sam'Yazas Peitsche um sein linkes Fußgelenk gewickelt.

Sam'Yaza lachte triumphierend auf, sprang hinzu und holte mit dem Morgenstern aus. Azazel rollte sich gerade noch rechtzeitig zur Seite weg, und die mit Dornen bespickte Kugel krachte dort in den Boden, wo eben noch sein Kopf gewesen war. Im Rollen ließ Azazel sein Schwert kreisen und zerschnitt die Peitschenschnur an seinem Bein.

Ani'El sah, wie Theia mit vor Magie glühenden Händen versuchte, auf Azazel zu zielen. Doch Sam'Yaza war zu dicht und die Gefahr, ihn zu treffen statt des Eindringlings, zu groß.

Zwei weiteren, schnell geführten Schlägen musste Azazel sich wälzend ausweichen, ehe es ihm gelang, wieder auf die Füße zu kommen. Doch statt sich seinem Gegner zu stellen, machte er drei schnelle Sprünge rückwärts und schleuderte sein Schwert – aber nicht auf Sam'Yaza oder Theia, sondern auf Ani'El!

Die breite und lange Klinge flog rotierend wie die Blätter eines Hubschraubers auf sie zu. Aber Ani'El sah sofort, dass er sich verschätzt hatte – das Schwert flog zu weit oben, als dass es sie treffen würde. Doch dann sah sie Azazels Blick ... der genau auf sie gerichtet war. Darin lag nicht die Absicht, sie zu töten – vielmehr erkannte sie darin eine Aufforderung. Und dann, als Theia laut „*Nein!*" schrie und eine Millisekunde später die magische Klinge die Ketten zerschlug, mit denen Ani'El gefesselt war, verstand sie endlich: Azazel war nicht hier, um ihr die Schlüssel zu entreißen oder sie zu töten – er war hier, um sie zu befreien! Aber das schaffte er nicht alleine, dazu brauchte er ihre Hilfe.

Bereits in dem Moment, als die Ketten zerbrachen, fühlte Ani'El, wie ihre Kraft zurückkehrte. Aber da flog Theia auch schon auf sie zu – aufrecht in der Luft stehend, einen Meter über dem Boden. Aus beiden Händen schoss sie abwechselnd einen Blitz nach dem anderen auf Ani'El.

Ani'El konnte nur ausweichen. Mehr konnte sie nicht tun. Sie hatte zwar augenblicklich ihre Rüstung materialisiert und auch ein Schild und ein Schwert, aber anders als Azazel verfügte sie nicht über die Macht, alleine einer der Elohim zu widerstehen. Aus den Augenwinkeln sah sie, wie Sam'Yaza den jetzt unbewaffneten Azazel mit weit ausholenden Schlägen seines Morgensterns immer mehr in eine Ecke trieb.

Sie musste sich etwas einfallen lassen, und während sie weiter den Blitzen auswich, suchten ihre Augen Azazels Schwert. Nur wenn sie die Gegner tauschten, hatten sie eine Chance. Aber als sie die Klinge entdeckte, sah sie, wie klein diese Chance war – sie lag jenseits von Theia am Boden.

Unerreichbar.

Der Kampf war verloren, ehe er überhaupt begonnen hatte.

Sergej war positiv überrascht, dass Maggie mit ihm Schritt halten konnte, obwohl er so schnell rannte, wie er konnte. Den Weg aus den Katakomben herauszufinden war nicht schwer. Der Engel, den er befreit hatte, hatte seine Spuren hinterlassen. Überall lagen erschlagene Suburi. Sie waren inzwischen zwei Stockwerke nach oben gerannt und hatten das Erdgeschoss des Palasts erreicht. Vom Thronsaal her erschallte Kampfeslärm.

„Schnell!“, rief Sergej, obwohl er wusste, dass er Maggie nicht anzuspornen brauchte. Sie hatte es ebenso eilig wie er.

Er hatte die Enden der beiden magischen Kettenteile um seine Fäuste geschlungen, sodass er sie sowohl als Schlagringe benutzen konnte als auch als kurze Peitschen. Sein Blut kochte gierig, jemanden bezahlen zu lassen für das, was seiner Anya angetan worden war.

Von irgendwoher sprang ihnen ein Subur in den Weg – es war der mit dem Kopf eines Mungos. Er trug eine kurze Lanze und stach damit zu. Sergej wich zur Seite aus und ließ seine Rechte gegen den Schädel des Wächterengels krachen. Die Kette hatte eine größere Wirkung, als er sich ausgemalt hatte. Beim Kontakt mit dem Kopf des Mungos glühte sie auf, ohne dass er selbst ihre Hitze spürte – der Subur aber schrie vor Schmerzen, und ein zweiter harter Schlag setzte ihn außer Gefecht.

Aus dem Thronsaal kam jetzt das Krachen von Explosionen. Maggie und er ließen den Subur einfach liegen, wo er war, und rannten wieder los.

Der Anblick, der sich Sergej bot, als er durch die Tür des Saales stürmte, ließ sein von der Anstrengung rasendes Herz stolpern. Er sah, wie Axel in der einen Ecke des Raumes versuchte, Sam'Yazas Morgenstern auszuweichen, und dabei an der Hüfte getroffen wurde. Auf der anderen Seite des Saales war Ani'El. Sie trug eine Rüstung, einen Schild und ein Schwert. Gegenüber von ihr schwebte Theia – am ganzen Leib gleißend glühend – in der Luft und schleuderte gerade einen Blitz gegen sie. Dieser zerfetzte den Schild und riss ihn Ani'El vom Arm. Sergej zögerte nicht eine Sekunde.

Mit einem lauten Schrei stürzte er von hinten auf Theia zu.

Doch die Elohim drehte sich nicht einmal zu ihm herum, als sie nach hinten ausschlug und ihn zur Seite schleuderte. Mit vom Aufprall verschwommenem Blick sah er, wie Maggie sich schützend zwischen Sam'Yaza und Axel warf. Aus irgendeinem Grund zögerte der Rote plötzlich, mit seinem Morgenstern zuzuschlagen, und Axel hatte Gelegenheit, wieder auf die Füße zu kommen. Aber nur, bis Sam'Yaza Maggie, die mit ihren Kettenteilen auf ihn einzuschlagen begann, am Haar packte und sie wie ein lästiges kleines Haustier aus dem Weg bugsierte, um Axel, der gerade mit bloßen Händen angriff, noch einen Schlag zu versetzen.

„Sergej", hörte er Ani'El rufen. „Azazel braucht sein Schwert! Schnell!"

Er blickte sich eilig um und sah das riesige Schwert auf dem Boden liegen. Ohne zu zögern, rannte er los. Dabei sah er, wie Maggie wieder auf Sam'Yaza zulief – wilde Wut im Blick – und sich plötzlich, mitten im Lauf, verwandelte.

In einen Wolf!

Sergej traute seinen Augen nicht. Der Wolf sprang Sam'Yaza von hinten an und versuchte seine Zähne in dessen Nacken zu schlagen. Doch Sergej nahm sich keine Zeit, das spektakuläre Schauspiel zu beobachten. Er erreichte das Schwert und riss es noch im Laufen vom Boden hoch. Dann blickte er sich wieder zu Ani'El um. Sie geriet immer mehr in Bedrängnis. Für einen Sekundenbruchteil überlegte er, Theia selbst mit dem Schwert anzugreifen. Aber der eine Schlag hatte ausgereicht, um ihm zu beweisen, dass er nicht in der Lage sein würde, sie zu verletzen oder auch nur aufzuhalten. Deshalb holte er aus und warf das Schwert Axel zu, in der Annahme, dass Ani'El ihn mit Azazel gemeint haben musste.

Der dunkelhaarige Engel mit den pechschwarzen Flügeln fing das Schwert auf, gerade als es Sam'Yaza gelungen war, den Wolf abzuschütteln und von sich zu werfen. Der Wolf krachte mit einem hässlichen Geräusch gegen eine Säule und rutschte regungslos zu Boden. Mit einem wütenden Brüllen griff Axel Sam'Yaza an. Jetzt, da auch er bewaffnet war, war das Duell sehr viel ausgeglichener, und der Rote musste tatsächlich gleich zu Beginn mehrere Schritte zurücksetzen, um den kraftvoll ausgeführten Streichen Axels auszuweichen.

„Axel!", rief Sergej, der sah, dass Ani'El Theia nicht mehr

lange standhalten würde.

Axel sah sofort, was Sergej meinte, aber Sergej sah auch, wie sein Blick besorgt auf den leblos am Boden liegenden Wolf fiel.

„Ich kümmere mich um Maggie!", rief Sergej, obwohl es vielleicht klüger gewesen wäre, zunächst Man'El von seinem Altar zu befreien. Doch er wusste, wie sehr es Axel im Kampf lähmen würde, wenn er sich auch noch um Maggie sorgen müsste.

Axel nickte und trieb Sam'Yaza mit einer weiteren Serie von Schlägen in die Defensive. Dann sprang er ansatzlos in die Höhe und landete zwischen Theia und Ani'El – gerade als die Elohim einen weiteren Blitz auf Ani'El abfeuerte. Axel blockte den Blitz mit seinem Schwert ab und wurde nach hinten gerissen, schaffte es aber, auf den Füßen zu bleiben. Und, so als würden sie einander völlig ohne Worte verstehen, nutzte Ani'El die Gelegenheit, ebenfalls in die Höhe zu springen und sich mit ihrem Schwert Sam'Yaza in den Weg zu stellen, der Azazel nachgelaufen kam.

Zwei wilde Duelle entbrannten. Doch Sergej hatte keine Zeit, sie zu beobachten, weil er versprochen hatte, sich um Maggie zu kümmern. Er rannte zu dem am Boden liegenden Wolf. Das Tier rührte sich nicht. Das Schlimmste befürchtend, suchte Sergej mit den Fingern nach einem Puls am Hals. Es war keiner zu fühlen. Vielleicht war das Fell zu dick. Er tastete den pelzigen Leib weiter ab und erkannte, dass ein paar Rippen gebrochen waren. Aber darunter spürte er endlich einen Herzschlag. Allerdings einen äußerst schwachen.

„Komm schon, Maggie", sagte er, ehe er sich dessen bewusst wurde, dass er mit einem Wolf sprach. „Bleib bei uns."

Er streichelte ihre Stirn und das dichte Fell im Nacken. „Mach die Augen auf, Kleines! Na komm!"

Er ging mit dem Mund ganz nah an das pelzige Ohr und sprach weiter. Da endlich schlug der Wolf die Augen auf. Der Glanz darin war schwach, und Maggie japste leise.

„Alles wird gut!", sagte Sergej. „Wenn der Kampf vorüber

ist, wirst du geheilt. Halt solange durch.“

Mehr konnte er nicht tun.

„Ich bin gleich zurück“, versprach er. „Ich befreie nur schnell Man’El.“

Er erhob sich und rannte hinüber zu dem Altar, und dabei geschah etwas, das Sergej in Kämpfen und Straßenschlachten schon so manches Mal erlebt hatte, doch nie so krass wie heute. Er wusste selbst nie, wie er das am besten beschreiben konnte. Vielleicht trafen es Worte wie *Realitätsverzerrung* oder *Phasenverschiebung* oder *verzerrte Wahrnehmung* am besten. Der Effekt war folgender: Er lief, so schnell er konnte, auf den Altar zu. Dabei hatte er freien Blick auf Axel, der mit Theia kämpfte, und Ani’El, die wenige Meter entfernt davon das Duell gegen Sam’Yaza aufgenommen hatte. Aber es war, als würde er noch langsamer als in Zeitlupe rennen, während sie in voller Geschwindigkeit kämpften. Als wäre er in einer Zeitblase aus zähflüssigem Gelee gefangen, während die Kämpfe vor ihm in atemberaubender Geschwindigkeit abliefen. So als würden seine Augen und sein Geist sehr, sehr viel schneller wahrnehmen, als sein Körper sich bewegte.

Während er den ersten Schritt machte, duckte Axel sich unter einem von Theia geschleuderten Blitz mit einer Drehung weg und nutzte den Schwung, sein ungeheures Schwert wie eine Sense in Richtung ihres Halses zu führen. Doch ehe es sein Ziel erreicht hatte, hatte Theia plötzlich eine etwa zweieinhalb Meter lange lanzenförmige Waffe materialisiert. Sie hob das mit magischen Zeichen gravierte Silber und blockte den Schlag mit einer Kraft ab, die die schlanke Zartheit ihres Körpers vergessen ließ.

Gleichzeitig materialisierte Ani’El ihren Schild neu – so als wäre er inzwischen von der Zerstörung durch Theia geheilt. Sie brachte ihn in die Schwungbahn von Sam’Yazas mörderischem Morgenstern, um gleich darauf mit ihrem Schwert einen geraden Stoß nach vorn auszuführen, dem Sam’Yaza mit einem Sprung zur Seite auswich.

Beim zweiten Schritt wirbelte Theia ihre Lanze, mit zwei Händen geführt, um sich herum, und Sergej sah, dass sie zwei Klingen hatte – eine lange flache vorn und eine kurze dicke hinten, die jetzt beide, von der Magie der Elohim gespeist, aufleuchteten. In einer ganzen Serie von Drehungen schoss Theia Energiebolzen auf Axel ab, als wäre die Lanze ein Gewehr mit zwei Mündungen. Die Bolzen waren schwächer als die Blitze, die sie mit ihren Händen geschleudert hatte, dafür aber wesentlich schneller, und die Frequenz war sehr viel höher. Doch Axel gelang es, sie mit seinem Schwert abzulenken oder ihnen auszuweichen, während er weiter auf Theia zueilte.

Sam'Yaza hatte bei dem Sprung zur Seite neu mit dem Morgenstern ausgeholt und ließ ihn jetzt mit aller Kraft von oben herab auf Ani'El zu sausen. Sergej sah den kämpferischen Zorn in seinen Augen blitzen – und so etwas wie Ungeduld, als würde es ihn ärgern, von Ani'El aufgehalten zu werden, während er eigentlich mit Axel kämpfen wollte. Doch wenn er Ani'El als minderwertige Gegnerin betrachtete, so hatte er sich getäuscht. Schwer getäuscht. Sergej war mit Stolz erfüllt, als er die elegante und zugleich wilde Kraft seiner Geliebten beobachtete, ihr taktisches Geschick und ihre Unbarmherzigkeit. Er las in ihrem Blick, dass sie Vergeltung suchte für das, was Sam'Yaza ihr vorher angetan hatte. Sie brachte ihre Klinge in die Bahn der Morgensternkette, die sich durch den Schwung sofort um das Schwert wickelte, während Ani'El gleichzeitig dem Angriff entgegensprang und ihr Knie hoch zwischen Sam'Yazas Schenkel rammte. Mit der direkt anschließenden Bewegung machte sie eine halbe Drehung, kickte mit dem Trittbein nach hinten aus gegen seine Brust und ruckte den gefangenen Morgenstern nach vorn. Sam'Yaza wurde nach hinten geschleudert und verlor seine Waffe.

Als Sergej den dritten Schritt machte, brüllte Theia vor Wut auf, wischte mit der Lanze so durch die Luft, dass Axel nach hinten springen musste, und verwandelte sich plötzlich. Sie wuchs. Zum Doppelten ihrer ursprünglichen Größe, ihre

Muskeln schwollen zu dicken kraftvollen Knoten an, und ihre Augen begannen zu glühen. Ihre Hände wurden zu Krallen. Zugleich veränderte sich ihr Gesicht, und wo eben noch das Antlitz einer wunderschönen Frau war, war plötzlich die Fratze eines fürchterlichen Monsters, mit einem riesigen Maul und zwei Reihen nadelspitzer Reißzähne. Neben ihr sah Axel fast winzig aus. Aber auch nur für einen Sekundenbruchteil lang. Denn genauso fließend, wie Theia sich gerade verwandelt hatte, verwandelte er sich jetzt. Sein Kopf wurde zu dem eines schwarzen Löwen, mit fingerlangen Reißzähnen und dicken schwarzen Widderhörnern. Seine Hände wurden zu Pranken. Die beiden stürzten aufeinander zu wie wilde Tiere.

Und auch der weggeschleuderte Sam'Yaza verwandelte sich, ähnlich wie Axel, nur nicht in einen Löwen, sondern in einen blutroten Tiger … mit den langen dicken Hörnern eines Steinbocks. Er schlug einmal mit den Flügeln und schoss mit der Geschwindigkeit einer Kanonenkugel auf Ani'El zu. Die sprang hoch in die Luft – und nahm ebenfalls eine andere Form an. Die eines schneeweißen Adlers – mit klauenbewehrten Armen und Beinen. Mit einem wilden Aufschrei jagte sie dem roten Tiger entgegen, und ihr Schwert stand plötzlich in hellen Flammen.

Der vierte, weit ausholende Schritt brachte Sergej zum Altar. Er sah die Klingen und Folterinstrumente auf dem Nebentisch, griff noch im Laufen nach einem hackebeilähnlichen Messer und zerschlug der Reihe nach alle vier Ketten, mit denen Man'El gefesselt war.

Man'El sprang auf – und hatte sofort seinen mächtigen Kriegshammer in der Faust. Doch er kam nicht mehr dazu, ihn einzusetzen.

Sergej blickte auf. Axel hatte Theia angesprungen, sie gepackt und schlug gerade seine Zähne in ihren Hals. Theia schrie erstickt auf und versuchte ihn von sich zu reißen. Aber er hing mit seinen Krallen an ihr und ließ sich keinen Millimeter bewegen. Blut floss in Strömen aus der Wunde, und wo immer es Theias Haut berührte, verwandelte sie sich in Stein. Und von dort aus breitete sich der Stein mit einem hässlich knirschenden Geräusch über ihren ganzen Körper aus, bis sie schließlich zur Gänze zu einer vier Meter hohen Statue geworden war und sich nicht mehr bewegte.

Währenddessen sprang Sam'Yaza Ani'El an. Sie empfing ihn mit ihren Klauen, ließ sich nach hinten abrollen und landete nach einer ganzen Drehung der beiden über ihn gebeugt. Das feurige Schwert steckte in seiner Brust. Eine schnelle ruckartige Bewegung, ein hässliches Krachen, und Sam'Yaza sackte tot zu Boden, wo er sogleich in Flammen aufging und binnen Sekundenbruchteilen zu Asche zerfiel.

Und das alles, ehe der frisch befreite Man'El auch nur einen einzigen Schritt machen konnte.

Sergej sah, wie Axel und Ani'El auf die Füße kamen und sich einander zuwandten, während beide wieder menschliche Gestalt annahmen, ohne jedoch ihre Flügel verschwinden zu lassen. Sie musterten einander misstrauisch und wachsam. Keiner nahm die Waffe herunter. Man'El sprang Ani'El zur Seite und brachte seine Waffe in Angriffsposition. Axel ging in Abwehrstellung.

Ohne zu wissen, was zwischen den beiden vorgefallen war, erkannte Sergej in dem Blick, mit dem Ani'El Axel ansah, Zerrissenheit. Sie mochten Feinde sein – aber gerade eben hatte er ihr das Leben gerettet. Und wenn Sergej das richtig verstanden hatte, auch die Festung der Himmel und das Leben vieler anderer. Aber so viel das auch bedeuten mochte, die alte Feindschaft hatte scheinbar noch tiefere Wunden geschlagen, sonst wäre Ani'El nicht so hin und her gerissen.

„Stopp", rief er daher, so laut er konnte.

Ani'El schaute ihn an, und sein Herz ging auf, als er in ihren Augen las, dass sie ihn tatsächlich, so wie sie es versprochen hatte, noch immer so sehr liebte wie vor ihrer Rückverwandlung.

„Schließt Frieden", sagte er daher. Es war genug Blut geflossen, und er wollte nicht riskieren, sie in einem Kampf gegen Axel zu verlieren. Nach dem, was er gesehen hatte, war Axel durchaus mächtiger als sie. Vielleicht auch mächtiger als sie und Man'El gemeinsam.

„Aber, Sergej", sagte Man'El. „Du weißt nicht, worum es geht … was vorgefallen ist."

„Und ich will es auch nicht wissen", rief Sergej. „Ohne ihn wärt ihr jetzt beide tot. Und die Frau, die er liebt, hat ihr Leben für euch riskiert und braucht dringend seine Hilfe."

„Du weißt nicht, wer sie ist", sagte Ani'El. „Und welch furchtbare Macht ihr innewohnt."

„Liebst du mich?", fragte er sie – nicht weil er zweifelte, sondern um sie durch ihren Blutrausch hindurch daran zu erinnern.

„Über alles", antwortete sie.

„Und dienst du mir, so wie du es versprochen hast, als Engel ebenso hingebungsvoll, wie du es als Mensch getan hast?"

„Das tue ich", sagte sie und senkte das Haupt in Demut.

„Dann schließt Frieden und lasst ihn sich um seine Frau kümmern", sagte Sergej und fügte zur Bekräftigung hinzu: „Mein Wille geschehe!"

Ohne zu zögern, ließ Ani'El ihr Schwert verschwinden – und gleich darauf auch Man'El seinen Hammer. Axel schaute Sergej für einen winzigen Moment lang erstaunt an. Dann ließ auch er seine Waffe verschwinden und eilte zu Maggie hinüber.

Sergej sah, wie er sich über sie beugte und sie heilte. Wenige Sekunden später lag sie, wieder in eine Menschenfrau verwandelt, lächelnd in seinen Armen. Froh, dass Maggie überlebt hatte, ging er hinüber zu Ani'El. Obwohl sie größer war als in ihrer rein menschlichen Gestalt, schaute sie zu ihm empor. Er lächelte und legte seine Hand an ihre Wange. Sie schmiegte ihr Gesicht gegen seine Finger und küsste sie.

„Danke", hauchte sie leise. „Du hast mich in mehr als einer Hinsicht gerettet."

Sie floss in seine Arme wie warmer Honig, und er küsste sie. Er wusste, dass sie noch einiges zu tun hatte, aber diese Sekunde gehörte nur ihm und ihr – und Man'El, den er freundschaftlich hinzuzog, damit auch er Ani'El endlich umarmen und küssen konnte.

1. EPILOG

Ein Kloster in Tibet.

Der erste Schnee trieb tänzelnd durch die bereits fast winterkalte Luft. Der Klimawechsel vom Dschungel Kambodschas hierher war ein extremer, und Maggie und Sergej trugen lange Pelzmäntel. Azazel, Ani'El und Man'El hatten sie hierher gebracht, um sie in Sicherheit zu wissen, während sie selbst zur Festung der Himmel geflogen waren, um die Engel zu vereinen gegen Ashmo'Deushs Dunkle Horden. Aus den ehemaligen Feinden waren Kampfgefährten geworden.

„Ich danke dir", sagte Maggie, „dass du Ani'El dazu bewegt hast, mit Axel Frieden zu schließen."

„Ich fand, es war das einzig Richtige, nachdem er sie gerettet hatte, um eine Invasion der Himmel zu vereiteln", erwiderte Sergej. „Außerdem habe ich in ihren Augen gesehen, dass die beiden nicht wirklich Feinde waren."

„Ganz früher waren sie sogar einmal Freunde", sagte Maggie. „Die besten."

„Auf diese Geschichte bin ich gespannt", gab er zu.

„Ich bin mir sicher, Ani'El wird sie dir erzählen. Es ist eine verrückte Geschichte. Von Loyalitäten und Schwüren, die Freunde zu Feinden machten."

Er lachte. „Das klingt nach einem russischen Märchen. Voller Drama und Melancholie."

„Oh ja", bestätigte sie.

Ein Mönch brachte ihnen zwei Schalen mit heißem Buttertee. Maggie nahm ihre dankbar entgegen und nippte daran.

„Ihr habt nicht zufällig Wodka hier?", fragte Sergej den Mönch. Als der bedauernd den Kopf schüttelte, nahm auch er die Schale und trank davon.

„Sag, wie ist das so?", fragte er Maggie, nachdem der Mönch wieder gegangen war.

„Was meinst du?"

„Mit einem Engel zusammen zu sein."

„Wieso fragst du? Du bist doch selbst mit Ani'El zusammen."

„Tatsächlich war ich bisher nur mit Anya zusammen", sagte er. „Mit Ani'El als Mensch. Und das war, bevor sie sich daran erinnerte, überhaupt ein Engel zu sein."

„Im Grunde genommen sind sie wie wir", sagte Maggie. „Ein bisschen sehr viel älter, ein bisschen mächtiger und ein bisschen weiser. Aber sonst ganz wie wir. Ich meine, in Herzensdingen. Da sind sie genauso unsicher manchmal … und verletzlich." Sie seufzte verliebt.

„Azazel …"

„Nenn ihn ruhig Axel, das mag er lieber."

„Axel scheint ein toller Kerl zu sein."

„Oh ja, das ist er", sagte sie. „Umwerfend toll sogar."

„Anya auch", sagte Sergej und schmunzelte.

„Stört es dich gar nicht, dass sie schon so lange mit Man'El zusammen ist und auch mit ihm zusammenbleiben will?"

Er schüttelte den Kopf. „Solange sie mich so liebt, wie ich bin, ist alles in Ordnung. Für die beiden sind es ja auch nur ein paar Jahrzehnte." Jetzt seufzte er. „Dann bin ich Geschichte."

„Das glaube ich nicht", sagte sie und zwinkerte ihm zu.

Er schaute sie fragend an.

„Es gibt da einen Weg für uns, unsterblich zu werden", erklärte sie.

Sergejs Augen wurden groß. „Wirklich?"

„Ja", sagte sie. „Es ist ein bisschen kompliziert, und ich habe es auch noch nicht geschafft. Aber früher oder später …"

„Cool!", sagte Sergej, und mit seinem russischen Akzent klang das unglaublich süß für einen Mann seiner Statur und Größe. „Verrückt."

„Das kann man wohl sagen", meinte Maggie.

„Und kann ich mich dann auch in einen Wolf verwandeln, so wie du?", fragte er, und sie konnte in seinen Augen lesen, dass ihm das gefallen würde.

„Nein“, sagte sie bedauernd. „Das ist wieder eine ganz andere Geschichte. Aber wer weiß, was es da noch alles an Möglichkeiten gibt. Diese Engel und Elohim überraschen mich jedes Mal aufs Neue.“

„Jedes Mal?“, fragte Sergej. „Passiert so etwas denn öfter?“

„Es wird auf jeden Fall nicht langweilig“, sagte Maggie und musste unwillkürlich lächeln. „Wegen ihres langen Lebens gibt es da genug Ballast und Zündstoff für alle möglichen noch nicht bereinigten Konflikte. Eben wie bei unseren menschlichen Familien auch.“

„Ich habe keine Familie“, sagte Sergej ernst. „Habe nie eine gehabt. Nur Anya.“

„Das tut mir leid“, erwiderte Maggie und legte ihm tröstend eine Hand auf die Schulter. „Dafür hast du jetzt neue Freunde.“

Er lächelte. „Und die Art und Weise, wie wir uns kennengelernt haben, macht uns so schnell auch keiner nach.“

„Da!“, rief Maggie plötzlich und zeigte hoch in den Himmel.

Sergej folgte ihrem Finger und erkannte drei kleine Punkte.

„Du hast gute Augen“, sagte er, und sie konnte hören, wie erleichtert er auf einmal war.

„Ich bin die Ferne inzwischen gewohnt“, sagte sie. „Nebeneffekt des vielen Fliegens. Hat vielleicht aber auch mit dem Wolfszauber zu tun, wer weiß.“

„Das sind sie doch, oder?“

„Ja“, sagte sie beruhigend. „Das sind sie. Alle drei: Axel, Anya und Man'El.“

Sie beobachteten, wie die drei Punkte allmählich größer wurden, und dann konnte auch Sergej sie deutlich erkennen.

„Anya!“, rief er und winkte ihr zu.

Sie winkte zurück und beschleunigte ihren Flug. Noch vor den beiden anderen erreichte sie den Klosterhof und fiel ihm verliebt lächelnd in die Arme. Er küsste sie – lange und innig.

„Ich bin so froh, dass dir nichts geschehen ist“, sagte er, nachdem sich ihre Lippen voneinander gelöst hatten.

„Es war kein großer Kampf“, sagte sie. „Die Nachricht von Sam’Yazas und Theias Niederlage hat sich schnell verbreitet und für Unruhe in den Reihen der Dunklen Horden gesorgt. Ohne die Schlüssel zur Festung hatten sie keine Chance.“

„Ja“, bestätigte Axel, der jetzt ebenfalls landete und Maggie in die Arme nahm. „Sie mithilfe der Himmlischen in die Flucht zu schlagen war fast schon ein Kinderspiel.“

„Ganz wie in alten Zeiten“, fügte Man’El hinzu und klopfte Axel auf die Schulter. „Ich meine natürlich, in ganz alten Zeiten, als wir noch wie heute Seite an Seite kämpften. Schade nur, dass Ashmo’Deush selbst entkommen konnte.“

„Um den wird sich Luzifer kümmern, wie ich sie kenne“, sagte Axel. „Ihr werdet dort oben jetzt auf jeden Fall eine ganze Zeit lang eure himmlische Ruhe haben.“

Anya räusperte sich hörbar. Alle drehten sich zu ihr herum, und Maggie sah, dass sie etwas verschüchtert wirkte. So wie sie schon zu Sergej gesagt hatte: Sie mochten noch so mächtig sein, sie hatten doch so viel entzückend Menschliches an sich.

„Weil du das gerade sagst“, wandte sich Anya an Axel. „Ich hätte da eine Bitte.“

„Sprich“, sagte Axel. „Wenn es in meiner Macht liegt, werde ich sie dir erfüllen.“

„Nach dem, was du heute für uns und die Himmel getan hast“, sagte sie, „hast du dir deinen Platz dort redlich zurückverdient.“

„Ich bin ganz glücklich hier unten“, sagte Axel. „Auch wenn es schön war, die alte Heimat während der Schlacht wiederzusehen – wenn auch nur von Weitem.“

Etwas an Anyas Brust begann zu leuchten. Sie griff danach und hatte plötzlich ein Paar goldene Schlüssel in der Hand.

„Du musst nicht dort oben leben“, sagte sie, „um die hier zu verwahren und auf sie aufzupassen.“

Axel schaute sie fragend an. „Was meinst du?“

„Ich möchte gerne, dass du der künftige Schlüsselbewahrer bist, Azazel“, erklärte sie. „Ich bin dieser ewigen Verantwortung müde, und ich wünsche mir nach all den Jahrtausenden nichts sehnlicher, als hier auf der Erde zu leben … zusammen mit Sergej und Man'El. Vorausgesetzt natürlich, die beiden würden das auch wollen."

„Wohin immer dein Weg dich führt, ich werde dir folgen, Herrin", sagte Man'El und verneigte sich lächelnd.

Sergej kniff ihr herzlich in die Wange. „Geht klar."

Sie lachte glücklich auf und umarmte beide. Dann löste sie sich wieder und schaute Axel an. „Würdest du das für mich tun? Ich meine, nach allem, was ich und die Himmlischen dir angetan haben?"

„Ani'El", sagte er, und Maggie konnte hören, dass seine Stimme belegt war. „Ich fühle mich sehr geehrt."

„Und in der Position als Bewahrer der Schlüssel der Festung der Himmel und nach deinem Einsatz von heute", beeilte sie sich zu sagen, „müsste es ein Leichtes sein, einen der himmlischen Elohim zu überzeugen, Magdalena das Geschenk der Unsterblichkeit zu machen."

„So gerne ich dir diese Bürde abnehmen würde, Ani'El", sagte er, „ich kann das nicht alleine entscheiden." Er sah Maggie an.

Maggie strahlte. „Du wärst endlich wieder völlig frei und könntest nach Hause zurückkehren, wann immer dir danach ist. Ich bedaure nur, dass ich dieses Zuhause niemals werde sehen können, aber dafür haben wir ja die ganze Erde für uns."

Ihr Strahlen schwappte auf ihn über. „Aber du könntest die Himmel sehen", sagte er. „Wenn einer der himmlischen Elohim dich unsterblich macht, kannst du sogar selbst dorthin fliegen."

Maggie blieb der Mund vor Begeisterung offen stehen.

„Ist das dein Ernst?", fragte sie.

„Absolut", sagte er. „Wie einstmals Enoch."

„Was gibt es da noch zu zögern?", fragte Maggie, und auch Anya begann jetzt zu strahlen. Sie hielt Axel die Schlüssel hin, und er nahm sie mit einer Verneigung entgegen.

„Sie wird unsterblich und kann dann auch noch fliegen?",

fragte Sergej überschäumend. „Das will ich auch."

Anya verbeugte sich tief vor ihm. „Dein Wille geschehe, Herr."

Der Russe riss sie noch einmal in seine Arme und küsste sie erneut. Maggie konnte sehen, dass Anya begonnen hatte, vor Glück zu weinen.

Fünf Minuten später hatten Anya, Sergej und Man'El sich verabschiedet, und Maggie und Axel schauten ihnen Arm in Arm nach, wie sie über den Bergspitzen des Himalaja in der Ferne verschwanden.

„Was für eine Wendung", sagte Axel.

„Wer hätte das gedacht", stimmte sie zu. „Jetzt bist du der Bewahrer der Schlüssel zu den Himmeln und ich die Bewahrerin des Siegels des Abaddon. In unseren Händen liegt die Zukunft."

„Ich sehe wilde Zeiten auf uns zukommen", sagte er, und es lag eine leise Wehmut darin.

„Ruhig wäre doch auch langweilig", sagte sie mit einem schelmischen Grinsen. „Oder?"

Da konnte er gar nicht anders, als laut zu lachen. Sie hakte sich bei ihm unter und führte ihn in ihr Schlafgemach. Bevor sie sich aufmachen würden in die Himmel, würde sie ihm noch einmal den Himmel auf Erden bescheren.

2. EPILOG

Island. Vatnajökul.

Die Glocke oben im Turm der alten verlassenen Bergkirche schlug Mitternacht, ohne dass jemand sie geläutet hatte. Dieses Wunder geschah Nacht für Nacht, seit über neunhundert Jahren. Es hatte der Kirche einen Platz auf der Liste heiliger Orte eingebracht, aber zugleich die Gläubigen vertrieben, bis sich schließlich niemand mehr hierher getraut hatte. Mit einem lauten Knarren öffnete sich das windschief in den Angeln hängende Portal aus gesplittertem Holz, und eine Gestalt in einer weiten und zerrissenen Kutte schlüpfte herein. Die Kapuze war weit ins Gesicht gezogen, und die Gestalt hinkte, als sie nach vorn zum Altarraum ging. Auf den Boden fallende Blutstropfen verrieten, dass die Verletzung frisch war.

Die Gestalt erreichte den Altar, ließ sich davor zu Boden sinken und zog die Kapuze vom Kopf, wie um dadurch besser Luft zu bekommen. Der Kopf eines Mannes kam zum Vorschein. Eines Mannes Ende vierzig. Das lange schwarzgraue Haar, das er sonst zu einem glänzenden Pferdeschwanz gebunden trug, war jetzt offen und zerzaust. Einige Strähnen klebten ihm in der fiebrig schwitzigen Stirn, und der penibel getrimmte Kinnbart war auf einer Seite vom Blut der aufgeschlagenen Lippe verklebt. Die Rapierscheide an seinem Ledergürtel war leer. Da war kein Feuer mehr in den smaragdgrünen Augen, nur noch lähmende Verzweiflung … und nackte Angst.

Ashmo'Deush.

Er hatte alles riskiert … und alles verloren.

Wie hatte er auch so dumm sein können, sich mit einem der Gefallenen und einer Elohim einzulassen? Hatten sie in den vergangenen Jahrtausenden nicht immer und immer wieder bewiesen, dass sie weder zum Herrschen taugten noch zur Revolution? Seine Gier danach, endlich selbst zu herrschen, hatte ihn blind gemacht.

Luzifer würde ihn dafür bestrafen. Wenn er Glück hatte, nur mit dem Tod. Wie er sie kannte, war sie bereits auf der Suche nach ihm, und er konnte nur hoffen, dass sie ihn hier, an einem heiligen Ort, nicht so schnell aufspüren würde. Er selbst konnte das Brennen, das die Geweihtheit der alten Kirche in jeder Faser seines Körpers auslöste, kaum ertragen. Doch er wusste, dass das ein Kinderspiel war zu dem, was Luzifer ihm antun würde.

Wäre er nicht er, hätte er in seiner Verzagtheit jetzt sogar begonnen zu beten, um einen Ausweg zu finden, von dem er wusste, dass es ihn nicht gab. Für einen Dämon, der den Teufel verraten hatte, gab es keinen Gott.

Zum ersten Mal seit Äonen weinte Ashmo'Deush. Die Tränen auf seinen vom Kampf geschundenen Wangen fühlten sich seltsam fremd an, und er verachtete sich dafür.

Sein verschleierter Blick fiel neben die fast völlig zerstörte Hochkanzel – auf eine uralte Marienfigur. Sie war aus inzwischen vollkommen vertrocknetem Holz, und die bunten Farben, mit denen sie einstmals bemalt worden war, waren zum größten Teil abgeblättert oder verblasst. Trotzdem sah sie noch immer unschuldig aus … und unbefleckt. Es war erstaunlich, wie die Legende im Laufe von Jahrtausenden die Wahrheit verdreht hatte.

Dann geschah etwas, das Ashmo'Deush, der General der Dunklen Horden, zunächst für eine optische Täuschung hielt, hervorgerufen durch diese fremdartige Nässe in seinen Augen:

Das Gesicht der Madonna nahm wieder Farbe an. Zweifellos ein Trick, den ihm das durch die geborstenen Kirchenfenster fallende Mondlicht spielte.

Doch als er die Tränen wegblinzelte, merkte er, dass es kein Trick war. Das wunderschöne, jugendlich wirkende Gesicht wurde tatsächlich wieder bunter.

Wenn es nicht die Tränen und das Mondlicht waren, war es vielleicht seine Verzweiflung, die ihm das vorgaukelte? Die Erinnerung daran, wie sehr er sie einmal geliebt hatte? So sehr, dass er die Himmel für sie aufgegeben hatte …

Oder war es seine Furcht? Die Furcht, dass sie ihn selbst hier finden würde?

Und dann, als das Gesicht nicht nur mehr und mehr Farbe annahm, sondern tatsächlich lebendig wurde und zu lächeln begann, wusste er es: Sie hatte ihn bereits gefunden.

„Hallo, Ashmo'Deush", sagte Luzifer, während sie aus der Statue heraus feste Gestalt annahm.

Ashmo'Deush schämte sich nicht länger dafür, dass er zu weinen begonnen hatte.

Jetzt schämte er sich dafür, dass er schrie …

– ENDE –

Riccarda Blake
Schwingen der Lust
Band-Nr. 95030
8,95 € (D)
ISBN: 978-3-89941-890-3
eBook: 978-3-86278-088-4
384 Seiten

Cherry Adair
Hautnah und näher
Band-Nr. 35037
9,50 € (D)
ISBN: 978-3-89941-865-1
320 Seiten

Sharon Page
Blutrote Nächte
Band-Nr. 35043
9,99 € (D)
ISBN: 978-3-86278-324-3
400 Seiten

Sharon Page
Blutroter Kuss
Band-Nr. 35038
9,50 € (D)
ISBN: 978-3-89941-880-4
eBook: 978-3-86248-088-4
448 Seiten

Megan Hart
Anonym – Briefe der Lust
Band-Nr. 35040
9,99 € (D)
ISBN: 978-3-89941-958-0
eBook: 978-3-86248-120-1
432 Seiten

Megan Hart
Tiefer – Im Sog der Lust
Band-Nr. 35035
9,50 € (D)
ISBN: 978-3-89941-815-6
eBook: 978-3-86248-030-3
432 Seiten

Alison Kent
Sündige Sommernächte
Band-Nr. 35042
9,99 € (D)
ISBN: 978-3-86278-308-3
eBook: 978-3-86278-392-2
288 Seiten

Alison Kent
Sex oder Lüge
Band-Nr. 35036
9,50 € (D)
ISBN: 978-3-89941-843-9
eBook: 978-3-86278-038-9
256 Seiten